오탁번 시읽기 2

좋은 시는 다 우스개다

오탁번吳鐸藩(1943~2023)

충북 제천에서 태어났다. 고려대학교 영문학과를 졸업하고 동 대학원 국문학과에서 박사학위를 받았다.

1966년 『동아일보』 신춘문예에 동화 「철이와 아버지」가, 1967년 『중앙일보』 신춘문예에 시 「순은이 빛나는 이 아침에」가, 1969년 『대한일보』 신춘문예에 소설 「처형의 땅」이 당선되어 등단했다.

육군사관학교 교수부 국어과 교관, 수도여자사범대학 국문과 교수를 거쳐, 고려대학교 사범대학 국어교육과 교수를 역임했다. 하버드대학교 한국학연구소 방문학자, 계간시지 『시안』 편집인, 한국시인협회 회장, 대한민국예술원 회원을 지냈다.

한국문학작가상, 동서문학상, 정지용문학상, 한국시인협회상, 김삿갓문학상, 고산문학상, 목월문학상, 공초문학상, 유심문학상을 수상했으며, 은관문화훈장을 받았다.

시집 『아침의 예언』, 『너무 많은 가운데 하나』, 『생각나지 않는 꿈』, 『겨울강』, 『1미터의 사랑』, 『벙어리장갑』, 『손님』, 『우리 동네』, 『시집보내다』, 『알요강』, 『비백』, 소설집 『처형의 땅』, 『내가 만난 여신』, 『새와 십자가』, 『절망과 기교』, 『저녁연기』, 『혼례』, 『겨울의 꿈은 날 줄 모른다』, '오탁번 소설 전 6권', 평론집 『현대문학 산고』, 『한국현대시사의 대위적 구조』, 『현대시의 이해』, 『오탁번 시화』, 『헛똑똑이의 시 읽기』, 산문집 『병아리 시인』, 『두루마리』 등이 있다.

오탁번 시읽기 2

좋은 시는 다 우스개다

초판 1쇄 발행 2024년 1월 25일

지은이 | 오탁번 외

펴낸곳 | (주)태학사
등록 | 제406-2020-000008호
주소 | 경기도 파주시 광인사길 217
전화 | 031-955-7580
전송 | 031-955-0910
전자우편 | thspub@daum.net
홈페이지 | www.thaehaksa.com

편집 | 조윤형 여미숙 김선정
마케팅 | 김일신
경영지원 | 김영지
인쇄·제책 | 영신사

ⓒ 오탁번 외, 2024. Printed in Korea.

값 28,000원

ISBN 979-11-6810-244-6 03810

책임편집 김성천
북디자인 이윤경

오탁번 시읽기 2

좋은 시는 다 우스개다

오탁번 외

태학사

"네가 '토요일 오후'의 주인공이구나." "아빠 따라 포장마차 다니던 '꼴뚜기와 모과'구나." 나는 그렇게 어린 나이에 시단에 데뷔(?)했고, 기억나지 않는 유년기를 시를 통해 되살릴 수 있는 행운을 누리게 되었다. 아버지의 시선이 나에게 머무르는 순간, 시간은 갑자기 느리게 흐르고 주변 공기에는 온기가 감돈다. 그리고 나는 언제라도 아버지 글을 읽으면 그 순간으로 돌아갈 수 있다. 왜 창피하게 나를 가지고 시를 쓰냐며 툴툴거리던 어린 시절의 나는 그게 얼마나 큰 선물인지 몰랐다.

시인의 딸로 태어나 시인의 시선을 훔쳐보며 자라서인지, 마음이 요동칠 때 도망치지 않고 오히려 더 가까이 다가가 들여다보는 버릇도 생겼다. 그러면 어느 순간 시간이 느리게 흐르는 것 같은 마법의 순간이 찾아와 마음속 제멋대로 일던 파도가 잦아들고, 기쁨이든 좌절이

든 온전히 다 받아들일 수 있을 것만 같았다. 시인이 되지 못한 딸은 이렇게나마 아버지의 '시 정신'을 물려받았다고 억지를 부려본다.

이 책에는 아버지께서 평생 걸어오신 길의 길동무이자 응원군이었을 분들이 아버지 시를 정성 들여 읽어낸 흔적이 담겨 있다. 아버지 글을 애정 어린 눈으로 지켜봐주신 필자분들께 무한히 감사한 마음을 전하고 싶다. 책을 준비하는 과정에서 크고 작은 일들에 조언을 아끼지 않으셨던 고형진 선생님과 아버지 유지를 받들어 원고 취합과 편집자 역할에 애써주신 이정현 선생님, 생전의 인연으로 흔쾌히 출판을 약속해주신 태학사에도 진심으로 감사한 마음을 전한다.

아버지는 지금쯤 하늘나라에서 그리운 할머니를 만나 막내짓 하며 사랑을 듬뿍 받고 계실 것이다. 가슴속이 늘 시로 가득했던 분이니, 그곳에서도 분명 시를 쓰고 계실 거라는 상상도 자꾸만 하게 된다. 지난여름 잡초가 우거졌던 원서헌, 결국 수확하지 못한 마늘밭, 그리고 손주 태욱이가 유골함을 보고 "오탁번 할아버지가 어떻게 이 안에 들어가?" 하며 해맑게 물음표를 띄우던 장면들 모두 다 아버지 시의 소재가 되었을 것이다. 서툰 손길로 아버지 유품을 정리하고 책을 준비하는 내 모습도 시로 써주시려나? 아버지가 어떤 시를 쓰고 계실지 궁금하다.

오가혜

머리말

    이 책은 2003년 오탁번 선생의 갑년을 맞아 그의 시적 성과를 정리하기 위해 간행한 『시적 상상력과 언어―오탁번 시읽기』의 후속 작업이다.

    선생은 갑년 후에도 활발하게 시를 쓰고 발표했다. 정년이 다가와 학교 일로부터 자유로워지면서 시 창작에 더욱 매진했고 정년 이후에는 전업 시인으로 시에 몰두했다. 시는 선생과 한 몸이 되어 일상에 완전히 녹아들었다. 선생의 일과는 시와 나란히 진행되었다. 그렇다고 시를 대량 생산하지는 않았다. 선생은 손톱에 피가 돋도록 언어를 조탁하여 잘 빚은 시의 항아리만을 세상에 내놓았다. 선생은 갑년 이후 3~5년 간격으로 시집을 간행하였다. 시집 간행 주기는 갑년 전에도 똑같았다. 선생은 그렇게 평생 엄격하고 성실하게 시를 짓다가 어느 날 갑자기 저세상으로 훌쩍 떠나셨다.

    갑년 이후에도 선생의 정신은 푸르렀다. 늘 어린아이와 같은 호기심으로 세상을 바라보았고, 문단과 정치의 부조리엔 결기 있게 비판의 목소리를 냈으며, 새로운 시에 대한 실험을 지속해서 시도했다. 그리고 끝까지 유머를 잃지 않았다. 유리알처럼 맑고 투명했던 젊은 시절의 언어 감각은 모국어의 자원계발로 이어졌다. 선생은 사전에 매몰되어 있던 아름다운 우리말을 채굴해 빛나는 보석으로 세공하여 시의 진열대에 앉혔다. 갑년 이후에 펴낸 선생의 시집들은 모국어의 보고이다. 선생은 모국어의 파수꾼을 자임하였고, 그 일에 신성한 사명감을 가졌다.

이 책은 갑년 이후 선생이 펼친 시 작업에 대해 여러 비평가와 연구자가 쓴 글을 모은 것이다. 원고의 선별과 배열은 모두 선생이 직접 한 것이다. 팔순을 맞아 『시적 상상력과 언어―오탁번 시읽기』의 후속 작업을 진행하며 갑년 이후에 펼친 당신의 시 작업을 돌아보려 한 것 같다. 1부는 선생이 자신의 시에 대해 언급한 산문, 2부는 선생이 간행한 시집에 붙은 해설, 3부는 선생의 시에 대한 비평, 4부는 선생의 대담으로 구성되어 있다. 선생은 원서헌에서 시집과 문예지에 실린 이 원고들을 손수 뽑아서 정리하던 중 깊은 병이 찾아온 것을 알았고, 책의 뒷마무리를 이정현 시인에게 부탁했다. 그리고 한 달 후 선생은 세상을 떠나셨다. 선생의 유지를 받들어 선생이 계획하고 진행한 책의 편집과 체제를 그대로 따라서 출간한다.

귀한 원고의 재수록을 허락해주신 선생님들과 책의 출간을 맡아주신 태학사에 깊은 감사를 드린다.

고형진, 오태환

차례

006 책을 펴내며
008 머리말

1부 시인의 산문

015 좋은 시는 다 우스개다
020 버슨분홍 시인을 기다리며
024 언어를 모시다
038 하늘에서 들리는 말씀, 받아 적는다
　　 ─내가 읽은 나의 시집, 『비백』

2부 시집 기행

063 모든 사라진 것들과의 해후─『손님』(2006) 시작노트 | 오탁번
072 시인의 말─『우리 동네』(2010) | 오탁번
073 알몸으로 쓴 맨살의 시─『시집보내다』(2014) | 방민호
088 정겹고 다사로운 만물 공생의 사유─『알요강』(2019) | 이숭원
111 시간의 필경사가 전해주는 말과 마음의 고고학─『비백』(2022) | 유성호

3부 **시인론 — 언어의 비의**

133 　도시에서 탐색된 원형적 상상력 ─ 오탁번론 ｜ 송기한

153 　일상과 우주의 마주침, 삶의 주름과 겹에서 출현하는 사랑
　　　─ 오탁번의『1미터의 사랑』과『벙어리장갑』｜ 박슬기

169 　원시성의 마력 ─ 오탁번 ｜ 진순애

182 　멋지고 세련된 아재 개그의 진수 ─ 오탁번 시집『알요강』을 읽고 ｜ 이승하

195 　젊은 날의 눈물겨운 초상, 또는 시적 궤적의 낭배 ｜ 오태환

215 　우리 동네의 언어와 이야기 ─ 오탁번 시인론 ｜ 고형진

232 　노년의 해학과 시 ─ 지천芝川 오탁번 ｜ 이동재

245 　반로환동返老還童의 주안술朱顔術 ─ 오탁번론 ｜ 이영광

266 　오탁번, 시집보내다 ─ 성과 속의 경계를 넘나드는 웃음의 미학 ｜ 한용국

275 　당신을 향한 인간의 얼굴 ｜ 장은영

282 　'시詩집' 보내고, '시媤집' 보내고 ─ 오탁번의『시집보내다』｜ 호병탁

289 　'동심童心'이면서 '취趣'의 시 ─ 오탁번 시집『시집보내다』를 읽고 ｜ 장인수

295 　맑은 날 술래가 된 일흔 살 아이 ─ 오탁번의 시 ｜ 최준

301 　외설과 성찰이라는 한 아이 ─ 오탁번의 신작시집『시집보내다』｜ 윤향기

310 　이 계절의 시집 ─『시집보내다』｜ 조정인

316 　이순을 지나 불러보는 아름다운 귀거래사 ｜ 이승하

340 　순정한 언어에 비친 치열성의 미학 ─ 오탁번 시집『알요강』을 읽고 ｜ 이병초

348 　자기 응시의 순정하고 오연한 형식 ─ 오탁번 시인론 ｜ 오태환

4부 **시인과의 대화**

367 　헛똑똑이의 모국어 사랑 ｜ 이창수

381 　바람처럼 자유로운 따뜻한 감성의 시인
　　　─ 창조적 역동성과 맑은 영혼의 소유자 오탁번 ｜ 엄창섭 / 정리: 이진모

396 　'원서헌'에서 오탁번 시인을 만나다 ｜ 이정현

415 　오탁번 연보

434 　편집 후기

436 　필자 소개

오탁번

좋은 시는 다 우스개다
버슨분홍 시인을 기다리며
언어를 모시다
하늘에서 들리는 말씀, 받아 적는다—내가 읽은 나의 시집, 『비백』

1부

시인의 산문

좋은 시는 다 우스개다

폭설

삼동에도 웬만해선 눈이 내리지 않는

남도 땅끝 외진 동네에

어느 해 겨울 엄청난 폭설이 내렸다

이장이 허둥지둥 마이크를 잡았다

— 주민 여러분! 삽 들고 회관 앞으로 모이쇼잉!

　눈이 좆나게 내려부렸당께!

이튿날 아침 눈을 뜨니

간밤에 또 자가웃 폭설이 내려

비닐하우스가 몽땅 무너져내렸다

놀란 이장이 허겁지겁 마이크를 잡았다
— 워메, 지랄나부렀소잉!
　어제 온 눈은 좆도 아닝께 싸게싸게 나오쇼잉!

왼종일 눈을 치우느라고
깡그리 녹초가 된 주민들은
회관에 모여 삼겹살에 소주를 마셨다
그날 밤 집집마다 모과빛 장지문에는
뒷물하는 아낙네의 실루엣이 비쳤다

다음날 새벽 잠에서 깬 이장이
밖을 내다보다가, 앗! 소리쳤다
우편함과 문패만 빼꼼하게 보일 뿐
온 천지가 흰 눈으로 뒤덮여 있었다
하느님이 행성만한 떡시루를 뒤엎은 듯
축사 지붕도 폭삭 무너져내렸다

좆심 뚝심 다 좋은 이장은
윗목에 놓인 뒷물대야를 내동댕이치며
우주의 미아가 된 듯 울부짖었다
— 주민 여러분! 워따, 귀신 곡하겠당께!
　인자 우리 동네, 몽땅 좆돼버렸쇼잉!

「폭설」은 시중에 떠도는 우스개를 소재로 삼아 쓴 작품이다. 전주 출신의 이병초 시인과 함께한 술자리에서 처음 들은 호남지방에서 떠도는 이야기인데 나도 배꼽을 잡고 웃다가 뭔가 이상한 울림이 가슴을 치는 것을 느끼게 되었다. 이튿날 곰곰 생각해보니 그 우스개 속에 담긴 곡진한 우리말의 묘미가 너무도 살갑게 되살아났다. 이거 야말로 진짜 시다! 나는 그의 도움을 받아 호남 방언으로 이장의 육성을 되살려냈다. 우리말은 그냥 의미 전달의 수단으로만 끝나는 것이 아니다. 특히 각 지방마다 통용되는 토박이말은 아주 희한하게도 곡절 많은 의미의 층위를 지니고 있어서 어릴 때부터 그러한 언어습관에 젖지 않은 이들은 그 진정한 뜻을 땅띔도 못 하게 만드는 수가 많다.

어떤 일이 몹시 언짢게 된 상태를 쌍스럽게 이르는 '좆같다'라는 말은 분명 비어이다. 그러나 상황에 따라서 패러다임의 빛깔이 묘하게 굴절되는 순간, 단순한 비어가 아니라 민초들의 정서를 고스란히 표출해내는 '시적 언어'로 변용되는 것이다.

'좆나게', '좆도 아닝께', '좆돼버렸쇼잉'이라는 말 속에 묻어나는 언어의 굴절은 표준어나 외국어로는 옮길 수 없는 절실한 '시적 언어'의 긴장이 있는 것이다. '모과빛 장지문'이나 '행성만한 떡시루'라는 이미지는 시인이 항간의 우스개를 '시적 조직'으로 재창조하기 위한 시적 가늠쇠에 해당될 것이다.

지난겨울 전국적으로 폭설이 내렸을 때, 이 시가 인터넷을 온통 도배한 것을 보면서 하나 생각난 것이 있다. 시가 지니는 허위의 엄숙성을 버리고 민중한테 가까이 다가가서 그들의 말과 눈높이로 시를 쓴다면 시의 독자가 기하급수적으로 늘어날 수도 있다는 사실이었다. 외설적이라고 비난하는 사람은 하나도 없고 모두들 배꼽 잡는 우리 말의 묘미를 새삼 절감한 모양이었다. 나의 다른 시 「굴비」나 「방아 타령」도 우리말의 무지갯빛 영롱함 때문에 독자들의 사랑을 받고 있다고 믿어진다.

내가 자란 충청 북부지역에서도 느려터진 충청지방의 특색이 고스란히 담겨 있는 말이 꽤 많다. 우습기도 하고 싱거워 보이기도 하는 이런 말들을 시의 조직으로 재구성할 때 살아서 펄펄 뛰는 진짜 시가 탄생하는 것이다. 누구에게 무슨 사실에 대하여 물었을 때 '예스'나 '노'라고 대답하는 게 아니라, 두루뭉술하게 그냥 '그렇지 뭐'라고 대꾸하는 경우가 많다. 그러나 종잡을 수 없는 이러한 말대꾸를 듣는 사람은 그 뜻을 한 치의 어긋남도 없이 다 알아듣는다. 고추 농사 잘됐나? 그렇지 뭐. 시집간 딸 잘 살아? 그렇지 뭐. 농사가 잘됐는지, 시집보낸 딸이 잘 사는지 어떤지 대번에 그 뜻을 알아차린다.

재미없는 시는 독자가 외면한다. 시를 교훈적인 맥락으로만 읽는 것은 시적 문맹에 해당한다. 소월의 「진달래꽃」도 언젠가는 꽃을 멋대로 따는 '자연보호 위반'의 문맥으로 읽어치울까 두렵다. 김수영의 「풀」이 독자들의 사랑을 받는 까닭은 무엇일까. 권력과 민중의 숙명적 대결을 노래해서라고? 천만에! "풀이 눕는다 / 바람보다 더 빨리 눕는다 / 바람보다도 더 빨리 울고 / 바람보다도 먼저 일어난다"라는 이 괴상한 진술은 정말 '우시가는' 정도를 넘어서서 '지랄하고 자빠지는' 수준이다. 기상천외의 표현 때문에 독자들은 재미를 느낀다. 윤동주의 「서시」도 마찬가지이다. "잎새에 이는 바람에도 나는 괴로

위했다"라는 것도 '말도 안 되는' 우스개에 지나지 않는다. 그래서 재미가 있다. 이런 구절을 가리켜 식민지 지식인의 고통입네 하는 시 해석은 다 가짜다.

우리의 현대시가 '시는 시다워야 한다'는 관습에 너무 얽매여 있는지도 모른다. 시 비슷한 탈을 쓰고 그것이 진짜 시다운 시인 줄 착각하는 시들이 넘쳐난다. 사소한 발견을 무슨 큰 깨달음인 양 과장한 나머지 시인과 독자들이 '시'와는 멀리 동떨어진 곳에서 피차 외면하게 되는 것이 오늘날의 현실이다. 좋은 시는 다 우스개를 태반으로 해서 태어난다.

버슨분홍 시인을 기다리며

　내가 요즘 시 써놓은 게 제법 되는데 지난봄에 『현대시학』에서도 그러더니 이번에 『문파』에서도 나보고 시 달라는 말은 않고 권두언을 쓰라네요. 인사 삼아서 초청장을 보낸 줄도 모르고 시인들 모임에 나가서 들으나 마나 한 축사나 한마디 하는 그런 늙정이 시인으로 나를 아는가 보오. 허지만 나는, 갈 데 안 갈 데 가리는, 성질머리는 나이 들어서도 변하지 않은 딸깍발이요.

　요즘 코로나 평계로 번거로운 외출을 끊고 적막강산 속에서 곰곰 생각해보니, 살아온 세월이 하염없이 떠올라 공연히 눈물이 날 때도 있다오. 잉크가 어는 추운 방에서 공부했던 치악산 밑의 까까머리 중학생이 울면서 찾아오고, 해가 져도 들어갈 집이 없어 홍보관 앞 벤치에서 날밤을 새우던, 안암동의 저주받을 캠퍼스가 대형 스크린처럼 내 앞에 느닷없이 나타나오. 아이고, 귀신 들린 듯 허깨비와 실재가 뒤엉키는 나날, 나를 스스로 위리안치시켰소. 젊은 날 신춘문예에 시와 소설을 여러 편 응모해놓고는 각 신문마다 몽땅 내 작품이 당선되리라는 꿈을 꾸었지만 종당에는 모조리 낙선했을 때의 핏빛 절망도 느닷없이 내 귀싸대기를 갈기고 있소. 운명이여, 이제 그만 좀 갈겨라. 내 평생 동안 그대의 매를 너무 많이 맞았노라. 자꾸 이러면 노인 학대다!

좀만 정신을 차려서 권두언이라는 주제의 글맵시를 생각해보기로 한다면야, 나도 사실은 할 말이 있긴 하오. 그러나 이제 내 생애가 일락서산이라 할 말이 많다는 사실조차를 다 망각한 상태니 괜히 옛 버릇대로 글을 썼다가는 홍두깨생갈이하는 꼴이 되어 귀한 『문파』의 지면만 버리게 될 것 같으오. 궁여지책으로 요즘 나오는 잡지와 시집을 읽으면서 이모저모 든 느낌을 몇 자 휘뚜루 적어서 면피나 해볼까 하는데, 괜찮을까 모르오.

시인들에 대한 느낌이라고는 하지만 무슨 대단한 시창작의 길을 일러주거나 시인으로 살아가는 삶의 방식을 말하려는 것은 단연코 아니오. 싸락눈 퍼붓는 한겨울, 포장마차 동글 의자에 앉아 꼬치안주로 소주잔 쨍하며 나누는 허나 마나 한 이야기 같은 것, 듣고 나면 다 까먹는 그런 이야기 속에 은연하게 숨어 있다고 괜히 믿고 싶은 흐릿한 느낌 같은 것. 호의인지 적의인지도 다 경계가 없어진 무화돼버리는 느낌이니까, 쓴 소주에 알딸딸 혀 꼬부라지기 전에 몇 마디를 뽑아 짐짓 글로 옮겨본다면 이렇소.

시를 너무 잘 쓰지 마오. 시를 너무 많이 쓰지 마오. 시를 너무 유식하게 쓰지 마오. 이게 무슨 말인지 나도 헷갈리니까 독자들도 많이 헷갈리겠지만.

시를 잘만 쓰려고 기를 쓰면 시가 길을 잃고 미아가 되기 십상이오. 내 눈깔로 보고 내 귀로 듣는 사물을 언어로 그려야 되는데 남의 눈깔, 그것도 생전 본 적도 없는 외국의 시인이나 비평가의 눈높이로 시를 쓴다면야 일견 아주 잘 쓴 시처럼은 보일지라도 그건 사실 시가 아니오. 지용의 시를 곰곰 보오. 질마재 갑남을녀가 수다를 떠는 풍경을 그린 미당을 보오. 유학을 한 유식한 청년 백석이 고향의 무지렁이 언어로 쓴, 뜻도 모를 시를 보고 또 보오. 시는 손으로 쓰는 게 아니라 내 심장으로 허파로 뇌로 콩팥으로 쓸개로 요도로 쓰는 게 아니겠소?

또 시를 너무 많이 쓰지 마오. 열 편을 쓰면 아홉 편은 찢으오. 내다 버린 아홉 편은 시가 아니라 시창작 공책에나 끄적여놓은 단상에 불과할 거요. 사람은 열 번째 아이를 낳다가도 죽는 수가 있소. 생명을 걸고 아기를 낳기 때문이오. 시인은 시 한 편마다 생명을 걸어야 하오. 시 한 편 낳다가 죽는 시인! 그이만이 유일무이한 시인이오. 이런 고로 이 글을 쓰는 나나 읽는 여러분이나 아직은 시인이 아니오. 왜? 부끄럽고 뻔뻔하게 살아 있으니까. 시인은 죽은 다음에야 진정한 시인이 되는 것이오. 소월과 만해, 이상과 동주가 다 그랬소.

아주 유식한 척 시에다가 무슨 사상이나 이념이나 철학 또는 종교적인 초월의식을 담아서 제법 그럴듯하게 꾸미고 그게 무슨 대단한 시인정신인 것처럼 포장하는 경우가 종종 보이는데 이건 시단으로 위장전입한 사이비에 지나지 않소. 십중팔구 제대로 뜻도 모르면서 읽은 책에서 짜깁기한 지식은 시의 원형을 죽이는 독이오 독. 내가 생각하는 생각, 내가 보는 풍경, 내가 듣는 소리를 '나'의 손으로 붙잡아

시라는 틀에다가 담으면, 그 작품을 읽는 독후감 속에서, 문학사 속에서, 비로소 사상과 이념과 철학이 저절로 생겨나는 거요. 꽃이 피면서 '내가 꽃이다'라고 말하는 것 보았소? 옹달샘에서 솟는 샘물이 '내가 샘물이다'라고 속삭이는 것 보았소?

간호사가 입는 흰 가운이나 예식 날 신부가 입는 드레스처럼 시인의 옷을 따로 정하면 어떨까요. 저 아무개는 분명 시인이라는데, 시도 웬만큼 쓴다고 소문이 자자하지만, 하는 짓은 영 모리배나 다름없는 경우가 종종 있소. 아예 시인의 가운이 따로 있어서 사시사철 입게하면, 백의의 천사가 환자들을 지극정성으로 돌보듯, 저 아무개 시인도 우리말을 목숨 바쳐 모시면서 진짜 시인으로 다시 태어날 거요. 그러면 우리말의 곡진한 의미를 찾아 운명을 거는 진짜 시인의 가운은 무슨 색이 좋을라나.

아, 바로 '버슨분홍'! 버슨분홍은 연분홍의 옛말인데 몸과 마음을 간질이는 어감이 시인의 가운 색으로는 딱이라는 생각이 드오. 버슨분홍 치마와 바지를 입고 밤샘을 하며 말 하나를 붙잡고 목숨을 불사르는 시인이여. 땀 냄새 똥 냄새 오줌 냄새 밥 냄새 폴폴 풍기는 그대, 진정 아름다운지고.

언어를 모시다

1.

흔히 시詩를 가리켜서 언어로 지은 절이라고 말한다. 언뜻 보면 아주 그럴듯하고 멋있는 것 같지만 사실은 이런 풀이처럼 싱거운 해석도 따로 없을 것 같다. 말씀 言에 절 寺가 합해져서 이루어진 글자가 '詩'이니까 이렇게 쉽게 말하는 것이겠지만 寺에는 '절' 외에 다른 뜻도 두세 개 더 있다.

'寺'는 절을 뜻할 때는 '사'라고 읽지만 '모신다'는 뜻일 때는 '시'라고 읽는다. 옛날 임금을 곁에서 모시는 벼슬아치를 시인寺人이라고 했다. 시는 언어를 최고로 받들어 모시는 문학의 장르이다. 그래서 '시'를 한자로 '詩'라고 적는 것이 아닐까. 이렇게 볼 때 언어를 최고 존엄으로 모시는 사람이 바로 시인이다.

그런데 요즘 시인들이 언어를 최고의 높임으로 잘 모시고 있는가. 마구잡이로 시를 남발하는 시단은 겉으로는 아주 풍요로워 보이지만 시의 알갱이는 꼭 그렇지만도 않다. 이 시대의 모든 시인은 모름지기 자기의 시가 지금 숨을 쉬는지 숨이 다 넘어갔는지 한 번쯤 시혼의 맥박도 짚어보고 시의 맥락을 초음파 사진으로 찍어보는 게 좋을 것 같다. 입으로는 민족의 주체성을 말하면서도 실제 창작에서는 민족의 언어를 외래어와 뒤섞어 난도질하는 일은 없는지 되돌아보아야 할 것이다.

나는 젊을 때나 일락서산 지금이나 시를 쓸 때 늘 언어에 많은 공을 들인다. 예쁜 말 고운 말을 고르느라고 시간을 들이는 게 아니라 작품에 딱 맞는 말을 찾느라고 고생을 한다. 금광에서 노다지를 캐는 게 아니라 강변에서 사금을 캐는 가난한 광부나 금은방 세공업자처럼 시의 구성과 언어 선택에 애를 많이 쓴다. 갑남을녀가 주고받는 토박이말이나 근대화의 격랑을 건너면서 우리가 잊어버린 채 사전에서 잠자고 있는 우리말을 찾느라고 많은 시간을 쓴다.

그전에 어떤 글에서 나의 이러한 딱한 꼴을 자조적으로 토로하면서, '그대들은 잠수함이나 고래 같은 큰 시를 쓰게나. 나는 새우나 굴비 같은 작고 시시한 시를 쓰겠네'라고 한 적도 있다. 시는 아주 사소한 사물과 정서에서 비롯되는 것이지 아주 거대한 담론은 시를 마침내 죽인다.

나의 시 「비백飛白」을 예로 들어 내가 지닌 시창작의 의도와 시가 태어나는 과정을 이야기하면, 언어를 섬기고 모시는 내 시의 제 모습이 도렷하게 드러날 것 같다. 비백은 한자의 서체 가운데 하나다. 글

자의 획에 희끗희끗한 흰 자국이 나도록 쓰는 것으로 팔분八分이라고
도 한다. 그러니까 내 솜씨가 좀 성글고 부족해서 마냥 팔푼이처럼 구
니까 아주 제대로 된 제목처럼 보이기도 한다. 이제 나이 점점 들어
남의 말 잘 들리지 않고, 그러니 자연 남의 말 듣지 않고, 귀절벽에 쇠
고집이 되었는지라 순전히 내 맘대로 하는 말이니까 다들 고개를 외
로 저어도 할 말 없다.

콩을 심으며 논길 가는
노인의 머리 위로
백로 두어 마리
하늘 자락 시치며 날아간다

깐깐오월
모내는 날
일손 놓은 노인의 발걸음
호젓하다

꼭 타임머신을 타고 온, 갓 쓴 조선시대 시인의 작품으로 착각하기
쉽겠다. 지금이 어느 시대인데 이런 시를 쓰느냐고 다들 생각할지도
모르겠다. 그런데 그렇게들 생각하지 말기 바란다. 옛날에야 손으로
일일이 모내기를 했지만, 요즘은 동력 이앙기로 모를 심기 때문에 나
이 든 노인들은 모내기할 때도 뒷전으로 밀려나기 마련이다. 낙향한
지 20년이 다 되는 내 경험으로 보건대 이 시에 나타난 농촌 풍경은

과거형이 아니고 지금도 다 그대로 현재진행형이다. 나이 들어 농기계 다루는 게 서툴고 몸이 불편한 노인들은 농사일에는 손을 놓고 멀찌가니 물러나서 모내기하는 광경을 고즈넉이 바라볼 뿐이다.

시의 형태를 일부러 간종그리게 만든 것은 다 꿍꿍이가 있어서다. 현대시의 전개과정을 흔히 정형시-자유시 식으로 설명하지만 시는 본태적으로 자유 제한적인 정형의 형식을 운명적으로 지니고 있다고 이해해야 한다.

콩을 심으며 간다. 백로가 하늘 자락을 시치며 날아간다. 깐깐오월. 이런 말들에 나타난 우리말의 곡진한 결을 이야기해보겠다.

홍명희와 송기숙, 이문구 등 여러 작가의 소설어사전을 펴낸 바 있는 민충환 교수한테 들은 이야기다. 한국 현대소설을 연구하는 일본 학자가 홍명희의 소설 『임꺽정』에 나오는 '콩을 심으며 간다'라는 말이 무슨 뜻이냐고 묻는 편지를 보내왔었다고 한다. 외국 학자가 이렇게 한국 소설을 자세히 읽고 있다는 사실에 놀란 그는 촌로에게 물어 물어 마침내 그 뜻을 알아냈다고 술회한 글을 읽은 적이 있다. '콩을 심으며 간다'라는 말은 한쪽 다리를 절룩거리며 걷는 것을 뜻한다. 콩을 심을 때 한 발로 절룩거리며 흙을 다지는 모습에서 나온 관용적 표현이다. 이 말은 작은 국어사전에도 등재된 관용어라는 사실을 나는 나중에야 알았다.

"백로 두어 마리 / 하늘 자락 시치며 날아간다"라는 말은 동인시화東人詩話에 나오는 고려시대 선비의 시에서 짐짓 연유한 것이다. 그는 해오라기에 대한 시를 지으려고 비를 무릅쓰고 송도 천수사 계곡에 나갔다가 어느 날 마침내 '비할벽산요飛割碧山腰'라는 시구를 얻고는,

옛사람이 미치지 못한 바를 드디어 이루었다고 쾌재를 불렀다고 한다. 이 시구는 정말 기막히게 아름답고 생동감이 넘친다.

그런데 큰 새가 푸른 산허리를 베며 날아간다는 표현은 어쩐지 너무 빠르고 날카롭게 느껴져서 어울리지 않는 것 같았다. 내 시적 상상력의 눈에는, 바느질할 때 옷감을 시치고 호는 것처럼 해오라기가 푸른 산을 배경으로 큰 날개로 느릿느릿 너울너울 날아가는 것으로 보였다.

나는 10년도 더 전에 「춘일春日」이라는 시를 쓴 적도 있다. 햇살이 산마루에 낀 안개를 시치고 호면서 비치는 봄의 풍경을 그림 그리듯 묘사한 시다.

풀귀얄로
풀물 바른 듯
안개 낀 봄산

오요요 부르면
깡종깡종 뛰는
쌀강아지

산마루 안개를
홑이불 시치듯 호는
왕겨빛 햇귀

옛사람들은 그냥 5월, 6월, 7월, 8월이라고 하지 않고, 농경생활의 땀과 웃음을 결부시켜서 깐깐오월, 미끈유월, 어정칠월, 건들팔월이라고 했다. 우리는 지금 선조들이 사용하던 우리말의 풍류와 해학을 반나마 까먹고 있는 것이다. "깐깐오월 / 모내는 날"이라고 나직이 읽다 보면 논두렁에서 새참에 막걸리 한잔 마시는 농부들의 헛헛한 숨소리가 들려오지 않는가. 지금 노인은 일손 다 놓고 다리를 절룩대며 논길을 걷는다. 머리 위로 백로가 너울너울 날아간다.

나는 시를 쓸 때 시곗바늘을 아주 까마득한 과거로 돌릴 때가 있다. 단군 할아버지 시대까지 광속의 속도로 날아가서 시적 놀이를 하기도 한다. 선사시대의 암각화가 새겨진 바위와 정면으로 마주 보기도 한다. 암각화에 새겨진 선사시대의 그림이야말로 바로 시의 원형이다. 아득한 과거로 돌아간다고? 그런다고 뭐가 달라지는데? 이렇게 자문을 가끔 하지만 자답은 내 입으로 아직 못 하겠다.

먼 훗날 눈 밝고 귀 밝은 이 있어, 나의 이러한 시 쓰기의 외고집이 좀은 이해가 될라나? 나도 모르겠다.

2.

요즘 나는 동복오문同福吳門 내 선조들의 문집을 읽으면서 시간을 보낼 때가 많다. 내가 운명적으로 지나온 길을 따라가며 내가 '나'를 찾는 일을 하는 셈이다. 그 누구도 아닌 전생의 '나'에게 자꾸 여쭌대고 싶은 것일까. 옛 문집을 읽다가 힘들게 시 몇 편이 생겼다. 그래서 내 시 몇 편에 대한 뒷이야기나 하나 할까 한다. 시작 노트라고 해도 되고 시작 낙서라고 해도 되겠다. 내 시가 재미있게 읽힌다고 쉽게 뚝딱 쓰는 줄 아는 독자들도 있겠지만, 천만의 말씀! 아마 나처럼 지지遲遲한 시인, 더는 없을라.

"하루걸러 동냥젖으로 / 눈물로 간을 한 미음으로 / 막내를 살리려고 / 하늘에 빌고 또 빌었다"(「이름」)에 나오는 '눈물로 간을 한 미음'의 이미지는, 사실 내가 쓴 게 아니라 하늘에서 들리는 말씀을 나는 그냥 받아 적었다고 해야 솔직한 고백이다. 나는 그 '말씀'을 기다리느라 며칠 날밤을 새웠다. 어찌해서 이런 이미지가 불현듯 내 눈앞에 떠올랐는지 가늠조차 할 수 없다. 눈물로 간을 한 미음! 이걸 어쩌나. 지금 다시 읽어도 그냥 눈물이 막 나네.

「이름」과 「벌초」에 나오는 "손 하나이"와 "노인 하나이"는 중세국어에서 쓰이던 옛 주격조사 '이'를 짐짓 다시 불러내어 쓴 것이다. 이래야지 좀 어눌하면서도 다정한 이 시의 정조情調가 은연중에 살아날 것 같은데, 과연 그런지?

「소 두 마리의 울음소리」와 「이름」에 나오는, "하라버지 하라버지 / 어린 손자 탁뻐니 / 절 바드시압"과 "탁뻐나 / 니 가는 곧 어드메뇨?"는 표준어규정에 나와 있는 '표준발음법'에 따라 쓴 것이다. 문자 이전의 '소리'가 진짜 우리말의 곡진한 원형인 것이다. 편집실에서 '가는 곧'을 '가는 곳'으로 고치면 안 되지, 암. 오래전 어느 잡지에 보낸 시에 '허아비'라는 말이 있었는데 잡지가 나온 걸 보니 '허수아비'로 고쳐버린 게 아닌가. '허수아비'의 준말이 '허아비'래서 내가 일부러 꾀를 냈던 것인데! 내가 시를 쓸 때 말 하나하나에 목숨을 건다는 것을 잘 아실 텐데.

국어사전에 보면 '낙목한천'의 표준발음이 〔낭모칸천〕으로 돼 있다. 2006년에 낸 나의 시집 『손님』에는 「낭모칸천」이란 시가 있다.

개다리소반의
개다리처럼
낙낙한 걸음으로
오시게나

낙목한천
아득한 서역 길을
진신사리
받들고

낭모칸천 낭모칸천
목 쉰 목탁
두드리며
오시게나

곰곰 생각해보니, 내 생애는 '낭모칸천'이었고 내 시는 '눈물로 간을 한 미음'이었다. 이 말을 들으신 연초재 할아버지께서는 그냥 빙긋웃으실라나.

3.

2022년 새해가 되자 기분이 좀 묘했다. 내가 1943년 계미생이니까 우리 나이로 여든이 된 것이다. 아침에 일어나면 거울을 보면서 "할아버지, 안녕?" 하고 인사를 한다. 장난삼아 그러는 게 아니라 정말로 나한테 아침 문안을 하는 것이다. 그러니까 내 몸에는, 아니, 영혼에는, 조손祖孫이 공존하고 있는 것이다. 앞으로 나를 길가에서 보는 사람은, '어, 저기 애와 노인이 한 몸으로 걸어가네'라고 손가락질하기 바란다.

올 정초 성묘를 하고 온 날 저녁, 술을 한잔하고 일찍 잠이 들었다가 새벽에 깼다. 담배를 피워 물고 인터넷에서 신문 기사를 검색해보았다. 그러다가 어느 신문에 난 이어령 선생 인터뷰 기사를 보게 되었다. 병색이 완연하고 많이 여윈 선생의 모습을 보자 내 심장이 쿵! 하고 내려앉는 것 같았다. 그 순간 내 마음속에서 한 편의 시가 떠올랐다. 동이 틀 무렵 이어령 선생께 이메일을 보냈다.

이메일을 주고받은 이는 'ohtakbon@hanmail.net'과 'pyongdo@gmail.com'이다.

> 보낸 사람 오탁번〈ohtakbon@hanmail.net〉 22.01.04. 07:41
> 일반 파일 1개(20.5KB) 미리보기
> 별 '아! 이어령'. 20.5KB

> 선생님. 새해 세배드립니다.

자주 뵙지는 못하지만 선생님은 언제나 제 마음속에 계십니다.

오늘 새벽 동아일보에 난 선생님 인터뷰 기사를 보았습니다.

맑은 눈으로 세상을 바라보시는 선생님을 사랑합니다.

하느님. 우리 선생님을 보우하소서.

첨부파일로 올리는 시 한 편, 웃으며 보세요.

— 오탁번.

〈첨부파일〉

별 '아! 이어령'

동아일보 2022. 1. 4.

파워인터뷰 — 이어령을 읽는다

— 포스트 <u>코로나</u> 시대,

　　보리처럼 밟힌 마이너리티가 이끌 것

2022. 01. 04. 03 : 04에 입력한 기사다

지금은 4시 30분

많이 여위셨지만 형형한 눈빛은

겨울 아침 햇살 같다

추천해요! 좋아요! 감동이에요!

이모티콘에 클릭을 한다

댓글 창을 보니 아직 아무 글도 없다

난생처음 댓글을 쓴다

― 구구절절 빛나는 옳은 말씀을
  두 손으로 받들어 읽었습니다

맨 처음 이모티콘을 클릭하고
그리고 댓글까지!
나는 지금 이어령을 보고 있다
허블 망원경도 못 찾은 별을
나는 지금 보고 있다
나는 그 별을
'아! 이어령'이라고 명명한다
'아'는 아 소리 낼 때 입술처럼
동그마니 작은 우주의 크기고
'!'는 빅뱅 때 나는 섬광이다

별 '아! 이어령'은
광막한 어둠을 뚫고 달려와서
우리 태양계가 탄생하는 순간
수금지화목토 사이에서
푸른 별 지구가 태어나는
찰나의 찰나에
우리와 해후한다
1초의 10억분의 1
나노nano 초 1! 2! 3!의 속도로

불멸의 별이 된다

이메일을 보내고 나서 나는 좀 걱정이 되었다. 이어령 선생께 메일을 보내는 게 처음이어서 메일 주소가 맞는지도 잘 모르는 상태였다. 신문에 난 인터뷰 기사를 읽을 때 나는 그분이 바로 우리 시대의 '별'이라는 생각이 퍼뜩 들었다. 그래서 「별, '아! 이어령'」이라는 시를 급히 썼다. 그분께 바로 보여드려야 한다는 절박한 마음에서 첨부파일로 시를 보냈다. 세배를 드리는 간절한 마음이었다.

그런데 다음 날 오후, 뜻밖에도 이어령 선생이 메일로 답장을 보낸 것이다. 나는 깜짝 놀라 메일을 얼른 열어보았다.

Re: 오탁번 메일

보낸 사람 Oyoung Lee〈pyongdo@gmail.com〉 22.01.05. 13:54

백아와 종자기라더니. 내 글을 이해하고 함께 호흡할 수 있는 유일한 사람.

'정자의 시점' 때에도 시를 써주어 내가 애지중지하는 작품으로 전집 글에다가도 게재한 바 있는데.

투병 중 절망 속에서 별의 노래를 들으니 이제 죽어도 될 것 같다는 생각이 들어요.

오만한 오탁번이기에 타협 모르는 시인 소설가이기에 남들이 두려운 사람으로 알고 있는데 나에게는 햇볕처럼 따뜻하다. 온도계가 다르구나.

고마워요. 마지막 동행자가 되어주어서 외롭지 않아요.

구술이라 오탈자 많더라도 감안해서 읽으세요.

새해 인사도 겸해서.

— 이어령.

『여씨춘추呂氏春秋』에 나오는 백아伯牙와 종자기鍾子期의 고사에서 '지음知音'이라는 말이 유래됐는데, 내가 이어령 선생의 지음이라니 얼마나 가슴에 사무치는 말인가.

'정자의 시점'이란 말은, 내가 1999년에 나온 시집『1미터의 사랑』에 수록된 「이어령의 포인트 오브 뷰」라는 시에서, 동양 산수화에 자주 나오는 정자亭子가 바로 화가의 시점을 의미하는 것은 물론 제삼자가 바라보는 바로 그 예술의 시점을 뜻한다는 이 선생의 말을 인용했었는데 그걸 가리킨 것이다. 이 선생의 위트와 패러독스가 번뜩이는 문학강연이 시보다도 더 시답고 국문학자의 논문보다 더 탁월하다는 놀라움을 시로 쓴 것이었다.

나는 이어령 선생의 시집『어느 무신론자의 기도』(문학세계사, 2008)에 표4글을 쓴 적도 있다. 시집이 나오고 나서 한참 후에 어느 자리에서 이 선생과 몇 마디 나눈 적이 있다. "표4글 아주 잘 썼더군." 하시길래, "뭘요. 배 아프다고 했는데요." 했더니, "배가 아프다는 말이 최고의 칭찬이지!" 하는 것이었다. 시집 표4에 쓴 짧은 글은 다음과 같다. 이제 다시 읽어보니, 꼬부장한 '?'는 점점 작아져서 눈에 띄지도 않고 오직 '!'만이 점점점 커지면서 누리에 가득 넘친다.

이 나라 문화의 살아 있는 상징이 된 이어령 선생! 나도 한때는 '!' 대신에 꼬부장한 '?'를 붙이고 싶은 때가 있긴 했지만, 몽당연필에 침 발라 쓴

'떨어진 단추'와 '빗방울'에 대한 시를 읽고는 사뭇 눈물겨울 뿐 긴 말을 잃는다. '나 혼자 굴렁쇠를 굴리던 보리밭 길'이 우리 겨레의 원형상징의 아스라한 지평으로 떠오르고 있다. 눈썹보다 더 작은 아주아주 사소한 것에 대한 헌사를 숙명적으로 껴안은 시인 이어령 선생! 그가 괜히 또 밉다. 배가 아프다.

하늘에서 들리는 말씀, 받아 적는다

내가 읽은 나의 시집, 『비백』

1.

올봄에 시 66편을 묶어서 열한 번째 시집 『비백飛白』(문학세계사, 2022.4)을 냈다. 2019년에 열 번째 시집 『알요강』(현대시학사, 2019.4)을 냈으니 딱 3년 만에 또 시집을 낸 것이다.

시집을 자주 내는 것은 내가 평소에 생각하는 시인의 몸가짐이나 마음가짐으로서는 전혀 합당하지 않은 것이다. 소월이나 만해, 지용이나 육사 그리고 백석이나 윤동주가 평생 쓴 시의 몇 배에 해당하는 작품을 요 몇 년 사이에 쓴 내 꼬락서니는 내가 봐도 참 부끄럽기는 하다.

이제 나이 드니 별로 오갈 데도 없고 더군다나 지난 3년 동안 망할 코로나 때문에 주야장천 집에만 있게 되니, 늦바람이 용마름을 벗긴다고, 책 읽고 글 쓰는 일에 푹 파묻혀서 내 딴에는 최선을 다해 열심히 쓰고 또 쓴 결과이기는 하다. 청탁이 오면 오는 대로 안 오면 안 오는 대로 하나하나 시를 써서 매만지며 전업시인으로 산 것은 처음 있는 일이다.

시의 운명은 결코 시 작품이나 시집의 많고 적음의 숫자에 기인하는 것이 아닐진대, 요즘 시인들은 시를 많이도 쓰고 시집을 많이도 내는 것을 부끄러워하기는커녕 왕성한 필력을 은근히 과시하는 경향도 있는 것 같다. 너 나 할 것 없이 시인들이 시를 많이들 쓰는 것은 그놈의 컴퓨터 때문일 것이다. 첨삭이 손쉬울 뿐 아니라 금방 프린트도 되니 어느 정도 객관적인 거리를 두고 교정을 볼 수 있다. 자기 원고가 처음으로 활자화되어 지면에 발표됐을 때의 기쁨과 놀라움은 평생 잊지 못할 전기적 사건이다. 나의 경우 1957년 원주중학교 2학년 때 『학원』에 처음으로 내 글이 발표되었다. 원고지에다 괴발개발 쓴 내 글이 네모반듯한 활자로 잡지에 인쇄된 것을 볼 때의 놀라움과 기쁨은 비유하건대 치악산이 대지진으로 와르르 무너지는가 싶더니 갑자기 에베레스트보다 더 높이 솟아오르는 것 같았다.

요즘은 이러한 놀라움과 기쁨 그리고 절망을 간단하게 컴퓨터 앞에서 손쉽게 경험하게 된다. 모든 시인이 작품생산 공장을 차린 자영업자가 된 것이다. 생산-판매-이익이라는 시장주의 원칙은 아랑곳하지 않고 무턱대고 시인들은 하루가 멀다 하고 오늘도 시를 생산하여 출고한다. 안 팔리고 못 팔리는 시집을 눈 감고 아옹하며 세상에 내보낸다.

'비백飛白'은 후한後漢 시대의 서예가 채옹蔡邕이 흰 벽을 귀얄로

칠하는 것을 보고 창시한 서체라고 한다. 비로 쓴 것처럼 잘게 갈라져서 글씨의 획이 비동飛動하면서 흰 귀얄자국이 나타나는 서체다. 붓의 끝마무리가 깃발처럼 휘날려서 편액 같은 대자大字에 잘 어울리는 서체로서 붓에 먹물을 많이 묻히지 않고 그림을 그리거나 글씨를 쓰는 갈필渴筆과는 다른, 서예의 고도한 수법이라 할 수 있다.

시집의 제목을 처음에는 '눈물로 간을 한 미음'으로 할까 했다. 좀 망설이고 있을 때 '비백'의 이미지가 퍼뜩 떠올랐다. 필세가 비동飛動하면서 귀얄자국이 나타나는 비백처럼 시를 써야 한다는 마음이 사무쳤다. 마음속에서 솟아나는 정서를 있는 그대로 다 까발리지 않고, 붓을 잡을 때 손이 바들바들 떨리듯 말을 할 때 좀 더듬듯, 내리닫이로 유창하지 않으면서도 언뜻언뜻 여백이 묻어나는 시. 그런 시를 쓰는 시인이 되자고 다짐하면서 시를 고치고 또 고치며 원고를 정리했다. 벼락치는 소리 같다가도 금세 다듬다듬 들려오는 다듬이소리 같은 시, 날 저문데 지나가는 나그네에게 따끈한 저녁밥과 술 한잔 대접하여 잠자리를 마련해주고 이튿날 떠날 때면 꼬깃꼬깃한 돈 몇 장을 건네주는 우리네 옛 풍습이 살아 있는 문화를 상상하면서 시집 원고를 붙잡고 씨름을 했다.

어머니가 서른 살에 4남 1녀 막내로 나를 낳으셨는데 심한 영양실조라서 젖이 안 나왔다고 한다. 그래서 동냥젖으로 미음으로 나를 살리셨다고 한다. 미음을 먹이며 어린 생명을 살리려는 어머니의 눈물이 내 시혼의 진짜 터무니다.

사실 이번 시집의 시적 영혼은 『비백』맨 앞에 실린 '시인의 말'에다 들어 있다. "눈물로 간을 한 미음"이라는 말은 내가 궁리해서 쓴 것이 아니다. 하늘에서 들리는 말씀을 무심결에 받아 적었다.

　　갓난이한테 미음 먹이며
　　하늘에 빌고 또 비는
　　어머니.
　　생각만 해도 눈물이 난다.

　　비는 말씀 사이사이
　　한숨 소리를
　　정성껏 받아쓴다.
　　눈물로 간을 한 미음!

　　하염없이 하늘을 우러르니
　　세상 만물이 다 그윽하다.

— 시인의 말

2.

『비백』에서 시 몇 편을 읽어보겠다.

　　9대조 할아버지의 문집 『연초재유고燕超齋遺稿』에는
　　「의림지義林池」라는 글이 있는데

'지재현치북이우명池在縣治北二牛鳴'이란 말이 나온다
현치의 북쪽
소 두 마리의 울음소리가 들릴만한 거리에
의림지가 있다는 뜻이다
일우명지一牛鳴地라는 말을 살짝 꼬아서
'소 두 마리의 울음소리'라고 한
할아버지의 솜씨가 천하일품이다
이우명二牛鳴이란 말을 처음 본 순간
나는 눈물이 핑 돌았다
말 하나하나 고르느라 노심초사 하신
연초재 할아버지!
할아버지는
제천 백배미에 살았는데
생전에 의림지를 자주 찾아 거닐며
주옥같은 글을 여러 편 남기셨다

유고에는 「진섭헌振屧軒」이라는 글도 있다
서쪽 산 중턱 별서別墅에서 본
의림지의 경치가 으뜸이었나 보다
'진섭'은 나막신을 턴다는 뜻으로
집을 지을 때 인부들이 신발에 흙을 묻혀 날라
담장에 발랐다는
명나라 왕원미王元美의 고사에 나오는 말이다

진섭헌에 오르면

반나마 보이는 의림지의 물낯이

미인 서시西施의 옆얼굴 같다고 했다

와! 우리 할아버지 멋쟁이!

미인을 그리는 풍류는

할아버지나 손자나 매한가지다

나도 오래전 두바이에 갔을 때

버슨금차할로 웅긋웅긋

끝없이 펼쳐진 사막을 처음 보고

와! 알몸의 미인들이다!

너무 놀라 소리친 적 있다

삼백년도 더 전

스물여덟에 돌아가신 할아버지!

소 두 마리 울음소리 더는 안 들리는

까마아득한 하늘에서

손자를 물끄러미 내려다보실

연초재 할아버지!

— 하라버지 하라버지

　어린 손자 탁뻐니

　절 바드시압

—「소 두 마리의 울음소리」

어느 날 그냥 찾아온 손 하나이
내 이름이 본명이냐 뜬금없이 물어
방울 탁鐸! 울타리 번藩!
또박또박 글자 풀이를 해주었다
엄한 선비였던 할아버지가
내가 태어나기도 전에
손자 한 놈 더 있다고
내 이름 지어놓고 돌아가셨는데
1943년 한여름 초저녁에
정말 내가 태어났다고

서른 살에 4남1녀 막내로
날 낳으신 어머니는
영양실조로 젖이 말라
하루걸러 동냥젖으로
눈물로 간을 한 미음으로
막내를 살리려고
하늘에 빌고 또 빌었다
세 살 때는
아버지가 세상을 떠났으니
어머니 홀로 어찌 견디셨을까
우주 한가운데 버려진 나는
애총에나 던져질 목숨이었다

그런데, 명줄 안 끊기고

예까지 용히 왔다

그날 뜨악한 손이 가고 나자

괜히 마음이 싱숭생숭해져서

자전에서 내 이름 다시 찾아보았다

앗! 이게 뭐야?

방울 탁, 울타리 번 말고

어마한 뜻이 더 있다

독毒을 바른 창槍, 탁!

휘장揮帳이 있는 수레, 번!

깜짝 놀라 틀니 빠질 뻔했다

독 바른 창을 잡고

휘장을 친 수레를 탄다?

나는 곰곰 생각에 잠겨

혼잣말을 했다

── 탁뻐나

　　니 가는 곧 어드메뇨?

─「이름」

방학리 외갓집에 가려면

안평장골 뒷개울을 건너

야트막한 고개를 하나 넘어야 했다

공동묘지가 있는 고개에는
허물어진 뫼가 많아
겁이 많은 나는
어머니의 손을 꼭 잡고 갔다
보리누름 아직도 먼데
들녘에 가물이 든 봄날이었다

궁뜰 건너 허리질러 서 있는
느티나무를 지나면
외갓집 지붕이 바로 보였다
눈매가 고운 외숙모는
내 머리를 말없이 쓰다듬고
외삼촌과 어머니는
근심어린 얼굴로
세상 이야기를 두런두런 나누었다

외갓집에서 준
쌀 한 자루를
머리에 인 어머니는
암말도 않고
고개를 넘고 뒷개울을 건넜다
종종걸음으로 어머니를 따라
우리 집으로 돌아오는 내내

노을이 지는

먼 천등산을 바라보았다

—「보릿고개」

동네 노인 하나이

선산 벌초를 하고 내려오는데

여태 벌초도 안한

먼저 떠난 이웃의 무덤이 보인다

추석이 낼모레인데

아무리 바빠도 벌초를 안 하다니

고얀 녀석들 같으니!

혀를 끌끌 차면서

쓱쓱 낫질을 한다

살아생전에 논물 먼저 대려고

삿대질도 한 밉상이었지만

깎은머리가 된 무덤이

저녁놀 아래 정겹다

추석날에야 고향에 온 이웃 아들은

누가 벌초했는지 금방 안다

추석날 저녁에

휘영청 달이 떠오르자

곶감 한 상자와 술 한 병 들고

고맙다는 인사를 간다
그런데 인사 받는 노인의 말이
참 싱겁기도 하다
— 내가 한 게 아녀
　　지나던 꼴머슴이
　　풀을 싹 깎은 거라

앞산 하늘에 토끼 한 마리
방아 찧다 배꼽 잡는다

　　　　　　　　　　　　　　　　　　—「벌초」

　시집에서 시 네 편을 골라보았다. 시집은 4부로 되어 있는데 제1부
'해동갑'에 있는 시 가운데서 뽑은 작품이다.
　「소 두 마리의 울음소리」에 나오는 일우명지一牛鳴地라는 말은 옛
날 선비들이 거리를 가리킬 때 쓰던 관용어이다. 소 한 마리의 울음소
리가 들리는 거리는 한 0.5킬로미터쯤 될라나. 나의 9대조 할아버지
는 그걸 살짝 꼬아서 이우명二牛鳴이라 표현했으니 아마 의림지에서
1킬로미터 남짓 떨어진 지금 제천시 장락동 어디에 사셨나 보다. '버
슨금차할'은 연다갈색의 옛말이다. "하라버지 하라버지 / 어린 손자
탁뻐니 / 절 바드시압"에서 보듯 조상의 문집을 찾아 9대조 할아버지
의 시를 찾아 읽으며 겨워하는 나는 미취학 아동처럼 어릴 뿐이다.
　「이름」에 나오는 "손 하나이"는 지금은 사라진 주격조사 ' ㅣ '를 되
살려 쓴 것이다. 시집에는 "탁뻐나 / 니 가는 곧 어드메뇨?"같이 표

준발음 그대로 쓴 시가 여럿 있다. 시집 뒤에 실린 '시인의 산문'에서 밝힌 바와 같이 우리말의 곡진한 원형은 문자 이전의 소리라고 생각한다.

「보릿고개」에 나오는, 어머니 따라 외갓집 가는 길은 내가 되읽어 보아도 그림 한 폭을 보는 것 같다. 어느 눈 밝은 화가가 있어 이걸 그림으로 그린다면 기막힌 그림 한 폭이 되련만.

「벌초」의 끝부분에 나오는 "앞산 하늘에 토끼 한 마리 / 방아 찧다 배꼽 잡는다"에서 '방아 찧다가'가 아니라 '방아 찧다'로 하여, 한 음절을 줄인 것은 토끼가 깔깔깔 빠르게 웃는 모습을 나타내려고 한 것이다. 지금 한가위 달 속의 토끼는 "지나던 꼴머슴이 / 풀을 싹 깎은 거라"는 노인의 말을 듣고 배꼽 잡고 웃고 있다. 에휴! 이처럼 자디잔 말 하나에 밤잠을 설치면서 고심하는 나를 누가 알아볼꼬.

3.

지난 5월 서울 인사동에서 『비백』 출판기념회가 조촐하게 열렸을 때 내가 디자인한 가로 1.5미터 세로 0.5미터 크기의 조그만 현수막을 만들어 벽에 걸었다. 현수막 오른쪽에는 이번 시집의 표제작인 「비백」을 표준발음으로 쓰고, 왼쪽에는 시집을 낸 나의 기분을 마치 짧은 시처럼 석 줄로 쓴 다음, 서책으로 전해지는 추사 선생의 현판 글씨를 넣었다.

호색好色은 이성에 대한 색만이 아니라 공즉시색空卽是色 색즉시공

色卽是空의 그 색도 포함된다. "콩을 심으며 논낄 가는"이라는 표현은 한쪽 발로 땅을 푹 파고 콩을 심을 때 다리를 절면서 가는 것같이 보이는 걸음걸이를 가리키는 말이다. 지금 노인은 모내기의 노동에서 제외되어 불편한 다리로 논길을 걸어가고 있다. 노인의 흰머리도 깐깐오월 푸른 하늘을 날아가는 두어 마리 백로도 다 붓의 마무리가 깃발처럼 휘날리는 비백의 필세이다.

현수막에는 흑백 프로필과 시집 표지도 넣었다.

(右)
콩을 심으며 논낄 가는
노인의 머리 위로
뱅노 두어 마리
하늘 자락 시치며 날아간다

깐깐오월
모내는 날
일쏜 노은 노인의 발꺼름
호저타다

(左)
여든에 말술이니
飛白의 귀글이
희끗희끗 우놋다

一讀 二好色 三飮酒거늘

一. 二는 어드메 있느뇨

다음은 시집을 낸 후에 쓴 첫 작품이다.

시집 『비백』을 내면서

맨 앞에 '시인의 말'을 쓰는데

'눈물로 간을 한 미음'이라고 치면

자꾸 '미음'이 '마음'이 된다

동냥젖으로 눈물로 간을 한 미음으로

어머니가 나를 살리셨다는 사연인데

다시 쳐도 또 '마음'이 된다

'눈물로 간을 한 마음'?

그렇고 말고지!

그 미음이

바로 어머니의 마음이라는 걸

노트북은 어찌 알았을까

글자판에 바짝 붙어있는

ㅏ와 ㅣ가

나를 비아냥하는 것도

다 그윽한 뜻 아닐까 몰라

곰곰 생각에 겨워

눈을 감으면

은하수 건너 캄캄한 하늘

희끗희끗 흩날리는

어머니의 백발

—「눈물로 간을 한 마음」

한 손가락으로 자판을 치는 나는 노트북 앞에만 앉으면 영락없이 순 머저리가 된다. 나는 컴퓨터 자판을 달달 외워서, 손가락이 자동으로 기억하게 된 사람을 사람으로 취급하지 않는다. 그는 사람이 아니고 귀신이기 때문이다. 나는 죽었다가 깨어나도 열 손가락을 빠르게 움직이면서 자판을 칠 수 없을 것이다. 평소에 나는 피아노나 바이올린 연주하는 음악가를 사람 취급하지 않는다. 사람이 아니고 그는 신神이니까. 나의 손가락은 완전 바보천치다. 지능지수가 사람의 몸 부위마다 다르다면 아마도 내 손가락의 지능은 10? 아니, 5쯤 될 것이다. 낚시꾼들이 하는 우스개에 붕어의 지능이 5라는 말이 있는데, 나야말로 완전 붕어 짝이다.

이번 내 시집을 읽고 독후감을 전해준 사람들이 꽤 있다. 반은 내가 시집을 보내준 이들이고 반은 인터넷이나 서점에서 구매한 이들인데 이 가운데는 시집을 몇 권 사서 지인들에게 선물한 이도 더러 있어서, 내 감感을 움직였다. 시인은 천생 바보라서 인사 삼아 하는 말인지도 모르고 제 시집이 좋다고 칭찬을 하면 그냥 홀랑 넘어간다. 간이라도 빼 주고 싶은 황홀한 착각에 빠진다. 나만 그렇다고? 다른 시인들은 안 그렇다고?

 내 시집을 읽고 전화를 하는 사람이 이 세상에서 제일 예쁘다. 나는
이런 전화나 메시지를 받으면 마냥 행복해진다. 그래서 이 느낌을 틈
틈이 시로 쓰게 된다. 그 가운데서 몇 편을 골라본다.

 『비백』을 읽고
 한다는 소리가
 날 보고 귀신이란다
 싱겁기는 고드름장아찌라더니
 녀석도, 참!
 나는야 제빱보다야
 해빤이 더 땅기는데

 이 녀석
 원서헌에 온다더니
 여름 다 가도 안 오네
 멀쩡한 옛 선생을
 귀신이라 했으니
 종아리 맞을까
 겁이 좀 나나 보네

 —「장인수」

 장인수 시인은 나의 제자이다. 고교 국어교사를 하면서 국어교육

에 대한 학습서도 내고 톡톡 튀는 시를 워낙 잘 써서 시단에서도 촉망받는 시인이다. 그와 나 사이의 인생 비하인드 스토리는 「고비에서 꺼낸 편지」라는 제목으로 나의 산문집 『헛똑똑이의 시 읽기』(고려대 출판부, 2008)에 수록되어 있다. 이번에 그가 내 시집을 읽고 보낸 편지에 '언어의 귀신'이라는 말이 있어서 이런 시를 썼다.

'제빱'과 '해빤'은 '제삿밥'과 '햇반'을 표준발음 그대로 쓴 것이다. '땡기다'도 '당기다'의 속음을 그대로 쓴 것이다. 요즘 나는 아예 표준발음으로 시를 쓸 때가 있다. 그러면 표준어규정에 맞춰서 글을 쓸 때보다 시어가 팔딱팔딱 숨 쉬며 생동감 있게 느껴진다.

식탁에서도 소파에서도
내 시집을 읽으며
웃다가 울다가
나한테 그만
홀랑 넘어졌단다

내 나이 여든이라 하니
자기는 아흔이란다
아아, 아낙 같은 웃음에
검버섯 고운 뺨이
눈에 선하다마다

여든도 아흔도

이냥 빈모牝牡라네

새파란 것들아

버르장머리 없이

흉보면, 못써!

—「양평에서 온 전화」

　우리 나이로 여든이 되고 보니 기분이 묘하다. 정말 내 일 같지를 않고 꼭 남의 일 같기도 해서 내가 '나'를 말할 때도 '남'을 말하는 기분이 든다. 누가 나이대접을 해주는 것도 아니니, 내가 그 '남'에게나 나이대접 좀 해주면서 놀려먹고 싶은 마음이 들기도 한다. 내 어쩌다가 이 나이를 먹었느뇨?

　평소에는 먼빛으로 목례나 한두 번 한 시인에게 내 시집을 처음으로 보냈는데, 얼마 있다가 전화가 왔다. 이런저런 말끝에, 내 나이 올해 여든이라 하니, 자기는 아흔이란다. 에꾸나! 이 말을 듣자 나는 갑자기 팔팔한 청년이 되는 것 같았다. 여기서 빈모牝牡라는 말은 좀체 안 쓰는 말인데 일부러 그렇게 썼다. 빈모는 길짐승의 암수를 가리키는 말이다. 하긴 공룡이 지배하던 시대가 절멸하고 그 후 몇천만 년이 흐른 다음 나타난 인류의 조상들도 처음에는 들쥐처럼 살았을 테니 길짐승과 무엇이 달랐으랴. 그래서 내 딴에는 호모 사피엔스로 진화하면서 온갖 고초를 겪었을 가련한 포유동물의 암수를 호출하여 까마아득한 원형상징을 불러낸 것이다.

　내 시집을 읽다가

너무 좋아 전화를 한단다

쓰러진 벼 일으켜 세우듯
병 수발든 바깥분 잘 있냐니까

여든 다섯 살 되어 그냥 그만하다며
자기도 하마 여든 둘이라 한다

느린 충청도 사투리에
곰삭은 새우젓 냄새도 난다

새우젓 냄새가
그 먼 데서 예까지 온다고?

전화 받고 그냥 좋아서
개코가 된 내 코!

—「서산에서 온 전화」

　나의 제9시집 『시집보내다』(문학수첩, 2014.4)에 「벼」라는 시가 있다. 어느 해 가을 서산에 가서 만난 어느 여류시인한테 들은 남편 병 수발 든 이야기를 시에 쓴 것이었다. "쓰러진 벼 일으켜 세우듯 했지라우" 라고 한 그 여류시인의 말이 참으로 눈물겹고 아름다웠다. 그런데 이 번에 그 시인이 약간은 들뜬 충청도 느린 사투리로 뜻밖에 전화를 한 것이다. 나는 순간적으로 개코가 되어 천리 밖 냄새도 맡는 듯했다.

> 설악산 신흥사 앞 카페 '설향'에서
> 전통차 끓이는 여인이
> 웬일로 전화를 다한다
> 양양 사는 시인이 『비백』을 한 권
> 선물로 보내주어 읽었는데
> 시집에서 「바보 양띠」가
> 젤 재미있다 한다
> 자기도 양띠 시급 아가씨도 양띠라며
> 호호호 웃는다
> 나하고 띠동갑이긴 해도
> 바로 아래 열두 살은 아닐테고
> 띠동갑 딸이나 손녀가 되겠구먼
>
> 나는야
> '설향' 문지기나 하며
> 늑따리 숫양이나 되고지고
> 이따끔 암양 곁눈질하며
> 메에 메에 울고지고

—「설악에서 온 전화」

차 끓이는 이 여인은 오래전 제천 의림지 근처에 살았을 때 원서헌을 방문한 적이 몇 번 있는데 떠난 후에도 가끔씩 연락을 주고받는다. 얼마 전 오랜만에 전화를 해서 『비백』을 읽었다며 안부를 묻는다. 웬일로 시집을 다 사서 보았나 했더니 양양에 사는 어느 시인이 선물로 보냈다고 한다. 자기도 양띠인데 시급 아가씨도 양띠라서 아무래도 '양띠클럽'을 하나 만들어야겠다며 웃는다. 그때 전화를 받으면서 순간적으로 떠올랐던 느낌을 시로 썼다.

'늑따리'는 '늙다리'의 표준발음이다. 참 이상도 하다. '늑따리'라고 소리대로 써야만 정말 '늙다리' 냄새가 나는 것 같다. 애당초 한글이 훈민정자訓民正字가 아니고 훈민정음訓民正音이니, 이렇게 음音에 따라 시를 쓰는 것도 제법 그럼직한 일이다.

지지난달에 나온 경북대 이상규 교수의 시집 『외젠 포티에의 인터내셔널가 변주』(예서, 2022)에 「아, 그리운 오탁번」이라는 시가 있는 걸 알고 놀랐다. 2008년 내가 한국시인협회장으로 일할 때 국립국어원장이던 그를 한번 만난 적이 있다. 방언시집을 낼 때 국립국어원에서 지원금을 교부받기 위해서였다. 국어학 전공 교수로만 알았지 그가 정식으로 시단에 등단한 시인이라는 것을 그때는 잘 몰랐다. 그의 시집에 뜻밖에도 '오탁번'이 등장한다. 이 아니 놀랄쏘냐.

까물치도록 사투리를 애껴 시에 자릴 앉히는 오탁번 시인의 요오 메칠 전에 출간된 시집 『비백』 곳곳에서 탁, 탁, 맥히는 충청도 사투리.

이 어른 일부로 사투리 애끼가면서 요 모퉁이 조 모퉁이에 종자씨 모종 흐트 뿌려 놓듯, 시 제목이 「노향림」인 시 작품 맨 끄트머리에 "노향림의 시를 읽으면 / 어뜨무러차! / 짊어진 소금가마처럼 / 눈물이 다 나네" 노향림 시 한 편도 안 읽었어도 고만 눈물이 따라 날라카네.

— 이상규, 「아, 그리운 오탁번」 부분

시의 맨 끝부분에 나오는 "진자지미 밥 뜸 들이는 냄새에서 아직 벗어나지 못한, 갈보리처럼 밟힌 마이너리티 촌티를 못 벗었는지 안 벗는지 매양 그 모습, 그 시가 그래서 아름답다"라는 말을 읽으며 내 감이 또 쿵! 하고 움직인다.

나는 이제 순은이 빛나는 이 아침에서 순금이 반짝이는 저 오로라 빛 암흑으로 간다. 독을 바른 창〔鐸〕을 잡고 휘장을 친 수레〔藩〕 몰고 나는 간다. 아아. 희망도 절망도 가을 하늘 아래 흔들리는 구절초 하나 같다.

방민호

유성호

이숭원

모든 사라진 것들과의 해후 ─『손님』(2006) 시작노트 | 오탁번
시인의 말 ─『우리 동네』(2010) | 오탁번
알몸으로 쓴 맨살의 시 ─『시집보내다』(2014) | 방민호
정겹고 다사로운 만물 공생의 사유 ─『알요강』(2019) | 이숭원
시간의 필경사가 전해주는 말과 마음의 고고학 ─『비백』(2022) | 유성호

2부

시집 기행

모든 사라진 것들과의 해후

『손님』(2006) 시작노트

오탁번

1.

뉴턴의 절대시간 개념이 무너진 것은 아인슈타인에 의해서였다. 시간이 팽창한다는 사실을 아인슈타인은 어떻게 발견했을까. 그는 생전에 이런 질문을 수없이 받았다고 한다. 그러나 다른 이들이 궁금해하는 것만큼이나 그것은 그 자신에게도 하나의 수수께끼였다고 한다. 그러나 그는 그 자신이 자연에 대해 어린아이와도 같은 호기심과 경외감을 잃지 않았기 때문이라고 생각했다. 그래서 그는 신비로움을 가장 아름다운 경험으로 꼽았다. 어른들이 자연을 볼 때 그저 그러려니 하고 지나치는 것을 아인슈타인은 어린아이의 마음과 눈으로 궁금해했던 것이다.

이와 같은 물리학자의 경외감과 호기심은 바로 시인의 눈과 맞닿아 있다. 시인은 사물을 바라보고 궁금해하는 마음이 일어나는 것만큼, 딱 그만큼의 눈높이로 시를 쓰게 된다. 궁금해본 적이 없는 사물에 대하여 시를 쓰면 그것은 이미 누군가가 오래전에 써버려서 이제는 통념이 된 죽은 비유의 무덤에 지나지 않는 것이다.

요즘 나는 국어사전 속에서 매일 밤 유영을 한다. 마치 태아가 어머니의 자궁 속에서 유영을 하듯 나는 틈만 나면 국어사전을 펴서 읽는다. 거기에는 은하계의 이름 없는 별들처럼 내가 발견해주기를 기다리는 수많은 말들이 있다. 몇백억 년 동안 은하계에 존재해왔지만 아무도 발견해주지 않아 외로웠던 별들! 나는 그 고독한 별들과 해후를 한다.

아무도 발견해주지 않아 외로웠던 별은 우주에만 있는 것이 아니다. 또 아무도 이름을 불러주지 않은 아름다운 말이 국어사전 속에만 있는 것이 아니다. 그 형체를 알 수 없는 별과 형언되지 않은 말들은 나의 추억의 희미한 시공 속에도 있다. 내가 살아오면서 그냥 스쳐 지난 길섶에도 있고 빛바랜 사진에도 일기장에도 있다.

시를 쓰는 행위는 이 모든 사라진 것들과의 해후를 뜻한다. 그것은 바로 시인의 운명이 마주하게 될 우리 시의 미래이기도 하다.

2.

나는 시를 쓸 때면 내 이웃의 사람들 또는 얼굴도 이름도 모르는 장삼이사張三李四나 김지이지金的李的 모두를 시 창작의 스승으로 삼기로 했다.

밤마다 국어사전을 읽는 습관도 나이 들수록 자연스럽게 생기게 되었다. 국어사전은 물론이려니와 방언사전과 고어사전 그리고 식물도감 곤충도감 등, 시의 언어가 잠자고 있는 광산은 지금도 버려진 채로 무진장하게 널려 있다. 전철을 타고 가면서도 시장 골목을 지나면서도 옆 사람들이 무심코 하는 말을 들으면서 평범한 사람들의 일상어 하나하나 그 사이에 시의 언어가 보석처럼 박혀 있다는 사실을 절감하고 있다.

하루 걸러 어머니는 나를 업고
이웃 진외가 집으로 갔다
지나다가 그냥 들른 것처럼
어머니는 금세 도로 나오려고 했다
대문을 들어설 때부터 풍겨오는
맛있는 밥냄새를 맡고
내가 어머니의 등에서 울며 보채면
장지문을 열고 진외당숙모가 말했다
— 언놈이 밥 먹이고 가요
그제야 나는 울음을 뚝 그쳤다
밥소라에서 퍼주는 따끈따끈한 밥을
내가 하동지동 먹는 걸 보고
진외당숙모가 나에게 말했다
— 밥때 되면 만날 온나

— 「밥냄새 1」 부분

위의 시에 나오는 '하동지동'이라는 말은 '허둥지둥'의 작은 말이지만, 나는 이 시를 쓸 때도 '하동지동'이라는 말을 찾느라고 애를 먹었다. 하동지동 먹는다고 해야 배가 고파서 밥을 먹는 어린아이의 모습이 그대로 선명하게, 또 눈물겹게 떠오르는 것이다. 이 시는 나의 유년 시절의 실제 상황을 재현한 시인데 이렇듯 하찮은 형용의 말 하나가 이 시를 살리고 죽이는 열쇠 노릇을 하게 되는 것이다. '밥소라'는 밥·떡국·국수 등을 담는 큰 놋그릇을 뜻한다. 처음에는 그냥 '밥통'이라고 썼다가 이보다 더 좋은 우리말이 있을 것 같은 생각에 사전을 찾아보았다. 나는 '밥소라'라는 말을 발견하였다.

3.

미국 대통령의 관저가 백악관白堊館이다. White House를 우리말로 번역한 말이다. 그런데 우리말로 번역하려면 그야말로 우리말의 오묘한 뜻을 살려 좀 멋지게 번역할 수 있지 않을까? 백악관이라니? 백토白土로 회칠을 한 집이라는 뜻이지만 백악白堊이라고 하니까 괜히 거창해 보이고 비인간적이다.

백악관 주인의 피부색도 허옇고 그 집에 사는 사람들이 그제나 이제나 싱거운 짓도 많이들 하고 흰소리도 잘하니까 차라리 '허연집'이라고 부르는 게 백번 옳다. 그러면 백악관을 배경으로 카메라 앞에 선 기자가 이렇게 말하지 않겠는가?

— 부시 대통령이 이라크 추가 파병을 요청하였다고 합니다. '허연

집'에서 와이티엔 김 아무개입니다.

그러면 청와대青瓦臺는 순수 우리말로 어떻게 부르면 좋을까? 푸른 기와집? 푸른 집? 푸른 지붕? 영어로는 Blue House라고 한다니까 White House를 '허연집'이라고 했으니 청와대도 '퍼런집'이라고나 부를까? 아니다. 거기 살던 사람들이 역대로 다 멍들곤 했으니 차라리 '멍든집'이라고나 부를까?

이처럼 형용사 하나에도 그 모습과 성질을 나타내는 함의가 숨어 있다. 하물며 언어로 지은 집이라 할 수 있는 문학작품은 더욱 그러하다. 시도 그 안에 세계를 전망하는 척도와 옳고 그름을 분별하는 가치관의 눈금이 있게 마련이다. 시에 대한 이해나 창작에 있어서 무엇보다도 시의 본질이 언어의 예술이라는 점을 철저히 인식해야 한다. 무턱대고 철학이나 이념만을 내세우며 언어에 대하여 소홀히 하는 것은 문학의 본질을 망각하는 것과 다르지 않다.

시는 언어예술의 가장 핵심이 되는 것이므로 무엇보다도 이 '언어'에 유의해야 한다. 그림이 색깔을 벗어나서 존재할 수 없고 음악이 소리를 이탈하고 형성될 수 없는 것과 마찬가지로 시도 언어를 도외시하고는 존재할 수 없는 것이다. 심지어 시 작품에 등장하는 그림이나 사진, 도표도 시 작품 속에서 '언어'의 역할을 하고 있는 경우가 있다. 그것들이 작품 속에서 파장을 일으키는 효과가 언어言語와 동등한 의미로 작용하는 경우를 가리킨다. 시의 언어는 하나의 낱 언어만이 아니라 그것들이 상호 이어지면서 교직해내는 말의 집합과 연속을 의미한다.

우리에게 모국어인 우리말은 그대로 낱 언어이면서도 한편으로는 그것들이 이루어내고 있는 집합체로서의 언어이다. 말의 결이니 뜻이니 하는 것도 실상 이와 같은 모국어로서의 언어가 지니는 숙명과도 같은 기능을 가리키는 것이다. 우리말과 글 속에 아무렇지도 않은 듯 숨어 있는 숨과 결을 자세히 보면 거기에는 우리가 선험적으로 지니고 있는 민족의 집단무의식의 세계를 가늠해볼 수 있는 신화적 세계가 자리 잡고 있다.

문학창작에 있어서 우리 가슴과 혈액 속에 흐르는 원형질적인 신화神話의 재발견이 무엇보다도 시급하고 귀중한 임무가 된다. 신화적 상상력은 그 민족의 민족어가 지니고 있는 숨과 결에서만 찾아지는 것이다. 민족어를 소홀히 하고 문학창작의 정체성을 찾는다는 것은 연목구어일 뿐이다. 민족 고유의 생활양식, 즉 우리의 풍습과 전통을 정겨운 민족어로 재현해내는 일은 빛바랜 민화의 골동적 가치 때문에 중요한 것이 아니다. 지금 당장은 망각이나 유기의 상태에 버려져 있으나, 우리의 민족적 집단무의식 속에는 엄연히 살아 숨 쉬는 신화를 재생시키는 일이야말로 한 민족의 시인이 자임해야 할 숙명이라고 할 수 있다.

4.

시를 시이게 하는 글자나 요소를 뜻하는 시안詩眼이 한시에만 있는 것이 아니라 현대시에도 있다고 할 수 있다. 부처님을 모실 때도 점안點眼이 가장 중요하듯 시에는 시의 눈이 있다고 나는 믿고 있다. 그 말이 그 자리에 있지 않으면 한 편의 시로서 생명을 얻을 수 없는 바로 그 말 하나! 이야말로 한 작품의 빛나는 눈이 아니고 무엇이겠는가. 그래서 나는 우리말이 지닌 신비하고도 넉넉한 뜻을 제대로 살리지 못하고 그냥 대충 소감이나 주장을 설파하는 시는 싱거워서 못 읽는다.

　다음 시는 숙모叔母에 대한 나의 유년의 기억을 쓴 것이다. 이 시가 단순히 궁핍한 시대의 초상이나 현실에 대한 고발일까? 아니다. 그것만이 아니다. 궁핍했지만 어른들의 보살핌으로 목숨을 부지할 수 있었던 원초적 생명력에 대한 절실한 정서를 형상화한 것이다. 이러한 정황이 생생하게 떠오르도록 우리말의 숨결을 살리면서 시적 효과의 층위를 세밀하게 배치해놓은 것이다.

　　푸새한 무명 뙤약볕에 말려서

　　푸푸푸 물 뿜는

　　작은어머니의 이마 위로

　　고운 무지개가 피어 오르고

　　보리저녁이 되면

　　어미젖 보채는 하릅 송아지처럼

　　나는 늘 배가 고팠다

　　　　　　　　　　　—「작은어머니」 부분, 『벙어리장갑』(문학사상사, 2002)

　보리밥을 지으려면 쌀 안치는 것보다 더 일찍 보리쌀을 안쳐야 한다. 그러므로 '보리저녁'은 보리쌀을 안칠 무렵이니까 해 넘어가기 전, 이른 저녁 무렵을 말한다. 밥을 굶주리는 아이는 미처 저녁 끼니 때가 되기도 전에 배가 고픈 것이다. '하릅'은 소나 개나 한 살 난 것을 말한다.

할아버지 산소 가는 길
밤나무 밑에는
알밤도 송이밤도
소도록이 떨어져 있다

밤송이를 까면
밤 하나하나에도
다 앉음앉음이 있어
쭉정밤 회오리밤 쌍동밤
생애의 모습 저마다 또렷하다

한가위 보름달을
손전등 삼아
하느님도
내 생애의 껍질을 까고 있다

—「밤」 전문

'회오리밤'은 밤송이 속에 외톨로 동그랗게 생긴 밤이다. 왜 외톨밤이 아니고 회오리밤인가? 아이들이 외톨밤을 삶아 구멍을 뚫고 속을 파내어 실 끝에 달고 휘두르면 휙휙 소리가 나기 때문에 생긴 이름이다. 이런 사실을 어떻게 그리 잘 아느냐고 사람들은 묻는다. 국어사전! 국어사전을 새벽녘까지 뒤적이면 그 속에는 맛있는 쌍동밤도 회오리밤도 그야말로 '소도록이' 떨어져 있는 것이다. 밤나무 밑에 밤이 많이 떨어져 있는 모습은 '소도록이'라고 표현해야만, 그 정경이 눈앞에 떠오른다.

　밤 하나하나에도 다 앉음앉음이 있는 것처럼 나의 생애도 하느님만이 아는 운명이 있는지도 모른다.

시인의 말

『우리 동네』(2010)

내가 사는 愛蓮里의 三絶은
제비, 수달, 반딧불이이다.
나는 이제
제비똥, 수달똥, 반딧불이똥이나 돼야겠다.

2010년 여름

오탁번

알몸으로 쓴 맨살의 시

『시집보내다』(2014)

방민호

1.

오탁번 시는 재미있다. 요즘 젊은 사람들 시보다도 눈이 간다. 해설을 써보겠다고 원고를 가지고 다니는 며칠 저도 모르게 웃고 있는 나 자신을 느낀다.

뭐가 그렇게 재미있다는 것이냐? 오탁번 시를 읽는다는 것은 아무래도 이 재미에 관해 생각해보는 일이기도 한 것 같다.

우선, 말할 것도 없이, 유머 때문이다. 웃음은 좋은 약이다. 웃음은 삶의 쓸쓸함, 지루함을 잊을 수 있게 한다. 이미 「굴비」같이 '낯뜨거운' 유머를 보여준 바 있는 시인이다. 이런 오탁번에 와서야 한국 시도 유머와 웃음이 깃들 수 있음을 알았었다. 헌데, 이번 새로운 시집 『시집보내다』에서도 품격 '높은' 유머 감각이 여전하다. 날이 삭지 않왔다. 예를 들어, 「봄날」 같은 시를 살펴봄 직하다.

젊은 날 술집에서
유두주乳頭酒 마시며 희떱게 논 적 있다
위스키 잔에
아가씨 젖꼭지 담갔다가
홀짝 단숨에 마시고는
팁으로 배춧잎 뿌린 적 있다
독한 위스키에 취한
오디빛 젖꼭지의
도드라진 슬픔은 모른 채
내 젊음의 봄날이
깜박깜박 반짝이는 불빛에
만화방창萬化方暢 활짝 핀 적 있다

이순耳順 지나 종심從心이라
일락서산日落西山 끄트머리에서
콧속 유두종乳頭腫 수술을 받았다
이비인후과에 난생처음 가서
내시경 진찰을 받았는데
콧속에 딱 젖꼭지 모양으로 생겨먹은
혹이 있었다
수술받고 내내 코피를 쏟다가

문득 젊은 날 마신
유두주가 떠올랐다
그때 그 아가씨의 젖꼭지가
콧속으로 들어와서
숨을 막으며 벌주는 것일까
유두주 젯값 치르는
피 흐르는 봄날!

절로 웃게 만드는 시다. 시인이 이제 와서 앓게 된 유두종을 젊은 날 만화방창하던 시절에 마신 유두주의 대가라고, 엄살을 피우고 있다.

그런 이 시는 말하자면 포즈의 시다. 짐짓 그런 체, 너스레를 떨어 보이는 시라는 것이다. 그렇게 해서 시인은 젊은 날의 자신의 치기 없음과 나이 들어서의 병약함과 같은 인간적 약점들을 청중에게 열어 '고백'해 보인다. 이 고백이 사람들을 웃게 하고, 그리하여 무엇인가에 관해 너그럽게 만든다. 잘했다는 뜻이 아니다. 그것을 알면서도 웃을 수 있다는 것이다.

누구나, 남자와 여자를 막론하고, 꼭 그렇게는 아니라 해도, 방종한 때가 있다. 잘은 모르지만 이는 필시 넘쳐나는 생명이, 에너지가 저지르는 일이다. 그러니까 성은 도덕을 넘은 곳에 있다. 도덕으로 단죄할 수 없는 차원의 삶이다. 그조차 우리는 죄를 물으며 살지만 말이다.

오탁번 시인은 그렇게 강한 성의 작동을 유머로 변전시켜 읽는 이를 웃게 한다. 웃음 짓게 하는 이 성은 생명의 활기, 그 밝은 쪽을 가리킨다. 우리는 모두 죽을 수밖에 없는 존재다. 우리는 모두 죽음이라는 어둠에 에워싸여 있다. 그래서 성, 남자와 여자가 주고받는 생명스러움의 교환이란 어둠을 견디는 축제적인 의식이다. 그것은 죽음에 대해 살아 있음이며, 절망에 대해 견딜 수 있음이다. 오탁번 시에서 이 성은 필사적이지 않아서 여유가 묻어나며, 인간적인 한계와 약점을 의도적으로 노출하는 매체가 되어 나타난다.

그래서 우리는 웃음 지을 수 있다. 따뜻한 웃음은 타자에 대한 관용이며, 우리들 자신의 약점을 함께 인정하는 것이다. 이 시집에는 이런 성의 웃음, 활력이 넘쳐난다. 「코스모스」에서도, 「할까?」에서도, 「지훈유감」에서도, 그리고 「젖동냥」에서도, 성은 혼탁하거나 무겁지 않은 형태로, 침전을 이기는 가벼움으로 나타난다.

2.

그런데, 오탁번 시의 재미는 이 대목에 머물지 않고 순수한 사랑의 문제를 제기한다. 어느새 성보다는 사랑이다. 성을 감싸고 있는 오탁번 시의 온기를 헤쳐보면 그가 염원, 갈구하는 사랑이 모습을 나타낸다. 「별」 같은 시를 가지고 이에 관해서 이야기해볼 수 있다.

눈으로 볼 수 있는 5천 개의 별은 우리 은하수 별의 고작 0.0001%에 지나지 않는다 이게 찻숟가락 하나 분량이라면 우주의 별은 지름이 13km나 되는 공을 다 채울 수 있다

지구에서 가장 가까운 별인 4光年 떨어진 센타우르스 좌의 프록시마까지
의 거리는 38조km이다 제일 빠른 우주선으로 가더라도 몇 만 년이 걸린다

아내여 주민등록등본을 떼면 나하고 1cm도 안 되는 거리에 있는 아내여
그대의 아픈 이마를 짚어보면 38조km나 이어져 있는 우리 사랑의 별빛도
아득히 보인다

우리는 이 시에서 하나의 우주적 시공간 의식을 엿보게 된다. 그는
인간이란 얼마나 왜소한 것이더냐, 하고 늘 생각하는 사람이다. 그에
게 인간, 그리고 그들이 만들어가는 역사라는 것은, 보잘것없고도 찰
나적인, 덧없는 것이다.

그의 수학적인 유비는 인간이 이 광대무변한 우주에서 얼마나 터무
니없이 작은가를 알려준다.

이 시집의 「우주달력」이라는 시를 보면, 우주가 생겨나 지금까지를
1년이라 치면, 우주는 1월 1일 0시에 탄생했고, 지금 이 순간은 12월
31일 밤 12시인 셈이 된다. 인간이 우주에 나타난 때는 그 12월 31일
밤 10시 30분이다.

또, 「태양계에 관한 명상」이라는 시에서는 우리가 터 잡고 사는 지
구를 팥알 크기로 잡아본다. 그러면 목성은 지구로부터 300미터 바
깥에서 태양계를 돌고 있어야 한다. 여기에, 태양계에서 가장 가까운
별도 4.3광년이나 떨어져 있으므로, 비례를 맞춰 그려 넣으려면 무려
1만 6천 킬로미터 바깥에 나타내야 한다. 시공간과 용적의 비례를 지
키고서는 도저히 하나의 책 안에 같이 그려 넣을 수 없는 것이 이 우

주다. 이 팥알 크기만 한 지구 안에서 옴작거리는 인간들이란 그러면 얼마만 하게 그려져야 하겠는가.

이런 우주를 살아가는 작은 인간들. 그러나 그의 '미분'과 '적분'은 다시 한번 우리를 놀라게 한다. 오탁번은 우리들 이 작은 인간들은 또 얼마나 서로로부터 아득히 멀리 떨어져 있는 것이더냐고 묻는다. 일찍이, 「1미터의 사랑」이라는 시에서 그는 이미 "석 자 가옷 되는 1미터의 정확한 길이는 / 빛이 진공 속에서 2억 9천 9백 79만 2천 4백 / 58분의 1초 동안 진행된 거리"라 했었다. 빛의 속도로 달려가면, 그야말로 달려갈 것도 없는 찰나의 시간적 거리 속에 있는 사랑이다. 그러나 "그대와 나 사이에 가로놓인 그리움의 거리는", "영겁과도 같이 멀기만 한" 것이라고 했다.

위에서 인용한 「별」에서도 그와 같은 인간학적 사랑의 아득함이 나타난다. 자신과 아내 사이의 사랑이란, 지극히 가까워 거리라는 말로 표현하는 것이 낯간지러울 지경이고, 주민등록등본상으로도 "1cm" 밖에 안 되는 눈금 속에 있지만, 그래도 "그대의 아픈 이마를 짚어보면", 마치 지구의 가장 가까운 별까지의, 그 "38조km"처럼 "아득히" 멀리 보이는 것이 된다.

오탁번 시에서 그렇게 사랑은 아무리 가까워도 늘 그리움으로 남는 아득한 것이며, 그래서 언제나 간절한 갈구를 불러일으킨다. 작은 인간 존재가 온몸을 다해, 필사적으로 사랑을 만들어가는 진지함이 반짝이는 유머 뒤에 자리 잡고 있다. 다음의 「이별」은 이러한 오탁번식 사랑, 그가 지향하는 사랑의 속성이 잘 드러나는 시라고 해야 할 것이다.

우리는 너무 빨리 사랑을 하고

너무 빨리 이별을 하네

논꼬 보러 가는 늙은 농부처럼

미꾸리 잡아먹던 두루미가

문득 심심해져서

뉘엿뉘엿 날아가는 것처럼

사랑하고 이별할 수 있다면!

솔개가 병아리 채가는 것처럼

쏜살같이 빠르게는 말고

능구렁이가 호박넌출 속으로 숨듯

허수아비 어깨에 그림자 지듯

느려터지게는 말고 그냥 느리게

한평생이라야

구두끈 매는 것보다 더 금방인데

우리는 너무 빨리 이별을 하고

너무 빨리 사랑을 하네

이메일 메시지야

한 손가락으로 단숨에 지울 수 있지만

수많은 새벽과 노을녘은

눈썹처럼 점점 또렷해지는데

메뚜기 떼 호드득호드득 뛰는

고래실 고마운 논배미를

무심히 바라보는 것이

꾀 중에서는 제일인데 말이지

3.

한편, 오탁번 시가 주는 흥미로움은, 무엇보다도, 그의 과거로의 회
귀, 회상으로서의 시작법, 고향과 유년을 향한 열정 같은 것이 선사
하는 이야기의 '자잘한' 재미로부터 솟아난다고 해야 한다. 문단에는
소문난 기억력의 소유자들이 많지만, 유년 시절에 관해서라면, 그는
정녕 비상한 시적 기억력의 소유자라고 할 수 있다. 이번 시집을 보
면, 그는 낙향해서 산 지 꽤 오래되어 있고, 시골 생활 재미가 쏠쏠하
게 됐고, 시골에서 서울 왔다 갔다 하는 일도 멀고도 귀찮지 않을 정
도가 됐다. 고향은 이제 손에 잡히는 곳에 있다.

하지만 그가 활판 시선집 『사랑하고 싶은 날』의 서문 첫머리에서
썼듯이, 그는, 지금도, "나는 지금 기차를 타고 고향으로 가는 그 옛
날의 나다."라고 하는 상태를 지속시키고 있다. 그렇듯 그에게 있어,
먼 과거, 유년, 고향은 이미 회복된 것으로 존재하는 대신, 현재의 상
실과 병듦에서 그를 회복시켜줄 것으로 기대되는, 일종의 낭만적 동
경의 대상으로 다시 먼 곳에 자리 잡고 있다. 이제 당도해 있으나 다
시 아득히 먼 곳이기도 한, 그래서 「우탄치」 같은 시를 낳게 만드는
고향이다.

애련2리愛蓮2里의 본디이름은 한치다 봉양면 공전리로 넘어가는 큰 고개 자구니재, 대치大峙가 있는 동네이다 한치 윗동네는 윗 한치인데 다들 우탄치라고 한다 우탄치, 우탄치, 혀를 굴리다보면 아득한 몽골 초원으로 쑥 들어서는 것 같다

자구니재로 넘어가던 옛길이 이젠 우탄치에서 끊겼다 따비밭 감자 농사는 아예 멧돼지나 고라니가 반나마 먼저 잡수신다 산속 명당에서 주무시던 조상들도 멧돼지 등쌀에 한길 쪽으로 나앉아 자손들 성묫길 기다린다

겨울밤 화투를 치다가 동치미에 국수 말아먹고 바라보는 우탄치의 밤하늘은 캄캄한 몽골의 초원 같다 송아지 낳는 암소의 울음이 꼭 마두금 소리처럼 애처롭다 산 너머 들리는 기적 소리도 우탄치 우탄치 목이 쉰다

"윗 한치"가 "우탄치"로 통용되는 이치야 충청도 방언의 작동법으로 알 만한 사정이고, 요점은 이 우탄치가 "몽골 초원"같이 느껴진다는 것에 있다. 우탄치라는 말이 몽골 초원의 어느 지명같이 들리고, 우탄치의 밤하늘이 캄캄한 몽골 초원의 밤하늘같이 보일 때, 이 우탄치는 문명 생활을 익히고 돌아온 그가 손에 잡을 수 없는 낯선 곳으로 변한다. 인도의 대지나 몽골의 초원은 영원히 지배할 수 없다고 누가 말했던가.

그러나 고향은 그가 돌아와 있는 만큼 회복된 것일 수도 있고, 또 그만큼 선연하게 유년의 기억을 불러일으키기도 한다. 이때 고향은 마치 「첫사랑」의 기억처럼 바로 시인의 눈앞에 존재한다.

천등산 박달재 사이
낮에도 부엉새가 우는 깊은 산골
사립문 옆 향나무에서는
향냄새가 늘 독하게 퍼졌다
우리 집 오래뜰에서
굴뚝새빛 단발머리
주근깨 오소소한 소녀와
까까머리 코흘리개 소년은
퍼져나는 향냄새에 취해
영겁까지 약속하는
토끼풀 반지를 끼고

영원히 현재진행형인 줄 알았던
그 옛날의 사랑이
이제는 과거완료가 된
지워진 행간 속에서
그대 찾아가는 쪽배를 타고
흐트러진 낱말 하나하나
수틀에 수놓듯 팽팽하게 당기면서
거친 은하수 물결을
노 저어갈까 한다
— 너를 사랑한다
이 한마디 말

오작교 난간에 걸어둘까 한다

　이 시에서 어리디어린 '첫사랑'의 기억은 부엉새 울음소리, 향나무 냄새, 굴뚝새빛 단발머리 같은 청각, 후각, 시각적인 심상들과 단단히 결부되어 마치 눈앞에 현전하는 것처럼 생생한 느낌으로 되살아나 있다. 그것은 이미 "과거완료"가 되어 있으나 "영원히 현재진행형인 줄 알았던" 그 옛날의 느낌처럼 살아 지금 시인은 그 순간을 향한 항해 일로에 있다. 시인은 "— 너를 사랑한다", "이 한마디 말"을 "오작교 난간에 걸어둘까 한다"고 쓰고 있다. 이 말의 순간에 그는 그 옛날 첫사랑의 충격과 감동을 지금 향유하고 있다. 일종의 몰입이다.

4.

　이제 오탁번 시에 대한 질문을 향한 마지막 답변 항목에 다다라 있는 듯하다. 나는 여기서 오래전에 한 여성 시인이 오탁번 제4시집을 받고 써 보냈다는 편지 구절을 떠올리고 있다. 거기서 그녀는 오탁번 시풍을 이렇게 평했다.

　　— 그의 시를 읽으면 맨살을 만지는 것 같다
　　　옷을 모두 벗고 알몸으로 시를 쓰나 보다
　　　풀비린내 물씬 나는 그의 시 이랑마다에

젖배 곯은 아이의 칭얼거림이 들린다

—「오래된 편지」 부분

　시인이 비평가적 시선 또한 가질 수 있어야 한다면, 이 이름 밝혀놓지 않은 여성 시인은 천부적 비평능력의 소유자인 듯하다. 오탁번 시는 그러니까 온몸으로 쓴다기보다는 "알몸"으로 쓴 것이다. 오탁번 시는, 다소 무리한 비교법을 사용한다면 저 김수영이 겨냥했던 비판적 성찰과는 다른 창작방법, 곧 아이의 놀이와 같은, 반성력 없이 유희를 반복하며 이 반복을 변주해나가는 창작법의 소산이다.

　그래서 그의 시는 "맨살을 만지는 것 같다". 이 아이의 상태는 니체도 주목했던 것으로 기억되거니와, 인식 능력을 바탕으로 시를 '지어나가는' 대신 즐거움, 쾌감, 웃음을 반복하는 속에서 생명의 생명 됨을 구가하는 유희로서의 시는 한국 시가 충분히 개척해오지 못한 새로운 차원이라고 할 수 있다. 계속해서 아이를 불러내는 행위 속에서, 예전 같으면 「국민학교 1학년 오탁번 생각」이나 「벙어리장갑」이나 「쥐」 같은, 천진하고, 동화적이고, 민화적인 시들이 존재 가능했던 게고, 이 시집에서 같으면 「눈 오시는 날」 같은 향유의 시가 나타나게 된다.

　눈 오시는 날
　밖을 가만히 내다본다
　넉가래로 눈 치우느라 애를 먹겠지만
　그거야 다음 일이다

그냥 좋다

눈을 맞는 소나무가 낙낙하다

대추나무는 오슬오슬 좀 춥다

대각선으로 날리던 눈발이

좀 전부터 허공에서부터 춤을 추듯

송이송이 회오리치며 쏟아진다

ㅅㅅㅅ, ㅎㅎㅎ, 소란스레 눈소리 들린다

메숲진 앞산 보이지 않는다

내내 함박꽃처럼 내리는 눈을

그냥 무심히 내다본다

눈길에 운전하느라 애를 먹겠지만

그거야 다음다음 일이다

그냥 좋다

눈 오시는 날

이 시는 유년을 불러들이지 않고도 "그냥 좋다"는 시구가 보여주듯 아이의 '공기놀이' 같은 천진한 심리 세계를 펼쳐 보이고 있다.

그런데 바로 이 아이의 유희의 차원에서 우리는 오탁번 시에 등장하는 시어들, 표현들의, 그 "맨살을 만지는 것 같"은 생생함, 생동감의 소인을 설명할 수 있다. 어린아이의 살갗에 와 닿는 눈송이는 얼마나 큰 충격인가. 아이에게는 세상의 만상이 모두 새로운 충격적 경험, 논리로 설명할 수 없는 감각적 경험이며, 바로 그래서 그 '날것'으로서의 경험을 놀라움과 새로움 그 자체에 어울리게 표현하

고자 하는 그 아이의 발성법은 그가 사용하고 동원하는 언어를 생생
하게 만든다. 그렇게 유지시킨다. 이번 『시집보내다』에서도 우리는
그가 자신의 감각을 전달하는 생생한 이미지들, 그 발성법을 엿볼
수 있다.

하지만 그는 또한 어른인 것이어서, 마냥 '치기 어린' 아이의 유희
만으로 만족할 수 없는 때가 있다. 자기 존재로부터 생명이 점차 빠
져나가고 있음을 느낄 때, 시간이 자신의 전 과거를 되돌아보도록 할
때, 그는 한 자연적 존재, 우주적 소산으로서의 자기 자신이 걸어온
길을 성찰적으로 되돌아보게 된다. 그런 때 여행은 거울이 된다.

1
조장터에서
살코기 맛나게 드셨는지
설산을 배경으로
솔개 한 마리가 정지비행을 한다
슬로비디오 필름이
뚝 멈춘다

2
오체투지 하는 티베트 사람들이
정녕 사람이라면
나는 한 마리 짐승이다
먹이를 쫓아 아무나 흘레붙는

몹쓸 짐승이다

더는 사람이 아니다

3

조캉사원 향로 앞에 서서

두 손을 모은다

나는

사람이

아니다

— 「나는, 아니다」 전문

　마음대로 움직여도 법에서 벗어나지 않게 된 때가 왔지만, 그러나 나는 누구인가? 하는 물음은 끝나지 않는다. 반성 없는 아이의 천진한 유희로써 유리알같이 투명한 세계를 쌓아놓으려 해도 여행은 더 넓고 큰 경지에서 내려다보는 자기를 말하게 한다.

　어느덧 세월이 흘렀다. 옛날에 그는, 그의 시는 무엇인가, 어떤 갈증으로 가득 차 있다. 지금 그의 시는 빈 곳투성이다. 이 새 시집『시집보내다』가 그렇다. 그러나 이 빈 곳들은 그냥 비어 있지 않다. 자신이, 무엇인가가 아니라고 말할 때, 그는 그 부정의 여백에 새로운 어떤 탄생을 예비해두고 있으리라. 구멍이 성성 뚫린 이 여백이 미덥다.

정겹고 다사로운 만물 공생의 사유

『알요강』(2019)

이숭원

1. 우리말 시어의 미감과 촉감

프랑스 사람들이 사전을 펼쳐놓고 스테판 말라르메와 폴 발레리의 시를 읽는다는 말을 오래전에 들었다. 그 말을 듣고 시어의 질감과 의미를 사전을 통해 재확인하며 정성껏 작품을 읽는 독법을 부러워했다. 우리들은 시를 읽을 때 너무 의미 중심으로 단번에 읽는 경향이 있다. 음절 하나의 미감과 촉감까지 음미하며 느릿느릿 읽는 그런 시읽기가 필요하다. 오탁번 시인은 일상에서 잘 쓰이지 않는 고유어를 발굴하여 시어로 활용하는데 그의 시를 제대로 읽으려면 사전을 검색하는 수고를 거쳐야 한다.

오탁번 시인의 시 쓰기와 사전과의 관계는 연조가 길다. 지금으로부터 22년 전 정지용문학상을 받은 「백두산 천지」에는 고유어만이 아니라 야생초화의 이름이 즐비하게 나온다. 그것을 쓰기 위해 시인은 국어사전은 물론이요 생물도감을 펼쳐놓고 공부를 하였음이 틀림없다. 그는 그 시에서 고어와 방언, 자신의 신조어를 다채롭게 활용하여 경이로운 언어의 경락을 펼쳐 보였다. 그것은 우리말의 보고를 활용하여 창조된 귀중한 문화유산이다. 그 문화유산을 감상할 때 고려청자를 들여다보듯이 사전을 펼쳐가며 천천히 뜻을 음미해야 할 것이다. 70대 중반을 넘어선 지금도 그의 우리말 탐구는 조금도 퇴색하지 않았다. 고령의 연치에도 시들지 않는 뛰어난 유머 감각과 우리말에 대한 지극한 헌신은 시간의 침식을 벗어나 있다.

1930년대에 정지용이 시를 발표하자 문단의 이목이 집중되었다. 1933년 말 한 해의 시단을 총평하는 자리에서 문단의 재사 양주동은 "현 시단의 작품으로서 불어나 영어로 번역하여 저들의 초현실적 예술경향 그 귀족적 수준에 능가하려면 이 시인을 제하고는 달리 없을 듯하다."(『신동아』, 1933.12)라고 정지용을 평가했다. 1935년 10월에 『정지용 시집』이 간행되자 영문학자 이양하는 "온 세계 문단을 향하여 '우리도 마침내 시인을 가졌노라' 하고 부르짖을 수 있을 만한 시인을 갖게 되고, 또 여기 처음 우리는 우리 조선말의 무한한 가능성을 구체적으로 알게 된 것이다."(『조선일보』, 1935.12.11)라고 말했다. 그런데 정지용은 이러한 문단의 환호를 뒤로 제쳐놓고 1937년 가을부터 「비로봉」, 「구성동」, 「옥류동」을 발표하고 「삽사리」, 「온정」을 거쳐 「장수산」, 「백록담」, 「예장」, 「호랑나비」에 이르는 고유어 활용 시의 대장정을 펼쳐냈다. 외국에 번역해 소개할 작품은 정지용의 시뿐이라는 말을 허사로 만들고, 외국어로 도저히 번역할 수 없는, 고유어 활용의 독자적인 시를 창작한 것이다. 해방 후 이에 대해 정지용은 겸손하게 "조선인적 정서 감정과 최후로 언어 문자를 고수하였던 것"(「조선시의 반성」, 『문장』, 1948.10)이라고 말했지만 그 의의는 실로 대단한 것이다.

정지용의 일을 장황하게 언급한 것은 오탁번의 시가 그와 방불한 문학사적 의의를 지니고 있음을 강조하기 위함이다. 이 시집에 사용된 고유어 중 사전을 찾아야 그 뜻을 알 수 있는 낱말을 있는 대로 뽑아보면 다음과 같다.

널비, 지날결, 간동한, 어깨동갑, 해토머리, 부싯깃, 그늘집, 쥐코밥상, 물만밥, 낮결, 멧갓, 불땀, 알불, 뿌다구니, 건들장마, 어정칠월, 동동팔월, 거먕빛, 야젓해졌다, 시난고난, 지저깨비, 막불경이, 있는거지, 종종이, 비사치기, 다따가, 수할치, 노량으로, 석동무니, 너울가지, 깐깐오월, 알속, 배젊은, 지망지망, 너나들이, 괭이잠, 노루잠, 노루종아리, 속손톱, 별늬, 쓰잘머리, 눈비음, 시러베, 궁뚱망뚱한, 제도루묵이

이러한 고유어의 발굴이 한갓 호사 취미의 소산이 아니라 진지한 탐구의 성과임은 삼척동자라도 알 수 있을 것이다. 그러면 그렇게 애써 찾아낸 고유어는 그의 시에 어떤 효과를 자아내는가? 재작년에 발표한 다음 작품을 보고 그 맥락을 파악해보겠다.

괭이잠이라는 말은 알았지만
노루잠이라는 말은 처음 들었다

'깊이 들지 못하고 자주 깨는 잠'

노루목, 노루발, 노루꼬리, 노루종아리

사전을 찾아보니까

예쁜 우리말이 깡충깡충 뛰논다

논평이든 성명서든

암, 이쯤은 돼야지!

여의도 시러베들은

입만 열면

되지도 않은 외래어를 나불댄다

노동신문 우리말 논평을 보니

미사일 한 방

마빡에 맞은 것 같다

햇볕이고 달빛이고

다 쓰잘머리 없다

북쪽이 남쪽을

날래 흡수 통일할 것!

에헴!

─ 「노루잠」 전문

이 시에는 유신 시대라면 당장 구속되었음 직한 구절이 나온다. "북쪽이 남쪽을 / 날래 흡수 통일할 것!"이라는 마지막 구절이 그것이다. 시인은 이것이 과장된 농담이라는 것을 알리기 위해 마지막 행에 "에헴!"이라는 말을 배치했다. 그래도 이 구절을 읽는 보수적인 독자는 이래도 되나 하는 의구심을 가질 수 있다. 오탁번 시인이 이러한 발언을 시에 들여놓은 것은 북한 『노동신문』에 나오는 "노루잠에 개꿈"이라는 대목 때문이다. 북한은 공식적인 신문 기사에도 이렇게 고유어 속담을 활용하고 있는데 우리의 생활에는 외래어와 외국어가 흘러넘친다. 국회의원들만 아니라 정부 관료들도 외래어를 너무나 쉽게 입에 담는다. 우리말 지킴의 측면에서 보면 북한이 우리를 앞선 부분이 있다. 그래서 시인은 흡수 통일이라는 자극적인 말을 써가며 우리의 언어 현실을 비판한 것이다.

그러면 '노루잠'이라는 말은 무슨 뜻인가? 깊이 들지 못하고 자꾸 놀라 깨는 잠을 말한다. 노루가 놀라서 이리 뛰고 저리 뛰듯이 그렇게 자주 놀라 깨는 잠을 비유적으로 표현한 것이다. 괭이잠도 마찬가지 뜻인데 고양이보다는 노루가 상황에 더 어울린다. "노루잠에 개꿈"이라는 말은 격에 맞지 않는 말을 하거나 헛된 기대를 드러낼 때 그것을 낮추어 이르는 표현이다. 이 시에 "여의도 시러베"라는 말이 나오는데, '시러베'라는 말도 실없는 사람을 얕잡아 이르는 고유어다. '마빡'은 '이마'의 속어인데 이 경우에는 속어가 어울린다. 이러한 단어들의 정확한 뜻과 용례와 어감을 제대로 알아야 이 시를 감상할 수 있다. 그러려면 "예쁜 우리말이 깡충깡충 뛰"노는 한글 사전을 옆에 두어야 한다. 오탁번의 시는 사전을 검색하며 시를 감상하는 기쁨을 선사한다.

시집의 표제작인 「알요강」에 나타난 시어의 미감과 촉감을 천천히 음미해보자. 이 시에도 고유어 활용의 묘미가 유머 감각과 연결되어 있고 거기에 사람살이의 정겨움과 인정의 다사로움이 용해되어 있다.

풍물시장 좌판에 놓인
작은 놋요강 하나가
흐린 눈을 사로잡는다
명아주 지팡이 짚은
할아버지는
그놈을 닝큼 산다
기저귀만 떼면
손자를 도맡아 키워준다고
흰소리 하도 했으니
미리 알요강 하나 마련한다

내년 이맘때나
손자가 기저귀를 떼겠지만
문갑 위에 모셔 놓은
배꼽뚜껑도 예쁜
알요강에서는
벌써 향긋한 지린내가 난다
손자 오줌 누는 소리도
아주 잘 들리는
동지섣달

긴긴밤

—「알요강」 전문

　'알요강'이란 "어린아이의 오줌을 누이는 작은 요강"을 뜻한다. 요강이란 물건 자체가 일상생활의 용도를 잃었으니 알요강이란 말도 쓰임새를 잃은 지 오래다. 그러나 '알요강'이란 말의 구조를 보면 말의 갈피에도 사상과 정서가 스며 있다는 사실을 깨닫게 된다. 알처럼 작고 동그랗고 예쁜 요강이라는 뜻이니 어린아이의 귀여운 모습에 잘 어울리는 단어다. '아기요강', '새끼요강'이란 말보다 훨씬 정감이 있다. 할아버지가 손자를 위해 장만하는 요강이니 그 손자는 가족의 '알'에 해당하지 않겠는가? 눈이 어두운 시골 할아버지라 명아주 지팡이를 짚었다. '닁큼'은 '냉큼'보다 어감이 큰 말이다. 할아버지의 동작이라 마음은 앞서지만 행동이 느려 '냉큼' 사지 못하고 '닁큼' 살 수밖에 없다. 손자를 돌볼 생각에 마음이 들떠 아직 기저귀도 떼지 못한 아이를 위해 알요강부터 장만하는 것이다.

　풍물시장 좌판에 있던 알요강은 할아버지의 안방 문갑 위로 옮겨 갔다. 사용하려면 일 년 이상 기다려야 하지만 늙은 할아버지의 마음은 급하다. '알요강', '흰소리'는 사전에 나오지만 '배꼽뚜껑'은 사전에 나오지 않는다. 작은 알요강의 뚜껑에 배꼽처럼 작은 손잡이가 달려서 그렇게 표현한 것이다. 일 년쯤 지나면 손자가 알요강에 오줌을 눌 것이다. 할아버지는 기저귀를 막 뗀 손자의 귀여운 오줌 누는 모습, 오줌 냄새, 오줌 누는 소리를 연상하며 겨울밤을 보낸다. 지금부터 80년 전 시인 백석은 「동뇨부童尿賦」라는 시에서 20대의 나이에 능청스럽게 "오줌의 매캐한 자릿한 내음새", "오줌의 사르릉 쪼로록 하는 소리"를 연상하며 어린 날을 회상했다. 「알요강」의 할아버지는 눈에 넣어도 아프지 않을 어린 손자가 저 작은 알요강에 소리를 내며 오줌을 눌 그날을 기다리며 "향긋한 지린내"에 의지하여 동지섣달 긴긴밤을, 그 춥고 흐린 노년의 시간을 보낸다. 이 정경과 언어에 담긴 은은한 마음의 결은 필설로 다 하기 힘들다.

2. 인간사의 애환

시는 희로애락의 표현이니 오탁번의 시에 웃음만이 아니라 울음도 나오는 것은 당연한 일이다. 영희 누나의 죽음을 소재로 한 「조그만 발」은 영희 누나가 누구인지를 알아야 그 슬픔의 깊이를 알 수 있는 것이어서 인물의 내력을 소개하고 작품 전문을 인용하여 감정의 심화 과정을 설명하려 한다.

영희 누나는 그의 네 번째 시집 『겨울강』(1994)에 수록된 「영희 누나」에 사연이 소개되어 있다. 1953년 오탁번이 제천의 백운초등학교 3학년이었을 때 충주사범학교를 갓 졸업한 권영희 선생님이 담임교사로 부임해 왔다. 권영희 선생님은 눈만 크고 가난한 오탁번 소년을 친동생처럼 귀여워했다. 전쟁 때 부모를 잃은 선생님은 서른셋에 홀몸이 된 소년의 어머니를 친어머니처럼 대했다. 소년이 중학교 진학을 할 때 학비를 대주고 원주의 오빠에게 숙식을 부탁하여 하숙할 돈이 없는 소년의 뒷바라지를 했다. 그때 권영희 선생님의 지원이 없었다면 오늘의 오탁번 시인은 없었을지 모른다. 오탁번 시인이 70에 들어서서 가진 인터뷰에서 열 살 위의 권영희 선생님이 춘천에 사시는데 치매가 왔다고 언급한 적이 있다. 그 권영희 선생님이 돌아가신 얘기가 다음 시에 담겨 있다.

몇 년 전 가을
영희 누나가 위독하다는 전화를 받고
깜짝 놀라 춘천으로 달려갔다
당뇨와 고혈압에 치매까지 걸린
영희 누나는
실눈을 뜨고 나를 쳐다보았다
— 탁번이 왔니?
허지만 금세 말을 바꿨다
— 누구신가?
나는 눈물을 훔치고
봉투 하나 놓고 나왔다
그 옛날 곱던 얼굴 간데없고
내 까까머리 쓰다듬어주던
어여쁜 손은
쪼글쪼글 마른 수세미외 같았다

다음 해 봄
영희 누나가 정말 위독하다는 전화가 왔다

나는 또 춘천으로 달려갔다

간병사가 매일 오고

며느리들이 번갈아 보살피고 있었지만

링거 주사 주렁주렁 달린 영희 누나는

그냥 숨만 붙어있을 뿐

사람 하나 알아보지 못했다

이제 더는 이 세상 사람이 아니었다

우리 누나 빨리 데려가라고

하느님께 기도하면서

봉투 하나 놓고 나왔다

해가 바뀌고 또 바뀌었지만

춘천에서 전화는 좀체 오지 않다가

지난봄 어느 날

춘천에서 급한 소식이 왔다

나는 단숨에 달려갔다

하느님은 낮잠을 주무시는지

영희 누나는

눈도 못 뜬 채 나비숨을 쉬면서

가녀린 목숨을 이어가고 있었다

거미줄보다 더 가는

생명의 끈이 왜 이리 지지한가

나는 눈물을 머금고

봉투 하나 놓고 나왔다

가을이 왔다
영희 누나가 세상 떠났다는 메시지가
마침내 왔다
부리나케 달려간 성심병원 영안실
천연색 영정 속에서
그 옛날의 영희 누나가 나를 불렀다
— 탁번이 왔니?
시간이 딱 멈춘 텅빈 공간
향 내음이 민들레홀씨처럼 날아올랐다
입관할 때
누나의 조그만 발을 쓰다듬으며
열 살 아이처럼 나는 울었다
아아
영희 누나

—「조그만 발 — 영희 누나」 전문

단순한 서술처럼 보이는 시지만 사연을 알고 읽으면 눈물이 앞을 가린다. 그리고 세 차례의 급한 전갈과 마지막 타계 소식 사이의 점층적인 변화가 인간사의 애상과 사별의 슬픔을 서사적으로 전달한다. 1연에서는 "탁번이 왔니?" 하다가 금세 말을 바꾸어 "누구신가?" 하고 말하는 고령 치매 환자의 용태가 사실적이어서 눈물을 자아낸다.

"내 까까머리 쓰다듬어주던 / 어여쁜 손은 / 쪼글쪼글 마른 수세미외 같았다" 같은 구절로 현재와 과거의 대비감을 나타냈다. 눈만 크고 가난한 소년을 무작정 도와주던 21세 젊은 여선생님의 고운 손결은 사라지고 수세미외처럼 마른 노쇠한 손이 남은 것이다.

1, 2연에서는 숨만 남아 있을 뿐 사람을 전혀 알아보지 못하는 상태라 차라리 하느님께 우리 누나 빨리 데려가라는 기도를 올렸다. 3연에서는 2년이 지났는데도 여전히 그 상태에 머문 누나를 보며 "하느님은 낮잠을 주무시는지" 기도를 듣지 못한다고 한탄했다. 소생의 기미라고는 없이 거미줄보다 더 가는 생명의 끈이 야속하게 길게 이어지는 데 대해 탄식한 것이다. 그런 상황에서 사람이 할 수 있는 최선의 행동이 "봉투 하나 놓고 나"오는 일이다. 그 외에 달리 할 일이 없는 것이 통탄스럽다.

이렇게 몇 년이 지난 어느 가을날 누나는 드디어 세상을 떠났다. 숨을 쉴 때는 자신을 알아보지 못한 영희 누나가 총천연색 영정 속에서 권영희 선생님이 되어 자신을 보고 "탁번이 왔니?" 하고 부른다. 이 말은 살아서는 들어보지 못한 타자의 말이다. "시간이 딱 멈춘 텅빈 공간"에서 비로소 들을 수 있는 누나의 음성. 입관할 때 누나의 발을 보니 열 살 아이처럼 작았다. 그 조그만 발을 쓰다듬으며 오탁번은 백운초등학교 3학년 어린이가 되어 울었다. 이제 지상에서 다시 보지 못할 영희 누나의 작은 발. 그 울음을 누가 막을 수 있겠는가?

「형님」은 둘째 형님의 죽음을 소재로 삼았다. 평생 고향을 지킨 형님은 보훈병원에서 여든세 살로 이승을 버렸다. 3일장은 순식간에 지나갔고 제천 화장장에서 한 줌 재로 바뀌어 이천 호국원에 안장되었다. 동생인 시인은 수골할 때 울고 안장할 때 울고 삼우제 날 울었다. 그로부터 보름쯤 지난 입춘 날 거울을 보다가 깜짝 놀란다. 거울 속에 형님의 모습이 나타났기 때문이다. 이 시와 유사한 발상을 어디서 보았다. 역시 『겨울강』에 수록되어 있는 「장모님」이라는 시. 거기 다음과 같은 내용이 나온다.

거실에서 자정까지 티브이를 보고 나서 잠을 자려고 안방으로 들어갔다 그런데 뜻밖에도 침대 위에 스탠드 전등을 켜고 잡지를 읽는 안경 낀 장모님이 계셨다 아니 장모님 어쩐 일이십니까 목구멍까지 올라온 말을 황급히 삼키고 나는 정신을 가다듬었다 장모님이라니 장모님은 벌써 몇 해 전에 돌아가셔서 지금은 천안공원묘지에 잠들어 계신데 장모님이라니 아뿔싸

(……)

아내여 장모님이 된 나의 아내여 이제는 흰 뼈로 흔적만 남아 민들레 씨앗처럼 가벼워진 그 옛날의 장모님이여 오늘밤 나를 울리는 미운 아내여
—「장모님」 부분

예전 자료를 보니 이 시에 대해 "이 시의 강점은 진실의 발견이 일상성 속에서 이루어진다는 데 있다."라고 내가 평했다. "시인의 생활을 숨김없이 그대로 드러냄으로써, 젊음에서 멀어진 한 중년 남

자의 페이소스 어린 자의식을 보여주는 데 성공했다. 우리의 삶이란 이렇게 아련히 안타까우면서도 그런대로 사는 맛이 남는 야릇한 것이라는 삶에 대한 깨달음이 담겨 있다.”라고 썼다. 「형님」에 대해서도 그와 유사한 평을 할 수 있을 것이다. 일상적 대화체의 자유로운 어법으로 형제의 사별이라는 슬픈 사연을 보여주다가 극적 전환을 마지막에 배치하여 동기간의 유전적 유사성을 웃음으로 표현한데 이 시의 묘미가 있다. 생의 진실이 먼 곳에 있는 것이 아니라 바로 우리 주변에 도사리고 있다는 사실을 아주 친근한 어법으로 보여주었다.

3. 만물 공생의 상상력

이러한 유머와 웃음의 잔상, 고유어의 다채로운 향연, 자신의 노쇠에 대한 너그러운 자조와 관조가 시집 전체에 맑은 물결을 일으켜 우리 마음을 끌어들인다. 이런 마음의 물결보다 더 중요한 정신적 요소가 시집의 등뼈를 이루고 있다. 시집의 하이라이트라고 할 수 있는 이 만물 공생의 상상력에 특별히 주목하기 바란다.

우리 몸의 혈관 길이는

12만km!

지구를 세 바퀴나 돈다

우리 몸을 한번 도는데 걸리는 시간은

단 46초!
피의 속도가
미사일보다 더 빠르다

1.4kg에 불과한 우리 뇌에는
1000억 개나 되는 신경세포 뉴런neuron이 있다
이것을 다 이어 붙이면
18만km!
지구를 네 바퀴나 돌 수 있다

뇌신경세포를 잇는 커넥톰connectome이
다른 뇌세포와 통신하는 방법을 밝혀내면
첫사랑의 추억을
현재형으로 되살릴 수도 있고
새로운 사랑의 미로를
오밀조밀 그릴 수도 있다

우르릉쾅!
빅뱅big bang이다!
아아, 내 몸이
우주다!

—「우주론宇宙論」 전문

"내 몸이 우주다"라는 명제를 입증하기 위해 여러 가지 사실을 동원했다. 피는 미사일보다 빠른 속도로 우리 몸을 돈다. 혈관의 길이는 지구 세 바퀴에 해당하는 12만 km. 소고기 두 근 무게에 불과한 우리 뇌에 1000억 개의 신경세포가 있고 그것을 펼치면 지구 네 바퀴 길이에 해당한다. 놀라운 사실이고 들을 때는 경이롭지만 듣고 나면 곧 잊어먹는 그런 정보다. 왜냐하면 일상생활에서 그것을 아는 것이 별 쓸모가 없기 때문이다.

여기서 시인은 시인다운 상상을 한다. 지구 네 바퀴 도는 길이의 뉴런 신경망의 구조를 완전히 파악하면 과거와 미래가 부처님 손바닥처럼 펼쳐질 것이다. 그러면 첫사랑의 추억도 불러낼 수 있고 미래의 사랑도 자유롭게 연결할 수 있겠다고 상상했다. 그런 연상 속에 내 몸이 우주임을 선언했다. 문제는 그런 우주론적 인식이 자연과의 만남 속에 어떠한 빛을 발하는가 하는 점이다. 자연 전체가 큰 우주라면 그것의 부분인 인간의 몸도 작은 우주고 자연 만물 하나하나도 다 작은 우주다. 이러한 우주론적 자연 인식이 자연과 연결된 실제의 생활에서 어떻게 발현되는가. 이것이 중요한 문제이다. 만물 우주론의 원서헌적 버전은 다음과 같다.

내가 늘그막을 보내고 있는

폐교된 시골분교에

지난가을 큰맘 먹고

일당을 꽤나 주고 사람을 써서

웃자란 나무를 전지했다

더벅머리 문제아 같던 나무들이

반팔 입고 체조하는

까까머리처럼 말쑥해졌다

이웃이 한마디씩 한다

— 인물이 훤해졌네

지난봄 읍내 5일장에 나가

만 원 주고 사 온 바둑이가

제법 자랐다

우체부 오토바이 소리에

콩콩콩 짖다가도

행낭에서 편지를 꺼내면

금세 꼬리 치며 강중강중 뛴다

얼굴이 붉은 우체부가

한마디 한다

— 그놈 인물 한번 좋네

—「인물」 전문

이 소박한 이야기가 전하는 바는 무엇인가? 자신이 거처하는 원서
헌 뜰의 나무를 전지했더니 이웃들이 "인물이 훤해졌네"라고 한마디
씩 했다는 것이다. 나무의 외형을 보고 사람에게 하는 것처럼 인물이
훤해졌다고 말한 것이다. 이러한 반응이 나오게 되는 전제가 무엇인
가를 시인이 시적인 비유로 제시했다. "더벅머리 문제아 같던 나무들

이 / 반팔 입고 체조하는 / 까까머리처럼 말쑥해졌다"고 했기에 이런 반응이 나오는 것이 어색하지 않고 자연스럽다. 시인이 나무를 사람에 견주어 표현한 것은 나무라는 우주와 사람이라는 우주를 대등하게 인식했기 때문이다.

다음에는 동물인 강아지 얘기다. 읍내 장에서 만 원에 사 온 바둑이가 제법 자라 제구실을 하고 재롱을 피운다. 이것을 보고 우체부가 "그놈 인물 한번 좋네"라고 했으니 강아지도 사람으로 받아들여 준 것이다. 이처럼 원서헌 공간 속에서는 사람과 식물과 동물이 대등한 우주로 공존하고 있다. 생명체의 신비로 말하면 사람의 뇌신경과 혈관만 중요한 것이 아니다. 강아지의 그것이나 식물의 물관 체관의 구조도 크게 다를 바 없다. 굉장한 우주 빅뱅이 각각의 생명체에 퍼져 돌고 있는 것이다.

이러한 의인화 표현에 깃들어 있는 만물 우주론은 「얼굴」이라는 시에 재연된다. 텃밭이 움푹하게 낮아서 장마가 들면 물구덩이가 되기에 흙을 부어 텃밭을 돋우는 작업을 했다. 농사일이 서툰 시인이라 공이 많이 들었다. 애련리의 장금터에서 산허리를 잘라 파낸 "왕겨빛 마사토"를 "볼품없는 텃밭"에 쏟아부었다. "15톤 덤프 한 차에 2만 원 씩 / 200대에 4백만원이 들었다"고 정확히 수치와 금액까지 제시했다. 그만큼 노력과 수공이 많이 들었음을 강조한 것이다. 포클레인도 며칠 썼다고 했는데 그 금액은 쓰지 않았다. 15톤 덤프트럭 200대 분량의 흙을 부었으니 상당히 큰 공사를 벌인 셈이다. 그러나 전문적인 시골 농부가 아니라 귀농 지식인이니 일의 결과에 자신이 없다. 민망하여 쭈뼛해하는 시인에게 동네 사람들이 한마디씩 건네는데, 그의인화의 어법에 만물 공생의 동질적 사유가 담겨 있다.

> 띠동갑 손 이장이 한마디 한다
> ― 밭이 아주 똘똘해졌네요!
> 동갑내기 우탄치 이형도
> 객토한 밭을 보더니 한마디 보탠다
> ― 얼굴이 아주 반반해졌네!
> 평생 논밭에서 살아가는
> 농부의 의인화법 말씀이
> 가슴에 툭 와 닿는
> 봄날 아침

―「얼굴」 부분

밭이 똘똘해졌다거나 얼굴이 반반해졌다는 것은 사람에게 쓰는 말이다. 밭과 함께 살아가는 농부들에게는 밭도 사람의 일부다. 사람과 자연을 하나로 보는 그들에게는 의인화의 어법이 지극히 자연스럽다. 시인이 어디 따로 있는 것이 아니라 그들이 바로 시인이다. 돈을 들이고 마음을 기울이면 볼품없는 논밭을 반반하고 똘똘한 모습으로 바꿀 수 있다. 사람을 대하듯이 논밭을 대해야 농사일을 잘할 수 있다. 농민들은 옛날부터 시적으로 사유하고 시적으로 살아왔다. 의인화의 어법은 그들의 생리에서 자연스럽게 나온다.

사물과 인간을 동등하게 보는 사유는 유머와 결합되어 화장실도 의인화한다. "잘코사니!"는 미운 사람이 불행한 일을 당할 때 그것을 고소하게 여기고 놀리려는 뜻으로 사용하는 말이다. "에이 잘됐다" 정도의 뜻이다. 「잘코사니!」는 원서헌 겨울 생활을 소재로 했다. 전기료 아끼느라고 겨울에도 방에 전기난로를 켜지 않지만, 화장실이 얼어 터지면 공사비가 더 나가니까 화장실에는 밤새 전기난로를 켜 놓는다. 영하 20도의 추위에 사람은 몸을 웅크리고 달달 떨지만, 화장실은 뜨뜻한 온기에 부자지가 축 늘어질 정도다. 시인은 자신의 처지와 대비하여 화장실을 다음과 같이 의인화했다.

두 평 반 좁은 방에서

나는 달달 떠는데

전기 냠냠 먹으며

똥내 나는 화장실

너 참 좋겠다

고향으로 내려와서

오롯이 늘그막을 산다고

소문이야 자자하지만

동지섣달 긴긴밤

화장실보다 추운 방에서

늙은 부자지 꽁꽁

막불겅이 되누나

잘코사니!

— 「잘코사니!」 부분

똥내 나는 화장실이지만 맛있는 전기를 냠냠 먹으며 따뜻한 상태로 겨울을 난다. 남들은 정년퇴직 후 여유 있게 노후를 즐긴다고 생각하지만, 그리고 남들에게 그렇게 윤색하기도 했지만, 사실을 알고 보면 화장실만도 못한 처지로 궁색을 떨고 있는 것이다. 영하 20도에도 몸이 느긋하게 늘어져 있을 화장실과 달리, 추위에 떠는 시인의 "늙은 부자지"는 꽁꽁 얼어 "막불경이"처럼 퍼렇게 말라간다. 전원에서 노후를 즐긴다고 흰소리하던 자신을 비웃듯 "잘코사니!" 하고 시를 끝냈다. 다른 말 붙이지 않고 "잘코사니!"라고 한 끝맺음이 군더더기 없이 산뜻해서 좋다. 아파트 중앙난방의 얼빠진 안이함을 일시에 잘라내는 늙은 협객의 날렵한 도법이다. 똥내 나는 화장실을 '너'라고 지칭하는 동일화의 어법은 자연과 인간, 인간과 사물을 동등하게 보는 우주론적 발상이다. 범아일여의 대승적 화법이 도시의 타산적 산법과 본질적으로 다르다는 점을 일깨운 오탁번 시인에게 결코 "잘코사니!"라고 할 수 없다. 부자지를 늘어트리고 아파트 거실에서 텔레비전 보는 우리 자신에게 "잘코사니!"라는 말을 던질 만하다.

전지한 나무를 보고 인물 훤해졌다고 하고 객토한 밭을 보고 아주 똘똘해졌다고 하면, 혹은 전기 먹고 훈훈하게 사는 화장실보고 너 참 좋겠다고 친구처럼 말하는 그런 삶을 살아가면, 어떤 경지에 이르는가? "70 지나 바야흐로 80으로 달려가는"(「하니 그리움」) 시인의 삶에 무슨 보람이 있어야 이 자연 공생의 삶에 제대로 값을 매길 수 있지 않은가? 나는 그 마음의 한 경지를 미얀마 관광에서 유적을 보고 펼친 그의 사유에서 발견했다. 만물 공생의 상상력이 도달한 정신의 경지에 마음이 자못 경건해졌다.

시인은 미얀마의 인데인 유적지 허물어진 불탑과 귀 떨어지고 코 떨어진 불상들을 보며 "폐허의 아름다움"(「폐허는 아름답다」)을 느낀다. "폐허의 고즈넉한 정적"이 영원의 세계로 이끄는 무한 허공의 궤적이요, 깨달음의 장식마저 떨쳐낸 탈속의 그림자 같다. 너무나 고요하여 스마트폰 사진 찍는 찰칵 소리에 불탑의 벽돌이 툭 떨어질 것 같은 예민한 감각의 파동 속에 고요와 친구가 될 것 같은 동질감을 느낀다. 인레 호수의 파웅도우 파야에는 다섯 개의 금불상이 놓여 있는데 오랜 세월 금박을 계속 입혀 이목구비의 형태는 없어지고 황금알 같은 둥근 모습으로 남아 있다. 시인은 이 다섯 금불 이야기를 하며 그 모습을 "잘 뜬 금빛 메주덩이"에 비유한다. 오랜 세월 금박이 입혀졌으니 세월의 온기로 발효된 메주덩이가 아니겠는가. 금불에서 메주덩이를 떠올리는 상상은 제 모습 갖춘 바둑이에게 "그놈 인물 한번 좋네"라고 말하는 것과 유사한 발상이다. 만물일여의 공생적 상상이다.

어떻게 하면 이런 자리에 도달하는가? 백운면 애련리 장금터 근처 원서헌 지킴이가 되어 똥내 나는 화장실을 벗 삼아 똘똘한 텃밭 일구며 인물 훤한 나무들 사이로 오줌길 누비고 다니면 이런 경지에 이를 수 있다. 먼 훗날, 낙목한천의 적막강산을 지나 북망산천을 넘어갈 때도, 마빡에 미련의 주름 드리우지 않고, 수륙양용의 헬리콥터 타고, "아니눈물"도 흘리지 않고 "하니 그리움"도 없이, 그저 "나 그냥 가네 / 무심한 목소리"(「그냥 가네」) 도렷이 남기고, 쓸개 날아간 하늘을 향해 날아오를 것이라고 나는 믿는다. 그렇지 않다면 자연과 인간이 하나로 통합된 만물 공생의 사유가 무슨 의미가 있겠는가? 인류의 지혜를 빌려 말하노니, 대동화합의 상상에 의해 우리의 빅뱅이 열릴 것이라고 나는 믿는다.

시간의 필경사가 전해주는 말과 마음의 고고학

『비백』(2022)

유성호

1. 언어를 최고로 받들어 모시는 '시'

오탁번 시인은 자유로운 상상력과 활달한 언어 그리고 인간과 자연을 실물적으로 포착하고 재현하는 능숙한 역량으로 이미 우리 시사 詩史의 고전이 된 분이다. 그의 근작近作들은 기억 속 유년과 고향에서 시작하여 가장 순수한 존재론적 원형을 간직한 '원서헌' 근처 생명들을 보살피고 어루만져온 과정을 담아내는 데 진력해왔다. 이번 시집 『비백飛白』(문학세계사. 2022) 역시 지난 『알요강』(2019)에 이어 기층 언어에 대한 지극한 헌신을 통해 가장 원초적인 '시적인 것'의 형상적 성취를 이루어낸 결실로 다가온다. 세상 주변부에서 더디게 스러져가는 삶을, 쓸쓸하지만 환하고 비어 있지만 가득한 삶의 역설을 노래하는 그만의 천진성과 비非근대 시법이 다시 한번 확인되는 순간을 담은, 만유 공존의 상상력이 극점에서 빛나는 명품이 아닐 수 없다.

　우리가 잘 아는 것처럼 시인으로서 오탁번의 존재는 "시는 언어를 최고로 받들어 모시는 문학의 장르"(「시인의 산문―언어를 모시다」)라는 선언에서 발원한다. 그는 풍경의 구체나 기억의 심도深度도 놓치지 않지만, 그에 딱 맞는 토박이말을 찾아내느라 정성을 들이는 모어母語의 연금술사로 우리에게 각인되어 있다. 비록 표준어가 규율과 소통의 편의를 도모했다 하더라도 그는 살아 있는 입말이야말로 그 자체로 우리말의 가능성을 확장해가고 있다는 자각을 의식의 심층에 간직하고 있다. 이때 우리는 말라르메가 '시인'을 일러 '부족방언(모어)의 예술사'라고 정의했다는 사실을 환기하면서, 모름지기 시인이란 모어를 최대한 세련화하여 구성원들에게 깊은 인지적, 정서적 감염을 선사하는 존재라는 함의에 훤칠하게 가닿게 된다. 더없이 풍요롭고 살가운 모어의 집성集成이 말하자면 그의 근작들을 수놓고 있는 셈이다.

2. 사람 사는 일 다 이러루하니

　이번 시집에는 무수한 인물과 사건과 지명과 문헌과 계보가 등장한다. 이런 것을 엮어 '이야기시'라도 쓸 법한데, 오탁번 시인은 견고하고도 일관되게 일인칭 장르라는 서정시의 기율을 한시도 잊지 않는다. 오래된 조상의 문집에서 감동적 표현과 문장을 발견할 때도, 어린 시절의 가장 중요한 기억과 만날 때도, 그의 시는 이야기시로 흘러

가지 않고 영락없이 일인칭 고백 장르로 귀환한다. 물론 시의 바탕에는 시인이 오래 겪어온 경험 가운데 가장 절실한 기억의 층이 녹아 있고 떠나간 이들에 대한 간절한 그리움이 담겨 있다. 시인은 자신이 살아온 날들에 대한 회상을 통해 누군가 떠나고 난 빈자리에 남아 그 잔영을 기록해가는 시간의 필경사筆耕士를 자임함으로써, 그 시간을 다시 재현하면서 스스로 존재 확인의 순간을 구현해간다. 그러한 '남은 자'로서의 목소리가 시집 곳곳에서 아련하게 번져가고 있다 할 것이다. 다음 작품을 먼저 읽어보자.

그끄러께 봄
애련리 뒷산 할아버지 산소와
무너미골 아버지 산소를
의림지 개나리공원 봉안묘로 모셨다
유해를 백자에 고이 담아
우람한 석물에 칸칸이 모셨다
이제 벌초할 걱정 없이
설날 추석날
조화 한 묶음 꽂아놓고
술잔 올리고 절하면 되었다
그런데 그게 아니었다
유해를 수습하고 나서
땅 속에 그대로 파묻은 묘비가
날이면 날마다

눈앞에 떠올랐다

(……)

다음날 한치 마을 뒷산자락에
묘비를 정성스레 모셨다
가운데에 상돌을 놓고
양쪽으로 묘비를 세웠다
왼쪽에 할아버지와 할머니
동복오공연금지묘同福吳公然兢之墓
유인전주이씨부좌孺人全州李氏祔左
오른쪽에 아버지와 어머니
동복오공재경지묘同福吳公在瓊之墓
유인광산김씨부좌孺人光山金氏祔左
묘비 앞에 절하고 나서
하늘을 우러르니
세상만물이 다 그윽하였다

—「삼대三代」 부분

  '그끄러께'라는 토박이말이 시의 문을 연다. '그러께'가 지지난해
이니 '그끄러께'는 3년 전 해인 셈이다. 그해 봄 할아버지와 아버지
의 산소를 "의림지 개나리공원 봉안묘"로 함께 모신 일화가 시의 기
둥을 이룬다. 여러 지명地名이 그의 누대累代가 그 공간에 한데 모여

있음을 알려준다. 선조의 유해를 백자에 고이 담아 봉안묘에 모신 시인은 벌초할 걱정이 사라지고 명절에 조화와 술잔만 올리면 되겠다는 단출함을 유머러스하게 고백하는데 그 순간 새로운 반전이 일어난다. 땅속에 그대로 파묻은 묘비가 기억에서 지워지지 않은 것이다. 그래서 시인은 올겨울에 비장한 마음으로 조상들 옛 산소를 다시 찾았다. 일꾼들에게 다짐을 해두면서 조심스레 묘비를 수습하였는데 다행히 원래 모습을 견지하고 있었다. 다음 날 시인은 정성스레 묘비를 양쪽으로 모시고 가운데 상돌을 놓았다. 왼쪽에 조부모님, 오른쪽에 부모님을 모시고 절을 하고 나니 새삼 세상만물을 그윽하게 품게 된 것이다. 묘비 수습을 둘러싼 내력을 통해 조상과 시인은 한 몸으로 결속하면서 서로 그윽해진다. 오탁번의 '삼대三代'가 완성된 이 순간이야말로 그의 존재론이 그분들의 생애와 숨결과 흔적에 의해 구축되고 있음을 암시해준다. 짐짓 시인은 "사람 사는 일 다 이러루하니"(「사람 사는 일 다 이러루하니」)라고 되뇌고 있을 것이다. 다음은 어떠한가.

어느 날 그냥 찾아온 손 하나이

내 이름이 본명이냐 뜬금없이 물어

방울 탁鐸! 울타리 번藩!

또박또박 글자 풀이를 해주었다

엄한 선비였던 할아버지가

내가 태어나기도 전에

손자 한 놈 더 있다고

내 이름 지어놓고 돌아가셨는데
1943년 한여름 초저녁에
정말 내가 태어났다고

(……)

그런데, 명줄 안 끊기고
예까지 용히 왔다
그날 뜨악한 손이 가고 나자
괜히 마음이 싱숭생숭해져서
자전에서 내 이름 다시 찾아보았다
앗! 이게 뭐야?
방울 탁, 울타리 번 말고
어마한 뜻이 더 있다
독毒을 바른 창槍, 탁!
휘장揮帳이 있는 수레, 번!
깜작 놀라 틀니 빠질 뻔했다
독 바른 창을 잡고
휘장을 친 수레를 탄다?

나는 곰곰 생각에 잠겨
혼잣말을 했다
— 탁뻐나

니 가는 곧 어드메뇨?

—「이름」부분

그러한 누대의 가계家系를 통해 내려온 가장 확실한 표지標識는 그의 '이름'일 것이다. 어느 날 "손 하나이"(주격조사를 '가'가 아닌 '이'로 쓴 것 또한 오탁번 고고학의 한 표정이다.) 시인의 이름에 대해 묻는다. "방울 탁! 울타리 번!"이라고 글자 풀이를 해준 시인은 그 내력도 찬찬히 들려준다. 시인이 태어나기도 전 조부께서 지어놓으신 이름이었다는 것이다. 서른 살 어머니가 막내로 낳으셨지만 어머니는 "눈물로 간을 한 미음"으로 겨우겨우 막내를 살리셨다. 세 살 때 아버지가 돌아가셨으니 어머니 홀로 견디신 날들은 그야말로 "눈물로 간을 한" 세월이 아니었을까? 손이 떠나가고 나서 시인은 자전에서 이름자를 다시 찾아보는데 놀랍게도 "독을 바른 창, 탁! / 휘장이 있는 수레, 번!"이라는 다른 뜻이 부가되어 있지 않은가. 시인은 어쩌면 독 바른 창을 잡고 휘장 친 수레를 타고 여기까지 왔는지도 모른다. "— 탁뼈나 / 니 가는 곧 어드메뇨?"라는 결사結辭는 예쁜 '방울'이 날카로운 '창'으로, 안온한 '울타리'가 거침없는 '수레'로 몸을 바꾸어버린 그 출렁임의 순간이 가져다준 존재론적 사건을 반영한 것인 셈이다. 누군가의 "얼굴은 / 얼이 숨은 굴"(「얼굴」)이지만 누군가의 이름은 그렇게 운명을 '이르는' 상징적 "개맹이"(「어리보기」)로 성큼 다가서고 있는 것이다.

이처럼 오탁번은 오랜 기억의 마디들을 불러와 자신의 존재론을 구성해간다. 사라져간 인물과 장소와 순간을 되찾아 '지금 여기'로 불러오려는 고전적 열망을 하염없이 보여준다. 그 안에는 인간이면 누구나 겪는 쓸쓸함과 허허로움이 있고 유한자有限者로서의 운명을 받아들이는 역설적 자유로움을 심화해가는 모습이 담겨 있다. 그렇게 시인은 시간의 은은한 삽화를 통해 한 시절의 경험이 서정적으로 승화하는 순간을 선명하게 보여주고 있고, 우리는 그 과정에서 가장 근원적인 시간들이 농울치고 있음을 발견하게 된다. 속도전으로 충일한 이 시대에 시인은 이렇게 우리가 잃어버리고 살아가는 느리고도 변함없는 고전적 시공간을 순간적으로 탈환해주는 것이다. 사람 사는 일 다 이러루하지 않을까?

3. 사기史記가 아니고 유사遺事라며

앞에서 말한 것처럼, 오탁번 시인은 기층언어와 토박이말과 고어와 방언까지 발굴하고 세련화하는 데 앞장선다. 비록 국민국가의 언어 정책이 표준어와 맞춤법 제정을 통한 언어 규범의 확립에 무게중심을 두었지만, 시인으로서는 모어의 아름다움과 질감을 최대화하는 기능을 외면할 수 없었을 것이다. 그러한 역주행이야말로 오탁번을 겨레의 시인이게끔 만들어준다. 오래전「백두산 천지白頭山 天池」라는 커다란 스케일과 촘촘한 모어의 감동적 시편을 우리에게 선사했던 그가 그 후로도 균질적이고 지속적으로 모어의 예술사라는 지위를 구가해온 것을 우리는 이로써 알 수 있다. 우리는 언어의 표준화가 가지는 효율성과 통합성에 당연히 동의하지만, 살아 있는 입말들을 보존하고 거기에 미학적 지위를 부여하는 일이 얼마나 중요한가를 그의 시를 통해 절감하게 된 것이다.

동네 노인 하나이
선산 벌초를 하고 내려오는데
여태 벌초도 안한
먼저 떠난 이웃의 무덤이 보인다
추석이 낼모레인데
아무리 바빠도 벌초를 안 하다니
고얀 녀석들 같으니!
혀를 끌끌 차면서
쓱쓱 낫질을 한다
살아생전에 논물 먼저 대려고
삿대질도 한 밉상이었지만
깎은머리가 된 무덤이
저녁놀 아래 정겹다

추석날에야 고향에 온 이웃 아들은
누가 벌초했는지 금방 안다
추석날 저녁에
휘영청 달이 떠오르자
곶감 한 상자와 술 한 병 들고
고맙다는 인사를 간다

그런데 인사 받는 노인의 말이

참 싱겁기도 하다

— 내가 한 게 아녀

　지나던 꼴머슴이

　풀을 싹 깎은 거라

앞산 하늘에 토끼 한 마리

방아 찧다 배꼽 잡는다

—「벌초」 전문

　'벌초'라는 행위를 둘러싼 삽화가 펼쳐진 시편이다. 노인 "하나이"
추석을 앞두고 선산 벌초를 하고 내려오다가 "먼저 떠난 이웃의 무
덤"을 보고서는 "고얀 녀석들" 하고 나무라듯 혀를 차며 낫질을 했
다. 그 이웃은 살아생전 애증이 겹쳤던 인물이지만 벌초를 하고 나니
저녁놀 아래 서로 정겨워진다. 추석날 고향 찾은 아들이 벌초해주신
노인분을 찾아 고마움의 인사를 하지만 노인은 "내가 한 게 아녀 / 지
나던 꼴머슴이 / 풀을 싹 깎은 거라"라고 싱겁게 응대함으로써 해학
과 너그러움과 겸허함으로 '스스로(自) 그러한(然)' 삶의 한 장면을 보
여준다. 여기서도 「이름」의 "손 하나이"처럼 "노인 하나이"가 등장하
는데, 우리는 옛 주격조사 ' ㅣ '를 불러내 쓴 시인의 의지가 일회적이
지 않고 지속적으로 실험되고 안착된 것임을 확인하게 된다. 그렇게
시인은 "우리말의 큰말 작은말 센말 여린말 준말"(「해름」)을 어림하면
서 시를 써간다. "철도가 지나가면 / 사람집도 제비집도 다 날아간다

는 걸"(「제비」) 알아차리고 "아침마다 논꼬 보러 나가면서 / 손으로 이마 가리고 / 하늘을 보는 농부들이 / A급 기상 캐스터"(「일기예보」)임을 증언하면서 말이다.

어느 잡지에
'현대시동인' 회고담을 쓰면서
애면글면 참 애썼다
내가 동인에 든 것은
1968년 여름 17집부터였는데
나한테 있는 거라곤
동인지 딱 네 권
하도 옛일이라 기억이 가물가물

그래서 이 회고담은
정사正史가 아니고 야사野史이며
사기史記가 아니고 유사遺事라며
빠져나갈 핑계를 대고는
한술 더 떠,
또렷한 기억은 기억에 머물지만
희미한 기억은 추억이 된다!
했것다?

요즘 통 개맹이가 없지만

말 되는 말 얼떨결에 한 마디 했네

　　　　　　　　　　　　　　　　　　　　　　　　—「추억」전문

　시인은 1960년대 시사에서 중요한 역할을 한 『현대시』 동인 관련 회고담을 애면글면 쓴 사례를 들어 또 하나의 가물가물한 '추억'을 들려준다. 그는 이 회고담이 "정사가 아니고 야사이며 / 사기가 아니고 유사"라고 강조한다. 그러나 우리에게 그것은 체험적 문학사로 천천히 잠입해온다. 이때 시인은 "또렷한 기억은 기억에 머물지만 / 희미한 기억은 추억이 된다!"라면서 스스로 "말 되는 말"을 했다고 또 그 순간을 '추억'한다. 이러한 이중의 '추억'이 바로, 시인 스스로의 정의대로, '사기史記'가 아니라 '유사遺事'라고 명명된 것이 아니겠는가. 아닌 게 아니라 이번 시집은 그러한 야사와 유사의 실례로 그득한데, 공초空超 선생, 최근 작고한 이어령 선생을 비롯하여 수많은 해외 유적과 인물들이 시집의 경개景槪를 이루는 데 참여한다. 이승훈 시인을 추억하면서 "애도의 방식은 / 언어가 아니고 침묵"(「절명시」)이라 선언하고, "시인은 / 저도 모르게 태어나야 시인"(「이수익」)이라면서 "짊어진 소금가마처럼 / 눈물이"(「노향림」) 난다고 하면서 "사랑은 / 기록되지 않은 채 홀로 존재한다"(「윤석산」)고 하면서 문우들을 정성스럽게 부조浮彫한다. 그 순간 "나루터 물녘에서 / 아주 작은 풀꽃 하나가 / 느닷없이 꽃망울을"(「나태주」) 터뜨렸을 것이다. 이 모든 생명의 순간이 오탁번의 야사와 유사를 통해 기록을 얻은 것이다. 청마靑馬의 장례 때 김종길 선생이 들려준 "달빛을 베는 검객의 한 말씀!"(「시인의 사랑」) 역시 시인의 기억을 빌려 야사와 유사 한 자락에 고스란히 남을 것이다.

이렇게 오탁번은 토박이말에 의한 문학적 정화精華를 통해 우리말을 최대한 풍요롭게 만들어간 시인이다. 표준어로는 불가능한 것을 살아 있는 토착어로 표현함으로써 우리말의 무한한 가능성을 보여준 것이다. '까마귀도 내 땅 까마귀면 반갑다'는 속담처럼, 자신이 나고 자란 때와 곳의 말은 누구에게나 반갑기 그지없는 것이 아니겠는가. 오탁번은 스스로의 존재론적 기원起源을 상상하고 탈환하는 순간을 통해, 기층의 말과 사람에 대한 일관된 사랑을 우리에게 건넨다. 따라서 항구적 기억의 원리와 사랑의 시학으로 짜인 이번 시집은 시인에게는 오래고도 아름다운 '시의 집'이 되어줄 것이고 독자들에게는 서정시에 대한 순연한 열정의 실례를 경험하게끔 해줄 것이다. 독자들은 한 걸음 더 나아가, 쓸쓸하고 힘겨웠지만 그 시간을 오롯이 견디고 치유해온 시인의 아름다운 고백과 증언을 마음에 오래도록 담아둘 것이다.

4. 중얼중얼 혼잣말, 알짜 시

오탁번 시인은 섬세한 물리적 파상波狀에 자신의 궁극적 귀속처가 있음을 노래함으로써 작고 아름다운 서정적 순간을 포착하고 착상하고 형상화해왔다. 그것은 자신의 감정을 격정적으로 토로하지 않고 사물 스스로 말하게 하는 세련되고 깊이 있는 감각과 사유에서 가능한 것이었다. 그는 이러한 과정을 통해 사물의 본성 그대로를 살리는

데 힘을 기울이고 있지만, 결코 사물과 손쉽게 동화하지 않고 사물과 한결같이 거리를 유지하면서 그들의 속성을 형상적으로 추출하고 배열해간다. 다시 말해 자신의 경험을 직접 노출하려는 욕망을 경계하면서 사물이 가진 본래 속성을 자신의 실존 차원으로까지 끌어올리는 것이다. 이번 시집은 자신이 살아왔고 살아가야 할 삶의 심층을 유추하고 성찰하는 방법을 취하게끔 함으로써 이러한 원리를 적극 실현해간 결실이다. 낮은 목소리로 전해져오는 미적 전율이 참으로 미덥고 아름답다. 이제는 '시인 오탁번'의 유사에, 속살처럼, 아늑한 거소居所처럼, 가닿아보자.

원주역에서 기차를 타고
1963년 겨울
청량리역에 내렸다

안암동까지
추운 길을 걸어갔다
그 길이
내 생애의 비알이고 벼랑이라는 것을
까맣게 모른 채

내가 걸어온 길은
기승전결 엉망인 쓰다가 만 소설
낙서 같은 시

눈물이 앞을 가려

(상투적 수사가 이럴 땐 딱!)

더는 얘기 못 하겠다

……

종종이나 찍어야지

—「종종이」 전문

　　스물한 살 '청년 오탁번'은 1963년 겨울 원주역에서 청량리행 기차를 탔다. 청량리에서 안암동까지 걸었던 그 '길'이 "내 생애의 비알이고 벼랑"이라는 것을 그때는 몰랐다고 한다. '비알'은 '비탈'이니 그 아찔하고 가파른 비유를 새삼 일러 무엇 하겠는가. 적수赤手의 한 청년이 그 후로 걸어온 길은 "기승전결 엉망인 쓰다가 만 소설"이나 "낙서 같은 시"로 남았다지만, 그 안에는 실존의 고독과 고통이 눈물처럼 떠오르면서 끝내 '종종이'처럼 일견 적막으로 일견 침묵으로 각인되었을 것이다. 그렇게 이야기하지 않음으로써 큰 것을 이야기하는 역리逆理의 방식을 두고, 시인은 "눈으로 읽는 시보다 / 귀로 듣는 나무의 울음소리가 / 더 시답다"(「시집이 운다」)라고 비유했을 것이다. 그리고 그러한 '시'의 비유적 형상은 다음에서 더욱 확장되어간다.

　　수수밭 가에서 팔 휘저으며

　　새떼 쫓는 할아버지나

　　보행기 밀고 가다가

　　느티나무 그늘에 쉬는 할머니는

중얼중얼 혼잣말 잘도 하신다
그 말을 가만히 귀동냥해서 들으면
그게 바로 시다
그러나 문장으로 옮겨 적으려는 순간
는개처럼 흩어져 버린다

마른기침 사이로 쉬는 한숨에는
전 생애의 함성이 있고
캄캄한 우주를 무섭게 가로지르는
살별의 침묵도 있다
중얼중얼 혼잣말이여
아, 알짜 시여

—「혼잣말」 전문

'혼잣말'은 누군가에게 할 말을 스스로에게 건네는 자기 확인의 언어이다. 수수밭 가에서 새떼를 쫓는 할아버지나 보행기 밀고 가다가 쉬는 할머니가 중얼중얼 하시는 '혼잣말'은 시인의 비유를 통해 "그게 바로 시"로 새삼 등극한다. 그 '시'는 문장으로 옮겨 적으면 곧 사라져버리니 그저 혼잣말로 우주를 가득 채울 수밖에 없었을 것이다. 마른기침 사이로 쉬는 한숨에도 생애를 가득 채운 함성이 들어 있고 우주를 가로지르는 침묵도 잠겨 있지 않은가. 그 "알짜 시"야말로 그에게 "새싹 올라오는 마늘밭"(「위리안치」)처럼 신생하는 순간을 가져다준 것이 아니겠는가. 오탁번 시인의 중얼중얼 혼잣말이 우리 문학사에 짙은 밑줄을 긋는 순간이 아닐 수 없다.

> 콩을 심으며 논길 가는
> 노인의 머리 위로
> 백로 두어 마리
> 하늘 자락 시치며 날아간다
>
> 깐깐오월
> 모내는 날
> 일손 놓은 노인의 발걸음
> 호젓하다
>
> ―「비백飛白」 전문

　시집 표제작에서 시인은 자신의 '시쓰기'를 정점의 고백으로 들려준다. '비백'은 한자 서체의 하나로서 획마다 흰 자국이 나도록 쓰는 방법을 말한다고 한다. 다리를 절룩이며 느리게 걷는 노인 머리 위로 "백로 두어 마리"가 하늘 자락 시치며 날아갈 때, 시인의 시선에는 "깐깐오월 / 모내는 날"에 그 광경을 호젓하고 고즈넉하게 바라만 보는 노인의 발걸음이 들어온다. 그것이 가장 '시적인 것'이었기 때문일 것이다. "50년 전으로 돌아가 / 1970년대 나에게 팬레터 쓰고 싶다"(「독후감」)는 시인은 이처럼 여전히 젊고 아름다운 창신의 미학을 오늘도 개척해간다. "몹쓸 은유는 죄악"(「몹쓸」)임을 명심하면서 "비백飛白의 절명시絶命詩"(「절명시」)를 써가는 것이다.

이번 시집에 들어앉은 사물들은 화음和音으로 서로 어울리면서 가볍게 출렁인다. 그 출렁임은 격렬한 몸짓으로 이어지지 않고 사물과 사물 사이를 환하게 채우는 밝은 파동으로만 존재한다. 그 잔잔한 풍경에서 시인은 자기 영토를 확보한 사물들에게 새로운 이름을 주고, 그들끼리 소통하게 하며, 나아가 그들이 시인의 경험 속에 어떻게 깃들이게 되었는가를 표현한다. 이때 사물들은 외따로 떨어져 있는 개체들이 아니라 서로 긴밀하고 촘촘한 연관성을 가지는 유기적 전체를 이루게 된다. 그래서 시인이 상상적으로 구성하는 사물의 관계는 합리적 인과율이 아니라 시인의 경험적 시선에 의해 결속되고 있는 것이다. 그 시선이 지극한 고요함으로 사유하는 '시'와 '시인'의 길을 여기까지 이끌어온 것이다.

5. 뒤를 돌아보면서도 앞을 예시하는 역설의 시학

다시 강조하지만, 토착어vernacular는 중앙 집권적 공식 언어가 아니라 각 지역에서 현재형으로 쓰이고 있는 말을 의미한다. 그것은 지역어라는 의미 외에도 살아 있는 언어의 원형을 뜻하기도 한다. 표준어와 토착어의 공존을 통해 우리는 언어군群의 다양한 수평적 공존이 얼마나 중요한지를 알게 된다. 오탁번의 시는 이처럼 다양한 언어적 형질을 통해 '마음의 고고학'을 일관되게 보여준 미학적 결실로 우뚝하다. 지금까지 우리는 시인이 기억 속에 담아놓은 유년과 고향 그리고 잃어버린 순수와 그것을 시적으로 탈환하는 과정에 흔연히 동참해온 것이다.

그의 이번 시집은 천진성의 시학과 비근대 시법에 의해 발원된 것으로서 그야말로 순은純銀이 빛나는 아침으로부터 뉘엿하게 기울어가는 해거름까지 지내온 순수 회귀의 미학을 미덥게 펼쳐간 사례로 남을 것이다. 때로 '방울 울타리'의 고요함으로, 때로 '창 수레'의 역동성으로, 천천히 낡아가거나 사라져가는 것들을 온 정성으로 기록해가는 '시간의 필경사'로서, 오탁번 시인은 뒤를 돌아보면서도 앞을 예시하는 역설의 시학을 한없이 지속해갈 것이다. 그리고 우리에게 말과 마음의 고고학을 하염없이 들려줄 것이다. 앞으로도 그 세계가 참으로 아늑하고 아득하게 펼쳐져가기를, 마음 깊이 희원해본다.

송기한　　고형진

이승하　　한용국

박슬기　　이동재

오태환　　장은영

진순애　　이영광

도시에서 탐색된 원형적 상상력 — 오탁번론 | 송기한
일상과 우주의 마주침, 삶의 주름과 겹에서 출현하는 사랑
　　— 오탁번의 『1미터의 사랑』과 『벙어리장갑』 | 박슬기
원시성의 마력 — 오탁번 | 진순애
멋지고 세련된 아재 개그의 진수 — 오탁번 시집 『알요강』을 읽고 | 이승하
젊은 날의 눈물겨운 초상, 또는 시적 궤적의 낭배 | 오태환
우리 동네의 언어와 이야기 — 오탁번 시인론 | 고형진
노년의 해학과 시 — 지천芝川 오탁번 | 이동재
반로환동返老還童의 주안술朱顏術 — 오탁번론 | 이영광
오탁번, 시집보내다 — 성과 속의 경계를 넘나드는 웃음의 미학 | 한용국

3부

시
인
론
ㅡ
언
어
의
비
의

호병탁

윤향기

장인수

이병초

조정인

최준

당신을 향한 인간의 얼굴 │ 장은영

'시詩집' 보내고, '시媤집' 보내고 ― 오탁번의 『시집보내다』 │ 호병탁

'동심童心'이면서 '취趣'의 시 ― 오탁번 시집 『시집보내다』를 읽고 │ 장인수

맑은 날 술래가 된 일흔 살 아이 ― 오탁번의 시 │ 최준

외설과 성찰이라는 한 아이 ― 오탁번의 신작시집 『시집보내다』 │ 윤향기

이 계절의 시집 ―『시집보내다』 │ 조정인

이순을 지나 불러보는 아름다운 귀거래사 │ 이승하

순정한 언어에 비친 치열성의 미학 ― 오탁번 시집 『알요강』을 읽고 │ 이병초

자기 응시의 순정하고 오연한 형식 ― 오탁번 시인론 │ 오태환

도시에서 탐색된 원형적 상상력

오탁번론

송기한

1. 시와 산문, 일상과 상상의 공존

오탁번의 문학적 연혁을 탐색해보는 일은 그리 간단하지 않다. 무엇보다도 그가 서정 양식만을 쓰는 것이 아니라 산문 양식도 겸해서 쓴다는 점에서 그러하고, 최초의 등단이 시가 아니라 동화로 말미암는다는 점에서도 그러하며, 그의 문학 활동이 벌써 청소년기에 이루어졌긴 하지만 그때에도 결코, 뒤떨어지지 않는 수준의 시들을 써냈다는 점에서 또한 그러하다. 물론 강단에 몸을 두고 있으면서 문학에 관한 교육과 연구를 하고 있다는 점도 그의 이력상의 다양성의 근거가 된다. 세월의 깊이만큼이나 시와 더불어 살아온 사람답게 시와 생활이 분리되지 않는 모습을 보여준다. 여기에서 '시'라는 말은 '문학'이라는 말로 대체하여도 크게 무리가 없을 터인데, 일반적으로 시와 소설을 겸하는 이들에게 두 장르의 구분은 외형상의 차이에서 이루어질 뿐 문학 정신의 본질적인 면에서 크게 다르지 않기 때문이다.

시와 생활이 분리되지 않는 것처럼 그에게 시는 일상 속에서 피어나고 시의 중심에는 일상의 삶들이 아로새겨져 있다. 이는 시적 내용에서도 드러날 뿐만 아니라 그가 산문과 시적 형식을 동시에 구가하고 있다는 점에서도 알 수 있다. 산문이 일상의 언어요, 일상의 질서에 의해 이루어지는 것이라면 그가 시와 대등하게 동화와 소설을 창작할 수 있다는 것 자체가 그의 문학에서 일상이 차지하는 비중을 말해주는 것이라 하겠다. 산문의 영역인 일상은 그의 문학과 어우러져 특수한 세계로 구축된다.

이로 미루어 볼 때, 우리는 그가 배타적으로 시적 미학을 추구하는 경우와 거리가 멀다는 것을 짐작할 수 있다. 그러나 이것이 그가 시의 미적 의장들을 소홀히 하고 있음을 뜻하지는 않는다. 많은 연구자가 인정하듯이 그의 시는, 특히 초기의 경우는 감각적이고 섬세한 언어와 명징한 이미지를 보여주고 있기 때문이다.[1] 그는 언어에 대한 뛰어난 감각을 지녔고 이를 매개로 1960년대 『현대시』 동인으로 참여하기도 했다.

오탁번의 시세계는 대략 세 가지 측면에서 형성되고 있다. 첫째, 언어미학적 관점, 둘째, 서사 구성적 측면, 셋째, 원형적 상상력의 관점이라는 세 가지 측면의 종합적이고도 복합적인 관계망 위에서 직조

---

1   이남호, 「미천한 것들에 대한 순수사랑」, 『시와시학』, 1997.여름, p.108.

된다고 할 수 있다.『현대시』동인으로 시적 출발을 한 오탁번은 언어에 대한 세련된 감수성을 바탕으로 문명화된 현실 이면으로 사라진 순수하고 근원적인 세계에 상상력의 촉수를 드리운다. 그리고 이 과정에서 일상적 세계는 상상 세계와 공존하며 하나의 주요한 축을 형성하고 있다. 이러한 시적 특성으로 인해 오탁번의 시에는 근원에의 탐색을 향한 상상력이 강렬하게 형상화되어 있지만 이에 못지않게 현실 세계와 연관되는 구체적인 이야기가 담겨 있는 것도 사실이다. 이 글에서 오탁번의 초기 시를 집중적으로 분석하고자 하는 까닭도 여기에 있다. 오탁번의 초기 시는 그의 전체 시세계의 구조적 모델에 해당되기 때문이다.

2. 일상역日常域에서 상상역想像域에 이르는 경로

오탁번의 시인으로서의 등단은 1967년이 되던 해「純銀이 빛나는 이 아침에」를 통하여 이루어진다. 동화「철이와 아버지」가『동아일보』신춘문예에 당선된 지 일 년 후의 일이다. 오탁번의 진술에 의하면, 이해에 몇 편의 소설과 시를 동시에 응모하였지만 이 가운데 시만이『중앙일보』신춘문예에 당선되었다고 한다.[2] 오탁번은「純銀이 빛나는 이 아침에」에 대해 조지훈 등으로부터 고평을 받으며 당당하게 시인으로 데뷔하거니와 오탁번은 이 시에 등장하는 "순백의 알에

2   오탁번,「내 문학의 숨결」,『시와시학』, 1997.여름, p.94.

서 나온 새가 그 첫번째 눈을 뜨듯"과 같은 순수 결정체의 이미지를 무척 소중하게 여긴다.3 오탁번은 자서를 통해 이 시의 창작 동기가 "연탄난로의 열기와 눈과의 어떤 관계에 대한 상상력이 나도 모르는 사이에 고리에 고리를 물고 이어지기 시작"4한 것임을 밝히고 있다.

데뷔작과 관련한 시인의 진술에는 그의 시세계에 관한 중요한 정보들이 상당량 내포되어 있는 것처럼 보인다. 오탁번의 데뷔작은 단순히 시인으로서의 입지를 확보해주는 한도 내에서 의미가 있는 것이 아니라 오탁번의 시적 세계의 원형이 포지되어 있다는 점에서 더욱 큰 의의를 지니고 있다.

눈을 밟으면 귀가 맑게 트인다. / 나뭇가지마다 純銀의 손끝으로 빛나는 / 눈내린 숲길에 멈추어 선 / 겨울 아침의 행인들. // 原始林이 매몰될 때 땅이 꺼지는 소리, / 천년동안 땅에 묻혀 / 딴딴한 石炭으로 변모하는 소리, / 캄캄한 시간 바깥에 숨어 있다가 / 발굴되어 건강한 炭夫의 손으로 / 화차에 던져지는, / 原始林 아아 原始林 / 그 아득한 세계의 運搬소리. // 이층방 스토브 안에서 꽃불 일구며 타던 / 딴딴하고 강경한 石炭의 發言. / 연통을 빠져나간 뜨거운 기운은 / 겨울 저녁의 / 無邊한 世界 끝으로 불리어 가 / 은빛 날개의 작은 새, / 작디 작은 새가 되어 / 나뭇가지 위에 내려 앉아 / 해 뜰 무렵에 눈을 뜬다. / 눈을 뜬다. / 純白의 알에서 나온 새가 그 첫번째 눈을 뜨듯. // (……) // 행인들의 純粹는 눈 내린 숲 속으로 빨려가고 / 숲의 純

---

3 위의 글, p.93.
4 위의 글, p.92.

粹는 행인에게로 오는 / 移轉의 순간, / 다 잊어버릴 때, 다만 기다려질 때, / 아득한 世界가 運搬되는 / 은빛 새들의 무수한 飛翔 가운데 / 겨울 아침으로 밝아가는 불씨를 분다.

—「純銀이 빛나는 이 아침에」 부분

  위의 시는 눈 내린 날의 아침 풍경에 시흥詩興이 일어 창작된 것이다. 시인은 눈으로 덮인 시가지의 모습을 감각적으로 묘사하는 것으로부터 시를 만들어내기 시작한다. 그러나 「純銀이 빛나는 이 아침에」가 보여준 득의의 영역은 여기에 있지 않다. 단순히 시적 대상을 미적이고 감각적으로 묘사하는 데에 그치지 않는 이 시의 창작 과정은 훨씬 정교하고 고차원적이다. 그것은 대상의 외적 형상을 묘사하는 순간, 대상이 지닌 외양은 독특한 이미지로 전유되어 시인을 곧바로 상상력의 원형적 지대로 이동시키는 데서 비롯한다. 가령 위의 시에서 '나뭇가지의 눈'이 '純銀'이 되어 '숲길에 멈추어 선'에서 묘사되는 이미지의 축이 '이층방 스토브 안에서 타던 석탄'이 '연통을 빠져나가' '은빛 날개의 작은 새가 된' 이미지의 축과 만나 곧장 '순백의 알에서 나온 새가 그 첫 번째 눈을 뜨는' 이미지의 결정을 이루는 양상이라든가, 바로 이 순수 결정의 이미지로부터 '천 년 동안 땅에 묻혀 딴딴한 石炭' 및 '原始林이 매몰될 때'의 시원적 상황으로 거슬러 올라가는 상상력의 전개 과정 등등이 바로 그것이다.

  오탁번의 시에서 시적 대상은 처음엔 감각적 차원에서 전유되지만 독특한 이미지로 빚어지면서 결국 시원적 시공에 닿아 있는 원형적 상상력의 지대로 이어진다. 여기에서 독특한 이미지란 시적 대상을 원형적 시각과 차원에서 해석하는 능력으로부터 말미암는바, 이를 가능케 하는 것은 무엇보다도 시적 대상을 가장 순수한 이미지로 전 유할 수 있는 시인의 태도라 할 수 있다. 다시 말해 대상을 가장 순수한 이미지로 표백시킬 수 있는 시인의 독특한 감각이 매개가 되어 시적 대상은 자신의 원형적 형상을 회복하게 되는 것이다. 여기에서 우리는 흔히 순수 지향적 시인으로 인식5되는 오탁번에게 순수를 향한 절대화한 태도가 비단 시의 소재 차원에서만 의미를 갖는 것이 아니고 그의 시 창작 과정상의 한 계기로서 깊이 있게 작용하고 있음을 확인할 수 있다.

　　추운 겨울 山과 들 사이로 / 따뜻한 江이 숨어 흐르듯 / 추울수록 江은 따뜻해지고 / 모든 가까이 있는 / 事物이 눈물겹고 고맙듯 / 서러운 몸에서 / 뜨거운 사랑이 태어나고 / 온 汚物 속에서 이름모를 / 풀씨는 싹튼다. // 말구유에서 나신 그대는 / 별이 내리고 / 뜻있는 者가 경배할 때 / 아침과 저녁, 암흑과 광명을 / 분별할 시간도 장소도 / 없는 全知의 하늘. / 글 아는 사람 노릇 / 하기 힘든 대낮에 / 그대여, 우리도 2천년전 아침처럼 / 그 빛깔의 하늘 아래 있게 하라. // (……) // 堤川의 바람이여 / 서러운 몸과 마음이여 / 추운 들 사이로 흐르는 / 따뜻한 豫言을 / 이 새 아침에 이해하리라.

―「아침의 豫言」 부분

5　이경호, 「〈무지개〉를 보는 눈」, 『작가세계』, 2003.여름, pp.228~229.
　고형진, 「순수의 가치와 의미」, 『시인의 샘』, 세계사, 1995. p.169.
　권오만, 「옹숭깊어 가는 순수와 자유」, 『시와시학』, 1997.여름, p.125.

오탁번의 첫 시집의 표제가 되기도 하였던 「아침의 豫言」은 제목 자체가 오탁번 시적 형상화의 방법을 보여주는 듯하다. 대상의 순수함과 순수한 대상에서 빚어지는 의미의 차원이 이 속에 녹아 있기 때문이다. 아침이 곧 예언이 될 수 있다는 사실은 일견 평범한 진실이지만 이는 오탁번 특유의 시적 형상화의 경로에 닿아 있다는 점에서 주목을 요한다. 여기에는 '아침'이라는 절대 순수의 이미지에서 근원적 의미를 끌어내고 있는 시인의 상상력과 통찰력이 내재되어 있는 것이다.

위의 시에서 근원적 세계를 형성하고 있는 대목은 2연이다. 2연을 통해 시인은 '예수'를 연상케 함으로써 직접 신화적 상상을 구현하고 있다. 시인은 '예수'의 존재를 통해 절대적인 순수와 진리의 시공을 '지금 여기'에서 구축하고자 소망한다. 이때 '예수'의 존재를 떠올리게 하면서 원형적 세계를 펼치게 한 매개는 마지막 연에 제시되고 있는 '아침'이다. 지금 눈앞에 펼쳐져 있는 대상인 아침의 풍경으로부터 '따뜻한 강', '뜨거운 사랑'의 이미지를 얻게 된 순간 상상력은 '예수'에게로 인도되는 것이다. '추운 겨울 아침'을 배경으로 삼았을 때 떠오르는 독특한 이미지인 '따뜻함'과 '아침'이라는 순수의 이미지가 결합됨으로써 시적 상상력은 결국 '神'이라고 하는 궁극적이고 원형적 지대로 이동해 감을 알 수 있다.

3. 근원적 상상 세계의 범위와 의미

대상으로부터 촉발되어 근원적 사유를 전개해나가는 오탁번의 시 창작 과정에서 우리가 얻을 수 있는 의의는 크게 두 가지이다. 하나는 무의미하게 지나쳐버리게 되는 일상의 영역이 의미화될 수 있다는 점과 다른 하나는 일상의 세계와 교차하며 펼쳐지는 근원의 세계가 우리에게 미칠 수 있는 영향이다. 흔히 일상의 영역은 피폐하고 부조리하다는 이유로 외면당하기 마련이라면 오탁번의 상상력은 지극히 사소하고 '미천한'[6] 것들까지, 아름다운 시선으로 포착하고 있다. 그리고 그 아름다운 시선 속에 담겨 있는 시인의 지극한 포용의 마음이 시적 대상을 근원적 세계로 이어주게 되는 것이다. 지금까지 오탁번의 시세계와 관련하여 조명된 근원적 세계란 대체로 유년이나 고향, 모성母性 등으로 유형화되곤 했다.[7] 하지만 사실 오탁번의 상상력에 의해 펼쳐지는 근원적 세계의 양태는 유형화되기 힘들 만큼 폭넓고 다채롭다. 그것은 오탁번의 시선이 닿는 대상의 폭과 수만큼이나 넓고 다양한 것이다. 오탁번이 펼쳐내는 근원적 세계의 폭과 깊이를 볼 때 우리는 그가 물질이나 대상을 통해서 상상의 지평을 무한대로 확장하는 탁월한 재능을 지니고 있음[8]을 확인할 수 있다. 첫 시집에 수록된 「象徵의 언덕에서」의 시편은 오탁번 시에 나타나 있는 상상

6 　이남호의 평론 「미천한 것들에 대한 순수사랑」(앞의 책, p.118)에서 빌려 온 표현.
7 　위의 글, pp.118~119.
　　고형진, 앞의 글, pp.169~172.
8 　김석준, 「원형과 그 변주」, 『비평의 예술적 지평』, 포엠토피아, 2003, p.209.

의 성격과 범위에 대해 다소 직설적인 언급을 해주고 있어 흥미롭다.

> 莊子가 살던 古典의 처소에도 誤解는 내린다. / 우리들의 아침에는 바람이 불고 / 지구는 蓮닢인 양 오무라들고……펴고…… / 내 이름을 부르며 날아오르는 / 堤川의 산새들도 둥우리 속으로 숨었다. / 셈본숙제를 하던 유년의 몽당연필이 / 하나의 상징이 될 줄은 몰랐다. / 지나가는 것이 모두 상징이라면 / 다가와 있는 것도 상징이 아닌가. / 李선생 尹선생 吳兄 朱兄 李양 趙양 張군 尹군 / 그대들도 모두 뼈아픈 상징이다. / 유프라테스와 티그리스의 氾濫을 / 꿈에서 보는 그대는 / 잠을 깨어 울지만 / 발소리가 요란한 어느 층계 위에서 / 나는 오늘의 損益을 계산한다. / 빈 주머니를 고의적으로 흔들며 / 나는 꼬박꼬박 귀가했는데 / 燈이 꺼진 날은 길이 어두웠다. / 우리들의 아침에 흰 誤解가 내려쌓이고 / 회상과 산새와 상징과 공상을 / 각각 그 처소로 쫓으며 / 莊子가 죽던 民衆의 시대에 기후가 변한다. / 아침 언덕으로 굴러 내리는 위선의 / 덩이는 부피가 늘어난다. / 태어나지 않은 한 방울의 액체에 경배하며 / 언덕 위에서 하나의 상징은 쌓여 / 나뭇가지를 무겁게 한다. / 수천 마리의 산새가 되어 / 堤川의 벌판과 웨일즈의 벌판을 / 날아오르며 / 세월은 가고 사랑은 남는다.
>
> ―「象徵의 언덕에서」전문

인간이 과거를 추억하면서 모성과 유년 시절을 그리워하는 까닭은 그것들이 존재의 시원에 해당하기 때문이다. 존재의 시원이 있어 그것이 현재의 순간에 끊임없이 재해석됨으로써 자아는 분열과 파괴를 극복하고 동일성을 회복하게 된다. 자아에게 존재론적 근거와 자기

동일성을 회복할 수 있는 아늑한 품을 제공한다는 점에서 우주적 시원은 하나의 공간으로 기능한다. 또한 그 공간을 우리는 원형 상징이라 일컬을 수 있을 것이다. 이때의 원형 상징은 개인적이고도 유적인 차원에서 초월적 심상을 부여한다.

　위의 시는 시원적 공간과 일회적인 일상의 공간이 서로 넘나들며 각각의 의미역이 확보되는 양상을 보여주고 있다. 시적 자아는 현재의 일상을 초월코자 하는 동시에 존재론적 근거를 확인해주는 상상의 영역을 지속적으로 추구한다. 시에서 암시되고 있는 상상의 영역이란 가령 '莊子가 살던 古典의 처소'라든가 '유년의 몽당연필', 혹은 '유프라테스와 티그리스'와 같은 문명의 발원지 등을 가리킨다. 이들은 공통적으로 '지나간' 과거에 속하는 것들이고 정신적 지침이 될 만한 '고전'으로, 따뜻한 둥지가 그리울 때 찾게 되는 '추억'으로, 혹은 '꿈'으로 거듭 환기되는 까닭에 화자가 진술한 바대로 '상징'이 된다. 이러한 상징은 외롭고 쓸쓸하고 부조리한 삶을 살아가는 시적 자아에게 존재론적 근원을 마련해주는 계기가 되기 때문에 원형 상징이 될 만하다고 하겠다. 말하자면 이들은 모두 시원적 공간이라는 의미망에 놓이는 것이다.

　그런데 재미있는 점은 시인에게 이들 상상 공간이 결코 완전무결한 것이 아니라는 사실이다. 시인은 절대적 진실도 유일무이한 대상도 완전한 정형定型도 그것들은 가지고 있지 않다고 생각한다. 비록 시적 자아의 존재론적 완성을 이루어주는 의미론적 매개이자 원형 상징이 된다 할지라도 이들 상상 영역에는 '誤解'도 있고 '氾濫'도 있고 또 '몽당연필'처럼 사소하기도 하다는 것이다. 시인은 근원적 상상 영역이 지닐 수 있는 불완전함과 미정형未定型에 대해 관대함과 포용력을 드러내고 있다.

자신이 설정하게 되는 원형 상징에 대해 이러한 태도를 보여줄 수 있다는 것은 매우 특이한 현상이 아닐 수 없다. 그는 결코 배타적이거나 완고하지 않으며 따라서 절대적인 상상 영역에 비추어 여타의 부분을 폄하하거나 무시하지 않을 것이기 때문이다. 이러한 태도를 지닌 자라면 결코 시의 완미完美함을 소홀히 하지 않더라도 완성된 미의식을 독선적으로 고집하지 않을 것이다. 이는 오탁번이 존재론적 완성을 추구하긴 하지만 이를 독단에 의하거나 배타적 태도로 이루지는 않는다는 것을 말해준다. 이와 같은 포용성을 지님으로써 오탁번은 일상과 상상 사이의 견고한 거리를 좁히게 된다.

시인의 이와 같은 태도로 인해 오탁번 시에 구현되는 상징의 범위는 무한하게 확장된다. 위의 시에는 이와 관련한 매우 중요한 진술이 제시된다. "지나가는 것이 모두 상징이라면 다가와 있는 것도 상징이 아닌가"가 바로 그러하다. '다가와 있는 것'이 상징이 될 수 있다는 관점은 원형 심상을 과거적이고 초월적인 대상에서 구하는 일반화된 경향과는 큰 차이가 있음을 보여준다. 시인은 지금 이곳에도 얼마든지 근원적 세계가 깃들 수 있다고 생각한다. 가령 '李 선생 尹 선생 吳 兄 朱 兄 李 양 趙 양 張 군 尹 군' 들은 초월자도 절대자도 아니지만 시인의 시각에 의하면 '상징'이 될 수 있는 것이다. 시인은 그들을 '모두 뼈아픈 상징'이라고 말하고 있기 때문이다.

시인이 근원적 상상의 공간과 일상의 영역 사이의 경계를 허물고자 한다고 해서 그에게 일상이 언제나 긍정되는 것은 아니다. 일상역日

常域은 의심할 여지 없이 부조리하고 소외로 미만彌滿하며 언제나 벗어나고픈 만큼 고달프다. 그러나 중요한 것은 그러한 일상이라 할지라도 시인은 결코 배척하고 포기하지 않는다는 점이다. 그는 존재의 완성을 포기하지 않으며 또한 지금 이곳에서도 완성된 존재를 구할 수 있다고 생각한다. 이러한 관점은 물론 사소하고 보잘것없으며 흔하디흔한 대상에게서도 상징을 찾아낼 수 있는 시인의 포용력과 능력에서 비롯되는 것이다. 여기에서 우리는 그와 같은 '상징'의 내포와 외연이 곧 '사랑'과 다른 것이 아님을 확인하게 된다. 만물의 운행 과정을 묘사한 후 "세월은 가고 사랑은 남는다"라는 진술을 행한 데서 보여지듯 '사랑'은 시인이 끌어낸 가장 궁극적인 의미에 해당되는 것이다. 시인은 이를 선험적으로 선언하는 대신 일상과 상상의 영역을 모두 끌어안고 서로 뒤섞는 과정을 거쳐 가장 귀한 가치로서 응결시킨다.

존재론적 완성을 구하기 위해 원형 심상을 찾아가는 데에는 여러 가지 길이 있을 것이다. 고대로부터 전승되어오는 신화에서 그 심상을 찾는 경우도 있을 것이고 모성이나 고향과 같은 존재론적 근원지를 찾는 경우도 있을 것이다. 또는 C.G. 융의 통찰대로 여타의 집단적 무의식을 통해 심상을 구해낼 수도 있을 것이다. 어쩌면 일상과 원형 심상은 서로 화해롭기보다는 대립적이며 갈등이 개재되어 있을 것이다. 이 점에서 오탁번의 시적 세계는 우리에게 큰 시사점을 던져준다. 주변의 일상 사물에서부터 수다한 원형적 상상을 끌어낼 수 있는 오탁번의 감수성과 상상력은 「잃어버리기 위하여」, 「돌의 깊이」, 「굴뚝 掃除夫」, 「장마」 등의 많은 시편에서 드러나고 있거니와 이들 시편을 통해 오탁번의 감수성과 상상력의 범위가 얼마나 다채롭고 넓은지를 확인할 수 있을 것이다.

「굴뚝 掃除夫」를 통해 알 수 있는 것처럼, 오탁번의 시세계에서 존재론적 근원에 대해 상상케 하는 원형 상징은 시집 도처에 산재해 있다. 그것은 현재와 분리된 채 먼 과거에만 속한 것도 아니고 일상과 구분된 채 초월적으로 존재하는 것도 아니다. 오탁번은 현재 자신이 거하고 있는 '지금 여기'에서 그것들을 찾아낸다. 그러나 위 시의 "겨울저녁의 안개를 모호한 우리의 어둠을 두드렸다"라는 구절이 암시하듯 그가 찾아낸 심상이 선명하거나 확실한 것은 아니다. 이는 이들 상징이 일반화되고 정형화된 상징들과 차이가 있기 때문이다. 그렇다고 오탁번이 길어 올린 심상들이 무의미하거나 실재하지 않는 것 또한 아니다. 어쩌면 그의 시세계에서 만날 수 있는 많은 심상은 역시 그 연원과 깊이를 알 수 없는 우리들의 존재론적 근원만큼이나 안개처럼 모호할 수밖에 없을 것이지만 바로 그러하기 때문에 일상을 살아가는 우리에게 더욱 큰 의미를 던져준다 할 수 있을 것이다.

4. 변형된 모더니즘, 혹은 모더니즘의 뒤집기

오탁번의 시가 보이고 있던 모더니즘적 양상, 즉 언어미학의 추구와 자아 탐구의 두 가지 측면 가운데, 연구들의 관심이 집중적으로 이루어진 부분은 전자보다는 후자이다. 오탁번 시에 구현되어 있는 언어미학적 측면은 대부분의 경우 기정사실로 전제된 채 오탁번 문학의 본질은 이와는 다른 차원에 있는 것으로 논의되곤 했던 것이 사실이다.[9] 다시 말해 오탁번 시의 언어의 미적 특성들은 단지 기교 이상의 의미를 부여받지 못했던 것이다. 이에 비해 오탁번 문학의 본질과 관련해서는 근원적 세계 지향이라든가 존재론적 탐구 등의 관점에서 고찰되었다.

그런데 오탁번의 시세계는 이 두 측면을 분리해서 고찰하기보다는 이들 사이의 관계망을 보다 섬세하게 고려할 때, 더욱 심도 있는 이해가 이루어질 수 있을 것이다. 존재의 근원을 탐색하기 위한 오탁번의 시적 시도는 언어를 매개로, 더 정확하게는 이미지와 상징의 언어를 통해 이루어지기 때문이다. 우리는 여기에서 오탁번의 시에서의 이미지가 단순히 사물이나 대상을 미적으로 구현하기 위한 것이 아니고 대상을 가장 순연한, 절대적으로 순수한 결정체로 탄생시키기 위해 피어나는 것임을 상기할 필요가 있다.

언어의 측면과 자아 탐구의 측면이 단일한 함수관계로 짜여진다는 점은 사실 매우 중요한 문제이다. 그것은 모더니즘 경향의 문학에만 한정되는 특성이 아니고 근대문학의 본질을 말해주는 지표가 되기도 하기 때문이다. 그러한 점에서 오탁번은 시의 현대화된 양상을 고도의 수준에서 보여주고 있다고 말할 수 있다. 그렇다면 지금까지 논증하였던 오탁번 시의 특수성은 전체 모더니즘, 나아가 현대문학의 자장 내에서 어떤 의미를 부여받을 수 있을까? 우리는 지금까지 대부분의 모더니스트들이 자신의 시적 세계를 전개시키는 과정에서 언어적

---

9 이남호, 앞의 글, p.118.

자의식의 측면과 존재론적 측면을 분리시키는 경향을 보여주었음을 기억한다. 이것은 대개의 모더니스트들의 경우 시의 중심에 도시 문명이 놓이는 시기와 이를 거부하고 존재론적 공간을 구현하는 시기를 서로 분리시켜 드러내었던 현상과 관련된다. 가령 정지용이 이미지스트의 면모를 보이다가 후기에 산山을 매개로 한 존재론적 세계로 이동하는 양상이라든가 서구의 경우 모더니즘의 기수인 엘리어트가 문명 비판적 시에서 성배 신화로 변모해가는 양상은 양식으로서의 모더니즘이 존재론적 성찰의 세계와 서로 분리된 범주에 놓여 있음을 보여주는 대표적 사례에 해당하는 것이다.

반면 오탁번의 모더니즘은 언어 내에 직접 존재론적 탐색을 내포하고 있는 특성을 보여주고 있다. 오탁번에게 언어는 곧 존재를 담는 그릇에 해당되었던 것이다. 더욱이 오탁번이 도입한 시적 대상이 초월적 공간 속에 동떨어져 존재하는 자연이나 인물이 아니고 '지금 여기'에 있는 일상의 현상들임을 고려할 때 그의 특수성은 보다 분명하다고 할 수 있다. 말하자면 그의 시는 모더니즘이면서도 그것을 넘어서는 경지에 이르고 있다. 오탁번의 모더니즘이 언어미의 추구라든가 무의식의 탐색이라기보다 서정시로 다가오는 이유도 여기에 있다. 그의 모더니즘은 그 자리에서 뒤집어져 서정시가 되기도 하고 또 서정시적 함의를 지니면서도 모더니즘으로부터 벗어나지 않는 독특한 경지에 놓여 있는 셈이다.

오탁번의 시적 위치와 관련하여 이와 같은 결론을 내릴 수 있는 근거는 지금까지 고찰한 오탁번의 시 창작 방법론에서 찾을 수 있다. 즉 일상의 사물로부터 원형적 상상을 끌어낼 수 있는 오탁번의 창작 과정이 그것이다. 일상과 신화가 공존해 있고, 산문적 세계와 시적 세계가 혼용되어 있음을 가리키는 이것은 도시 문명을 비판하는 하나의 방식이자 또한 우리가 살고 있는 도시 문명을 버리지 않고 사랑하는 방식을 뜻하기도 한다.

道洞 저켠 울릉도 海口에서 가져온 / 서울 제기동 내 서랍 속의 / 이 작은 바닷돌. / 지중해 빛나는 물결 사이 사이에서 / 男根이 건강한 海神이 / 뮤즈의 방에 布石을 해가던 / 닳은 바둑돌, / 지문의 흔적이 시계침 소리같이 튀어나오는 / 튀어나왔다가 다시 잠기는 / 시간의 밀집. / 海神은 죽어서 을유문화사 판 그리스신화에 활자로 남아 / 내 서가 위에 놓여 있지만 / 玄圃 앞을 물살 일구며 그 먼 현대를 뒤흔들고 / 지금은 나의 안으로 옮겨와 넘쳐나며 / 신전의 石柱만큼 확실하게 / 오랜 시간을 꿰뚫으며 달려와 / 나를 침몰케 하는 / 이 작은 바닷돌의 깊이. / 道洞에서 포항으로 항해하는 선박만큼 / 경쾌하게 나는 운반돼 갈까. / 포세이돈을 거부하고 바닷돌의 아득한 깊이 안으로 / 몸을 숨긴 뮤즈의 일부를 / 그 시간의 일부를 발굴할 수 있을까. / 등대같이 높다란 방에 돌아와 / 이 작은 바닷돌의 깊이를 벗기는 나는 / 아직 未明의 人夫일 뿐, / 형체도 시력도 없는 바람같이 목말라 / 男根만 건강한 男子가 되어 / 헤집으며 침몰해 갈 뿐 / 현대의 저켠 울릉도 海口에서 가져온 / 시간의 집중 그리고 그 무한의 깊이.

—「돌의 깊이」 전문

위의 시는 다소 선명한 의미 구조를 내포하고 있다. '울릉도 海口에서 가져온 바닷돌'을 중심으로 근원적이고 신화적인 의미역이 구축

되고 있다면, '돌'을 현대의 도시 한가운데로 운반해 온 '나'는 절대의 신화적 공간과 불완전하고 불확실한 일상의 세계 사이에서 미묘하게 흔들리고 있는 자아이다. 대단치도 않은 '작은 바닷돌'을 울릉도의 어느 한구석에서 주워 온 후 그 '돌'을 바라볼 때마다 시적 자아는 깊은 상상에 빠져든다. 이때 '돌'은 단지 특정 지역에 소재해 있던 하찮은 사물이 아니고 오랜 시간이 응집된 성스럽고 보편적인 영물이 된다. '돌'은 '지중해'와 '海神'과 '그리스신화'를 넘나들며 상상의 영역을 확장해간다. 그리고 그 확장된 시공만큼 현대의 역시 하찮은 개체에 불과한 '나'를 자극하여 존재론적 성찰을 유도한다. 그것은 '현대를 뒤흔들고 / 나의 안으로 옮겨와 / 오랜 시간을 꿰뚫으며 달려와 / 나를 침몰케' 하는 것이다. '나'는 '작은 바닷돌'에 의해 비로소 지금 여기의 눈에 보이고 견고하기만 한 세계가 아닌 또 다른 세계가 있음을 감지하게 된다. 그 세계는 아득한 깊이와 헤아릴 수 없는 시간을 '집중'하고 있는 '나'로 하여금 그 깊이와 시간을 가늠케 한다. 그리고 후자의 세계는 전자의 세계를 '뒤흔들고' '침몰케' 하는 것이다.

이와 같은 의미 구도는 오탁번 시의 전형적인 형태, 즉 일상역日常域과 상상역想像域이 교차하는 지대에서 존재의 근원에 대해 탐구하는 양상을 보여주고 있다. 특히 무한한 시공의 근원적 세계를 지지해주는 상상역이 일상의 하찮은 사물을 매개로 도입되는 양상은 오탁번 시의 특성에 직접 닿아 있는 것이다. 그렇다면 모더니즘의 관점에서 이러한 양식의 시적 특성은 어떻게 해석 가능한가? 위의 시에서도 암시되고 있듯이 원형적 세계에 기대어 존재의 근원을 탐색하고자 하는 자아의 간절한 시도에는 현대의 부조리하고 소외된 일상이

전제되어 있다. 지금 여기의 삶이란 존재의 의미가 확인되지 않은 채 '男根만 건강한 男子'로 표상되듯 단순하고 기계적인 생리로 채워진다. 현대를 살고 있는 자아는 자신의 존재 근거를 확인하지 못하고 모호한 안개 속을 맹목적으로 '헤집으며 침몰해'가는 것과 다를 바가 없는 것이다.

이러한 사실들을 고려해보면 오탁번의 모더니즘은 모더니즘의 내포를 부족함 없이 지니면서도 그것을 일정 정도 비틀고 있다는 것을 알 수 있다. 즉 오탁번의 시에 나타나 있는 언어적 감수성, 도시적 세계, 현대인의 고독과 소외에 대한 인식, 문명 비판적 태도 등이 모더니즘의 내포에 해당된다면, 이러한 모든 요소와 새로운 질서가 동시적으로 구현되어 있다는 점에서 일반적인 모더니즘과 다르다는 것이다. 여느 모더니즘이 혼란과 안정을 분리한 채 두 측면을 별개의 세계로 그리고 있는 것에 비해 오탁번은 혼란과 안정을 균일하고 균등하게 혼재시키고 있는 것이다. 오탁번의 시에서 불안한 듯하면서도 완성되어 있고 완전한 듯하면서도 불안이 느껴지는 것도 이 때문이다. 이러한 오탁번의 시적 양상을 우리는 서정시와 모더니즘의 점이지대에 위치한다는 점에서 변형된 모더니즘이라 말할 수 있지 않을까 한다.

5. 모더니즘의 외연적 확대와 그 시사적 의미

오탁번의 시 창작 방법에서 가장 핵심적인 요소는 정해져 있지 않은 대상들로부터 역시 정형화되어 있지 않은 원형적 상상을 끌어낸 다는 점에 있다. 시인은 우연히 마주치는 사물들을 독특한 이미지로 채색하여 그로부터 직접 근원적 세계로의 길을 만들어낸다. 이때 독 특한 이미지는 근원적 세계와 닿을 수 있는 절대적이고 순수한, 혹은 응집되고 완전한 이미지를 가리킨다. 대상은 오탁번 특유의 관점 및 재능과 어우러져 새로운 모습으로 탄생하고 이어 자아로 하여금 존 재론적 의미를 확인케 해주는 세계로 가 닿게 한다. 이러한 과정을 살 펴볼 때 오탁번에게 언어는 기교적 차원에 놓여 있는 것이 아니고 존 재론적 탐색과 직결되는 매개라 할 수 있다. 바로 새로운 이미지, 새 로운 언어를 통해 원형의 상상 세계가 펼쳐질 수 있기 때문이다.

주변의 사물로부터 의미를 끌어내는 오탁번은 부정적 공간이라는 이유를 들어 이곳을 떠나지 않는다. 그에게는 비록 하찮고 보잘것없 고 부조리하다 하더라도 그것들을 외면하지 않는다. 오히려 오탁번 은 그것들을 끌어안아 그로부터 아름다운 의미를 구해낸다. 오탁번 의 시를 보면 바로 그 사소한 것들 속에 근원적이고 완전한 세계가 숨 겨져 있었음을 발견하게 된다.

시 창작에서 보이는 이러한 태도는 모더니즘의 자장 안에서 볼 때 매우 독특한 것이다. 일상역과 상상역을 동시적으로 제시하는 창작 방법에 의해 그의 시에는 현대인의 소외와 불안, 현대적 삶의 부조리 가 완전하고 질서화된 세계와 함께 균등하게 구현되기 때문이다. 이 는 흔히 모더니즘에서 보여주게 되는 부조리한 세계와 완성된 세계 사이의 분리와 단절의 양상과 거리가 있는 것으로서, 불완전하고 부 조리한 지금 여기에서도 존재론적 완성을 구하는 것이 불가능하지만은 않다는 것을 우리에게 실천적으로 보여주는 것에 다름 아니라고 할 수 있다. 이 점에서 우리는 오탁번의 시를 모더니즘의 의미 있는 변용이라 일컬을 수 있을 것이다.

일상과 우주의 마주침, 삶의 주름과 겹에서 출현하는 사랑

오탁번의 『1미터의 사랑』과 『벙어리장갑』

박슬기

　군이 아리스토텔레스를 들먹이지 않더라도, 고전적인 의미에서의 아름다움이란 형식의 완전한 조화와 통일에 있다. 시에 있어서 이러한 형식적 미학은 개별적 어휘들이 가장 적절한 위치에서 조화되어 하나의 조각을 완성하는 데서 나올 것이다. 명징한 이미지의 언어로 아름다운 순간을 포착했던 초기 시에서부터 오탁번의 시가 결코 외면하지 않았던 것은 바로 이러한 시의 미학의 완전성이라고 할 수 있을 것이다. 눈 내린 아침의 풍경을 맑고 명징한 언어로 그려내었던 등단작 「純銀이 빛나는 이 아침에」에서 가장 최근의 시집 『벙어리장갑』에 이르기까지 어휘를 고르고 고르는 시인의 섬세한 손길이 스며들어 있다. 그렇다면 이 고르고 고른 아름다운 우리말들이 빚어내는 풍경은 어떨까. 제5시집 『1미터의 사랑』과 『벙어리장갑』에 오면, 이 아름다운 어휘들은 언어가 비롯한 대지를 박차고 날아올라 우주적인 풍경을 보여준다. 다만 아름답고 명징하기만 했던 풍경들이 그 깊이와 넓이를 획득하고 있는 것이다. 이 시집들은 시의 형식적 미학이 어떻게 박물관 안의 조각상이 되지 않고 역사와 우주의 넓이로 날아오를 수 있는지를 보여주는 탁월한 예이다.

1. 시선의 집중과 확장 — 은유의 수사학

이전의 시집들에서도 그랬지만, 오탁번의 시에서는 자연물에 대한 묘사가 많은 편이다. 특히 작은 풀잎들, 벌레들에 대한 묘사는 섬세하고도 탁월하다. 이에 대해서는 많은 논자가 지적해왔거니와, 이 시집의 어디를 펼쳐 보아도, 쓰르라미, 배추흰나비, 앵두, 청개구리, 왕거미와 같은 단어들이 무수하게 등장한다. 이토록 작은 것에 대한 시인의 집중은 놀랄 만한 느낌을 준다. 시란 가장 절제된 문학 양식이기에, 외부의 현실을 묘사하는 시인의 시선은 필연적으로 선택과 집중의 과정을 거치기 마련이다. 눈앞에 펼쳐지는 모든 광경의 어느 한 점을 선택하고, 그 점에 집중하기라는 이 과정을 오탁번처럼 정밀하게 행하는 시인은 많지 않다. 그런 그가 길가에 피어 있는 아주 작은 풀꽃과 너무 작아서 보이지 않는 벌레들에 시선을 집중하고 있는 것이다. 이러한 것들은 "작은 것에 집중하기"라고 이름 붙일 수 있다면, 초기 시에서부터 현재에 이르기까지 그의 시선은 언제나 발밑의 가장 작은 것에 머물러 있었다고 할 수 있다. 그러나 그의 시선은 이러한 작은 것들을 어디까지나 현재의 시인 시선 안에 가두어두지 않는다.

앵두나무 꽃그늘에서 / 벌떼들이 닝닝 날면 / 앵두가 다람다람 열리고 / 앞산의 다래나무가 / 호랑나비 날갯짓에 꽃술을 털면 / 아기 다래가 앙글앙글 웃는다 // 태초 후 / 45억 년쯤 지난 어느 날 / 다랑논에서 올벼가 익어갈 때 / 청개구리의 젖은 눈알과 / 알밴 메뚜기의 볼때기에 / 저녁노을 간지럽다 // 된장독에 쉬 슬어놓고 / 앞다리 싹싹 비벼대는 파리도 / 거미줄 쳐놓고 / 한나절 그냥 기다리는 / 굴뚝빛 왕거미도 / 다 사랑하고 싶은 날

—「사랑하고 싶은 날」

시집 『벙어리장갑』의 첫머리에 실린 이 시를 보자. 여기에서 시인의 시선 위치는 나타나 있지 않다. 그러나 시선의 이동만큼은 매우 격한데, 가까운 앵두나무 꽃그늘에서 앞산의 다래나무로, 그리고 먼 다랑논에서 마당 한 켠의 된장독으로 이동하는 시선은 가까운 곳에서 먼 곳으로, 다시 먼 곳에서 가까운 곳으로 이동하는 시선의 자유로움을 보여준다. 이는 시인이 어느 한곳에 앉아서 정밀하게 관찰하듯이 시를 쓰고 있지 않다는 점을 의미한다. 또한 이렇게 먼 곳을 묘사하면서도, 그것을 원경으로 묘사하지 않는다. 가령, 앞산의 다래나무는 먼 곳에 있는 것이지만, "호랑나비 날갯짓에 꽃술을 터는" 모습까지 포착하고 있는 것이다. 또한 먼 들에 있는 다랑논의 올벼 사이에 숨어 있는 "청개구리의 젖은 눈알과 알 밴 메뚜기의 볼때기"까지 포착하는 시인의 시선은 그 높이와 깊이의 변화가 격한 것이기 때문에 자유로운 느낌을 준다.

그럼에도 불구하고, 이 시에서 격한 운동감을 느낄 수 없는 이유는 시인의 시선이 초월적이면서도 달관한 듯한 분위기를 풍기기 때문이다. 먼 곳과 가까운 곳, 그리고 높은 곳과 낮은 곳을 자유롭게 오가는 시인의 시선은 그것을 하나의 시선 아래 통합하고 아우른다. 이 시에서 나타나는 시인의 집중이 시간적으로 현재의 것, 공간적으로 작은 것에 이르고 있다면, 최근의 두 시집에서는 이러한 시선의 확장이 이루어진다. 그것은 시간적으로 멀고, 공간적으로 큰 것에 이른다.

1억 년 전 퇴적암 위에 / 발자국 화석으로만 남은 / 卵生의 사랑이 / 영원을 가르며 날아갈 때 / 짝을 찾는 개개비 한 마리가 / 개개개 울음 운다 // 氷河가 긴 잠에서 깨어나 / 지구의 결빙을 음모할 때도 / 서걱이는 갈대밭 물녘 / 눈도 못 뜬 새끼들에게 / 어미새가 토해 주는 사랑이 / 불잉걸보다 뜨겁다

—「새」

우포늪이 토해 내는 울음소리를 듣고 / 귀 밝은 하늘이 내려왔다 / 그 후 하늘은 / 1억 4천만 년 동안 / 하늘로 올라갈 생각은 영 않고 / 우포늪에서 살고 있다 / 흰뺨검둥오리 알이 / 하늘빛을 띠는 것도 이 때문이다 // 교미하는 실잠자리들이 / 물수제비 그리며 / 우포늪을 간지럽힌다 / 먼 북극의 빙하가 / 늦잠 자는 하늘을 깨우느라고 / 바다로 툭 떨어진다 / 산란하는 붕어가 / 물풀 사이로 숨는다

—「우포늪」

「새」에서 시인은 갈대밭에 둥지를 튼 개개비 가족을 보고 있다. 시인의 눈에는 개개비 한 마리의 울음, 그리고 어미새가 새끼에게 먹이를 주는 장면만이 보일 텐데, 시인의 시선은 개개비의 뒤편에서 솟아오르는 먼 과거의 시간을 본다. 개개비의 사랑은 1억 년 전 퇴적암 위에 남아서, 영원을 가르며 날아가는 시간 속에 있으며, 만 년 전에 끝난 빙하기에 얼었던 빙하가 깨어나 지구의 결빙을 음모하는 또 다른 빙하기, 만 년 후의 미래로 날아간다. 즉, 이 시에서 개개비 가족의 현재성은 1억 년 전의 과거에서 만 년 후에 이르는 시간선 위에 있는 것이다. 이러한 시간의 구조는 「우포늪」에서 반복된다.

시인은 우포늪에 있는 흰뺨검둥오리의 알과 실잠자리들의 교미의 춤을 보고 있는 중이다. 지상의 가장 구석진 곳, 작은 늪에서 일어나는 생물들의 생명의 움직임을 포착하는 시인의 시선은 홀연 가볍게 1억 4천만 년 전에 내려온 하늘과 먼 북극의 빙하로 이동한다. 흰뺨검둥오리의 알이 하늘색을 띤 이유는 1억 4천만 년 전에 내려온 하늘이 아직도 우포늪을 떠나지 않기 때문이며, 산란하는 붕어가 문득 놀라 풀숲 속에 숨는 이유는 먼 북극의 빙하가 바다로 떨어지는 진동과 소리를 느꼈기 때문이라는 것이다. 이러한 시인의 시선을 통해 가장 작은 사물들에게서 먼 고대의 시간과 가장 먼 공간은 밀접하게 결합한다.

오탁번 시에서 고유한 수사학적 기법을 찾아낼 수 있다면, 그것은 바로 이러한 지점에서 별견할 수 있다. 즉 그는 은유의 수사학을 사용하고 있지만, 이는 개별 어휘의 차원에서 발생하지 않는다. 은유란 서로 다른 사물의 유사성에 바탕을 둔 수사학적 개념이다. 가령 마음을 호수로 은유할 때, 그것은 마음과 호수의 유사성에 바탕을 둔다. 그러나 이러한 유사성은 논리적이고 일상적인 관점에서 포착될 수 있는 것이 아니다. 그것은 오히려 논리적이고 일상적인 관점에 가리어졌던 새로운 가능성을 발견해내는 기법이며, 그러므로 은유의 수사학은 새로운 의미론적 공간을 형성한다. 그런데 오탁번의 시에서 이 은유의 수사학은 독특한 점이 있다. 은유가 개별적인 어휘들 사이에서 발생하는 것이 아니라, 장면의 유사성에서 발생하는 것이다. 말하자면, 현재의 시간과 작은 공간이 먼 과거와 미래의 시간과 가장 큰 공간 사이의 유사성에서 발생하는 것이다. 말하자면, 현재의 개개비 사랑은 1억 년 전 새들의 사랑과 다르지 않고, 흰뺨검둥오리의 알은 가장 큰 하늘과 다르지 않다. 이러한 유사성이 전혀 새로운 의미론적 공간을 형성하는데, 그것은 가장 작은 것과 가장 큰 것, 그리고 가장 가까운 것과 가장 먼 것이 만나서 형성하는 새로운 공간이라고 할 수 있다.

2. 개인적 기억과 집단적 기억의 만남

이렇게 은유의 수사학을 통해 생겨난 새로운 의미론적 공간은 시인을 둘러싼 외적 세계의 확장을 의미하는 것이다. 현재의 시간은 무한한 시간으로 등치되고, 시인의 시선에 포착될 수 있을 정도로 작은 공간은 하늘과 북극이라는 무한한 공간으로 확장되기 때문이다. 그러나 이러한 외적 세계의 무한한 확장은 자칫하면 주체의 불안을 가져

오기 마련이다. 숭고의 감정은 바로 이러한 무한한 외적 세계에 대한 공포에서 비롯되는 것이 아니던가. 단적으로 큰 것은 숭고하며, 그것은 쾌감보다는 불쾌를 야기한다. 그러나 오탁번의 시에서 이러한 불안과 공포는 찾아볼 수 없다. 왜냐하면 주체의 안정성을 뒷받침하는 그 무엇이 있기 때문인데, 오탁번의 시에서 그것은 고향과 어머니에 대한 '기억'이다.

오탁번은 아주 오랫동안 고향과 어머니에 대한 기억을 노래해왔다. 이 두 시집에서 끊임없이 나오는 가난과 농촌의 풍경이 실은 시인의 옛 고향의 풍경임은 설명하지 않아도 알 수 있다. 이토록 오탁번 시인은 끊임없이 옛 고향의 풍경을 기억 속에서 건져 올려 현재의 시간 속에 벌여놓는다. 고향은 시인에게 "까마득하게 흐려져버린 / 내 사랑의 / 戶籍騰本만한 빈터가 / 실은 내 生涯의 전부였음"(「落鄕을 위하여」)이기 때문이다. 진외육촌 누나(「애기똥풀」)나 어머니, 그리고 누나의 기억은 시인이 끊임없이 반추하는 어린 시절의 가난하지만 풍요로운 기억들이다. 그것은 현재의 시인 시선에 들어오는 작은 사물들이 간직하고 있는 기억들이기도 하다.

물론, 시인이 옛 고향을 노래하는 것은 이상한 일이 아니다. 고향이란 존재의 근원이며, 시인이야말로 잊혀진 근원에 대한 향수를 지닌 존재이기 때문이다. 특히 이미 환갑이 지난 시인에게 있어 과거는 아마도 현재보다 생생하고 아름다운 것일 것이다. 바로 이러한 기억이 오탁번의 시에 있어서 외적 세계의 무한한 확장에 대응할 수 있도록 내면에 안정성을 부여하고 있다. 자신의 근원에 깊이 뿌리박고 있는 주체는 결코 작은 바람에 흔들릴 수 없다. 그러나 기억이 개인적이고 역사적인 것에 머무를 때, 내면은 결코 외적 세계의 무한함에 맞서는 깊이를 획득할 수는 없을 것이다.

오탁번의 시에 있어서, 이 고향의 기억이라는 개인적 역사는 한순간에 비상하여 인류와 지구의 역사와 겹쳐져 놓인다. 아마 단적으로 이런 풍경 속에서 볼 수 있을 것이다. 「아기 공룡 발자국」이라는 시에서 "아기공룡이 뛰놀던 바닷가 / 공룡 발자국 선명한 堆積巖 위에 서서 / 1억 년 전의 파도소리 / 듣는" 시인은 이 발자국을 보면서 자신의 과거를 떠올린다. ("아아 堤川에서 原州까지 / 天登山에서 雉嶽山까지 / 나는 무슨 꿈꾸며 걸어다녔을까 / 淸凉里 驛에서 첫걸음 내딛은 / 서울살이의 내 발자국은") 이 장면에서 1억 년 전의 공룡 발자국이라는 고대적 기억과 제천에서 원주까지 그리고 서울 청량리역에 이르는 시인의 개인적 기억은 같은 자리에서 겹쳐지게 된다. 그러므로, 시인은 "아기공룡 발자국 化石 위에 / 내 작은 발자국 놓아본다"는 행위로서 그 두 개의 기억을 겹쳐놓게 되는 것이다. 이렇게 외적 세계의 무한함을 받아들일 수 있는 내면의 풍요로움을 확보하는 방식은 시 「백두산 천지」에서 뚜렷하게 볼 수 있다.

1

하늘과 땅 사이가 너무 가까워 장백소나무 종비나무 자작나무 우거진 원시림 헤치고 백두산 천지에 오르는 순례의 한나절에 내 발길 내딛을 자리는 아예 없다 사스레나무도 바람에 넘어져 흰 살결이 시리고 자잘한 산꽃들이 하늘 가까이 기어가다 가까스로 뿌리내린다 속손톱만한 하양 물매화 나비 날개인 듯 바람결에 날아가는 노랑 애기금매화 새색시의 연지빛 곤지처럼 수줍게 피어있는 두메자운이 나의 눈망울 따라 야린 볼 붉히며 눈썹 날린다 무리를 지어 하늘 위로 고사리 손길 흔드는 산미나리아재비 구름국화 산매 발톱도 이제 더 가까이 갈 수 없는 백두산 산마루를 나홀로 이마에 받들면서 드센 바람 속으로 죄지은 듯 숨죽이며 발걸음 옮긴다

2

솟구쳐 오른 백두산 멧부리들이 온뉘 동안 감싸안은 드넓은 천지가 눈앞에 나타나는 눈깜박할 사이 그 자리에서 나는 그냥 숨이 막힌다 하늘로 날아오르려는 백두산 그리메가 하늘보다 더 푸른 천지에 넉넉한 깃을 드리우고 메꿎은 우레소리 지나간 여름 한나절 아득한 옛 하늘이 내려와 머문 천지 앞에서 내 작은 몸뚱이는 한꺼번에 자취도 없다 내 어린 볼기에 푸른 손자국 남겨 첫 울음 울게 한 어머니의 어머니 쑥냄새 마늘냄새 삼베적삼 서늘한 손길로 손님이 든 내 뜨거운 이마 짚어주던 할머니의 할머니가 백두산 천지 앞에 무릎 꿇은 나를 하늘눈 뜨고 바라본다 백두산 멧부리가 누리의 첫 새벽 할아버지의 흰 나룻처럼 어렵고 두렵다

3

하늘과 땅 사이는 애초부터 없었다는 듯 천지가 그대로 하늘이 되고 구름결이 되어 백두산 산허리마다 까마득하게 푸른하늘 구름바다 거느린다 화산암 돌가루가 하늘 아래로 자꾸만 부스러져 내리는 백두산 천지의 낭떠러지 위에서 나도 자잘한 꽃잎이 되어 아스라한 하늘 속으로 흩어져 날아간다 아기집에서 갓 태어난 아기처럼 혼자 울지도 젖을 빨지도 못한다 온가람 즈믄 뫼 비롯하는 백두산 그 하늘에 올라 마침내 바로 서지도 못하고 젖배 곯

아 젖니도 제때 나지 못할 내 운명이 새삼 두려워 백두산 흰 멧부리 우러르
며 얼음빛 푸른 천지 앞에 숨결도 잊은 채 무릎 꿇는다

시인은 백두산을 올라가고 있다. 그 등반을 그는 '순례'라고 부른
다. 순례란 일반적으로 종교적 경건성을 찾아가는 한 개인의 여행이
라고 부를 수 있을 텐데, 그는 이 순례의 자리에 "내 발길 내딛을 자
리는 아예 없다"라고 말한다. 나 대신에 그 자리를 차지하는 것은 사
스레나무와 물매화, 애기금매화, 두메자운, 산미나리아재비, 구름국
화와 같은 작은 산꽃들이다. 그럼으로써 이들은 역시 나와 함께 백두
산 천지라는 경건한 장소를 향해 순례하는 자들이다. 올라갈수록 그
들의 자리는 사라지고, "나 홀로" "죄지은 듯" 화자는 백두산 천지
를 향해 오른다. 무릇 순례의 기본은 속세의 자아를 버리는 것, 그것
은 오직 지나간 생을 반성함으로써만 가능할 것이다. 그러므로 화자
는 스스로를 버리고 백두산 천지에 도달하고, 그 도달의 순간의 경건
성에 대해 다만 "나는 그냥 숨이 막힌다"라고만 표현한다. 그 종교적
이고 경건한 순간에, 압도당한 나 역시 사라지고 "아득한 옛 하늘이
내려와 머문 천지 앞에서 내 작은 몸뚱이는 한꺼번에 자취도 없다"고
표현한다.

그런데, 이렇게 개인이 사라진 자리에 이 화자는 갑작스럽게 민족의
어머니를 호출한다. "어머니의 어머니 쑥냄새 마늘냄새 삼베적삼 서늘
한 손길로 손님이 든 내 뜨거운 이마 짚어주던 할머니의 할머니"는 태
곳적 우리 민족의 기원인 모성을 의미하고, 나 개인은 바로 그 어머니
의 후손으로서 다시 등장하게 되는 것이다. 그러므로, 개인적인 존재

로서의 나는 사라지고 기원의 어머니의 후손으로서 나는 새로 태어나 "자잘한 꽃잎이 되어 아스라한 하늘 속으로 흩어져 날아간다 아기집에서 갓 태어난 아기처럼" 세계의 무한성에 동참하게 되는 것이다.

즉 이 시는 백두산이 보여주는 지고한 높이, 무한한 공간의 확장 앞에서 압도당하는 한 개인을 보여주지만, 그 개인은 그 속에서 두려움에 떨지 않는다. 왜냐하면, 외적 세계의 무한함에 필적할 만한 내면의 무한함을 지니고 있기 때문이다. 그것은 개인적 역사를 집단적 역사에 겹쳐놓음으로써만 지닐 수 있는 무한함이다. 바로 이러한 무한함을 내면의 깊이에서 지니고 있기에, 화자는 오직 그 자신의 내면의 무한함으로써 외적 세계의 무한함에 동참할 수 있다. 그러므로, 앞서 살펴보았던 외적 세계의 확장은 이렇게 내적 세계로 들어온다. 집단적 기억의 흐름 속에 스스로를 놓음으로써, 내면의 깊이가 확보되는 것이다.

3. 사랑, 존재의 완전성에 대한 동경

오탁번 시인은 이전의 시집, 특히 제3, 4시집에서 일상적인 삶의 비루함에 대해 종종 읊었다. 현실 사회의 문제에 대해 직접적인 목소리를 내지는 않았지만, 정치적 사안이나 문단의 상황에 대해 비판하고, 무엇보다도 삶과 죽음의 깊이에 대해 사유하지 못하는 자신의 삶에 대해 자조적으로 노래하곤 했다. 제5, 6시집에서 특히 신화적이고 태고적인 이미지가 끊임없이 등장하는 것은 바로 그러한 일상적인 삶에 대한 회의에서 비롯되었다고 할 수도 있는 것이다. 현재의 시공간이 무한한 시공간과 겹쳐질 때, 외적 세계의 확장이 일어난다면 개인적 기억과 집단적 기억을 겹쳐놓을 때는 내면의 깊이가 확보된다. 오탁번 시에서의 미학을 발생시키는 은유의 수사학은 바로 이러한 장면에서 개별적 어휘 수준을 뛰어넘는다. 그러나 외적 세계의 무한성과 내면의 무한성은 각각 따로 존재하는 것은 아니다. 이 자리에서 다시 은유의 수사학이 펼쳐지기 때문이다. 즉, 외적 삶과 내적 삶이 만나는 새로운 공간이 한 겹 더 펼쳐진다고 할 수 있는데, 그것은 이 시집에서 '사랑'의 행위로 나타난다. 시집 『1미터의 사랑』의 첫머리에 놓은 시 「1미터의 사랑」은 외적 삶과 내적 삶이 풍요롭게 만나는 공간 속에 거주하는 존재를 위한 서시라고도 말할 수 있다.

　　석 자 가웃 되는 1미터의 정확한 길이는 / 빛이 眞空 속에서 2억 9천 9백 79만 2천 4백 / 58분의 1秒 동안 진행된 거리라고 하는데, / 그대와 나 사이에 가로놓인 그리움의 거리는 / 베틀 위의 팽팽한 눈썹줄이 잉아에 닿을 때 / 북에서 풀리는 비단실의 떨림이라도 되는지, / 우리들 사랑의 이 永劫과도 같이 멀기만 한 / 닿을 수 없는 허기진 목숨의 虛空 속에는 / 칠월 초이렛날 미리내를 날으는 까막까치의 / 하마하마 기다리던 날갯짓 소리 가득하지만, / 내 藥指를 그대의 藥指에 마주 비벼서 / 10兆分의 1미터의 목마름 죄다 지우고 / 隕石 떨어지고 化光 박히는 宇宙 속에서 / 미리내를 건너는 그리움이 金빛으로 물들 때, / 아스라한 길녘 어느 1미터의 물이랑 위에 / 紙筆墨과 弓矢와 실타래 가지런히 놓아서 / 애비에미 이별은 나비잠 속에서도 꿈꾸지 않을 / 외씨같은 젖니 난 우리 아기의 첫돌을 잡히고.

이 시는 1미터의 거리에 대한 수학적인 고찰에서 시작한다. 그러나 이 1미터는 일상적인 거리가 아닌데, 1미터를 빛의 거리라고 묘사한 순간부터 이 1미터는 일상적인 거리가 아니라 우주적인 거리가 되어 버리는 것이다. 그것은 빛이 "2억 9천 9백 79만 2천 4백 58分의 1秒"라는 아주 짧은 시간에 도달하는 거리이기도 하면서, 빛이 도달하는 거리라는 점에서 아득하게 멀리 느껴지는 거리이다. 그것은 그대와 나 사이의 "그리움의 거리", "영겁과도 같이 멀기만 한 닿을 수 없는 허기진 목숨의 허공"을 표상하는 거리다. 시간이라고 할 수 없을 정도로 짧은 시간, 그러나 결코 가 닿을 수 없는 그대와 나 사이의 거리에 대해 이토록 절절한 표현이 있기 어렵다. 이 1미터의 시간은 아주 짧은 시간이지만 견우와 직녀가 만날 수 있는 1년의 기다림이며, 아주 짧은 거리이지만 견우와 직녀를 결코 만날 수 없도록 만드는 은하수의 넓이이기도 하다.

이러한 사랑의 거리는 오탁번의 시에서 영겁의 시간과 거리를 가진 것으로 표상된다. 만 년 전 빙하기 때 죽은 수은행나무를 그리워하며 만 년 동안이나 홀로 열매를 맺는 암은행나무의 그리움(「은행나무」)이며, 몇백 년의 강물이 흐른 뒤, 그만큼의 거리를 넘어 만나기를 소망하는 타지마할의 사랑(「타지마할」)이며, 물살보다 더 빨리 몇천 년 거슬러서 마침내 만나는 우주적 해후의 순간(「해후」)이기도 하다. 이토록 이 두 시집에서 나타나는 사랑과 그리움의 이미지는 너무나 우주적이어서 장엄하기까지 할 정도다.

그러나 이 시집들에서 사랑은 다만 우주적으로 확장되는 것만은 아니다. 사랑의 행위는 어디에서나 나타난다. 수세미외를 남근에 비유하여 쓸쓸한 여인에게 선물하는 것(「수세미외」)이나 낚시가 사랑의 행위로 등치되는 것(「잉어를 위한 헌사」), 그리고 몸을 팔아 굴비를 산 촌아낙네의 사랑을 묘사하는 것(「굴비」) 등 시인은 아주 사소한 일상 속에서 사랑을 발견해낸다. 그리고 이 사랑은 예외 없이 육체적인 사랑의 행위로 등장한다. 즉 오탁번의 시에서 사랑은 가장 육체적이고 세속적인 사랑에서 우주적 차원에서 펼쳐지는 사랑까지 다양하고 광범위한 스펙트럼을 보여주고 있는 것이다.

　너는 어느 별에서 태어났기에 / 이토록 무서운 광속으로 다가와서 / 나도 모르는 나의 생애를 불밝혀 놓고 / 눈물빛 핏빛 사랑으로 불타고 있는가 / 겨울 철새 모두 떠난 한강 물결 / 봄이 오는 소리 선연한 노을 아래 / 물 속 깊이 숨은 누치 보이지 않고 / 하늘 멀리 떠난 나의 아기는 / 깃 하나 남기지 않고 나를 울린다 / 흰 수염 가득한 턱을 고이고 / 생각에 잠기고 또 잠기지만 / 아아 또는 오오 / 이러한 모음으로는 형언할 수 없는 / 내 운명이 벼랑 끝에 홀로 서는 소리 / 무좀으로 썩어가는 새끼발톱까지도 / 너의 별에서 날아온 사랑의 빛 앞에 / 까뒤집어져서 탄로가 났다 / 나는 전생에서부터 은닉했던 증거 앞에 / 모두 모두 자백하였다 / 너의 별이 내뿜는 사랑의 빛은 / 1초에 우주를 일흔 바퀴씩 돌면서 / 나의 전생에서부터 오늘 한강 물결까지 / 완전하게 발가벗기고 있다 / 오오 자백의 황홀과 나체의 쾌락으로 / 너의 별의 검은 구멍으로 빨려들어가서 / 그곳에서 살고 싶다 / 죽고 싶다!

　　　　　　　　　　　　　　　　　　　　　　　　　　　　　　—「너의 별에서」

플라톤은 파이드로스의 말을 빌려 사랑에 대해 이렇게 말한다. "그것은 추한 것에 대한 혐오, 아름다움에 대한 동경." 그렇게 말함으로써 플라톤은 가장 세속적으로 보이는 육체적 욕망 속에서 정신적 동경을 발견한다. 추한 것과 아름다운 것이란 본질적으로 정신적 영역에 속하는 것이기 때문이다. 아름다움에 대한 열망은 선한 것, 도덕적인 것에 대한 열망이며, 그래서 사랑은 덕의 육체적·정신적 기원이다. 엄격하고 도덕적인 이 그리스 철학자의 사랑에 대한 묘한 어법, 육체적 행위에서 정신성의 기원을 찾는 어법에 오탁번의 사랑의 시가 주는 기묘함이 있다. 그것은 현대의 정신분석 이론이 파헤쳐놓은 사랑의 의미가 아니다. 아마도 산골 아낙네의 사랑에서, 입원실에서 나누는 사랑의 행위에서 우주적 그리움으로 확장되는 이 사랑의 순간이 지니는 어떤 '동경'이 있기 때문이다. 그러나 이를 두고 지금까지 사랑에 관한 철학들이 말해왔던 것처럼 타자와 합일이라든가, 아니면 근본적으로 소외된 존재의 합일에 대한 소망, 혹은 스스로의 존재를 초월하려는 소망과 같은 것으로 쉽게 말할 수 없다.

우리는 플라톤을 따라 다만 이렇게 말할 수 있을 뿐이다. 내면의 양심을 불러일으키는 자가 누구인가. 그것은 우리의 사랑의 대상이다. 사랑의 대상에서 부끄럽지 않기 위해서 선을 추구하는 것. 그러므로 사랑은 선의 기원인 것이다. 그것은 불안하고 육체적인 상태에 있는 인간이 자신을 뛰어넘어 완전한 선에 이르고자 하는 열망이며, 그것은 오직 육체적인 사랑 속에서 찾을 수 있는 것이다. 그러므로, 사랑하는 자는 늘 벼랑 끝에 선다. 사랑의 대상이 주는 빛이 너무나 밝아서, 자신의 아주 작은 허물까지도 고백하지 않을 수 없는 것이다. 오직 그 사랑의 빛 앞에서만 존재는 그 허물을 벗고 온전하게 태어날 수 있다. 이것은 존재론적 완성이라고 말할 수 있는 것, 오탁번의 사랑의 시는 그런 의미를 지니고 있는 것이다.

그러므로 앞의 시에서, 그대와 나 사이를 가로막고 있는 은하수라는 영원한 거리는 결코 좁혀질 수 없는 "1미터의 물이랑"이지만, 이 은하수와 1미터의 물이랑이 겹쳐지는 자리는 사랑이 태어나는 자리이자 존재가 새롭게 태어나는 자리이다. 이 물이랑 위에 화자는 "紙筆墨과 弓矢와 실타래 가지런히 놓"아두고서, 이별을 꿈꾸지 않는 "우리 아기"의 탄생을 축복한다.

시인은 『벙어리장갑』의 서문에서 이렇게 적어놓았다. "어떤 하찮은 사물을 보는 순간에도 이상한 울림이 가슴에 와닿는 경우가 종종 있다." 그리고, 『1미터의 사랑』에서는 이렇게 적는다. "몇천 년 후에는 다시 빙하기가 지구를 뒤덮을 것이다. 지구를 한순간에 박살낼 수 있는 중성자별도 우주 저 멀리에서 빠른 속도로 전진해 오고 있다. 그러므로 지구의 생애는 절대절명의 위기에 처해 있다. 인간의 삶이 풀잎 이슬과도 같아서 지구의 종말을 미리 걱정할 것은 없지만, 무릇 예술은 우주와도 같은 광활하고 영속적인 생명을 얻는 일에 헌신하는 것임을 생각할 때, 나의 시가 먼 훗날 어떤 의미의 교감주술 무늬로 전해질 수 있을지 두렵다." 이 두 가지의 결합, 가장 하찮은 사물에서 얻는 울림이 우주와도 같이 광활하고 영속적인 생명을 얻는 데 오탁번의 두 시집의 진실이 있으리라 생각한다. 그것은 아주 낮은 곳에서 가장 높은 곳으로 상승하는 사랑의 시학이며, 시인은 그 독특한 은유의 사용법을 통해 이를 성취하고 있는 것이다.

원시성의 마력

오탁번

진순애

1. 해학과 초월의 미학

원시성의 마력은 그 폭과 깊이를 가늠하기 불가능하다는 측면에서 말로써 형언할 길 없다. 지금·여기 우리와 무한히 멀리 있는 세계라서도 그러하며, 무한히 멀리 있으나 여전히 지금·여기의 우리를 유야무야 지배하는 세계라서도 또한 그러하다. 그것은 시원이며 우리의 현재이고 미래인 까닭에 더욱 형언하기 어렵다. 이와 같은 원시성은 현대 시의 세계도 지배하여 진부한 첨단으로 작용한다. 시원의 세계여서 진부하며 무염의 낯선 세계가 되어버려서 첨단적이다.

형언할 길 없는 원시성의 마력이 오탁번의 시에서는 남루한 일상을 해학적이며 초월적으로 건너가게 한다. 지상의 삶은 궁핍하여 남루하고 이와 같은 남루를 건너가야만 하는 것이 지상적 존재인 우리가 걸어야 할 숙명의 길이다. 우리의 숙명의 길에 원시성의 마력은 때로는 즐거운 동반자로 때로는 쓸쓸한 동반자로 그리고 궁극의 세계가 되어 우리를 일탈과 초월로 유인한다. 궁핍하고 남루한 풍경을 남루하지 않게 건너고 있는 오탁번 시의 활보는 지금·여기, 그리고 저기에 있는 우리들의 숙명을 견지하며 초월하도록 유인하는 원색의 마차다. 오탁번의 시는 일상의 근거리와 시원의 원근거리를 오가면서 남루한 삶을 해학적으로 일탈하며 초월에 이르게 하는 마력의 울림인 것이다.

해학과 초월은 원시성의 마력이 이룬 일탈이자 해탈일 수도 있고, 원시성의 시학에서 비롯된 미학일 수도 있으며 시원의 세계가 모티프로 작용한 것일 수도 있다. 오탁번의 시가 구축한 해학과 초월은 이와 같은 세 가지 경우 모두를 아우르고 있으며, 이는 시학이자 모티프이며 오탁번의 지향태로 보인다. 때문에 그가 머문 흔적마다에서 우리는 마력의 해학과 초월을 만나며, 초월의 정신이 점철된 시원의 세계를 만난다. 비록 원시성의 한 켠이 거칠고 적나라하여 서글픈 해학을 심화시킨다 해도 그 마력의 유인력이 불가항력적임을 부인할 길은 없다.

2. 남루한 원시의 풍경, 하나

삼동三冬에도 웬만해선 눈이 내리지 않는
남도南道 땅끝 외진 동네에

어느 해 겨울 엄청난 폭설이 내렸다

이장이 허둥지둥 마이크를 잡았다

― 주민 여러분! 삽 들고 회관 앞으로 모이쇼잉!

　　눈이 좆나게 내려부렸당께!

이튿날 아침 눈을 뜨니

간밤에 또 자가웃 폭설이 내려

비닐하우스가 몽땅 무너져내렸다

놀란 이장이 허겁지겁 마이크를 잡았다

― 워메, 지랄나부렀소잉!

　　어제 온 눈은 좆도 아닝께 싸게싸게 나오쇼잉!

왼종일 눈을 치우느라고

깡그리 녹초가 된 주민들은

회관에 모여 삼겹살에 소주를 마셨다

그날 밤 집집마다 모과빛 장지문에는

뒷물하는 아낙네의 실루엣이 비쳤다

다음날 새벽 잠에서 깬 이장이

밖을 내다보다가, 앗! 소리쳤다

우편함과 문패만 빼꼼하게 보일 뿐

온 천지天地가 흰 눈으로 뒤덮여 있었다

하느님이 행성行星만한 떡시루를 뒤엎은 듯

축사 지붕도 폭삭 무너져내렸다

좆심 뚝심 다 좋은 이장은
윗목에 놓인 뒷물대야를 내동댕이치며
우주宇宙의 미아迷兒가 된 듯 울부짖었다
— 주민 여러분! 워따, 귀신 곡하겠당께!
　인자 우리 동네, 몽땅 좆돼버렸쇼잉!

—「폭설暴雪」 전문

　'남도 땅끝 외진 동네에 내린 폭설'과 그 이하의 풍경은 진정 아름
답기만 한 풍경이어야 할 것이나, 한편으로는 남루한 풍경으로 다가
오는 것은 무엇에 연유함인가? '좆심 뚝심 다 좋은 이장'처럼 '좆심
뚝심'이 삶의 유일한 무기로 보인다는 사실 때문일 것이다. '남도 땅
끝 외진 동네에 내린 폭설'처럼 그것 또한 원시성의 마력임에는 분명
하나 문명시대에 문명과 무관한 삶의 한 자락이자 무기라는 사실로
써 서글픈 해학을 낳는다. '땅끝 외진 동네'의 쓸쓸한 이미지처럼 "이
장이 허둥지둥 마이크를 잡았다 / — 주민 여러분! 삽 들고 회관 앞으
로 모이쇼잉! / 눈이 좆나게 내려부렸당께!"와 같은 풍경은 초월의
해학이면서도 서글픈 해학의 모티프 그 자체 또한 아우르고 있다.
　땅끝 외진 마을에 울려 퍼진 마이크 소리와 원색의 비속어가 융합
된 방언의 조화도 해학적 조화를 생산한다. "— 워메, 지랄나부렀소
잉! / 어제 온 눈은 좆도 아닝께 싸게싸게 나오쇼잉!"이나, "— 주민
여러분! 워따, 귀신 곡하겠당께! / 인자 우리 동네, 몽땅 좆돼버렸쇼

잉!"이라고 원색어를 가속하는 이장의 언어는 이승과 저승의 구별을 무의미하게 하는 마력의 언어이자 문명과 원시의 구별을 무의미하게 하는 초월의 언어이다. 그것은 남루한 일상의 해학이자 지상의 초월이며 문명의 파편적 후광을 비트는 시원의 유인력이다. 원시성이 첨단 문명시대에 첨단적 무기가 되어 일탈하는 마력의 힘을 난무한다.

3. 남루한 원시의 풍경, 둘

수수밭 김매던 계집이 솔개그늘에서 쉬고 있는데
마침 굴비장수가 지나갔다
— 굴비 사려, 굴비! 아주머니, 굴비 사요
— 사고 싶어도 돈이 없어요
메기수염을 한 굴비장수는
뙤약볕 들녘을 휘 둘러보았다
— 그거 한 번 하면 한 마리 주겠소
가난한 계집은 잠시 생각에 잠겼다
품 팔러 간 사내의 얼굴이 떠올랐다

저녁 밥상에 굴비 한 마리가 올랐다
— 웬 굴비여?
계집은 수수밭 고랑에서 굴비 잡은 이야기를 했다
사내는 굴비를 맛있게 먹고 나서 말했다

— 앞으로는 절대 하지 마!

수수밭 이랑에는 수수 이삭 아직 패지도 않았지만

소쩍새가 목이 쉬는 새벽녘까지

사내와 계집은

풍년을 기원하며 수수방아를 찧었다

며칠 후 굴비장수가 다시 마을에 나타났다

그날 저녁 밥상에 굴비 한 마리가 또 올랐다

— 또 웬 굴비여?

계집이 굴비를 발려주며 말했다

— 앞으로는 안 했어요

사내는 계집을 끌어안고 목이 메었다

개똥벌레들이 밤새도록

사랑의 등 깜박이며 날아다니고

베짱이들도 밤이슬 마시며 노래 불렀다

—「굴비」 전문

"수수밭 김매던 계집이 솔개그늘에서 쉬고 있는데 / 마침 굴비장수가 지나가는" 풍경은 땅끝 외진 마을에서 '좆심 뚝심'이 무기인 이장이 사는 마을보다 더 외진 땅끝 마을의 원시성의 풍경으로 보인다. 그래서 "메기수염을 한 굴비장수는 / 뙤약볕 들녘을 휘 둘러보았다 / — 그거 한 번 하면 한 마리 주겠소"라고, 굴비장수가 적나라하게 구애하는 풍경이 남루한 일상의 해학을 넘어선다. 그러면서도 '가난한 계집이 잠시 생각에 잠겨 품 팔러 간 사내의 얼굴을 떠올리는 것'은 궁핍하고 남루한 일상의 존재태를 은유하고 있어서 가난한 일상의 성은 남루하기도 혹은 초월적이기도 하다.

그러나 "— 앞으로는 절대 하지 마!"라던 남편의 당부처럼 "— 앞으로는 안 했어요 / 사내는 계집을 끌어안고 목이 메었다 / 개똥벌레들이 밤새도록 / 사랑의 등 깜박이며 날아다니고 / 베짱이들도 밤이슬 마시며 노래 불렀다"는 아름다운 원시성의 사랑의 밤 풍경도 아름답지만은 않아서 사랑은 남루하고 성은 쓸쓸한 해학으로 남는다. 남루한 사랑은 혹은 쓸쓸한 성은 땅끝 외진 마을보다 더 외진 일상의 쓸쓸함에 닿아, 끝내는 '굴비'의 유인력보다도 더 채워지지 않는 일상의 남루로 머물기도 한다.

4. 남루한 원시의 풍경, 셋

하루 걸러 어머니는 나를 업고
이웃 진외가 집으로 갔다
지나다가 그냥 들른 것처럼
어머니는 금세 도로 나오려고 했다
대문을 들어설 때부터 풍겨오는
맛있는 밥냄새를 맡고
내가 어머니의 등에서 울며 보채면
장지문을 열고 진외당숙모가 말했다

― 언놈이 밥 먹이고 가요

그제야 나는 울음을 뚝 그쳤다

밥소라에서 퍼주는 따끈따끈한 밥을

내가 하동지동 먹는 걸 보고

진외당숙모가 나에게 말했다

― 밥때 되면 만날 온나

아, 나는 이날 이때까지

이렇게 고운 목소리를 들어본 적이 없다

태어나서 젖을 못 먹고

밥조차 굶주리는 나의 유년은

진외가 집에서 풍겨오는 밥냄새를 맡으며

겨우 숨을 이어갔다

―「밥냄새 1」 전문

  '태어나자마자 먹어야 할 젖조차 못 먹고 밥조차 굶주린 유년'이 "진외가 집에서 풍겨오는 밥냄새를 맡으며 / 겨우 숨을 이어갔다"는 서술에서 오탁번의 개인적 시원의 세계이자 우리의 집단적 시원의 세계를 확인한다. 누구에게나 유년은 삶의 보고로 작용한다. 풍성한 유년이었건 궁핍한 유년이었건 기억으로 환기되는 유년은 우리의 풍성한 생명의 샘이듯이 시인에게야 생명이자 창작의 샘이니 더 이상 이를 말이 없다. '밥조차 굶주린 오탁번의 유년'이 집단적 유년으로 확장하면서 「밥냄새」 혹은 '밥냄새'는 서정의 깊이와 동일성의 효과를 배가한다.

"밥소라에서 퍼주는 따끈따끈한 밥을 / 내가 하동지동 먹는 걸 보고 / 진외당숙모가 나에게 말했다 / — 밥때 되면 만날 온나 // 아, 나는 이날 이때까지 / 이렇게 고운 목소리를 들어본 적이 없다"는 회상이, 곧 60여 년 어쩌면 70여 년 전의 일이 생생하게 현재로 살아 있는 오탁번의 창작의 샘을 상징한다. 가난은 역설적이게도 '진외가, 진외당숙모, 어머니, 나' 등 가족의 긴밀한 유대감 형성에 기여한 집단적 모티프이자 시인의 창조적 모티프로 작용하고 있다. 뿐만 아니라 "— 언놈이 밥 먹이고 가요 / 그제야 나는 울음을 뚝 그쳤다"는 웃지 못할 사실이 '호랑이'보다 더 무서운 '밥'의 위력을 해학화한다. 유년의 '밥냄새'는 오탁번의 현재진행형의 밥냄새로 살아 있는 개인적 원시성이자 우리의 집단적 원시성인 것이다. 유년의 '밥냄새'가 역설적이게도 곤궁한 문명적 일상의 우리를 초월에 이르도록 하는 시원의 마력으로 작용한다.

5. 그리고 순결한 시원

1

하늘과 땅 사이가 너무 가까워 장백소나무 종비나무 자작나무 우거진 원시림 헤치고 백두산 천지에 오르는 순례의 한나절에 내 발길 내딛을 자리는 아예 없다 사스레나무도 바람에 넘어져 흰 살결이 시리고 자잘한 산꽃들이 하늘 가까이 기어가다 가까스로 뿌리내린다 속손톱만한 하양 물매화 나비 날개인 듯 바람결에 날아가는 노랑 애기금매화 새색시의 연지빛 곤지처럼 수줍게 피어있는 두메자운이 나의 눈망울 따라 야린 볼 붉히며 눈썹 날린다 무리를 지어 하늘 위로 고사리 손길 흔드는 산미나리아재비 구름국화 산매 발톱도 이제 더 가까이 갈 수 없는 백두산 산마루를 나홀로 이마에 받들면서 드센 바람 속으로 죄지은 듯 숨죽이며 발걸음 옮긴다

2

솟구쳐 오른 백두산 멧부리들이 온뉘 동안 감싸안은 드넓은 천지가 눈앞에 나타나는 눈깜박할 사이 그 자리에서 나는 그냥 숨이 막힌다 하늘로 날아오르려는 백두산 그리메가 하늘보다 더 푸른 천지에 넉넉한 깃을 드리우고 메꿎은 우레소리 지나간 여름 한나절 아득한 옛 하늘이 내려와 머문 천지 앞에서 내 작은 몸뚱이는 한꺼번에 자취도 없다 내 어린 볼기에 푸른 손자국 남겨 첫 울음 울게 한 어머니의 어머니 쑥냄새 마늘냄새 삼베적삼 서늘한 손길로 손님이 든 내 뜨거운 이마 짚어주던 할머니의 할머니가 백두산 천지 앞에 무릎 꿇은 나를 하늘눈 뜨고 바라본다 백두산 멧부리가 누리의 첫 새벽 할아버지의 흰 나룻처럼 어렵고 두렵다

3

하늘과 땅 사이는 애초부터 없었다는 듯 천지가 그대로 하늘이 되고 구름결이 되어 백두산 산허리마다 까마득하게 푸른하늘 구름바다 거느린다 화산암 돌가루가 하늘 아래로 자꾸만 부스러져 내리는 백두산 천지의 낭떠러지 위에서 나도 자잘한 꽃잎이 되어 아스라한 하늘 속으로 흩어져 날아간다 아기집에서 갓 태어난 아기처럼 혼자 울지도 젖을 빨지도 못한다 온가람 즈

믄 뫼 비롯하는 백두산 그 하늘에 올라 마침내 바로 서지 못하고 젖배 곯아

젖니도 제때 나지 못할 내 운명이 새삼 두려워 백두산 흰 멧부리 우러르며

얼음빛 푸른 천지 앞에 숨결도 잊은 채 무릎 꿇는다

—「백두산白頭山 천지天池」전문

    남루한 원시의 풍경을 건너 이제 시인은 순결한 시원의 세계에 이르른다. 순결한 시원의 세계는 '하늘과 땅의 사이'가 애초에는 없었던 세계일 것이다. 그러나 '사이'가 생기면서 순결은 남루해지고 그 사이에 '과'가 등장하여 '과'로 연결된 하늘과 땅은 각각이면서도 환원하는 통일체로 완성된다. 이와 같은 하늘과 땅 사이를 문명의 우주 탐험대가 연결 지으려고도 하나, 백두산에 오르면 "하늘과 땅 사이가 너무 가까워 장백소나무 종비나무 자작나무 우거진 원시림 헤치고 백두산 천지에 오르는 순례의 한나절에 내 발길 내딛을 자리는 아예 없는", 그래서 '과학적 탐험 절차가 전혀 불필요한 통일의 세계를 확인하게 된다'고 시인은 초월적으로 순결하게 노래한다.

    "하늘로 날아오르려는 백두산 그리메가 하늘보다 더 푸른 천지에 넉넉한 깃을 드리우고 메꽂은 우레소리 지나간 여름 한나절 아득한 옛 하늘이 내려와 머문 천지 앞에서 내 작은 몸뚱이는 한꺼번에 자취도 없다"고, 시원의 세계에 흡수된 시인의 목소리가 초월적이다. "하늘과 땅 사이는 애초부터 없었다는 듯 천지가 그대로 하늘이 되고 구름결이 되어 백두산 산허리마다 까마득하게 푸른하늘 구름바다 거느리는" 시원의 세계 앞에서 시인은 "내 운명이 새삼 두려워 백두산 흰 멧부리 우러르며 얼음빛 푸른 천지 앞에 숨결도 잊은 채 무릎 꿇는

다"고, 순결의 세계를 새삼 자각한다. 순결한 시원의 세계 앞에서 거
칠고 적나라한 원시성의 언어가 빛이 바래는 순간을 맞는다.

비 내릴 생각 영 않는
게으른 하느님이
소나무 위에서 낮잠을 주무시는 동안

쥐눈이콩만한 어린 수박이
세로줄 선명하게 앙글앙글 보채고
뙤약볕 감자도 옥수수도
얄랑얄랑 잎사귀를 흔든다

내 마음의 금반지 하나
금빛 솔잎에 이냥 걸어두고
고추씨만 한 그대의 사랑 너무 매워서
낮결 내내 손톱여물이나 써는 동안

하느님이 하늘로 올라가면서
재채기라도 하셨나
실비 뿌리다가 이내 그친다

—「실비」전문

순결한 시원의 시심은 「실비」에 이르러 동심으로 상징된다. "하느

님이 하늘로 올라가면서 / 재채기라도 하셨나"라는 '실비'가 하느님의 재채기라면, 소나기는 잠시 그쳤다 다시 우는 하느님의 눈물일 터이고, 하루 종일 주룩주룩 내리는 장맛비는 하느님의 속마음 깊이 묻어둔 한의 눈물일지도 모를 일이다. 어쨌거나 중요한 것은 실비/비는 하느님처럼 하늘과 땅 사이를 연결해주는 '과'의 실체이자 통로라는 사실이다. 그중에서도 무엇보다도 중요한 것은 동심이 실비 타고 지상을 초월하기도 한다는 사실일 것이다. 수직적 초월은 동심 같은 순결한 시원의 시심으로 하늘에 오르는 일인 것이다.

"비 내릴 생각 영 않는 / 게으른 하느님이 / 소나무 위에서 낮잠을 주무시는 동안"에는 "쥐눈이콩만한 어린 수박이 / 세로줄 선명하게 앙글앙글 보채고 / 뙤약볕 감자도 옥수수도 / 얄랑얄랑 잎사귀를 흔들면서" 제 몸을 키운다는 동심의 시심이 하늘과 땅의 '사이'는 애초에는 없었음을 찬미한다. 그러므로 애초에는 없었던 하늘과 땅의 사이이므로 하늘 향한 수직적 초월이 불필요한 시원의 세계로서 동심의 마력이자 시원의 마력임을 시인은 은밀히 예찬하고 있다. 시원을 상징하면서 동시에 하늘과 땅 사이에 부재하는 '사이'를 은유하는 동심에 대한 예찬이다. 원시성은 순결한 동심 속에서 그 마력의 폭과 깊이를 더욱 융숭하게 수놓고 있다.

멋지고 세련된 아재 개그의 진수

오탁번 시집 『알요강』을 읽고

이승하

우리가 현재 쓰고 있는 '아재 개그'라는 말은 나이가 좀 있는 사람이 재담을 했을 때, 그것이 참신하지 않으면 '아재 개그'를 하지 말라면서 놀릴 때 주로 쓴다. 가만히 있기나 하지 구태의연한 재담을 해 분위기를 썰렁하게 만들지 말라는 뜻이다. 그런데 오탁번 시인의 시집 『알요강』을 읽으면서 든 생각은, 편 편의 시가 구태의연하거나 썰렁하지 않고 고급 유머 내지는 세련된 조크라는 것이다. 한국 시문학이 잃어버린 것이 있다. 시의 갈래로는 풍자시고 미학적으로는 골계미다. 오늘날 우리 시에는 '해학'이 없다. 「처용가」 같은 향가, 「쌍화점」이나 「만전춘」 같은 고려가요, 「박타령」·「토별가」·「변강쇠가」 같은 판소리, 「배비장전」·「이춘풍전」·「옹고집전」 같은 고전소설에 차고 넘치는 것이 해학이었다. 민담과 전설에도 해학성이 뛰어난 것이 많았다. 안동 지례예술촌의 촌장 김원길은 『안동의 해학』을 펴냈고

김열규의 『한국인의 유머』, 윤병렬의 『한국 해학의 예술과 철학』 같은 책을 보면 우리가 해학을 무척 좋아한 민족임을 알 수 있다. 들놀음이나 탈놀음은 우스갯소리(재담)로 이루어져 있다.

50~60년대의 시인 송욱이나 전영경 이후 해학과 풍자의 미학은 우리 시문학사의 흐름에서 대가 끊긴 것이 아닌지 모르겠다. 소설은 채만식과 김유정이 해학과 풍자의 씨앗을 뿌렸고 성석재·박민규·김종광·심상대·이기호 등에 의해 훌륭히 계승되고 있는데 시 쪽에서는 송욱과 전영경의 후예가 없어서 안타깝게 생각하고 있다. 90년대에 유하와 함민복, 김영승 등이 있었지만 그들은 지금 시를 쓰고 있지 않거나 예전과는 다른 시를 쓰고 있다. 오직 오탁번만이 『손님』·『우리 동네』·『시집보내다』에 이어 이번 시집 『알요강』에서도 변함없이 멋지고 세련된 아재 개그를 선보이고 있다. 표제 시이면서 제일 앞에 위치한 「알요강」부터 보자. 이 시는 해학과 풍자와는 거리가 멀지만.

풍물시장 좌판에 놓인
작은 놋요강 하나가
흐린 눈을 사로잡는다
명아주 지팡이 짚은
할아버지는
그놈을 넝큼 산다
기저귀만 떼면
손자를 도맡아 키워준다고
흰소리 하도 했으니

미리 알요강 하나 마련한다

— 「알요강」 전반부

지금의 10대나 20대가 요강이란 것을 알까? 방에 두고 오줌을 누는 그릇인데 놋쇠나 사기로 만든다. 어떤 할아버지가 놋요강을 마련하는 이유가 재미있다. 손자의 기저귀를 갈아줄 수는 없지만 "기저귀만 떼면 / 손자를 도맡아 키워준다고" 약속을 했다. 손자가 "할아버지 쉬!" 하고 소리치면 얼른 요강을 내밀 생각인 것이다.

내년 이맘때나
손자가 기저귀를 떼겠지만
문갑 위에 모셔 놓은
배꼽뚜껑도 예쁜
알요강에서는
벌써 향긋한 지린내가 난다
손자 오줌 누는 소리도
아주 잘 들리는
동지섣달
긴긴밤

— 「알요강」 후반부

할아버지는 손자와의 정겨운 시간을 예상하면서 알요강을 흐뭇한 마음으로 바라본다. 미리 향긋한 지린내도 맡고 오줌 누는 소리도 들는다. 이 시의 주제는 요컨대 '가족 간의 사랑'이다. 좀 확대하면 사람 사이의 정情이다. 이번 시집의 큰 주제가 이것이다. 정이 없는 요즈음 세상이 영 안타까운 것이다. 이번 시집에는 인물을 형상화한 것이 참 많다.

> 귀가 웃는 임영조가 가고
> 단호박 같은 신현정도
> 갓김치처럼 매운 송명진도 가고
> 풍문 만들던 박남철도 갔다
>
> —「인사동 사람들」 후반부

시인의 학창 시절 문과대 학장이었던 박희성 교수에 대한 회상기는「하니 그리움」이고 김종길 선생에 대한 그리움은「봄나들이」에 담겨 있다. 정진규 시인을 그린 초상화는「그냥 가네」이고 전혁림 화백에 대한 인상기는「꿈, 피카소」다. 혜국 스님과의 인연은「소지공양」에서 그리고 둘째 형님을 보내고 애통한 마음으로「형님」을 쓴다. 까까머리 소년 때 만난 21세 젊은 여선생님 영희 누나와의 인연은「조그만 발」에서 전개된다. 그 곱던 선생님이 당뇨와 고혈압에 치매까지 걸려 고생을 하자, 춘천까지 달려가 봉투를 놓고 오던 시인 오탁번은 영희 누나가 숨을 거두고 입관하기에 이르자 조그만 발을 쓰다듬으며 운다. 사람 사이의 정을 따뜻하게 느끼게 해주는 시는「조그만 발」만이 아니다.

대학교수인 오탁번 시인을 "탁번아 탁번아"라고만 부르는 박희성 교수에 대한 회상기는 유머와 페이소스가 교체된다. 박 교수는 고대 신문 오탁번 기자 때나 대학교수가 되었을 때나 만나기만 하면 바둑판 앞에 앉히는 분이었다. 노교수에게 오탁번 교수가 묻는다. "젊은 여자 봐도 아무 생각 안 나지요?" 박 교수의 대답이 걸작이다. "생각이야 나지!" 그 말을 했던 선생은 떠났고, 그 영정 앞에서 분향하면서 울었던 것도 20년 전 일이다.

이제 아재 개그의 영역에 드는 시를 몇 편 살펴볼까 한다. 책 앞날개의 약력부터 개그다. 이름 바로 밑에 '(1943~?)'로 되어 있다. 충북 제천에서 1943년에 태어났는데 언제 졸할지는 알 수 없다는 것이다. 월북시인의 사망 연도를 모를 때나 쓰는 물음표를 써놓아 피식 웃으며 시집을 펼쳐보게 된다.

연애할 때는 예쁜 것만 보였다
결혼한 뒤에는 예쁜 것 미운 것
반반씩 보였다
10년 20년이 되니
예쁜 것은 잘 안 보였다
30년 40년 지나니
미운 것만 보였다
그래서 나는 눈뜬장님이 됐다

아내는 해가 갈수록
눈이 점점 밝아지나 보다

지난날이 빤히 보이는지

그 옛날 내 구린 짓 죄다 까발리며

옴짝달싹 못하게 한다

눈뜬장님 노약자한테

그러면

못써!

—「눈뜬장님」 전문

참 용기도 좋다. 아내 김은자 시인이 분명히 이 시를 볼 텐데 안 쫓겨난 비결을 알고 싶다. 결혼한 지 30년이 지나고 40년이 지나자 아내의 예쁜 것은 하나도 안 보이고 미운 것만 보인다고 하니 도대체 어디서 나온 배짱일까. "그 옛날 내 구린 짓"은 분명히 이성과의 로맨스에 관련된 것일 터, 독자들 앞에서 이렇게 말하는 용기는 또 어디서 나온 것인가. (하기는 서평자도 아내를 수목장하고 두 아이와 함께 나무 앞에서 기도를 하는 시를 써 그 시를 표제 시로 한 시집을 6개월 동안 집에 들고 오지 못했다.) 자신을 "눈뜬장님 노약자"로 지칭한 것도 미소를 짓게 하지만 마지막 "그러면 / 못써!"에 이르러 결국 킬킬 소리 내어 웃게 만든다. 아내한테 하는 투정이 귀엽다고 여겨지는데, 이런 생각이 불경일까? "아내는 / 내가 밥을 먹는지 굶는지 / 통 관심이 없다 / 깐깐오월 될 때까지는 / 그래도 좀은 / 관심 가져주면 어디 덧나나?"(「임플란트」)라고 하거나, "아내가 휑하니 앞서 나간다 / 아니 / 많이 먹은 사람이 / 밥값 내야 하는 것 아냐?"(「소갈딱지」) 같은 말을 예사로 하다니, 목숨이 두 개인가?

알파고가 따로 없다

내 노트북이 바로 알파고다

보르헤스가 중세의 수도원으로 들어가

쟈스민 꽃으로 피었다가

교미하며 암컷에게 먹히는

수컷 버마재비가 됐다는 글을 쓰는데

'버마재비'라고 쓰고 나서

띄어쓰기를 치면

영락없이 '미얀마재비'로 바뀐다

(……)

국어선생 평생 한 나를

이놈이 자꾸 단수를 치네

꼼짝 못하게 축으로 모네

노트북

너, 네미랄이다

—「미얀마재비」 부분

    기계가 사람을 데리고 노는 것이라고 할까, '버마'를 쓰면 노트북의 한글 프로그램이 알아서 '미얀마'로 바꾼다. '국민학교'라고 치면 무조건 '초등학교'로 바꿔 난감해한 경우가 왕왕 있는데 시인은 제목을 '미얀마재비'라 붙이고는 "너, 네미랄이다" 하고 욕을 한마디 해준다.

시가 도무지 안 써지는 어느 날

시인 노릇 아예 작파할까 궁리하고 있는데

내 소식을 뒤늦게 들은

제천 동물병원 김선생이 전화를 했다

— 사리는 안 나왔다고요?

그는 암소처럼 웃었다

— 사리는 큰스님이라야 나오지!

나는 송아지처럼 웃었다

그 순간 나는

대웅전 목탁 베고 낮잠 든

철부지 동자승이나 된 듯 했다

—「시창작론」끝부분

쓸개에 염증이 생겨 열흘 동안 금식하면서 항생제 치료를 받는 동안 시가 안 써지자 "지금까지 내 시는 / 외로운 내 영혼이 쓴 게 아니고 / 쓸개가 썼단 말인가" 하고 자탄하는 대목이 나온다. 이 또한 고급 유머다. 위에 인용한 대목에 나오는 직유법은 너무나도 세련된 조크다. 결국 시인은 담낭을 절제하는 수술을 하고 나서「조장」을 쓴다.

그동안 줏대 있는 척 하느라고

무지무지 애먹었다

정치가 어떻고

문단이 어떻고

있는 꼴값 다 떨면서

가면과 복면 쓰고 죽을힘 썼는데

어휴!

속 시원하다

내 인생의 표리부동을 청산했다

―「조장鳥葬」 부분

"쓸개 빠진 놈이 됐으니 / 이제 줏대 없이 그냥저냥 살면 된다"고 하더니 그예 "내 인생의 표리부동을 청산했다"고 속 시원해한다. 고급 유머의 정수를 두고 아재 개그를 한다고 놀리면 안 된다. 오탁번의 유머는 그 자체가 연구 대상이 될 필요가 있다. 이런 식의 위트와 유머, 조크와 해학은 이번 시집에도 차고 넘친다. 자조적인 자기 풍자가 많지만 눈꼴신 '인간들'에 대한 풍자도 여러 곳에서 행한다.

옹졸한 삼국통일만 강조하고

광활한 발해 역사를 도외시하는 놈들

깡그리 불알을 까야 한다

아직도 식민사관을 주장하는

매국노 사학자들 낱낱이 색출하여

몽땅 살처분이라도 해야 한다

―「신년사」 부분

이런 시는 시인의 역사의식과 사회비판의식을 엿볼 수 있는 부분이다. 정색을 하고 비판하니 어조도 강경하고 단호하다. 한평생 썼던 소설을 모아서 6권의 전집을 냈는데 고구려의 장엄한 역사를 다룬 장편 「미천왕」과 탈북자 문제를 다룬 「1억 년 전의 새 발자국」, 미묘한 한일관계를 다룬 「포유도」 같은 소설을 보면 오탁번의 유다른 면을 보게 된다. 정치인들에게 '좆 깔 놈들'이라고 욕하는 시는 유머가 있었기에 망정이지 군사정권 시절이었다면 정보기관에 끌려가서 고생을 좀 했을 것이다. 자조에서 비판으로 나간 증좌를 보자.

> ― 국민들께 심려를 끼쳐드려서
>   죄송합니다
> 비리를 저지른 정치인들이
> 검찰에 출두하면서
> 곧잘 하는 말이다
> 국민들이
> 마음으로 근심한다고?
> 별 미친놈 다 보겠네
> 에라, 송이버섯 깔 놈들아!
>
> ―「송이버섯」 전문

이런 시는 지난 10년 동안 『창작과비평』에도 『실천문학』에도 실린 적이 없다. 한때는 허저 같은 맹장이었던 시인들이 모두 침묵을 지키고 있는 이 시대에, 이런 시를 보게 되어 통쾌하다. "여의도 시러베들은 / 입만 열면 / 되지도 않는 외래어를 나불댄다 / (……) / 북쪽 예술

단은 / 내가 지레짐작한 / 백두혈통 굿판을 영 안 벌였다 / 말짱 제도
루묵이가 된 / 꿈에도 그리던 통일!"(「가을 뻐꾸기」) 하면서 남한과 북
한의 통일정책을 싸잡아 비판하기도 한다. 이런 반골정신은 "고대신
문 기자의 깡다구"에서 기인한 것이었다. 그 시절에는 "유진오 총장
과 이종우 총장도 / 조지훈 현승종 조동필 이항녕 윤세창 선생도 / 고
대신문 기자들이 아니면 / 자유 정의 진리의 석탑이 와르르 무너진
다 믿고 / 등록금도 감면해주면서 / 맛있는 불고기도 심심찮게 사주
셨다"(「따따부따」). 오탁번 시인의 반골정신이 어디에서 기인한 것인지
이제 알겠다. 그러나 이렇게 콧대 높던 고대신문 기자 출신 오탁번이
1983년 하버드대학교 한국학연구소에 방문교수로 갔다가 큰 코를
한번 다친다.

> 보릿고개 넘으며
> 간신히 목숨을 부지했던 까까머리 어린 나는
> 멋도 모르고 국어 교과서를 달달 외웠다
> 도덕 교과서에는 이런 글도 있었다
> 서양 어린이는 공원 사과나무에
> 사과가 주렁주렁 열렸는데도
> 공중도덕심이 있어서 안 따 먹는단다
> 나는 배가 고파
> 남의 집 과수원 사과 몰래 따먹다가
> 귀싸대기 얻어맞았다
> 서양 어린이는 천사이고

나는 나쁜 악마라고 믿으며 자랐다

―「자화상」 부분

　오탁번 문학의 비밀이 여기에 있는 것이 아닐까. 한국은 "개울가에서 몽둥이로 개를 때려잡아 / 장작불로 보신탕 끓여 술 마시는 / 동네 어른들"의 나라였다. 미국에 가보니 하버드 스퀘어에 "집 나간 아들딸 찾는 광고는 하나 없고 / 다 개와 고양이를 찾는 광고뿐"이었다. 이 차이는 후진국과 선진국의 차이일까. 수제비와 스테이크의 차이일까. 오탁번의 시에는 유독 순우리말이 많다. 시집 해설을 쓴 이숭원 씨가 이 부분에 대해서는 상세히 논했으므로 생략한다. 아무튼 오탁번의 시는 한국적이고 지방적이다. 우리네 전통 중에서 해학성과 골계미를 계승·발전시키고 있는 유일한 시인이 오탁번이다.

　이번 시집이 그려낸 풍경 중 참으로 아름다운 풍경은 친구 서종택과 한용환이 시인이 머무는 제천의 원서헌(분교를 사들여 개조한 집필실이다)에 놀러 와 윷놀이를 하는 장면이다.

젊은 시절 처음 만나

석동무니로 살자 다짐한

너울가지 없는 노인 셋이

윷판을 놓는다

날밭에서 도를 기다리며

윷가락을 던져도

자꾸 개나 걸이 나오는 통에

소주병이 몇 개째다

—「우중유감」끝부분

　서울서 내려온 두 친구랑 셋이서 소주를 마시며 윷놀이를 하다니 명절이었나 보다. 마침 비가 왔다. 우중에 윷가락을 던지며 모야! 윷이야! 외치는 광경이 눈에 선하고, 그만 코끝이 찡해진다. 아아, 어느새 시인의 연세가 여든을 바라보고 있다. 그런데 아직도 술을 한자리에서 한 병 이상 마시고 있다. "사람이 없는 인사동길을 / 나 혼자 노량으로 거닐다가 / 뒷골목에 숨어서 / 흘끔흘끔 도둑담배 피운다"(「인사동 사람들」)고 하니, 담배는 영영 끊지 않을 셈인가. 건강이 심히 걱정된다. 아무쪼록 오래오래 건강하시어 멋진 아재 개그를 계속해서 들려주시길 바란다.

젊은 날의 눈물겨운 초상, 또는 시적 궤적의 낭배

오태환

1.『아침의 예언豫言』— 오연傲然한 시정신의 물증物證

오탁번 선생은 1967년『중앙일보』에 시「순은純銀이 빛나는 이 아침에」가 당선된 후 1973년 조광출판사에서 낸『아침의 예언豫言』으로부터『너무 많은 가운데 하나』(1985, 청하) ·『생각나지 않는 꿈』(1991, 미학사) ·『겨울강』(1994, 세계사) ·『1미터의 사랑』(1999, 시와시학사) ·『벙어리장갑』(2002, 문학사상사) ·『손님』(2006, 황금알) ·『우리 동네』(2010, 시안)에 이르기까지 여덟 권의 시집을 상재한다. 그러나『아침의 예언』에 수록된 시들이『너무 많은 가운데 하나』의 2부에 전재되었다는 사실에 비추면, 실제로 묶은 시집은 일곱 권이다. 선생은 거의 45년에 접어드는 시력 안에서 대략 6~7년에 한 권꼴로 시집을 간행한 셈이다.

『아침의 예언』은 변형 국판菊版 양장본洋裝本에 96쪽으로 편집되었으며, 세로쓰기 형식의 조판組版으로 모두 38편의 시가 수록되었다. 제목 '아침의 예언豫言'은 '오탁번시집吳鐸藩詩集'과 함께 낙관 형태로 디자인한 정사각형의 홍매紅梅빛 배경지에 흰 예서체로 쓰여졌는데, 카키색 겉표지 한가운데에서 약간 위로 올려붙여졌다. 책등에는 금박으로 음각되었다.

화려하게 장정裝幀된 이 책은 선생의 시와 문학에 대한 매서운 염결의 정신을 베낀다. 후기後記의 "시인이라는 신분을 엄숙한 소명처럼 받아들인다."는 선생의 진술은 그만두고라도 그다지 여유롭지 않았을 1973년, 자비를 들여 꽤 호사스럽게 출간한 이 책을, 비록 1,000원이라는 정가를 매겼을지언정 한 권도 시장에 내놓지 않고 고스란히 소장하면서 지인에게만 나눠주었다는 사실은 그것을 입증한다. 또 이 책은 목차와 시, 그리고 저자 후기와 저자 소개로만 구성되었는데, 흔한 해설이나 발문 한 줄 끼워 넣지 않았다는 점 역시 선생의 시와 문학에 대한 오연傲然한 자부심을 오롯하게 드러낸다.

내가 청탁을 받은 것은 선생의 시인론이다. 그러나 선생의 반세기에 가까운 시의 경륜經綸을 날과 씨로 펼치고 옭아 의미를 밝히는 작업을 불과 일주일 남짓에 해치우려는 것 자체가 터무니없는 만행과 다르지 않다. 선생을 곁에서 자주 살피고 모신 깜냥에 선생의 살이와 속내의 가라사니를 잡고 사사로운 붓놀림이나마 옮겨 적는 것은 과거 다른 지면을 빌려 쓴 것과 겹치기 십상이라 망설여지지 않을 수 없다. 어떤 경우든지 주어진 환경과 조건에 비춰 나무거울 꼴을 못 면하거나, 기껏해야 고드름장아찌 비슷한 형국으로 떨어질 게 빤하다.

그나마 며칠을 미루고 미루다가 궁리해낸 것이 선생의 처녀시집 『아침의 예언』을 다시 읽는 쪽이었다. 앞서 말했듯이 이 책은 갓 서른 살, 선생이 지니는 시와 문학에 대한 인식의 냉랭한 물증物證인 동시에 스스로 그린 젊은 날의 눈물겨운 초상肖像이다. 후기에 따르면 수록된 시편은 선생이 스물네 살 되던 해인 1967년부터 서른 살 되던 1973년까지 만 7년 동안 쓰여진다. 이 책의 시들을 읽는 것은 20대 중·후반을 관통하는 선생의 좌절과 사랑과 치욕과 꿈과 잡념과 욕망과 기호嗜好와 환멸을 경험하는 것과 매한가지의 값을 지닌다. 그러니까 당 시기 선생의 시편을 읽고 다만 몇 편일망정 살피는 작업은, 그 시기 선생에 대한 시인론을 쓰는 행위와 진배없을 터다.

다른 까닭으로는, 데뷔작인 「순은이 빛나는 이 아침에」는 부분적으로 논의된 적 있지만, 이외의 작품들에 대한 논의는 거의 찾아보기 힘들다는 점을 들 수 있다. 시인이 한 생애를 걸쳐 그리는 시적 궤적의 향배는 다양한 각도로 진화하기 마련이다. 각도와 지향점이 어떻든지 그것은 초기 시들로부터 발원하게 된다는 점은 자명하다. 말하자면 시인의 초기 시들은 나중에 쓰여질 시들을 위한 낭배囊胚와 같다. 따라서 선생의 초기 시들을 살피는 일은 단순히 그 시기 선생의 안팎을 점묘한다는 의미를 넘어, 시세계의 원형을 탐색하는 의미를 지닐 수 있다.

2. 「라라에 관하여」— 충동, 에로티시즘의 환상, 열패감, 쓸쓸하고 아스라한

원주고교原州高校 이학년 겨울, 라라를 처음 만났다. 눈 덮인 치악산雉岳山을 한참 바라다 보았다.

7년이 지난 2월달 아침, 나의 천정天井에서 겨울바람이 달려가고 대한극장 이층 나열列 14에서 라라를 다시 만났다.

다음 날, 서울역에 나가 나의 내부를 달려가는 겨울바람을 전송하고 돌아와 고려가요어석연구高麗歌謠語釋研究를 읽었다.

형언形言할 수 없는 꿈을 꾸게 만드는 바람소리에서 깨어난 아침, 차녀次女를 낳았다는 누님의 해산解産 소식을 들었다.

라라. 그 보잘것 없는 계집이 돌리는 겨울 풍차風車소리에 나의 아침은 무너져 내렸다. 라라여, 본능本能의 바람이여, 아름다움이여.

— 「라라에 관하여」 전문

자연 현상으로서의 바람은 신화와 종교와 문학을 아울러서 사람들의 상상력을 다기하고 중층적으로 불러일으켜왔다. 발레리Ambroise Paul Toussaint Jules Valéry의 「해변의 묘지Le cimetière marin」에 나오는 "바람이 분다…… 살아야겠다Le vent se lève... il faut tenter de vivre"는 그 가운데서 널리 알려져 있다. 나는 이 한 구절에서 한 사람의 전 생애에 걸친 노여움과 비애와 사랑과 용서와 절망과 쓸쓸함이 한 파고波高 위에서 춤추다가 부싯돌의 불씨처럼 한순간에 가뭇없이 스러지는 환영을 목격하곤 한다. 늘 천지에 역동적으로 미만彌滿해 있는 속성 때문인지는 모르겠지만, 바람은 소위 4원소 중에서도 보다 다채로운 상상의 분광층을 환기한다.

이 작품은 모두 5연으로 구성된다. 1연은 파스테르나크Boris Leonidovich Pasternak의 소설『의사 지바고』를 읽고 난 후의 감격을 표현한 듯싶다. "눈 덮인 치악산雉岳山"은 주인공 지바고가 러시아 혁명 후 여주인공 라라와 전전했던 시베리아 설원의 모습과 겹치는 것으로 이해할 수 있겠다. 2연에서는 소설에서 만났던 라라를 영화〈닥터 지바고Doctor Zhivago〉의 스크린을 통해서 다시 만나게 된 감회를 진술한다. 3연에서는 박병채의 연구서『고려가요어석연구高麗歌謠語釋硏究』를 읽은 기억을 이야기하고, 4연은 "형언形言할 수 없는 꿈"을 꾼 어느 날 아침 둘째 딸을 낳았다는 "누님"의 출산 소식과 관련한 내용을 담는다. 5연은 4연과 이어지면서 그날 아침에 느꼈던 정서의 한 풍경을 보여준다.

전체적으로 난해한 느낌이 드는 것은 시를 구성하는 다섯 개의 연이 분명한 유기적 질서 안에 놓이지 않은 듯싶기 때문이다. 다만 바람이 1연을 제외한 다른 연들에서 의미구조에 간섭하며 어떤 통일성을 부여한다. 따라서 바람의 의미를 밝히는 지점에서 이 작품 해석의 실마리가 풀릴 것이다.

바람은 "나의 천정天井"과 "나의 내부"를 "달려가"다가, 화자로 하여금 "형언形言할 수 없는 꿈"을 꾸게 만든다. 그리고 5연에서는 "풍차風車소리"로 변용되고, 다시 "본능本能의 바람"으로 새로운 의미를 얻는다. 그렇다면 "본능本能"의 구체적인 내용은 무엇일까. 그것은 성애의 충동이며, 또 그것은 "라라"로부터 유인된다. 여기에서 "나의 아침은 무너져 내렸다"의 뜻은 분명해진다. 이 부분은 자위 뒤의 막막한 열패감을 표출한 것으로 여겨진다. "라라"를 "보잘것 없는 계집"으로 치부하는 모습은 하찮은 욕구에 의해 자존이 덧없이 훼손됐다는 자의식의 표현과 다르지 않다. 이러한 해석은 정작 시인의 창작 현실에 비추어 엉뚱한 것일 수 있다. 그러나 의미의 흐름을 따졌을 때 다른 해석의 개연성을 상정하기 어렵다. 5연의 성애적 환경은, 파스테르나크의 작품에 대한 화자의 관심이 서사적 흐름보다 "라라"라는 한 캐릭터에 집중되고 있다는 점에서 어느 정도 뒷받침을 확보한다. 또 남녀의 정분을 주로 다루는 고려가요 해석서 『고려가요어석연구』가 소재로 등장하는 3연의 의미맥락에 정당성을 부여할 수 있다.

여기서 눈여겨볼 부분이 4연이다. "형언形言할 수 없는 꿈을 꾸게 만드는 바람소리"는 "차녀次女를 낳았다는 누님의 해산解産 소식"을 위한 예견적豫見的 장치로만 기능하지 않는다. 그 대목은 생 자체의 어떤 불가해한 숙명론의 낌새, 또는 생에 대한 모호하고 우울한 예감 같은 것을 불러일으킨다. 그러면서 5연에 나타난 에로티시즘을 개인적인 환상에서 운명적이고 보편적인 차원까지 끌어올리면서, 그것에 쓸쓸하고 아스라한 무늬를 새긴다.

3. 「상징象徵의 언덕에서」— 의미 띄우기와 의미 헝클기의 건조한 반복

장자莊子가 살던 고전古典의 처소에도 오해誤解는 내린다.
우리들의 아침에는 바람이 불고
지구地球는 연蓮잎인 양 오무라들고……펴고……
내 이름을 부르며 날아오르는
제천堤川의 산새들도 둥우리 속으로 숨었다.
셈본숙제를 하던 유년幼年의 몽당연필이
하나의 상징이 될 줄은 몰랐다.
지나가는 것이 모두 상징이라면
다가와 있는 것도 상징이 아닌가.
이李선생 윤尹선생 오형吳兄 주형朱兄 이李양 조趙양 장張군 윤尹군
그대들도 모두 뼈아픈 상징이다.
유프라테스와 티그리스의 범람氾濫을
꿈에서 보는 그대는
잠을 깨어 울지만
발소리가 요란한 어느 층계 위에서
나는 오늘의 손익損益을 계산한다.
빈 주머니를 고의적故意的으로 흔들며
나는 꼬박꼬박 귀가歸家했는데
등燈이 꺼진 날은 길이 어두웠다.
우리들의 아침에 흰 오해誤解가 내려쌓이고

회상回想과 산새와 상징과 공상空想을

각각 그 처소處所로 쫓으며

장자莊子가 죽던 민중民衆의 시대時代에 기후가 변한다.

아침 언덕으로 굴러 내리는 위선僞善의

덩이는 부피가 늘어난다.

태어나지 않은 한 방울의 액체液體에 경배敬拜하며

언덕 위에서 하나의 상징은 쌓여

나뭇가지를 무겁게 한다.

수천 마리의 산새가 되어

제천堤川의 벌판과 웨일즈의 벌판을

날아오르며

세월은 가고 사랑은 남는다.

—「상징象徵의 언덕에서」 전문

이 작품은 눈[雪]과 "오해誤解"가 충돌하면서 발생하는 시적 긴장
으로부터 상상력의 수원水源을 얻은 듯하다. 그러나 눈은 "오해誤解"
와 연대하면서 의미를 심화하는 게 아니라, "위선僞善", "상징" 등과
도 결합하면서 의미를 확산시킨다. 더 정확히 표현하면 의미를 무화
無化시킨다. 의미의 삭제는 "상징"에 있어서도 마찬가지다. 6행에서
11행까지 의미가 규정되는 그것은 "회상回想과 산새와 상징과 공상
空想을 / 각각 그 처소處所로 쫓으며"나 "언덕 위에서 하나의 상징은
쌓여"에 이르면서 상징이 아닌 다른 어떤 것이 되면서 의미가 희석된
다. 또 첫 행 "장자莊子가 살던 고전古典의 처소에도 오해誤解는 내린

다"는 23행 "장자莊子가 죽던 민중民衆의 시대時代에 기후가 변한다"로 의미의 진전을 노리는 것처럼 보인다. 하지만 이 두 문장은 시상의 흐름 안에서 두절杜絶된 상태로 존재할 뿐, 더 이상 의미의 발전을 보이지 않는다. 다른 형태로 다른 공간에 놓이지만, 의미의 차이를 확인하기 어렵다. 이는 두 문장이 애초부터 의미 전달을 위해 쓰이지 않았음을 뜻한다.

구문의 형태에서도 의미를 지우려는 의도가 자주 드러난다. 12~16행을 이루는 문장을 보자. 연결어미 '-만'은 역접의 기능을 하기 때문에 "그대"가 "잠을 깨어" 우는 모습과 화자가 "오늘의 손익損益을 계산"하는 행동 사이에 놓일 수 없다. 이런 규범에 맞지 않는 문법은 이 시에서 두루 나타난다. 바로 아래 부분의 '-데'도 같은 이유로 일상적인 어법에 어긋난다. 20~23행, 29~32행의 '-며'는 같은 의미층위를 지닌 행위나 현상을 나란히 연결할 때 쓰는 어미지만 이 시의 문맥에서는 그렇지 않다. '각각의 것들을 제 처소로 쫓는' 행위와 '기후가 변하는' 현상, 그리고 '산새가 날아오르는' 풍경과 '세월은 가지만 사랑은 남는' 인간사의 이치는 구문상의 주어도 다르고, 의미의 단층면도 너무 커 도저히 '-며'로 연결 지을 수 없다. 이처럼 규범문법에서 일탈된 어미의 사용으로 인해 앞뒤 절節의 의미는 필연적으로 삭제되거나 약화된다.

또 시를 구성하는 작은 모티프들이 갖는 위치도 스스로 의미를 지우는 데 영향을 준다. 모티프들의 순서를 바꾸고 엇섞어도 시 전체가 풍기는 인상은 별다른 차이를 노출하지 않는다. 이는 각 모티프들의 의미가 희석되고 있음을 뜻한다. 이런 형식은 각각의 모티프들의 의미 거리가 매우 멀거나 단절되는 환경과 관련된다. 정지용의 「바다2」에서 그대로 빌려 온 "지구地球는 연蓮닢인 양 오무라들고……펴고……"와 박인환의 "사랑은 가도 옛날은 남는 것"(「세월이 가면」)을 패러디한 것으로 보이는 "세월은 가고 사랑은 남는다"의 두 구절 안에서, 또는 이것들과 다른 시구들 사이에서 의미의 연결고리를 찾으려는 노력은 무모할 수밖에 없다.

이 시를 쓰는 과정은 의미를 드러냈다가 삭제하는 행위의 반복으로 설명할 수 있다. 아웃풋되는 것은 의미가 희석된 채 명멸하는 이미지들의 조합이다. 설혹 어떤 부분이 사회나 역사 같은 거대담론의 흔적을 비칠지언정, 그것들은 메시지를 전달하는 데 기여하기보다는 이미지의 질감과 양감을 조율하는 데 봉사한다. 서로 무관한 모티프들을 소위 무의식의 자동기술법과 비슷한 방식으로 배열하여, 의미를 헝클어뜨리고 랜덤으로 이미지를 인양引揚하는 이 작품은 1960년대 시단의 현실에 비추면 혁신적이라 할 수 있다.

4. 「굴뚝 소제부掃除夫」— 실존적 불안과 실존적 고독의 참을 수 없는 황량함

수은주水銀柱의 키가 만년필 촉만큼 작아진 오전 여덟시
씽그의 드라마를 읽으려고 가다가 그를 만났다.
나는 목례目禮를 했다.
그는 녹슨 북을 두드리며 지나갔다.

나는 걸어가는 게 아니라 자꾸 내 앞을 가로막는

서울의 제기동祭基洞의 겨울 안개를 헤집으며 나아갔다.

개천의 시멘트 다리를 건너며

북을 치는 그를 생각해 보았다.

그냥 무심히

내 말을 잘 안들어 화가 나는 그녀를 생각하듯

그냥 무심히

은이후니.

비극을 알리는 해풍海風이 문을 흔들고

버트레이가 죽고 그의 노모老母가 울고

막幕이 내린다. 씽그는 만년필을 놓는다.

강의실 창 밖에 겨울 안개가 내리고

아침에 만난 그를 잠깐 생각하다가

코오피 집에 가는 오후약속을 상기했다.

말을 타고 바다로 내달리는

슬픈 사람들.

우리는 에리제에서 코오피를 마셨다.

코오피 잔을 저으며 슬프고 가난한 시간時間속으로 내달려 갔다.

아침의 그를 문득 생각해 보았다.

은이후니.

집으로 돌아오다가 석탄石炭처럼 검은 빛

그를 다시 만났다.

길고 깊은 암흑을 파내어

아침부터 밤까지 골목을 내달리는

그에게 나는 목례目禮를 했다.

내 전신全身에 쌓인 암흑의 기류氣流를 파낼

그녀를 생각하며

나는 대문을 두드렸다.

은이후니

겨울저녁의 안개를 모호模糊한 우리의 어둠을 두드렸다.

― 「굴뚝 소제부掃除夫」 전문

　이 시는 마치 소설을 읽는 듯한 서사의 틀을 짜고 있다. 굴뚝 소제
부, "씽그"의 드라마, 화자를 둘러싼 정황이 각각 에피소드를 구성하
며 한 편의 작품을 완성한다. 서사적 구성 안에서 패턴을 이루며 분위
기를 지배하는 것은 "모호模糊"로 집약되는 안개다.

　굴뚝 소제부의 얼굴이나 옷차림은 굴뚝 속에서 작업하기 때문에
"석탄石炭처럼" 어두울 수밖에 없다. 그의 일은 굴뚝 내부에 오래 묵
혔던 그을음과 다른 이물질을 청소하여 연기가 잘 빠져나가도록 하
는 것이다. 그가 작업하는 공간은 굴뚝 안의 어둠이며, 그의 작업은

결국 어둠을 파헤치는 것이 된다. 어둠은 사위의 구별이 어렵다는 점에서 안개의 속성과 겹친다. 그렇다면 화자에게 굴뚝 소제부는 현재 자신을 감싸고 있는 안개를 걷어내 줄 가능성을 지닌 존재로 인식될 수 있다. 여기에서 화자가 아침저녁으로 조우한 그에게 "목례目禮"를 건네는 장면은 어느 정도 개연성을 확보하게 된다. (굴뚝 소제부가 지인이 아니라면 어떤 경우든지 그에게 인사를 하는 장면은 부자연스러울 수 있다. 그러나 이 장면이 행위의 단순한 보고報告가 아니라, 그에게 품는 화자의 정서를 객관화하는 환유라 보면 문제 될 게 없다.)

인용된 드라마는 아일랜드의 극작가 싱John Millington Synge의 단막극「바다로 간 기사騎士들Riders to the Sea」로 추정된다. 이 극은 별다른 플롯을 갖추지 않으며, 분위기 위주로 짜인다. 주인공 모리아Maurya는 아들들이 죄다 바다에서 숨을 거두는 비운의 여인이다. 그러나 모든 비극적 사건들은 무대 바깥에서 벌어진다. 무대는 오로지 그녀를 중심으로 언제 빚어질지 모를 재앙에 대한 공포와 불안감과 팽팽한 긴장, 그리고 영원히 이어질 것 같은 불길한 기다림으로 감싸일 뿐이다. 그녀의 아들들이 죽음이 도사리는 걸 알면서도 바다로 향하는 것은 숙명성이라는 낱말 이외에 설명할 길이 없다.

화자는 학교에 가다가 굴뚝 소제부를 만나고, 강의시간에 "씽그"의 드라마를 듣는다. 이어 "에리제"라는 찻집에서 "그녀"와 함께 커피를 마신 뒤, 귓갓길에서 다시 굴뚝 소제부를 만나고 집으로 들어선다.

문제는 "그녀"에 대한 화자의 태도다. 그는 "그녀"가 말을 잘 듣지 않는다고 여긴다. 이는 둘의 관계가 적어도 멜로드라마다운 환경 속에 놓이지 않았음을 뜻한다. 그리고 자신과 "그녀"가 "말을 타고 바다로 내달리는 / 슬픈 사람들"이라는 생각을 문면에 드러낸다. 이 대목은 자신과 "그녀"가 싱의 「바다로 간 기사들」에 등장하는 인물들처럼 비극적 운명을 타고난 것으로 여기고 있음을 의미한다.

그는 "그녀"와 함께 커피를 마시면서도 생각은 굴뚝 소제부에 가 있다. 너무 속된 해석일 수 있겠으나, 이 장면은 그들이 품고 있는 문제를 굴뚝 소제부가 해결할 수 있다는 무의식의 반향일 수 있다. 이러한 해석은 마지막 연의 "내 전신全身에 쌓인 암흑의 기류氣流를 파낼 / 그녀"와 충돌한다. 하지만 굴뚝 소제부는 그들이 처한 상황을 다만 상징적으로 해결할 수 있지만, "그녀"는 실제적으로 해결할 수 있다고 화자가 믿는다면 충돌을 피해 갈 수 있다. 이렇게 이해했을 때 파생하는 더 큰 문제는, 싱의 드라마에 관련된 에피소드의 인용은 과장될 수밖에 없으며, 더구나 화자의 세계관을 감상적인 것으로 떨어뜨릴 소지가 있다는 점이다.

그러나 결미 "겨울저녁의 안개를 모호模糊한 우리의 어둠을 두드렸다"는 그러한 우려를 개운하게 희석시킨다. 이 구절은 이상의 "나는그냥門고리에쇠사슬늘어지듯이매어달렸다"(「가정家庭」)와 동일한 비극적 정황을 연상시킨다. 화자는 이상의 시구에서처럼 자신의 모호하고 어두운 현실을 타개할 '안개의 문'도 '어둠의 문'도 결코 열지 못하고, 언제까지나 두드리고 있을 도리밖에 없다. 이는 앞의 그녀에 대한 화자의 인식이 피상적 원망願望에 불과할 따름이며, 그의 의식 깊은 곳에서는 오히려 그것을 부정하고 있음을 시사한다. 이때 안개의 "모호模糊"는 낱말의 뜻을 넘어, 비로소 운명적인 것을 예감하는 자의 실존적 불안과 실존적 고독으로 황량하게 의미의 영역을 확장한다.

후렴구처럼 쓰인 "은이후니"는 소리맵시가 갖는 탄성彈性과 조도照度 때문이겠지만, 이 시가 지니는 의미의 무게를 한결 가볍게 덜기도 하고, 행간에 감춰진 정서의 서러움을 절실하게 드러내는, 어찌 보면 모순적 기능을 동시에 수행한다.

5.「순은純銀이 빛나는 이 아침에」─ 사람과 우주의 순은빛 회통會通, 또는 감성의 투명한 순도純度

눈을 밟으면 귀가 맑게 트인다.
나뭇가지마다 순은純銀의 손끝으로 빛나는
눈내린 숲길에 멈추어 선
겨울 아침의 행인行人들.

원시림原始林이 매몰될 때 땅이 꺼지는 소리,
천년千年동안 땅에 묻혀
딴딴한 석탄石炭으로 변모하는 소리,
캄캄한 시간時間 바깥에 숨어 있다가
발굴發掘되어 건강한 탄부炭夫의 손으로
화차貨車에 던져지는,
원시림原始林 아아 원시림原始林
그 아득한 세계世界의 운반運搬소리.

이층방房 스토브 안에서 꽃불 일구며 타던

딴딴하고 강경強硬한 석탄의 발언發言.

연통을 빠져나간 뜨거운 기운은

겨울 저녁의

무변無邊한 세계世界 끝으로 불리어 가

은빛 날개의 작은 새,

작디 작은 새가 되어

나뭇가지 위에 내려 앉아

해뜰 무렵에 눈을 뜬다.

눈을 뜬다.

순백純白의 알에서 나온 새가 그 첫번째 눈을 뜨듯.

구두끈을 매는 시간時間만큼 잠시

멈추어 선다.

행인行人들의 귀는 점점 맑아지고

지난밤에 들리던 소리에

생각이 미쳐

앞자리에 앉은 계장係長 이름도

버스·스톱도 급행急行번호도

잊어버릴 때, 잊어버릴 때,

분배分配된 해를 순금純金의 씨앗처럼 주둥이 주둥이에 물고

일제히 날아오르는 새들의 날개짓.

지난 밤에 들리던 석탄石炭의 변성變成소리와

아침의 숲의 관련 속에

비로소 눈을 뜬 새들이 날아오르는

조용한 동작動作 가운데

행인行人들은 저마다 불씨를 분다.

행인行人들의 순수純粹는 눈 내린 숲 속으로 빨려가고

숲의 순수純粹는 행인行人에게로 오는

이전移轉의 순간,

다 잊어버릴 때, 다만 기다려질 때,

아득한 세계世界가 운반運搬되는

은빛 새들의 무수한 비상飛翔 가운데

겨울 아침으로 밝아가는 불씨를 분다.

—「순은純銀이 빛나는 이 아침에」전문

화자는 겨울 아침의 눈 내리는 길을 걷는 행인 가운데 한 사람이다. 밤새 눈은 세상을 덮으며, 숲길의 나뭇가지에 하얗게 내려 쌓인다. 나뭇가지마다 순은의 흰빛으로 빛나는 모습은 행인들이 발걸음을 잠시 멈추고 빠져들게 할 만큼 장관이다. 화자 역시 눈 내리는 겨울 아침의 풍경에 매료된다.

화자는 나뭇가지에 내리는 눈을 지켜보면서, 지난밤에 겪었던 환상을 상기한다. 그것은 지질시대 때 매몰된 원시림이 수천만 년, 또는 수억 년 동안 열과 압력을 받아 석탄으로 변성했다가 탄부의 손에 채굴되기까지의 전 경로다. 그 환상은 청각 심상으로 나타난다. 청각 심상의 환상을 유인하는 것은 눈이 내리는 풍경이다. 밤새 내렸을 눈을 화자가 지켜보았든 그러지 않았든 달라지지 않는다. 설혹 잠들었을지라도 그 배경에 눈이 내리고 있었다면 마찬가지다. 눈은 잠이 든 화자의 의식, 저변 아득한 곳에서 이미 간섭하고 있기 때문이다. 눈 내리는 시각 심상이 어느 순간 청각 심상으로 전이되면서, 화자는 오랜 시간에 걸쳐 이루어졌을 석탄의 생성과정을 짧은 시간에 경험하는 특별한 환상과 만나게 된다.

3연에서 석탄은 화자의 2층 방 난로에서 불타오르다 연기가 되어 연통을 빠져나온다. 그것은 다시 눈발로 변모하여 한밤내 나뭇가지에 내려앉는다. 나뭇가지가 연기의 전신인 석탄의 질료였다는 데 착안하면 그 장면은 환원의 기미를 짙게 드러낸다. 이 시를 지탱하는 사유는 나무에서 석탄과 석탄의 불꽃으로, 그것이 연기를 거쳐 다시 나무에 가 닿는 순환과 변전의 원리와 닮아 있다.

이런 사유는 화자의 것만은 아니다. 행인들이 눈 내리는 모습에 도취되어 불현듯 갈 길을 멈추는 순간 그들도 의식하고 있든, 의식하고 있지 않든 그것에 동참하게 된다. 바야흐로 "행인行人들의 순수純粹는 눈 내린 숲 속으로 빨려가고 / 숲의 순수純粹는 행인行人에게로 오는" 바로 그 순간이다.

화자, 또는 행인들이 순환과 변전이라는 자연의 코드를 눈치채게 하는 것은 설경雪景이다. 그리고 설경의 가장 깊은 곳에서 첫 행 "눈을 밟으면 귀가 맑게 트인다"는 인식은 의미 전개의 시프트로 구동한다. "귀가 맑게 트"이면서 그들은 비로소 "세계世界가 운반運搬되는" 전일적全一的 우주의 비의秘儀를 목격하게 된다.

그러나 막상 시의 중핵中核은 이러한 관념적 형식으로부터 비켜 있다. 관념은 그저 의미의 틀을 흐릿하게 짜는 지점에 봉사할 뿐이다. 이 시를 종단해서 다스리는 것은 "눈을 밟으면 귀가 맑게 트인다"의 단 한 행에서 느껴지는 감각의 도발이다. 이 진술은 현상이나 원리를 밝히는 추상명제다. 그럼에도 불구하고 어떤 구체어 못지않은 감성의 투명한 순도純度를 제안한다. 까닭은 텍스트 수용자가 눈을 밟은 자신의 경험을 그것에 이입시키면서, 어떤 깨달음에 가까운 감각의 현란한 합일을 체험한 데에서 찾을 수 있을 것이다. 이로부터 충격된 감성의 물무늬는 알에서 부화된 어린 새가 맨 처음 뜨는 눈빛의 순정함으로, 다시 햇빛을 "순금純金의 씨앗"처럼 주둥이에 물고 날아오르는 날갯짓의 화려함으로 물살을 지으며 이 시를 갈무리한다.

6. 펜을 놓으며

지금까지 선생의 시 4편을 살폈다. 그렇지만 이 4편이 『아침의 예언』에 실린 시 가운데 가장 뛰어난 시라는 뜻은 아니다. 텍스트로 사용한 시들은 내가 문청 시절, 그러니까 선생으로부터 시를 배운 30년 전 무렵, 선생의 시 가운데에서 인상적으로 읽었던 축에 속한다. 오랜만에 시집을 통독했지만 그런 느낌은 지금도 별반 차이가 없다.

4편에서 공통적으로 나타나는 배경적 요소는 '겨울'과 '아침'이며, 「굴뚝 소제부」를 제외하면 모두 '눈'이 주요한 소재로 기능한다. 소위 원형상징적 시야에서 '겨울'과 '아침'은 상극에 가까운 의미망을 거느린다. 그러나 겨울을 구성하는 '눈'을 폭력과 멸망의 상징이 아니라 정결과 순수의 상징으로 이해한다면, '겨울'과 '아침'이 어울리지 않는 것도 아니다. 선생의 시편에서도 '눈'은 폭력이나 멸망의 이미지와는 거리를 둔다. '겨울'과 '아침'은 대개 춥지만 맑고 깨끗한 이미지를 투사投射한다.

이후 선생의 시편에서 자주 드러나는 유쾌한 에로티시즘은, 농도와 채색의 격절은 있을지언정「라라에 관하여」에서 단서를 발견할 수 있다.「굴뚝 소제부」에서 보이는 서사적 맥락 속의 서정적 길 찾기 수법은, 비록 전술상의 차이는 비칠지라도 선생의 거의 전 시기 시들에 편재遍在된다.「순은이 빛나는 이 아침에」에서 느껴지는 언어적 감성의 온도는 모국어의 채집과 발굴이라는 선생의 일관된 시적 전략에 유용한 동력원으로 작용한다.「상징의 언덕에서」가 지니는 작은 모티프 헝클기와 의미 지우기 방식은 단발적이어서 이후 더 이상 접하기 어렵다.

『아침의 예언』이 선생의 청년기 무렵의 초상이며, 선생의 시세계를 조명하는 광원光源이 된다는 것은 앞서 말한 그대로다. 이 작업은 성글지만 그것을 그리고, 그것의 의미를 밝히려는 노력의 과정이다.

우리 동네의 언어와 이야기

오탁번 시인론

고형진

1. 모국어

최근에 간행된 오탁번 시인의 시집 『우리 동네』의 제목은 시인의 고향마을인 충북 제천시 백운면의 애련리를 가리킬 것이다. 시인은 이곳에 자신이 다녔던 백운초등학교의 분교를 원서문학관(원서헌)으로 고쳐 그곳의 주인장으로 지내고 있다. 시인은 자신의 뿌리를 찾아 들어가 유년의 나와 마주 앉아 황토 흙냄새 가득한 고향의 순정한 세계를 시로 옮기고 있다. 시인이 자기 동네에서 길어 올리고 있는 시의 우물물 가운데 가장 신선한 맛을 주는 것은 감칠맛 도는 모국어이다. 이 시집은 모국어, 그 가운데서도 토착어들로 성찬을 이룬다. 시집의 첫머리에 놓여 있는 「두레반」으로부터 시작해 읽는 시마다 새로 맛보는 토박이말들이 한 상 가득 차려져 있다. 신선한 토박이말을 한 번도 맛보지 않고 그냥 넘어가는 시는 거의 없다. 한 편의 시를 읽고 새로운 모국어 하나만 맛보아도 흐뭇한 일인데 그 즐거움을 시집을 읽는 내내 느끼게 되니 언어의 황홀경에 빠지지 않을 수 없다.

겨우내
앙당그리고 서 있는
동백나무는
1·4 후퇴 피란길에
찰가난한 어머니가
무명 포대기에 싸서 업고 가던
눈깔이 화등잔만 한
연약한 내 어린 몸 같았다

(······)
눈에 띨락말락 좁쌀만 하던
동백나무 꽃망울이
어느새 강낭콩만큼 자라서
길둥근 동백잎 사이로
거망빛 볼을 반짝 쳐들고 있다
목숨 부지한 동백나무여
호되고 하전한 생애를 견디는 것이
이토록 찬란하다

—「동백冬柏 2」부분

'앙당그리고', '찰가난한', '화등잔만 한', '길둥근', '거먕빛', '하전한' 등은 이 시를 통해 새롭게 얻게 되는 말들이다. 애런리의 원서문학관에 새로 심어진 따뜻한 남쪽 지방의 어린 동백의 생장 과정이 신선한 토착어들의 활용으로 예리한 실감을 얻고, 동백에서 느끼는 시인의 애틋함과 경이로움이 그대로 우리의 가슴에 이입된다.

이 토착어들은 모두 국어사전에 등재되어 있는 말들이다. 하지만 그동안 우리가 잘 안 써서 묻히고 방치되어 있던 말들이다. 시인은 사전에서 잠자고 있는 주옥같은 우리말들을 캐내 빛나는 언어의 보석으로 세공시킨다. 한 나라의 말에는 그 민족의 혼과 육체가 반영되어 있고, 해당 언어권의 풍속과 인정이 담겨 있다. 시인이 발굴하고 세공하여 시의 진열대에 보기 좋게 배치한 토착어에는 자연히 우리 고유의 생활풍습과 마음씨가 물씬 묻어 있다.

> 오요요 / 부르면 / 쪼르르 달려오다가 / 뒷다리 하나 들고 / 오줌 싸는 / 쌀강아지
>
> ──「봄나들이」부분

> 따로따로따따로 / 옳지 옳지 / 정윤아 / 섬마섬마
>
> ──「섬마섬마」부분

강아지를 부를 때 내는 소리를 가리키는 감탄사인 '오요요', 어린애가 따로 서는 법을 익힐 때 어른이 붙들었던 손을 떼면서 내는 소리를 뜻하는 '따로따로따따로'와 '섬마섬마' 등은 시인이 만든 의성어나

의태어가 아니다. 단어와 뜻이 그대로 사전에 올라 있는 엄연한 표준어들이다. 『표준국어대사전』에 뚜렷이 등재되어 있는 이 순수 우리말에는 우리 겨레의 마음씨와 숨결과 호흡이 그대로 배어 있다. 시인의 토착어 발굴은 잊히고 사라져가는 아름답고 정겨운 우리 겨레의 혼을 되살린다. 요즘 아이를 키우는 젊은 부모들, 심지어 아이를 돌봐주는 할머니와 할아버지들조차 이 순수 우리말을 아는 사람이 많지 않을 것이다. 이 점에서 오탁번의 시들은 훌륭한 모국어 교본의 역할을 하고 있기도 하다.

그의 토착어 발굴과 겨레 정서의 환기는 토착어들의 비유적 구사를 통해 더욱 심화, 확대된다. 시적 대상의 질감과 속뜻을 드러내기 위한 중요한 수사인 비유의 사용에서 시인은 비유의 수단으로 일관되게 토착어로 명명된 우리 고유의 사물들을 끌어들인다.

> 왕겨빛 가을 햇볕 아래
>
> ―「추석」 부분

> 뙤약볕이 놋요강처럼 따가워지면 (……) 대덕산 그림자가 더덕빛 강물에 사늘하게 비쳤다
>
> ―「낚시」 부분

> 코뚜레 같은 굽이길을 한참 감돌아 (……) // 가래로 번호판을 가린 자동차들이 둠벙 물방개처럼 엎드려 있는 러브호텔에서
>
> ―「고추잠자리」 부분

바늘밥만한 사랑도 아끼는 이 사람

—「呪文」부분

고구려 사람들의 조우관鳥羽冠 깃털같이 / 못자리에서 쑥쑥 자라는 모

—「雁行」부분

살별처럼 흘러간 / 옛사랑

—「별다방」부분

왕겨빛에 빗댄 가을, 놋요강에 빗댄 뙤약볕, 더덕빛에 빗댄 강물, 코뚜레에 빗댄 굽이길 등은 시적 대상의 질감을 선명하고 풍부하게 전해줄 뿐 아니라, 생활의 체취까지 전해준다. 가령, '왕겨빛 가을 햇볕'은 가을 햇볕의 연한 황금빛과 부드럽고 따사한 느낌뿐만 아니라, 가을의 풍요로움까지 전해준다. '벼'는 우리 생활에 가장 밀착되어 있는 식물이며, 가을의 풍성함을 가장 절실히 전해주는 물질이다. '왕겨빛 가을 햇볕'이라는 수사에는 우리 겨레만이 느낄 수 있는 생활 정서가 깊이 배어 있는 것이다. 같은 맥락에서 놋요강 같은 뙤약볕에는 가난하지만 순박했던 지난 시절의 원초적인 생활 체취가, 더덕빛 강물에는 우리 강산의 흙향기가, 코뚜레 같은 굽이길에는 우직한 일소와 함께하는 농사의 체취가 풍긴다. 우리 겨레의 땀과 숨결이 묻어 있는 토착어를 비유의 수단으로 삼음으로써 그의 시는 토착어의 보고를 이루고 있고, 겨레 정서의 심해를 형성하고 있다.

한편, 그의 시에는 한자어의 사용도 눈에 띈다. 안항雁行, 거풍擧風,

설미雪眉, 두절杜絶 같은 말들은 시의 제목으로 쓰인 인상적인 한자어들이다. 이러한 한자어들은 시의 의미를 경제적으로 요약하는 시어의 역할을 하고, 어의가 시적 이미지의 역할을 하기도 한다. 뜻글자이자 상형 글자인 한자어의 장점을 잘 살려 시 형식 안에 적절히 활용하는 것이다. 한자어도 엄연히 우리말이다. 우리말의 60퍼센트는 한자어로 이루어져 있다. 시인은 의미가 집약되어 있고 비유가 녹아 있는 한자어들을 시의 이미지로 잘 활용하면서 우리말의 용적을 늘리고 있다.

2. 해학

시인이 '우리 동네'에서 길어 올리고 있는 또 하나의 신선한 우물물은 '해학'이다. '해학'은 우리의 전통문학에서 빼놓을 수 없는 중요한 미의식 가운데 하나지만, 현대시로 넘어오면서 점차로 희미해져가고 있는 미적 자질이다. 엄숙하고 근엄하거나, 아니면 직설적이고 유희적인 태도를 보이는 것이 현대시의 커다란 경향이라는 점을 부인하기 어렵다. 전통 미학에서 '해학'은 유희적이되 지적이다. '해학'은 해맑은 마음의 눈으로 세상을 볼 때 나올 수 있는 문학적 자질이다. 슬픔과 분노도 웃음으로 되받아치는 해학은 예리한 지적 행위면서, 한없이 너그러운 삶의 태도이며, 성숙한 문학적 시선이다. 우리의 소중한 미적 유산인 '해학'이 그의 시에서 현대적으로 거듭나고 있다.

이럴 때면 나는

마냥 달콤한 생각에

폭 빠진다

— 나랑 사랑이 하고 싶은 걸까

헤어질 때

또 팔짱을 꼭 꼈다

나는 살짝 속삭였다

— 나랑 同寢이 하고 싶지?

속삭이는 내 말을 듣고

그 여자는

눈을 동그랗게 떴다

— 동치미 먹고 싶으세요?

허허, 나는 꼭 이렇다니까!

—「동치미」 부분

   꽃 피는 어느 날 시인이 거주하는 '원서헌'으로 근처의 감곡에 사는 여자들이 놀러 와 점심을 먹고 사진을 찍는다. 감곡 여자들이 시인의 팔짱을 끼고 사진을 찍을 때, 시인은 사랑을 떠올리며 동침하고 싶은 거냐고 속삭이자, 그들은 동치미 먹고 싶냐고 되받아친다. 꽃 피는 계절의 문학관, 점심시간, 팔짱 끼고 사진 찍기라는 상황 속에서 시 속의 인물들이 벌이는 어긋난 대화가 진정성을 지닌 흥미를 유발한다. 능청과 순수, 진담과 농담이 뒤섞이는 중층의 언어유희가 이 대화 속에 있으며, 반전의 극적 구조가 그 안에 담겨 있다. 그의 시에서 해학은 문학적 수사 위에서 이루어지고 있으며, 넉넉하고 순박한 삶의 시선 속에서 탄생되고 있다.

그의 시에서 '해학'은 많은 경우 우리 시대의 구비설화에서 나온다. 위의 시도 그런 경우로 짐작되거니와, 또 다른 시 「해피 버스데이」도 항간에 널리 퍼져 있는 유머에서 시적 착상을 가져온 것이다. 경상도 사투리를 쓰는 노인과 영어를 쓰는 외국인 사이의 희극적 의사소통을 다룬 이 시대의 구비설화가 시인의 손에 포착된 것은, 그 안에 모국어에 대한 애정과 인간에 대한 연민이 깔려 있기 때문이다. 이 구비설화에 시인이 영어로 '해피 버스데이'란 제목을 붙여 시로 완성한 것은 이러한 시인의식의 역설적 표현이라고 보아야 할 것이다.

이전 시집인 『손님』의 시편인 「폭설」, 「굴비」 등도 모두 이러한 맥락 위에서 쓰인 작품들이다. 특히 「굴비」는 구비설화 특유의 외설적 재담에 불과한 것을 시의 그릇에 담으면서 아름답고 싱그러운 사랑으로 전환하는 시적 변용을 보여준다. 다른 시와 마찬가지로 언어유희와 반전의 서사로 유발되는 이 시의 '해학'은 외설을 숭고한 사랑으로, 슬픔을 웃음으로 승화시킨다는 점에서 시인이 추구한 해학적 미의식의 절정을 보여준다. 시인이 동시대의 구비설화에 자주 귀를 기울이는 것은 우리 삶의 저변에 떠도는 이야기 안에 면면히 이어져온 우리 겨레의 밑바닥 정서가 깔려 있다고 보기 때문일 것이다. 시인은 「탑」이란 시에선 원서헌에서 딸과 동네 이장과 시인 셋이서 나눈 대화를 그대로 적어내고 있다. 시인이 원서헌의 연못가 옆에 삼층석탑을 새로 구입해 세워놓은 것을 딸이 찾아와 보곤, 어디서 났냐고 묻자, 시인이 어느 날 하늘에서 천둥 번개가 치고 무지개가 솟더니 하늘에서 그냥 뚝 떨어졌다고 말한다. 그 말을 들은 딸이 황당한 표정을 짓자, 옆에 있던 동네 이장이 우리 동네에서는 그런 일이 흔하다고 한술 더 뜬다. 불교와 탑에는 예부터 설화가 많이 전해진다. 시인은 그런 전통에 빗대어 원서헌의 삼층석탑을 석가탑 못지않은 전설로 만들고 싶었을 것이다. 부녀간의 정겨운 대화를 위해 그런 농담을 시도한 것도 있을 것이다. 그런데 시인이 사는 동네의 장삼이사는 이러한 시인의 상상력을 훨씬 능가하고 있는 것이다. 시인에게 시적 소재는 도처에 널려 있다. 우리가 주변에서 흔히 듣게 되는 이야기가 시인의 손에 잡히면 놀라운 시적 상상력을 지닌 시가 되어 다시 전설적인 이야기로 거듭난다. 시인은 겨레의 이야기를 채집해 겨레의 체취와 혼이 담긴 겨레의 시로 승화시키고 있다.

　해학과 구비설화가 깔려 있는 오탁번의 시적 특징에 이미 포함된 것이지만, 이야기와 서사성은 그의 시의 중요한 형식을 이룬다. 앞서 살펴본 해학적 시편들은 모두 복수의 인물들이 주고받는 대화가 나오며, 중간에 시인의 서술이 개입되어 있고, 상황의 반전이 있다. 전통적인 서정시에서 보게 되는 일인칭 화자의 내면 독백과는 거리가 있다. 물론 그의 시중 내면을 조용히 응시하거나, 자연과 내밀하게 교감하며 우주적 상상을 펼치는 서정적 시편들도 적지 않다. 하지만, 오탁번 시인의 개성이 뚜렷이 드러나는 시편들에는 재래적 시 형식을 넘어서는 서사적 담화와 서사적 상상력이 시의 구조를 지탱하고 있다. 토박이말의 다채로운 구사는 다정하고 걸쭉하고 살가운 어투의 문장에 녹아들면서 구어체 입담의 매력을 한껏 발산하게 된다. 입말의 묘미와 상황의 흥미로운 반전은 그의 시의 매력 포인트라고 할 수 있는데, 이러한 시적 담화와 상상이 모두 서사적 형식을 시 안에 끌어들여 가능한 것이었다. 이러한 특징으로 인해 그의 시는 소설을 읽을 때 느끼게 되는 끈적끈적한 점액질의 문학적 감동을 선사한다.

한편 시인이 동시대의 구비설화를 시적으로 변용한 것은 한국 고전문학의 '야담'과 '패관문학'의 양식을 현대 시에 수용한 것이기도 하다. 그의 시 창작의식에는 한국 고전문학의 양식과 서사 형식을 시에 활용하려는 태도가 강하게 담겨 있다.

3. 서사적 상상

오탁번 시의 특징을 규정하는 '서사적 상상력'은 그의 초기 시에서 단초를 엿볼 수 있다. 우리 시사에 뚜렷이 새겨진 명시이자, 시인에게 '순은의 시인'이란 별칭을 안겨준 그의 데뷔작 「순은이 빛나는 이 아침에」는 그의 시를 지탱하는 두 가지 요소, 즉 언어와 서사적 상상이 절묘하게 결합되어 있다.

눈을 밟으면 귀가 맑게 트인다.
나뭇가지마다 순은의 손끝으로 빛나는
눈내린 숲길에 멈추어 선
겨울 아침의 행인들.

원시림이 매몰될 때 땅이 꺼지는 소리,

천년동안 땅에 묻혀

딴딴한 석탄으로 변모하는 소리,

캄캄한 시간 바깥에 숨어 있다가

발굴되어 건강한 탄부의 손으로

화차에 던져지는,

원시림 아아 원시림

그 아득한 세계의 운반소리.

— 「순은이 빛나는 이 아침에」 부분

이 시를 여는 첫 행인 '눈을 밟으면 귀가 맑게 트인다'는 하얀 눈을 밟을 때, 그 흰 눈의 감각이 전신에 감돌며 온몸이 밝고 환해지는 느낌을 실감 나게 드러낸다. 하얀 눈이 우리 몸에 부여하는 청신함과 생명감을 이렇게 한마디로 뛰어나게 표현한 것을 또다시 경험하기는 쉽지 않을 것이다. 시인은 이 작품이 발표되고 40년이 훨씬 지난 어느 날 이 구절을 다시 한번 자신의 시에 소환한다.

김남조 선생의 시집 『귀중한 오늘』

뒤에 실린 산문의 맨 끝 행은 이렇다

— 빗소리 아직 들린다. 빗소리 들으니 참 좋다.

1967년 중앙일보 신춘문예에 당선된

오탁번의 「순은이 빛나는 이 아침에」 첫 행은 이렇다

— 눈을 밟으면 귀가 맑게 트인다

올 첫눈은 12월 19일(월) 밤 여덟시 반에 왔다

40년이 지난 오늘 나는 이렇게 쓴다

　— 첫눈이 온다. 눈 오는 것 보니 참 좋다

—「방남조의 倣南祚意」 전문

　시인은 김남조의 시집 『귀중한 오늘』의 뒤에 붙어 있는 그의 산문을 읽다가 말미에 쓰인 "빗소리 아직 들린다. 빗소리 들으니 참 좋다"는 구절을 접하곤 "눈을 밟으면 귀가 맑게 트인다"고 썼던 자신의 옛 구절을 떠올리고, 이어서 40년이 지난 오늘은 "첫눈이 온다. 눈 오는 것 보니 참 좋다"고 쓴다면서 시를 맺고 있다. 이 시는 김남조 시인에 대한 헌시의 성격이 강한 작품이지만, 2연에서 자신의 이름과 시 제목과 구절을 그대로 명시함으로써 이 구절에 대한 시인의 남다른 애정을 뚜렷이 보여준다. 이 구절은 많은 시 애호가들뿐 아니라 시인의 마음속에도 깊이 남아 있으면서, 그 '눈'이 그의 마음을 비추고 자기 존재를 증명하는 중요한 상징임을 확인시킨다. 그리하여 시집 『우리 동네』에도 '눈'이 많이 내린다. 우리말의 보고인 이 시집에서 눈은 잣눈, 숫눈, 도둑눈, 함박눈 등으로 다채롭게 구사되면서, 눈의 부피와 질감을 생기 있게 전해준다.

　다시 시 「순은이 빛나는 이 아침에」를 보자. 여기서 '눈'의 청신함은 '순은', '손끝', '숲', '겨울 아침' 등 쉴 새 없이 이어지는 이미지의 연쇄로 더없이 예리한 감각을 형성한다. 그 '눈'은 다시 3연에서 '은

빛 날개의 새'로 그려진다. 하늘에서 내리는 하얀 눈을 은빛 날개를 파닥거리며 날아가는 새로 포착한 것이다. 그러한 이미지의 연장선에서 겨울 아침 나뭇가지에 내린 하얀 눈은 순백의 알에서 처음 눈을 뜬 새로 묘사된다. 감각적인 이미지들이 유기적으로 직조되며 현란하게 이어지고 있다. 여기까지만 보면, 이 시는 회화적인 이미지즘의 시로 읽히지만, 2연부터 전개되는 시적 상상은 이러한 예상을 뒤집는다. 시인은 2연에서 갑자기 천 년 전으로 시간을 거슬러 올라간다. 천 년 전 원시림이 매몰되는 순간을 떠올리고, 그 원시림이 오랜 시간의 풍화작용을 거쳐 석탄으로 변모하는 소리를 상상한다. 그리고 그 석탄을 캐는 인부의 손을 생각하고, 그 석탄이 난로의 연료가 되며, 그렇게 지펴진 불이 연기를 내뿜고 연통을 통해 하늘로 올라가 구름을 형성하였다가 추운 겨울 눈의 결정체가 되어 지상으로 내려오는 상상을 한다. 시인은 시공을 넘나들며 '눈'이라는 사물의 역사적 일대기를 추적하고 있다. 이 장대하고 광활한 상상 속에서 강설은 청신한 느낌을 불러일으키는 자연현상이면서, 동시에 '아득한 세계가 운반되는' 장엄한 순간이 된다. 여기서 우리는 '눈'이라는 사물을 새롭게 보게 되며, 세상에 존재하는 사물의 근원을 다시 돌아보게 된다. 오탁번 시인의 서사적 상상은 이처럼 시공을 넘나드는 광활한 상상력과 결부된다. 그리하여 그의 시에는 꼭 서사적 상상과 구조를 지닌 작품이 아니라도 특유의 원시적遠視的이고, 장대한 상상을 보이는 이미지들이 자주 구사된다.

  대단히 추운 겨울날 아침 태평로를 지나가다 그를 만났다.

나는 걸음을 멈추고 그를 바라보았다.

그는 인파 속으로 뚜벅뚜벅 걸어갔다.

그가 지고 가는 커다란 지구의地球儀,

아시아와 태평양이 운반되는 것을 보았다.

　　　　　　　　　　　　　　　　　　　　　—「인부人夫」부분

　추운 겨울 노역을 하는 인부의 걸음걸이가 '지구의地球儀'를 지고 걸어가는 것으로 묘사된다. 우리가 땅을 디디며 걷는 것은 실은 지구 위를 걷는 것이다. 지구는 둥그니까 우리는 지구 위를 걸으면서 지구를 안고 걷거나, 또는 지고 걷는 것이기도 하다. 그런데 이런 감각은 아주 먼 거리에서 걷고 있는 사람을 보았을 때 나타나는 것이다. 그 거리감을 극단적으로 확대하면 사람은 아주 작아지고 지구는 '지구의'로 인식될 것이다. 그리고 그 연장선에서 지구를 걷는 사람은 아시아와 태평양을 운반하고 있는 이가 된다. 이 시에서 지구 중 특별히 태평양이 등장하는 것은 인부가 걷고 있는 길이 태평로이기 때문이다. 인부의 행보에서 지구의地球儀의 짊어짐을, 태평로에서 태평양을 연상하는 것은 감각적이고 구조적인 이미지의 직조이며, 이런 시적 형상화는 원시적遠視的이고 광활한 상상력에서 잉태된 것이다.

　토착어에 바탕을 둔 모국어의 채굴과 탁마, 겨레 정서의 탐색, 서사적이고 광활한 상상력 등이 모두 모여 유기적으로 작용할 때 그의 시의 지평은 크게 솟구친다. 그런 시들 가운데 가장 주목되는 작품이 「백두산 천지白頭山 天池」이다.

　이 시는 백두산 등정 과정이 커다란 골격을 이룬다. 1연은 지상에서 백두산 정상을 향해 올라가는 과정을, 2연은 백두산 정상에 올라선 것을, 3연은 백두산 정상에서 천지를 굽어보며 떠오른 생각을 다룬다. 시의 주인공이 시간을 두고 이동하면서 보고 듣고 떠오른 것을 다루는 것은 그의 시에서 자주 볼 수 있는 시적 구조이다. 그의 초기시의 또 다른 명편 가운데 하나인 「굴뚝 소제부」는 시의 주인공이 아침에 집을 나서 학교에서 강의를 듣고 오후에 커피집에서 커피를 마시고 저녁에 귀가하는 과정을 다룬다. 이처럼 시적 주인공의 이동 경로를 중심으로 시를 전개하는 것은 인물이 펼치는 행위를 중심으로 사건을 전개하는 소설의 형상화 방식과 흡사한 면이 많다. 그런데 시적 진술 방식으로 넘어오면 시인은 철저하게 모던한 시의 표현방식을 따른다.

시 「백두산 천지」는 시작부터 모국어의 축제가 벌어진다. 백두산 자생식물들의 이름과 모습이 풋풋하고 정겨운 토착어로 표현되면서 백두산의 원시적原始的 풍광과 정서가 그대로 살아난다. 이 시는 끝날 때까지 집요하게 토착어들을 구사함으로써 백두산 천지가 뿜어내는 우리 겨레의 원형 심상을 구현시킨다. 그렇게 시종일관 순수 토박이말을 구사하면서 시인은 딱 한 군데 제목에서만 '白頭山 天池'란 한자어를 한자 표기 그대로 제시한다. 그것은 이 한자어가 지닌 비유적 의미를 살려내기 위함이다. 이러한 모국어의 능란한 활용 위에 오탁번 시인 특유의 서사적 상상력이 작동한다. 시인의 서사적 상상력이 광활한 상상력으로 나아가는 것은 백두산 정상에서 천지를 바라보며 떠오른 느낌을 표명한 3연에서이다.

하늘과 땅 사이는 애초부터 없었다는 듯 천지가 그대로 하늘이 되고 구름
결이 되어 백두산 산허리마다 까마득하게 푸른하늘 구름바다 거느린다 화
산암 돌가루가 하늘 아래로 자꾸만 부스러져 내리는 백두산 천지의 낭떠러
지 위에서 나도 자잘한 꽃잎이 되어 아스라한 하늘 속으로 흩어져 날아간다
아기집에서 갓 태어난 아기처럼 혼자 울지도 젖을 빨지도 못한다 온가람 즈
믄 뫼 비롯하는 백두산 그 하늘에 올라 마침내 바로 서지도 못하고 젖배 곯
아 젖니도 제때 나지 못할 내 운명이 새삼 두려워 백두산 흰 멧부리 우러르
며 얼음빛 푸른 천지 앞에 숨결도 잊은 채 무릎 꿇는다

—「백두산 천지白頭山 天池」 부분

시인은 백두산 정상에서 말뜻 그대로 하늘 같은 천지를 굽어본다.
그때 시인의 주변에 있는 화산암 돌가루들이 아래로 부스러져 내려
간다. 정상에 있는 돌가루들의 하강은 시인이 정상 위에 올라서 있음
을 일깨우는 신호이다. 그때 시인도 돌가루와 함께 꽃잎처럼 천지 속
으로 날아 들어간다. 그러고 나서 그는 갓 태어난 아기로 환생한다.
하늘 연못인 천지가 단군 어머니의 아기집으로 비유되고, 그 안에서
시인은 우리 겨레의 원형 심상을 지닌 태초의 인간으로 재탄생하는
것이다. 수천 년의 시간을 넘나들고 이승과 저승을 오가며 환생하여
태초의 우리 겨레의 원형적 인간으로 재탄생하는 과정은 장대한 드
라마를 연상시킨다. 시인은 그러한 광활한 서사를 아주 섬세한 언어
와 압축된 시 형식 안에 녹여냄으로써 서사의 웅장함과 시의 오밀조
밀한 맛을 동시에 안겨주고 있다.

오탁번의 시는 언어예술이라는 시의 기본 가치를 충실히 지키면서

이야기의 흥미가 담겨 있는 새로운 시 형식을 만들어내고, 그 안에 우리 겨레의 숨결과 체취를 담아내고 있다. 시인이 전하는 우리 동네 이야기는 시인이 사는 애련리의 이야기이면서 우리 겨레가 사는 이 땅의 이야기이다.

노년의 해학과 시

지천芝川 오탁번

1.

　오탁번 시인은 올해 고희다. 인생칠십고래희란 옛말이 있지만 이젠 칠십이 지천인 시대가 됐다. 사회학에선 일반적으로 65세 이상의 노인 인구가 전체 인구의 7%가 넘으면 노령화 사회, 14%가 넘으면 고령 사회, 20%가 넘으면 초고령 사회라고 말한다. 2011년 현재 우리나라의 노인 인구는 전체 인구의 13.3%를 넘어 노령화 사회를 지나 고령 사회에 근접하고 있다. 늦어도 2018년엔 노인 인구가 전체 인구의 14%가 넘는 고령 사회가 될 것이며, 2026년엔 초고령 사회로 진입할 것으로 예상하고 있다. 나아가서 2050년엔 우리나라 전체 인구의 38.2% 정도가 노인이 될 것으로 전문가들은 판단하고 있다. 1960년에 52.4세였던 우리나라의 평균 수명은 2010년엔 남자의 경우 75.9세, 여자의 경우는 82.5세 정도로 늘어난 것으로 나타났다.[1] 평균수명의 급속한 증가와 저출산 현상으로 인한 우리 사회의 노령화는 이제 단순히 정치, 경제적인 측면에서만이 아니라 사회, 문화 전반에 걸쳐 기존의 사고와 관행에 대한 변화를 요구하고 있다.

　근대문학 초창기 이래 해방 직후까지 우리나라 근대문학사의 풍경은 작가들의 요절이나 창작 활동의 단명으로 점철된 측면이 있다. 작가들의 요절이나 때 이른 창작 활동의 중단은 중년을 거쳐 노년으로 이어지면서 다양하게 넓어지고 깊어졌어야 할 작품 세계를 소년과 청춘의 협소한 울타리에 묶어둔 감이 있다. 하지만 이미 박경리, 박완서, 홍성원, 서정주, 황순원, 고은 등의 작가나 시인들의 예에서 확인할 수 있듯이 젊은 시절부터 중년과 노년을 거쳐 죽기 직전까지 치열하게 작품 활동을 했거나 하는 사람들이 늘어나고 있다. 실제로 문단의 이러저러한 행사나 잡지의 지면에서 연만한 '노인' 작가나 시인들이 차지하고 있는 비중은 절대적이다. 따라서 노년의 문제를 다룬 작품 혹은 시인이나 작가들의 노년기 문학에 대한 관심이 어느 때보다도 필요한 시점에 와 있다고 할 수 있다. 『우리 동네』(시안, 2010)에 수록된 오탁번의 최근 작품들은 그런 측면에서 참고할 만한 사례가

1　원광대 보건복지학부의 통계자료를 통해서 최근 10년 동안의 직업별 평균수명을 살펴보면 종교인이 82세로 가장 높았고, 교수나 정치인이 79세, 법조인이 78세, 기업인이 77세, 고위공직자·예술인·작가가 74세, 언론인이 72세, 체육인이 69세, 연예인이 65세인 것으로 나타났다. 또한, 지난 48년간(1963~2010)의 직업군별 평균수명은 역시 종교인이 80세로 가장 높았고, 다음으로 정치인 75세, 교수 74세, 기업인 73세, 법조인 72세, 고위공직자 71세, 연예인 70세, 예술인 70세, 작가가 체육인, 언론인과 더불어 67세로 나타났다.

될 것이다.

2.

일반적으로 노년기의 가장 큰 문제로 지적되고 있는 것은 빈곤과 질병 그리고 고독이다. 노년기는 보통 일자리에선 물러나고, 육체적으론 쇠락하며, 주변 사람들로부터는 고립되는 시기다. 개인차가 있겠으나 일자리의 상실은 경제적인 궁핍과 가난으로 연결되기 쉬우며, 노쇠해진 육체는 체력의 저하와 더불어 각종 질병에 노출되게 마련이다. 또한, 노년기는 직장과 지위 상실로 인한 소속감과 정체성의 위기를 겪게 되는 시기이며 직장 동료, 배우자를 포함한 가족, 친구들과의 이별이나 사별로 인한 고립으로 극도의 외로움을 느끼게 되는 시기이기도 하다. 이러한 노년기의 문제는 상당 부분 사회 구조적으로 해결해야 할 문제이지만 문학적 해결의 실마리를 오탁번의 『우리 동네』에서 발견할 수 있다.

그의 여덟 번째 시집인 『우리 동네』는 오탁번의 귀거래사다. 그는 40년 가까운 교수 생활을 마감하자 고향인 충북 제천으로 돌아갔다. 하지만 그의 귀향은 세상과의 단절이나 거부의 몸짓이 아니었다. 그는 노년에도 시들지 않는 왕성한 창작 활동과 계간 시 전문지 『시안』의 발간 활동을 통해서 끊임없이 세상과 소통하고 있다.

『우리 동네』는 시집 제목이 말해주고 있듯이 주로 시인의 고향 마을과 그곳 사람들의 풍경과 정취를 정감 있게 해학적으로 그려낸 시집이다. 시인의 시선과 기억은 생쥐들이 달그락거리던 어린 시절 고향 집 살강에서(「두레반」), 낚싯줄을 좆대강이에 다시 매어볼까 싶은 강가 낚시터(「낚시」), 잘 손질된 가을의 무덤(「추석」), 며느리가 스스럼없이 가슴을 열고 손자에게 젖을 물리고 또 그 손자가 할아버지의 불알을 조몰락거리는 마당 풍경과(「三代」) 러브호텔(「고추잠자리」), 남근 조각상이 서 있는 박달재 마루(「男根」) 등을 자유분방하게 넘나들고 있다.

고향과 그곳 사람들에 대한 시인의 정감은 무엇보다도 고향 사람들의 싱거운 어투에서도 묻어난다.

'어떻게 지내나?' 물으면 '그렇지, 뭐' 할 뿐 더 이상 말이 없다 이 말만 듣고는 무슨 뜻인지 종잡을 수 없다 허나 우리 동네에서는 이 말만 듣고도 엊저녁 밤농사가 신통했는지 안 했는지 고추농사 재미 봤는지 비료 값 농약 값 빼고 나면 말짱 헛농사 지었는지 훤하게 안다

눈빛과 말품을 보고 안다 진짜 뜻은 애당초 말이나 글로는 다 나타낼 수 없다는 것을 사람들은 안다 장에 가서 농산물 팔고 오는 이에게 오늘 어땠느냐고 물어도 '그렇지, 뭐' 이 한 마디뿐 더 이상 대꾸가 없다 그러나 우리 동네에서는 다 안다 헐값에 팔았는지 유기농이라고 허풍 떨어서 바가지 씌웠는지 갈쌍갈쌍한 눈빛을 보면 다 안다

—「그렇지, 뭐」 부분

고향 사람은 뒤꼭지나 걸음걸이만 봐도 알 수 있다는 말도 있지만,

고향 사람들의 말투나 어조야말로 오랜 세월 동안 한곳에서 그렇고 그런 살림살이를 공유하며 살아온 인간들의 삶과 온기가 녹아 있는 문화적 기표다. 긍정도 아니고 부정도 아닌, 싱겁기도 하고 의뭉스럽기도 한 '그렇지, 뭐'란 말 속에는 멀지도 않고 가깝지도 않게 적당한 거리에서 오랜 세월 서로의 삶을 곁눈질하며 보듬어온 시인의 고향 사람들의 따뜻한 숨결이 배어 있다.

이처럼 『우리 동네』에서 시인은 고향의 풍경과 그 주변 사람들의 정취를 스스럼없이 보여주고 있다. 그런데 이 시집에서 눈에 띄는 것은 이 모든 것이 해학적으로 표현되고 있다는 점이다. 이미 오태환에 의해 지적되고 있듯이 오탁번 시의 의미 층위는 '현실에 대한 환멸과 냉소, 그리고 여성성에 대한 그리움'으로 나누어볼 수 있다.[2] 현실에 대한 환멸과 냉소는 풍자적인 기법을 통해, 그리고 여성성에 대한 그리움은 어머니나 유년 시절의 고향에 대한 기억이나 회상을 통해 일반적으로 표현되어왔다. 시인의 현실에 대한 환멸과 냉소는 주로 문학이 문학 같지 않은 문단 안팎의 현실이나 인정할 수 없는 혼란스러운 사회적 현실을 향한 것이었다.

원고지 앞에서 만년필 뚜껑 까고
영혼에 개칠을 하지마
시는 몸으로 쓰는 게 아니지

---

2   오태환, 「언어의 공교한 채집과 발굴, 그 투명한 언어의 光合成」, 『시적 상상력과 언어』, 태학사, 2003, p.147.

슬픈 손으로 눈물젖은 눈으로

울면서 죽으면서 추는 춤이야

너희들을 흐려놓은 자들은

천재로 민중으로 다가와

죽은 비유만 남겨 놓고 갔지?

문학사와 민중사를 몽땅 버렸지?

— 「우리 시대의 시인론」 부분

위의 시가 실려 있는 시인의 세 번째 시집인 『생각나지 않는 꿈』이 발간된 것은 1991년이었다. 시인 역시 "오늘도 광화문에서 안암동에서 / 몰매 맞고 죽어가는데 / 지조랄 것도 못되는 나의 조지는 / 매일 밤 자립 독립 고립하지도 못 하고 / 외세의존의 배설만 꿈꾸는데 / 말해다오 살아나는 나의 치욕이여"(「간」)라고 노래하고 있듯이 그즈음 대학가에선 하루가 멀다 하고 폭력적인 군사정권에 대항하여 대학생들의 분신자살이 꼬리를 물고 일어나고 있었다. 시인은 그러한 사회의 정치적 현실을 개탄하며 부끄러움을 느끼고 있지만, 시인이 당시의 민중문학이나 민중문학론자들의 논리에 동의해서 그런 것은 아니다. 오히려 시인은 문학과 비문학을 구분하지 못하는 듯한 작가들과 그들의 논리에 대해 비판의 칼날을 날리고 있다. 그렇다고 하여 그를 오염된 '순수'의 이름을 덧붙여 순수문학론자라고 할 수는 없다. 이숭원과의 대담에서 밝히고 있듯이 그는 "순수라는 것을 어떤 추상적인 응고물이라고 생각하지 않고, 창작의 과정에서 실현되는 문학의 본질적인 속성"[3]이라고 생각한다. 여기에서 그가 말하는 순수가 문학은 비이념적이고 비정치적인 것이라는 식의 통속적인 개념의 순수 문학이 아님은 물론이다. 시인이 말하는 순수는 문학은 문학적인 방식으로 실천하는 것이라는 의미의 순수다. 이러한 인식의 밑바탕에는 대개 '문학적 본질'에 대한 고정 관념이 깔려 있기 마련이다. 오탁번 시인도 이러한 인식을 하고 있는데, 그것은 문학이란 본질적으로 언어를 매개로 한 형상화 작업이며, 문학적으로 잘 다듬어지지 않은 언어의 나열이 좋은 작품이 될 수 없다는 생각이 그것이다. 그가 비판적 풍자의 시각을 드러내는 대상과 지점이 주로 특정 소재나 이념이 공교로운 형상화 작업을 거치지 않고 생경하게 노출되는 때임을 생각할 때 시인의 문학관이 통속적이거나 허술한 '순수문학론자들'의 그것에 머물러 있는 것이 아님을 알 수 있다. 문학적 본질을 운운하는 사람들의 문학관은 주로 그들이 말하는 '문학적 본질'이란 것조차 역사적으로 끊임없이 변화되어온 것임을 강조하는 거시적인 역사론자들의 문학관과 충돌할 때 그 한계를 드러내게 되는데, 그렇다고 해서 시인의 문학관이나 구조주의자들의 문학적 본질 개념을 편협한 것으로 치부할 수만은 없다. 일찍부터 시와 소설을 동시에 써온 사람답게 오탁번은 시와 소설의 장르적 경계의 구분을 강조하는 목소리에 강하게 반발해왔다. 「저녁 연기」라는 소설의 한 단락을 따로 떼어내어 시로 쓸 만큼 그는 편협한 장르 의식에서 벗어나 있다. 그는 시의 서사성과 소설의 서정성에 대해 폭넓은 사유를 하고 있는 열린 시각의

3   이숭원·오탁번, 「눈물로 빚어진 순수 서정」, 『시적 상상력과 언어』, 태학사, 2003, p.598.

소유자인 것이다.

　이처럼 오탁번은 문학과 비문학을 구분하지 못하는 작가는 물론 문학에 대한 편협한 인식이나 고정 관념에 얽매인 사람들의 논리에 대해서도 풍자나 비판의 화살을 날려왔다. 뿐만 아니라 알음알음으로 등단하고 작품을 발표하는 문단의 행태나 지연과 학연, 등단지 등에 따라 이리 갈리고 저리 나뉘어 패거리를 형성하는 세속적인 문단과 문인들의 행태 그리고 잡지를 잡지답게 발행하지 않고 시집을 날림으로 발간하는 행위 등에 대해서도 그는 비판과 질책을 게을리 하지 않았다. 개결한 그의 평소 성품과 문학적 성향은 마침내 계간 시 전문지 『시안』과 시집 시리즈의 발간으로 이어져 그는 자신의 평소 소신과 문학관을 몸소 실천적으로 보여주기 시작했다. 그러는 사이에 그는 재직하고 있던 모교에서 퇴직했고 거주지를 서울에서 고향인 제천으로 옮겼다. 그의 작품 곳곳에서 순간순간 머리를 내밀고 있는 천진한 장난기는 여전하지만, 요소요소에서 빛을 발하던 풍자의 칼날은 어느 사이 무뎌지거나 슬그머니 사라지고 그 자리를 해학이 대신하기 시작했다. 대체로 여섯 번째 시집인 『벙어리장갑』(문학사상사, 2002)부터 그러한 경향이 본격적으로 나타나기 시작했는데 가장 최근의 시집인 『우리 동네』에선 그의 시의 의미의 한 축을 담당하고 있던 여성성조차도 더욱더 해학적으로 드러나고 있는 것을 확인할 수 있다.

　전철에서 배꼽티를 입고 배꼽에 피어싱한 여자를 본 날 시적 화자는 공짜로 회춘을 했다고 좋아하고(「운수 좋은 날」), 새로 낸 시집을 여러 시인에게 발송하며 "― 김지헌 시집 보냈나? / ― 서석화 시집 보냈나? / ─ 홍정순 시집 보냈나?"(「시집보내다」) 하면서 장난을 치고, 다방 마담을 상대로 눈흘레나 하며(「별다방」), 아내는 이불 속에서 '─ 안 해!'라고 소리치는 사람이라서 안해라고(「안해」) 너스레를 떨기도 한다. 이와 같은 해학적 표현의 확산은 오탁번의 노년기 시를 특징짓고 있는 미덕이다.

기원전 로마 시대의 철학자였던 키케로는 『노년에 관하여』란 저서에서 노년의 문제와 위기를 해결할 수 있는 방법으로 미덕과 학문을 권장하고 있다. 나는 그가 말하는 미덕이 무엇인지 아직 잘 알지 못하겠지만 오탁번 시인의 작품에서 확산되고 있는 그 해학이 그의 노년기 작품과 인생의 미덕이라고 생각한다.

한때 나는 평균수명의 연장으로 퇴직 후 거리로 몰려나온 노인들이 하나같이 심각한 얼굴에 거친 욕설을 내뱉는 모습들을 보고 전율한 적이 있다. 그들은 뭔가에 단단히 화가 난 모양들이었고 불만이 가득한 모습들이었다. 대통령 이름을 개돼지 이름 부르듯이 하며 거친 욕설들을 내뱉었다. 하지만 그들이 뱉어내는 말들의 방향은 뭔가 방향이 잘못된 듯했으며 그들의 언행은 시대착오적인 것처럼 보였다. 아집과 독선에 사로잡혀 타인의 말을 들으려 하지도 않고, 대단히 수고스러웠겠지만 험한 세상을 헤쳐 나오느라 몹시 더럽혀졌을지도 모르는 알량한 자신의 지식과 경험만을 진리인 양 떠들어대는 그들의 입과 모습은 추했다. 영락없이 꼰대라고밖에 말할 수 없는 그들의 모습 속에서 노년의 여유와 품위는 좀처럼 찾을 수 없었다. 그들의 공격적인 언행은 주변 사람들을 불편하게 했고 다른 세대나 사람들과의 소통을 불가능하게 했다. 불과 몇 년 전의 우리 사회의 모습이었으며,

아직도 몇몇 보수단체를 중심으로 맹활약하고 있는 노인들에게서 흔히 목격할 수 있는 모습들이다.

　　그런 측면에서 오탁번의 최근 시들은 우리 사회의 노인들에게 필요한 것이 무엇인지를 보여주고 있는 것 같아서 반갑다. 물론 그도 시도 때도 없이 도착하는 고향 친구나 주변 시인들의 부음과 육친에 대한 그리움이나 외로움으로부터 완전히 자유로울 수는 없다. "엉아? 엉아? / 참 웃긴다. / 너희들 외로워서 그러지? / 나야말로 정말 외롭단다 / 준영이 엉아야 / 준식이 엉아야 / 날 좀 살려 줘!"(「엉아」)라고 엄살을 부리기도 하고, "지난 겨울에는 / 마종하가 갔다 / 여름엔 이기윤이 갔다 / 엊그제는 신현정이 갔다 / 잘 가라 / 짜식들! / (……) / 늬들 때문에 / 이제 내 肝은 / 간도 안 맞는다"(「送友人曲」)고 실없이 읊조리기도 한다. 하지만 그는 누굴 원망하거나 탓하지 않는다. 그저 해학적인 어조와 상황 설정을 통해 스스로를 위로할 뿐이다. 자신이 살아오면서 먹은 나이와 그 과정에서 겪게 되는 육체의 쇠락과 사회적 소외 문제는 자신이 스스로 짊어져야 할 짐이지 남을 탓하고 원망해야 할 그 무엇이 아니기 때문이다. 노년은 지위나 부 그리고 육체적으로 결핍된 시기일 수 있지만, 그런 것 없이도 행복할 수 있는 시기이기도 하다. 나는 그러한 사실을 조용히 오탁번의 시에서 배운다. 노년은 소유하는 시기가 아니라 베푸는 시기임을. 똑같이 옆의 여자를 만져도 그가 만지면 추한 성희롱이 되지 않는 비결이 거기에 있다. 나는 교수 시절의 그보다 지금의 그에게 더 호감이 간다. 직업으로서의 교수는 어쩌면 어쩔 수 없이 먹고살기 위해서, 자신과 가족을 위해서 살았던 시간이었는지도 모르겠지만, 잡지를 발행하고 다른 사람들의 시집을 정성껏 내주는 지금의 그는 끝없이 베푸는 자로서의 삶을 살고 있는 것이기 때문이다.

3.

오탁번 시인은 시와 소설, 동화는 물론 많은 시론집과 에세이를 동시에 써온 사람이다. 그가 쓴 시화집이나 에세이는 시나 소설 못지않게 많은 사람의 사랑을 받아왔다. 나는 지난 학기 모 대학의 문창과 학생들과 오탁번의 수필 한 편을 다시 읽었다. 미래의 시인이나 작가들과 함께 읽는 그의 글은 혼자서 읽을 때와는 또 다른 맛이 있었다.

작가 지망생인 그대, 그대는 하룻밤에 한 편의 소설을 습작할 욕망이 없으면 아예 펜을 놓기 바란다. 그리고 하루아침에 그놈을 찢어서 휴지통에 버릴 용기가 없으면 아예 포기하라. 적어도 이렇게 쓰고 찢고 한 작품의 수가 백 편에 이르지 않은 채 어쩌다가 운좋게 데뷔를 해봐야 정말로 필요악도 되지 못하는 군더더기가 될지도 모른다. (……)

좋은 소설은 잘 안 팔린다는 요즘의 풍토 때문에, 백 번째의 소설을 찢어서 휴지통에 버리고 있는 오늘 이 찬란한 가을 아침의 그대, 그대는 그러나 그러한 풍토와 문화 때문에 좌절하지 말기를 바란다. 좋은 소설도 언젠가는 상업적 비평가의 광고나 허영과는 관계없이 오직 독자들에 의하여 많이 읽히고 팔리는 날이 올 것이다. 그러니까 독자를 무시하지 말고 소설을 유언 쓰듯 처절하게 쓰기 바란다. 소설은 생을 부유하게 하는 지폐나 부동산이 아니며 거드름 피우게 해주는 금박의 명찰이나 편리한 회전의자가 아니다. 그것은 언제나 죽음과 직결되어 있고 정치와 문학을 포함한 모든 것, 이미 있어온 모든 기성의 것을 부정하는 정신과 맞닿아 있다. 백년 후쯤에 통일이 된다면 지금의 잘난 정치나 재벌 또는 휴지보다도 못한 저서를 내는 학자들이 역사에 남는 게 아니라, 그대들이 유언처럼 써놓은 소설, 백년 후의 독자 앞에 피로 써놓은 소설의 작가가 민족의 상징으로 남을 것이다.

— 오탁번, 「백년 후의 독자」 중에서

작가 지망생들과 함께 다시 읽는 위의 글은 시퍼렇게 살아서 내 가슴을 다시 후벼 팠다. 보잘것없던 명예도 지위도 잃고 밥벌이조차 제대로 하지 못하고 있는 나에게 그의 글은 지금 내가 해야 할 일이 무엇인지를 항상 가르쳐준다. 그저 몇 푼의 강사료나 받고 대학의 소모품 노릇이나 하며 아까운 시간을 허비하고 있는 나에게, 어쭙잖은 작품으로 겨우 작가 행세나 하는 나에게 그의 글은 채찍처럼 매섭게 나의 태만과 안일함을 후려친다. 하지만 백 년 후의 독자를 기다리는 일은 나 같은 범인이 감히 소망할 일은 못 된다. 향후 십 년 동안 사람들이 읽을 만한 글을 쓰는 일조차 내겐 버거운 일이다. 그러나 그러한 패기와 욕망 그리고 피나는 노력도 없이 쓰는 글들이 어찌 몇 년인들 견딜 수 있겠는가?

다시 그의 시집을 펼친다. 시 속의 화자들은 한적하고 평화로운 시인의 고향 마을에서 하나같이 익살스러운 촌부의 얼굴을 하고 있다. 시인은 자신의 고향 마을에서 "너부데데한 모습 보이지 않고 / 마실 갔다 돌아오는 것처럼 / 한 세상 끝낼 수 없을까"(「마실」) 하며 조심스럽게 인생의 노년을 건너가고 있는 듯하다. 자명종보다 먼저 일어나서 자명종을 다시 재우며 그렇게(「自鳴鐘」), 갓 스물이 된 아가씨의 몽실몽실한 가슴을 보며 숨이 멎듯, 브래지어의 한쪽 컵이 망가진 손두부집 젊은 아낙의 짝짝이 가슴을 쳐다보느라 순간적으로 정신을 놓으며 그렇게, 그러면서도 아내를 절세미인이라고 치켜세우며 또 그렇게(「絶世美人」).

어쩌면 그의 시는 우리가 돌아가야 할 노년의 유년 모습을 앞당겨 보여주고 있는 것인지도 모르겠다. 그래서 결론적으로 그의 시는 어떤가?

"그냥 그렇지, 뭐."

반로환동返老還童의 주안술朱顔術

오탁번론

이영광

아이들은 잔인하다
마음에 한 점 티끌도 없이
잠든 수탉의 목을 비틀고
수런대는 피수풀의
그 줄기를 타고, 구름 위에
방뇨하는 즐거움을 뿌린다

하지만 이것은 한결같은
늙은이들의 소원

— 이제하, 「은박지의 아이들」 부분

1.

선생님이 말씀하셨다.

"자네, 워드 프로세서는 있나?"

엄숙한 훈화 말씀을 잔뜩 기다리고 있던 나는 그 말이 무슨 뜻인지 몰라,

"예?"

얼떨떨한 표정을 지었다. 1991년 가을, 나는 석사 과정 입학 예정자로서 장차 지도 교수가 될 오탁번 선생 앞에 두 손을 모으고 있는 중이었다.

"워드 말일세, 워드. 대학원 다니려면 요샌 그게 있어야 해."

선생님이 강조하셨다.

"아, 예. 워드라면, 물론······."

나는 거짓말로 얼버무렸다. 그리고 그날 바로 학교 앞 복사 가게에서 워드 프로세서를 빌렸다. 그걸로 한 학기를 마쳤다. 성적은 별로 안 좋았지만, 상관없었다. 성적은 늘 안 좋았으니까.

삼 년 뒤, 석사 논문을 제본해서 드리러 갔다. 선생님이 말씀하셨다.

"이거, 논문이 이거······ 분량이 좀 적지 않나?"

나도 그새 좀 적응이 돼서, 방목이 곧 지도 방침인 '오탁번 목장'의 선수답게 이렇게 너스레를 떨었다.

"읽기도 수월하고 좋잖아요?"

예를 더 들자면 끝이 없을 것이다. 교수 같지 않은 교수와 학생 같지 않은 학생의 대화였다고나 할까. 선생은 엉뚱하면서도 재미있고

느닷없고도 정확한 분이시다. 예기치 못한 방향에서 펀치가 날아오지만, 한참 뒤엔 아하, 하고 고개를 끄덕이게 만든다. 특유의 기지가 번뜩일 때 우선 시인이 나오고, 그다음 이야기의 실타래를 풀기 시작하면 소설가가 나온다고나 할까. 하나만 더 들어야겠다.

2.

시를 시답게 쓸 것 없다
시는 시답잖게 써야한다
껄껄껄 웃으면서 악수하고
이데올로기다 모더니즘이다 하며
적당히 분바르고 개칠도 하고
똥마려운 강아지처럼
똥끝타게 쏘다니면 된다
똥냄새도 안 나는
걸레냄새 나는 방귀나 뀌면서
그냥저냥 살아가면 된다
된장에 풋고추 찍어 보리밥 먹고
뻥뻥 뀌어대는 우리네 방귀야말로
얼마나 똥냄새가 기분좋게 났던가
이따위 추억에 젖어서도 안된다
저녁연기 피어오르는 옛마을이나

개불알꽃에 대한 명상도

아예 엄두 내지 말아야한다

시를 시답게 쓸 것 없다

시는 시답잖게 써야한다

걸레처럼 살면서

깃발같은 시를 쓰는 척하면 된다

걸레도 양잿물에 된통 빨아서

풀먹여 다림질하면 깃발이 된다

노스텔지어의 손수건이 된다

— 벙그는 난초꽃의 고요 앞에서

「우리 시대의 시창작론」을

쓰고 있을 때

내 마빡에서 별안간

'네 이놈!' 하는 소리가 들리더니

그만 연필이 딱 부러졌다

손에 쥐가 났다

—「우리 시대의 시창작론」 전문

"이거 한번 읽어볼래?"

박사 과정 다닐 때니까, 1996년이나 1997년 무렵이겠다. 연구실을 찾은 내게 선생이 내민 것이 위의 시였다. 나는 읽으면서 낄낄거렸다. 선생은 작품 말미 "그만 연필이 뚝 부러졌다"의 '뚝'을 두고, '딱'이 나은가 '뚝'이 나은가를 물었다. 나는 단호하게 '딱'이 더 낫다고 말씀드렸다. "마빡"을 딱! 때리는 맛이 나야 할 것 같다고. 선생은 잠시 생각하더니, 『한국문학』엔가에 불쑥 전화를 걸어 '뚝'을 '딱'으로 바꾸었다. 이렇게 엉뚱하시다.

위의 시는 시단의 풍조에 대한 개탄을 풍자의 어조에 싣고 있다. "시답다"와 '시詩답다'의 말놀이를 활용하여 "시답잖게"를 하잘것없을 뿐 아니라 '시詩답지도 않게'의 뜻으로 예각화한다. 조롱의 대상이 되는 세태는 작품 전체에 처연하게 열거된 대로이다. '문단질'이거나 '장난질'이라고나 할까. 시다운 시가 희귀해진 시대에 대한 분노는 물론 "걸레"와 "깃발"의 낙차만큼 크지만, 이것이 제 모습을 드러내는 것은 마지막 일곱 행에 가서이다. 이 슬픈 듯 쓴웃음 나는 아이러니가 순도 높은 진정성을 얻는 것은, 선생 스스로가 평소의 적으로 시 속에 들어앉아 자기 풍자를 연기하는 '자학적(?)' 형식에 힘입어서일 것이다.

이 시의 반어적 문맥 안에서 타매의 대상이 되는 항목들은 기실 선생의 시적 순수가 겨냥하는 가치 지향의 표적지들에 해당한다. 그것은 "방귀"나 "저녁연기 피어오르는 옛마을"이나 "개불알꽃"으로 제시되어 있다. 이들을 각각 삶의 원초적·생리적 차원에 대한 긍정으로, 고향과 유년에 대한 그리움으로, 그리고 자연 친화의 몸살로 간추릴 수 있겠다. 이러한 주제적 지향이 뚜렷한 면모를 띠기 시작하는 것은 십여 년 전 삶의 터전을 고향 산천에 옮겨놓던 무렵인 듯하다. 아래 시는 그 이주가 불가피한 것이었음을 보여주는 심적 정황을 담고 있다.

1. 아홉 살

소리개 마을 갑분이 누나가
바드름한 송곳니 내보이며 웃을 때마다
나는 솜병아리마냥 가슴만 팔딱였다
누나네가 읍내로 이사가던 날
바람만바람만 뒤따라가다가
누나가 뒤돌아보면
돌멩이 집어서 길섶으로 던졌다

그해 여름 보릿고개를 넘으며
누나의 예쁜 송곳니가
보리밭에서 여무는
쌀보리처럼 보고 싶었다

2. 쉰아홉 살

어젯밤에 술 되게 마셨다
아침에 일어나 보니
계단에서 넘어져 피멍이 든
복숭아뼈가 참혹하다

정형외과에서 X레이 사진을 찍는다

몇 분 만에 내 몸은 자취도 없어지고

검은 필름 위에 흰 뼈만 앙상하다

압박붕대 감고

절뚝거리며 병원을 나선다

시간의 무덤에 매장되는

나의 뼈를

흙 한 줌 뿌려 전별餞別한다

—「자화상」전문

아홉 살과 쉰아홉 살의 극명한 대조 가운데 허망한 부재로 도드라지는 것은 그 사이의 오십 년 세월이다. X레이 아래서 쉬 사라지는 "몸"은 인생 전체이고 '다친 뼈'는 훼손된 존재 자체이다. 이 참상은 1에 묘사된 어린 날의 이별과 얼마나 다른가. 이별의 아쉬움과 이별 뒤의 그리움은 그것으로 하여 아이의 영혼을 밥 없이도 배불리 채워 주었지만, 2의 "전별餞別"은 메마른 매장 의례이자 제가 저에게 내리는 영혼의 초라한 사망 선고이다. 이렇게 하여 쉰아홉의 지리멸렬이 아홉 살의 순수를 향해 가는 데 선생의 존재 전환의 맥락이 있다. 서울에서 고향으로, 쉰 해도 더 저편 유년 시대로 시정詩情의 무게중심을 옮겨 온 것이 요 십여 년간의 선생 시의 역정이고 현재이다.

물론 섬세한 서정적 감수성, 빛나는 조형적 이미저리로 대표되던 청년기의 용맹정진과 부박한 생의 진흙탕을 한탄하던 인간 번민의 기록을 선생의 시는 지나왔다. 속절없는 추억으로 남은 사랑에 대한 슬픈 반추의 시절을, 비루한 현실에 대한 울분의 시절 또한 지나왔다. 이들은 여전히 그 잔상을 드리우고 있지만, 이후의 시편들에서 자신들의 자리를 아홉 살 까까머리 아이의 무구한 삶에 내주고 있다. 선생의 귀거래歸去來가 존재의 전환이자 잃어버린 삶의 원형을 시적으로 회복하는 일이라고 할 때, 이 변화는 바로 주조의 변화에 해당한다.

"어린아이의 눈으로 세상과 사물을 보라"는 건 선생의 창작론의 요체인데, 어린아이란 어떤 존재인가. 드물지 않은 말이지만, 아이들은 선하지도 악하지도 않다. 아이의 상태는 뭘 모르는 상태다. 아빠 불알을 보고 "이게 구슬이나?" 묻고, 구슬을 보고는 "이게 불알이나?"(「토요일 오후」) 묻는 것이 아이이다. 순수란 모름이고 모르기 때문에 딱한 편견이 없어 사물의 가려진 측면이나 이면을 들춰내는 밝은 맹목이 된다. 때 묻지 않았다는 건 도덕적 선과는 무관하며, 지식 이전에 제 감각의 움직임에 충실한 영혼의 상태를 말한다. 그래서 아이의 감정과 인식은 자연 그 자체에 가장 가깝다.

선생의 시편들이 유년을 불러오되 애써 미화하지 않고, 사랑을 노래하되 육정을 탈색시키지 않으며, 자연을 그리되 문명적 시선 너머의 본능적 생리를 외면하지 않는 것은 이런 원초적 감각에 충실하기 때문이 아닌가 한다. 사람살이의 곤궁도 웃음의 미학에 얹혀 수용할 만한 삶의 일부가 되고, 지리멸렬한 현실에 대한 육두문자 섞인 비난 또한 새길 만한 고언이 되는 것은, 쾌락을 선호하고 억압을 멀리하려 하는 아이의 심성과 관련이 깊다.

3.

　다시 찾은 고향에서 선생은 어머니와 가족에 대한 애틋한 그리움과 사랑을 확인한다. 그곳엔 누나가 떠준 "벙어리장갑"(「벙어리장갑」)이 있고, 이불 속으로 들어와 발가락을 깨무는 "새앙쥐"(「쥐」)들이 있고, "족제비털 붓끝에 / 서투른 궁서체로 피어나던 / 어머니"(「시」)가 있다. 시의 어린 화자는 가난하고 배고프지만 행복한 인간의 표정으로, 이렇게 단란 가족의 아침 밥상에 앉아 있다.

　　잣눈이 내린 겨울 아침. 쌀을 안치려고 부엌에 들어간 어머니는 불을 지피기 전에 꼭 부지깽이로 아궁이 이맛돌을 톡톡 때린다 그러면 다스운 아궁이 속에서 단잠을 잔 생쥐들이 쪼르르 달려 나와 살강 위로 달아난다

　　배고픈 까치들이 감나무 가지에 앉아 까치밥을 쪼아 먹는다 이 빠진 종지들이 달그락대는 살강에서는 생쥐들이 주걱에 붙은 밥풀을 냠냠 먹는다 햇좁쌀 같은 햇살이 오종종히 비치는 조붓한 우리 집 아침 두레반

―「두레반」 전문

　첫 단락의 어머니의 행위는 미물을 배려하는 옛 농가의 심성을 인상적으로 재현한다. 더불어 인간과 짐승의 동서가 오래된 일상이자 당위("불을 지피기 전에 꼭")임을 알려준다. 그리하여 "아침 두레반"은 사람의 밥상이면서 "까치들"과 "생쥐들"이 함께 둘러앉은, 가난하되 "다스운" 잔칫상으로 그 내포가 확장된다.

화자가 거의 완전히 아이가 되어 있는 위의 시를 비롯하여 선생 시의 다수는 유년기의 재구성이다. 그런데 내 경우에 더 눈길이 가는 것은 아이의 심성으로 어른의 세계를 말하는 시편들이다. 어른에게 깃든 아이의 목소리야말로 선생 시의 진경이자 독창이라 여기기 때문이다.

> 새벽 별 이울기도 전에 잠이 깬
> 갓 육십 먹은 새 나라의 어린이가
> 몇 백 살 먹은 느티나무에게 아침인사를 한다
>
> ― 할아버지, 안녕히 주무셨어요?
> ― 오냐, 오냐
> 단풍 든 느티나무 잎이 막 떨어진다
>
> ―「새 나라의 어린이」 부분

> 우리나라에는
> 단군할아버지 말고는
> '할아버지'라고 부를 사람이
> 한 명도 없다!
> 유관순 누나 생각하면
> 나는 어린이집에도 아직 못간
> 앱솔루트 분유 먹는
> 절대적인 갓난애야!

'할아버지'라니?

고얀 년 같으니라구!

―「할아버지」 부분

어른 속에 깃든 아이의 사례로 앞의 시에는 "갓 육십 먹은 새 나라의 어린이"가 등장한다. 수백 년 수령의 고목에 비하면 인생 육십은 젖먹이에 불과하다는 발상에는 이미 자연과 인간의 구분이 말끔히 가셔 있다. 이 어린이는 뒤의 시에서 "절대적인 갓난애"로 변주된다. 바로 그 나무 아래서 젊은 여자로부터 "할아버지"로 불린 육십 노인 어린아이의 강변이 웃음을 자아낸다. 드넓은 우주와 유구한 자연 앞에서 한낱 인간이 "갓난애"를 자처하는 것이야말로 지당하다는 게 이 시들의 전언이지만, 이러한 태도는 태도에 그치지 않고 선생 시의 곳곳으로 흘러 들어가, 우리 시사에 유례가 드문 낯선 풍경들을 빚어낸다는 것이 나의 짐작이다. 요컨대 동심은 체질이면서 동시에 방법적 고안이다.

수수밭 김매던 계집이 솔개그늘에서 쉬고 있는데

마침 굴비장수가 지나갔다

― 굴비 사려, 굴비! 아주머니, 굴비 사요

― 사고 싶어도 돈이 없어요

메기수염을 한 굴비장수는

뙤약볕 들녘을 휘 둘러보았다

― 그거 한 번 하면 한 마리 주겠소

가난한 계집은 잠시 생각에 잠겼다
품 팔러 간 사내의 얼굴이 떠올랐다

저녁 밥상에 굴비 한 마리가 올랐다
— 웬 굴비여?
계집은 수수밭 고랑에서 굴비 잡은 이야기를 했다
사내는 굴비를 맛있게 먹고 나서 말했다
— 앞으로는 절대 하지 마!
수수밭 이랑에는 수수 이삭 아직 패지도 않았지만
소쩍새가 목이 쉬는 새벽녘까지
사내와 계집은
풍년을 기원하며 수수방아를 찧었다

며칠 후 굴비장수가 다시 마을에 나타났다
그날 저녁 밥상에 굴비 한 마리가 또 올랐다
— 또 웬 굴비여?
계집이 굴비를 발려주며 말했다
— 앞으로는 안 했어요
사내는 계집을 끌어안고 목이 메었다
개똥벌레들이 밤새도록
사랑의 등 깜박이며 날아다니고
베짱이들도 밤이슬 마시며 노래 불렀다

—「굴비」 전문

표면의 서사만을 보면, 위의 시는 빈곤과 성적 빈곤의 값싼 교환 과정에 불과하다. 어수룩한 인물들의 상식을 벗어난 말과 행동이 음담의 희극성을 높여주지만, 작품이 풍자의 나락에 떨어지지 않는 것은 이야기가 아이의 눈으로 재처리되었기 때문이다. 사실 보고報告에서 자유로운 아이는 궁핍과 매음이라는 어른 삶의 착잡한 현실 관련을 '방법적으로' 사상한다. 그래서 이 이야기는 궁핍의 소산이지만 그것을 이기는 웃음으로 물들여지고, 원초적 생존 현실은 원초적 사랑으로 승화된다.

  「폭설」이나 「방아타령」에서도 변주되는 이 웃음이야말로 선생의 전매특허이다. 아이를 수용한 어른의 시답게 선생 시의 곳곳에서는 온갖 종류의 상식과 통념들이 일거에 그 초라한 상투를 벗고 만다. 시의 인물은 무람없이 젊은 여자와의 동침을 제안하기도 하고(「동치미」), 무시로 민망한 발기를 선보이는가 하면(「가위 바위 보」, 「맷돌」), 현실엔 없는 숨은 딸(「숨은 딸」, 「유작遺作」)의 존재를 꿈꾸기도 한다. 웃음인 듯 울음인 듯도 한 시의 갈피마다 늘 잘 울던 젊은 날의 선생은, 늙으며 더 어려지고 어려져 더 자주 웃게 된 것 같다. 아이들의 세계는 울고 웃는 세계, 더 정확히는 울다가는 어느 결에 웃음이 솟는 세계여야 한다.

  4.

  체험의 전시나 정념의 분출보다 '말'의 힘을 끈기 있게 믿는 것이 시작의 요체라고들 하지만, '어린아이의 눈'에 더해 선생이 시종일 관 강조해온 것이 모국어에 대한 애정이다. 선생이 우리말의 우주를 헤엄치듯 각종 사전들을 밤새워 섭렵한다는 건 이제 시단에 널리 알려진 얘기다. 이는 "우리말을 모르고 있었다"는 아픈 성찰에서 촉발된 것인데, 선생이 발굴한 말들은 우선 시의 묘사력을 역력히 돋 워주는 것 같다. 그것은 흔히 작은 말들이고 형용사와 동사와 같은 용언들이거나 부사들이다. 풍경은 "한댕한댕"(「무심사無心寺」) 흔들리고, 새끼붕어들은 "욜랑욜랑"(「홀레」) 바쁘고, 낚싯대 끝은 "홰친홰친"(「홀레」)한다. 눈썹은 "섭섭하"(「눈썹」)고, 아이는 밥을 "하동지동"(「밥냄새 1」) 먹고, 할아버지는 "하버지"(「하버지」)가 된다. 작은 것의 섬세한 자태와 미묘한 움직임을 잡아내려는 각고의 노력이 낳은 소산이다.

하지만 시는 특별한 말들을 늘어놓는 글이 아니라 말을 특별하게 쓰는 글 아닌가. 맞다. 선생의 작품들에서 이들은 시적 발상법과 언어 운용의 원리를 엄수하여 심미적으로 조율되고 기술적으로 배치된다. 선생의 뛰어난 시편들에서 이 낱말들은 그 자체로 자안字眼이 되는, 시를 시로 성립시키는 구조적 직능을 부여받는다.

풀귀얄로
풀물 바른 듯
안개 낀 봄산

오요요 부르면

깡종깡종 뛰는

쌀강아지

산마루 안개를

홀이불 시치듯 호는

왕겨빛 햇귀

—「춘일春日」전문

해 뜰 무렵의 산골 풍경을 색실로 한 땀 한 땀 수놓은 듯하다. 안개를 형용한 "풀물"의 있는 듯 없는 듯한 빛깔과 보드라운 질감의 뒤태가 수상하다. 안개의 흐릿한 장막을 대중없이 뚫고 분사하는 아침볕의 양태를 '호다' 이외의 말로 달리 형용할 수 있을까. "호는"은 이 말을 빼버리면 시 전체가 무너지게 되는 시의 눈, 즉 시안詩眼에 값한다.

이리하여 말은 사물에 일치할 수 없음에도 일치하려 하는, 불가능의 숙명과 싸우는 시도가 된다. 사물과 존재의 본질에 육박하려는 노력의 증표로서「할아버지」같은 시를 들 수 있으리라.

돌미나리 며늘취에

머루 다래술 드시고

취화선醉畵仙 되셨는지

— 지필묵紙筆墨 내어 오너라!

흰 수염 쓰다듬으며

막내 손자에게 호령하시네

봉긋봉긋 피어나는 붓꽃
한 송이 뚝 꺾어
할아버지에게 드리자
산허리 휘감은 안개 자락을
화선지 삼아 그리는
할아버지의 진경산수화眞景山水畵!

여우붓 족제비붓 너구리붓 끝에서
이팝 조팝 며늘취 곰취도
흰 멥쌀 같은 미선나무 꽃도
혼자서들 훗훗하게 웃네

— 「할아버지」 부분

　　"할아버지"는 손자의 기억 속 할아버지이자 자연의 배후에 선 신적
존재이다. "붓꽃"으로 "안개 자락"에 그리는 봄 풍경이 "진경산수眞
景山水"가 되는 소이연은 인간과 자연의 혼융에 육박하는 운필의 박
력과 실감에 있다. 시인의 언어 수공업이 어느 결에 자연의 신묘한 붓
질이 되어 있다. 이처럼 세심한 언어 운용이 지극해지는 어느 지점에
서 말들은 문득 사실의 재현을 뛰어넘어 생의 비의에 닿는 듯하다. 가
령 아래의 시에서,

할아버지 산소 가는 길
밤나무 밑에는
알밤도 송이밤도
소도록이 떨어져 있다

밤송이를 까면
밤 하나하나에도
다 앉음앉음이 있어
쭉정밤 회오리밤 쌍동밤
생애의 모습 저마다 또렷하다

한가위 보름달을
손전등 삼아
하느님도
내 생애의 껍질을 까고 있다

—「밤」전문

　　첫 두 연의 동시적童詩的 장면은 마지막 연에서 "한가위 보름달"과 "손전등"의 적실한 유추에 힘입어 인간 조건에 대한 인식으로 전환된다. 일상의 각별한 체험과 관찰을 보편적 발견의 감흥으로 들어 올리는 이 연의 메타포가 좋다. 또,

　　이승 저승이

입술에 닿는 술잔만큼

너무 가까워서

동네 사람들은 함빡 취했다

─ 잔 안 비우고 뭐 해유?

한 씨에게 자꾸만 술을 권했다

─「눈부처」 부분

상가喪家 풍경을 곡진하게 그린 위의 시에선 산 자들의 비몽사몽이
자아내는 생사의 혼곤함이 관 속에 누운 이를 깨우기라도 할 듯 스며
나온다. 그래서 청맹과니라도 된 듯 죽은 이에게 자꾸만 '술을 권하
는' 인간적인 슬픔의 깊이가, 그걸 이렇게 잡아낸 솜씨가 좋다.

선생 시의 동시적 외장에 익숙한 사람들이라면 이러한 취향이 누
구나 하는 어린 말처럼 여겨질 수 있을 것이다. 하지만 사실 이는 어
려운 것이다. 어른의 세계에서 아이의 목소리를 내놓기도, 어른이 아
이의 세계에서 아이처럼 말하기도 어렵다. 그런데 이분은 이걸 한다.
어느 시대에나 아이들은 규범의 화인에 눌리면서 자라 규격적인 어
른이 된다. 하지만 일흔 살 난 '오탁번 어린이'는 이걸 지운다. 우리가
우울한 무의식 속에 봉인해놓은 상상의 힘과 자유의 본능을 펼쳐 보
여준다. 선생의 시는 반로환동返老還童의 실례로서 어떤 무애無碍의
경지를 열고 있는 것 같다.

5.

未堂은 첫아들을 낳고
바다에 빠진 구슬을 건지려고
됫박으로 바닷물을 품어내는 아이와 같이
어리석게 살더라도 정성을 다하라는 뜻으로
'升海'라고 이름을 지었단다
참, 어리석기는!

안동에 있는 이육사문학관에 갔을 때
陸史의 딸 이름이 '沃非'라는 걸 처음 알았다
기름지게 살지 말라는 陸史의 뜻이 담겼단다
문전옥답 노비에게 노나준
서릿발 같은 家門이렷다?
나, 참!

한 말 들이 斗海는 놔두고!
어여쁜 玉妃도 있는데!
나, 원, 참,
둘 다 좀 바보야?

— 「이름에 관하여」 전문

선생의 근작 중 하나인 이 시는 정신의 경직된 근육질에 대한 유쾌한 마사지이다. "이름"이 뭐 대수란 말인가, 그러니 기왕이면 좀 크게 멋지게 예쁘게 짓자, 이게 '오탁번주의'이다. 관념을 물리친, 문학사의 선배들에게 떼쓰는 현역 시인의 너스레에 가깝다. 교훈은 어리석다는 '오탁번 어린이'의 목소리는 의미에 연연하는 답답한 엄숙주의에 대한 밉지 않은 조롱이다. 선생이 이들의 신조에서 '어리석음'을 보는 만큼 우리는 선생에게서 철저한 문학주의를 본다. 이것이 아이의 시선이라는 점, 규범적·공리적 세계에 신선한 파열음을 낸다는 점을 기억하고 싶다. 좋은 건 좋은 것이고, 진실로 좋은 것은 그저 좋은 것이다.

그런데 이것이, 이 장난스러울 정도로 태연자약한 가벼움이 그렇게 소중한가. 예나 이제나 현실은 거칠기만 한데. 물론, 동심과 순수가 그 자체로 세계의 비전을 열어주는 것도 시의 미래를 밝혀주는 것도 아닐 것이다. 주지하다시피 시의 자리는 저 둘 사이의 착잡한 거리 가운데 어느 곳에 있다. 그럼에도 선생의 시는 우리가 잊고 있던 세계, 잊고 있던 가치, 잊고 있던 아름다움을 새삼 환기해준다. 선생의 언어 역시 있는 세계와 있어야 할 세계의 모순적 동거이겠지만, 궁극적으로는 긍정의 정신을 딛고, 있어야 할 세계를 제시하는 데 관심을 보인다. 그것은 '있어야 한다'는 당위를 앞세우지 않고, 한 지혜를 다른 것으로 대체하려 하기보다 다른 지혜를 슬며시 그 옆에 가져다 놓는 방식으로 우리 곁에 나타난다.

이 강력한 유아적 퇴행에 축복 있으라. 아이의 마음으로 산다는 것…… 동심은 동심으로써 무애無碍에 가까운 상상적 진실을 향해 나아간다. 그것은 천도天桃를 안고 희희낙락하는 이중섭의 저 '은박지

의 아이들'과 어딘가 닮아 있다. 나는 이를 반로환동返老還童의 주안
술朱顔術이라 요약하고 싶다. 거듭 축복 있으라. 그래서 술에 여자에,
못된 것만 골라 배우고, "제가 뭔가 대단한 걸 배운 걸로 착각하고 있
는" 미욱한 제자에게, 깜빡 방목을 잊고 또 한 말씀 내려주시길.

오탁번, 시집보내다

성과 속의 경계를 넘나드는 웃음의 미학

한용국

한 학기에 잘해야

예닐곱 번 강의실에 들어오는 지훈이

어느 날 심각한 표정으로 말했다

— 내가 왜 조지훈인지 알아?

학생들이 암말도 안 하면

그는 껄껄 웃으면서 말했다

— 조지 훈훈해서 조지훈이야!

—「지훈유감」부분

　　한국 현대시의 새로운 미학이 여기 있다. 오탁번 시인에 비하면 까마득한 후학이고 말학이며, 조지훈 선생은 한 번도 뵌 일조차 없는 필자는 이 시를 읽으면서 나도 모르게 소리 내어 웃었다. 가끔 멀리서

뵙고 '아 저분이 오탁번 시인이시구나' 하며 경외의 눈길로만 바라보던, 오탁번 시인이 갑자기 앞에서 사람 좋게 웃으시며 나를 바라보시는 듯했다. 이 한 연을 읽는 동안 나는 마치 꿈을 꾸듯이 조지훈 시인의 강의를 듣고 있는 듯했고, 오탁번 시인의 이야기를 옆에서 듣는 듯했다. 서정주 시인의 표현을 빌리면 이 한 연에 웃음도 있고, 사랑도 있으며, 현대문학사도 다~아 있었다. 이런 즐거움은 오탁번 시인의 시집 『시집보내다』를 읽는 내내 계속되어, 시집을 덮었을 때는 마음에 잔잔하면서도 따듯한 시의 물결이 차오르는 듯한 행복감이 느껴졌다. 그래서 오탁번 시인의 이번 시집 해설의 제목을 '성과 속의 경계를 넘나드는 웃음의 미학'이라고 이름 붙이기로 했다.

　성과 속을 넘나드는 웃음의 미학의 뿌리는 정情과 해학諧謔이다. 표제시 「시집보내다」는 이러한 정과 해학의 미학이 여실하게 드러난다. 시집을 출간한 후에 여러 지인에게 시집을 보내는 일은 귀찮기도 하지만 보내고 난 후에는 또 금방 잊어버리는 사소하고도 관례적인 행위일 뿐이다. 하지만 시인은 시집의 동음이의를 이용하여 정겨운 해학의 세계를 펼쳐 보여준다. 이 시에 등장하는 시집들은 『벙어리장갑』, 『손님』, 『우리 동네』다. '벙어리장갑'을 통해서는 어린 시절 첫사랑의 아련한 추억을 불러내고, '손님'을 통해서는 70년대의 서울역 앞 풍경을 불러내고, '우리 동네'를 통해서는 졸부들의 속물적 영혼을 은근슬쩍 비판하기도 한다. 그리고 시집 보내는 행위 자체의 다른 뜻을 이용하여 끝내 모든 여류시인을 시집보내는 정겨운 아비의 상상에 즐거워하는 데 이른다. 이 시에는 젊은 날의 설레임과 중년기의 호탕함 그리고 노년의 정겨움이 한데 어우러지면서 성과 속의 경계를 웃음의 미학으로 넘나들고 있다.

흔히 한국시의 특징 중의 하나로 한의 미학을 든다. 신산스러운 우리 역사를 견디어온 근본적인 힘으로서의 한의 미학도 미학이지만, 이 시집을 읽은 후에는 한국시의 중요한 힘의 하나로 해학의 미학을 들 수도 있지 않을까 한다. 이러한 해학의 미학은 단지 즐거움에만 그치는 것이 아니라 은근한 풍자로도 드러난다.

> 월남과 중동의 시곗바늘은
> 작전개시 암호에 따라
> 재깍재깍 잘도 간다
> ─ 옛날에는 말씀이야
> 지나간 세월 정조준한다
> 늙으면 보수꼴통이 된다고?
> 천만에!
> 왼손만 쓰는 좌파다
> 다들 가는귀는 먹어서
> 수신 벨이 울리면
> 저한테 오는 전화인 줄 알고
> 핸드폰 꺼내다가 싱거워진다
>
> ─「지하철에서」 부분

우리 사회는 언젠가부터 젊음과 늙음의 대립이 진보와 보수의 대립이라는 정치적 혹은 정치적 견해의 대립으로 단순화되었고 그 대립의 양상은 과격해지고 있다. 신자유주의의 시장경제의 자본주의의 심각한 부작용이 낳은 빈부격차로 인한 갈등 양상이 사회적 무의식을 형성하면서 왜곡된 양상으로 드러나는 것으로 우리 사회의 새로운 문제점이기도 하다. 즉 노년층이 일구어온 현대사에 대한 일종의 존경과 경외는 사라지고, 무의식적으로 정치적 시선으로 싸잡아 비하하는 왜곡된 시선만이 횡행하는 것이다. 하지만 이 시를 읽는 동안, 우리는 잠시 그러한 정치적 시선을 거두게 된다. 월남과 중동으로 상징되는 지나간 현대사의 아픔을 극복한 노년층의 삶을 한 번쯤 다시 생각해보게 되는 동시에, 막불경이 부자지의 때를 벗기는 모습이 유발하는 웃음을 통해 어쩌면 연민의 시선까지도 일으킬 수 있게 된다. 오른팔은 풍 맞아 못 쓰고 왼손만 쓴다는 좌파 선언!은 얼마나 해학적이면서 따끔한 비판이자, 비애인가. 정치에는 좌파와 우파가 있어도 삶에는 좌파와 우파가 없다는 인식이 이 시의 바탕에는 있다. 그러한 인식은 해학과 더불어 독자들로 하여금 반성적인 성찰을 유도하기도 하는 것이다. 또한 다른 시 「서울 길」에서 시인은 "내 눈에는 언제나 / '서울숲'이 / '서울金'으로 보인다 / 서울이 다 金이라고? / 그럼 제천은 다 銀이나 銅이라고? / 서울만이 金이라는 말씀? / 서울 올라오는 내 길은 / 다 똥이라는 말씀? / 웃기고 자빠졌네!"에서 보이는 것처럼, 서울과 지방을 중심과 주변으로 나누고 지방을 천시하는 서울 중심주의적 인식에 해학을 동반하는 일갈을 내리치기도 한다.

이러한 해학의 미학은 시인이 들려주는 젊은 시절의 사랑 이야기에도 들어 있다.

— 타자기 하나 들고 무인도에 가서

　　한 2년쯤 나랑 살지 않을래?

　　내가 장편소설 하나 써서

　　타자 친 너에게 고맙다고 헌사를 쓰면

　　네 이름이 공으로 문학사에 남잖아?

— 「무인도」 부분

　한국 현대시에 이렇게 즐겁고 행복한 무인도가 있을까? 무인도가 주는 상투적이고 보편적인 인식을 시인은 시 한 편으로 웃음과 함께 뒤집어 보인다. 시인의 말에 따르면 '팔팔했던 청년 교수 시절'에 제자 여학생들과 함께 술을 마시는 자리에서 여학생에게 던진 농담에 여학생 하나는 정말 곰곰 생각에 잠긴다. 슬쩍 던진 농담이었지만 시인도 은근히 기대했는지도 모른다(?). 그러나 동료 교수의 말 한마디는 바로 상황을 뒤집어놓는다. "— 야야, 너 따라가면 안 돼! / 섬에서 나오는 날 애도 안고 올 거야!" 어찌 웃음이 터지지 않을 수 있을까? 결말이 뻔한 농담이지만, 자신도 모르게 웃음이 터진다. (시집의 페이지도 미묘하게 편집되어 있다!) 얼핏 보면 상스러운(?) 농담의 한 장면이지만 시인은 다음 연에서 이렇게 말한다. "그때 그 시절 / 피어오르던 맥주 거품이 / 새삼 그리워지는 / 봄이 와도 봄 같지 않은 / 봄날 어스름"이다. 추억은 죽음보다 멀어 다시 갈 수 없다. 추억은 그야말로 무인도와 같다. 분명히 존재하는데 갈 수가 없다. 하지만 그 무인도에는 맥주 거품이 방울방울 피어오르고, 그 방울방울마다 청년 시절의 사랑과 패기가 가득 피어오르고 있지 않겠는가. 하지만 시인은 아직 청춘이다. 사랑-로맨스에의 갈망은 아직도 식지 않았다.

> 평소에 김흥수 화백의 기록을 깨려고 맘먹었다
> 40년 연하의 여제자와 신방을 차린 것!
> 다들 배 아파하던 로맨스를 나도 꼭 해보고 싶었다
> 아예 50년 차로 나이를 벌려
> 하는 김에 아주 더 벌려
> 세계기록을 세우려고 꿍꿍이셈을 했다
> 산수유와 가시오가피에 인진쑥까지 먹으면서
> 호시탐탐 기회를 노렸다
>
> ─「아뿔싸!」부분

그야말로 아뿔싸!다. 시인의 로맨스는 영원히 성취되지 못할 것 같다. 60년 연하의 신기록이 다시 세워졌다. 시인이 기록을 세우려면 61년 연하여야 한다. "굼뜬 동작에다 때는 일락서산, / 죽도 밥도 안 된 / 내 인생아!"라고 시인은 한탄한다. 그러나 어느 독자가 여기서 노년의 주책과 한탄을 읽겠는가? 이 시를 읽은 독자의 다음 행동은 무엇일까? 노년이 된 아버지, 혹은 할아버지에게 당신께서도 그러시냐고 은근슬쩍 물어보지 않을까? 그러고는 예끼! 허허! 함께 웃음을 터뜨릴 것이다. 시인은 거기에 더하여, 은근히 젊은 시절의 희떠운(?) 일을 고백해 보이기도 하는데 그것은 시인의 병과 더불어 전혀 희떱지 않게 펼쳐지며, 봄날을 신선하고도 기발한 이미지로 형상화한다. "수술받고 내내 코피를 쏟다가 / 문득 젊은 날 마신 / 유두주가 떠올랐다 / 그때 그 아가씨의 젖꼭지가 / 콧속으로 들어와서 / 숨을 막으며 벌주는 것일까 / 유두주 첫값 치르는 / 피 흐르는 봄날!"(「봄날」) 같은 시에서 시인은 성에 대해서마저 해학적이면서 일견 종교적인 인식을 드러내기도 한다. 체험의 사실 여부를 떠나서 유두주는 젊은 날의 방종에 가까운 행위에 해당한다. 그러나 시에서는 방종이 방종으로 드러나지 않는다. 그 유두주에는 미묘한 삶의 비애(오디빛 젖꼭지의 도드라진 슬픔)와 젊은 날의 치기(젊음의 봄날의 깜박깜박 반짝이는 불빛의 만화방창)가 섞이고 노년의 성찰(유두주 첫값 치르는)이 스며들어, 어쩌면 속俗스럽다고 할 수 있는 삶의 한 장면에 미묘한 성聖스러움을 부여하고 있기도 하다.

그렇다면 이러한 오탁번 시인의 미학은 어디에서 기원하는 것일까. 나는 이 시집에 실린 한 편의 시에서 그 기원을 본다.

시인아
넌 사랑하는 것도 배울까?
다 쓴 치약 짜듯
영혼은 그렇게 쥐어짜는 게 아냐
넌 숨 쉬는 것도 배울까?
달이 질 때
그냥 지듯
억새가 제 몸을 하얗게 버리는 것처럼
소멸하는 소리 들릴 때
한 편의 시는

저 혼자 오롯하다

따로 할 말 없는

눈썹의 말 한마디

잘 가라

흔드는 흰 손 안에서

한 편의 시는

저 혼자 잠든다

─「시인 1」

　한동안 시의 현장에서 시적 진정성의 문제가 심각하게 논의된 적이 있었다. 마치 귀환한 유령처럼 여러 평론가에 의해 호출된 진정성은 여러 논쟁 속을 떠돌다가 급기야는 자신의 정체성마저 상실한 채 다시 사라지고 말았다. 이 시는 바로 그 진정성이란 무엇인가를 이야기해주고 있다. 시는 '思無邪'라고 한 것은 공자의 말이지만, 이 시에 드러난 시에 대한 사유는 그마저도 넘어선다. 옳고 그름을 따지고, 삿됨과 삿되지 않음을 따지는 한, 한 편의 시는 오롯하지 못하다. 시는 억지로 쥐어짜서, 또는 배워서 되는 것이 아니라, "달이 질 때 / 그냥 지듯 / 억새가 제 몸을 하얗게 버리는 것처럼 / 소멸하는 소리"를 자연스럽게 들을 수 있을 때, 시는 흘러나오는 것이다. 그럴 때 그 시에는 어떤 논의도 붙일 수 없는 진정성의 아우라가 들어서는 것이고, 독자들의 가슴속에 들어앉을 수 있는 것이 아닐까. 오탁번 시인의 시집 『시집보내다』는 그런 시적 진정성을 바탕으로 해학의 미학을 보여주는 탁월한 시집이다. 시집을 읽는 내내 막걸리 한 잔을 앞에 두고 한

산도를 맛있게 피우시며 왜정 때 얘기며 전쟁 얘기 피난 얘기를 들려
주시던, 돌아가신 할아버지 목소리와 웃음이 떠오르는 듯해 행복한
시간이었다. 아쉬워서 덧붙이자면 이 시집에는 시의 비밀 혹은 시창
작의 비밀이라고 할 만한 탁월한 이야기가 들어 있다. 여기서 말해버
리면 요즘 이야기로 스포(스포일러)가 되므로 생략하겠다. 힌트를 드
리자면 2부에 있다. 궁금하신 분들은 꼭 사서 열심히 찾아보시길 바
란다.

당신을 향한 인간의 얼굴[1]

장은영

1.

시쓰기도 몸과 정신의 노동임을 생각할 때 시인의 오랜 시력詩歷은 그가 얼마나 성실한 노동자인가를 말해준다. 1960년대 중후반에 등단하여 50년 넘게 자신의 시사詩史를 일궈온 오탁번 시인의『시집보내다』를 보면서 먼저 긴 노동의 시간을 헤아려보았다. 그리고 노동의 결과물이 지닌 의미에 대해 생각해보았다. 시인들은 저마다 다른 이유로 시를 쓰고, 시를 쓰는 목적과 그에 따른 성취 또한 다르다. 하지만 오랜 숙련 끝에 장인匠人의 반열에 오른 이가 만든 물건이 개인의 취향을 넘어선 보편적 가치와 아름다움을 지니듯이 시 또한 숙련의

---

1 『시인수첩』 2014년 가을호에 실린 글을 수정, 보완한 글임.

과정을 통해 개인의 층위에서 나아가 인간 공동체의 삶을 관통하는 보편성을 지니게 된다는 사실을 이 시집에서 새삼 깨닫는다.

이번 시집에서 오탁번은 일상을 기억하고 재현하는 작업을 주로 보여준다. 인간의 삶을 위한 필수적 노동이 유사한 형태로 수행되듯이 이 시집에서 재현되는 시인의 기억도 보편적 인간의 삶에 밀착되어 있다. 작품에 나타나는 과거의 기억과 일상의 순간들은 시인 자신만의 것이 아니라 타인의 것이기도 하며 인간으로서 삶의 공동체에 참여하는 우리 모두의 경험처럼 느껴지기도 한다. 옛이야기처럼 스르르 풀어나가는 삶의 순간들은 어느새 우리를 이야기에 동참시키고 또 다른 이야기를 생각나게 만들며 끝나지 않는 인간의 이야기를 상상하게 만들곤 한다. 무엇보다 재미난 것은 시인이 들려주는 이야기에 동참함으로써 우리 가까이 어디에나 있을 법한 타인들의 얼굴을 만나게 된다는 점이다. 그리고 그들의 삶에 귀를 기울이게 되는데, 이 순간은 시의 창조적 힘을 경험하는 때이기도 하다. L. 멈포드의 말을 빌리자면 예술가의 고유한 경험에서 비롯되는 예술은 삶의 창조적 순간을 재현함으로써 그 자신에게나 참여자에게 새로운 경험이 되고, 그것은 타인에게 창조성이라는 반응을 고취시킨다. 예술가의 창조적인 표현은 그 자신과 타인의 의식을 여러 가지 감각과 표정으로 풍부하게 만들고, 창조성을 결여한 채 공허하게 반복되는 삶에 대항하는 힘을 발휘하게 만든다는 것이다. 멈포드의 예술론처럼 『시집 보내다』에서 시인은 풍성한 인간의 표정을 보여줌으로써 인간의 얼굴을 잊고 살아가는 우리에게 그것을 다시 마주하고 싶은 열망을 불어넣는다.

2.

시도 옷을 입고 있다는 상상을 해본다. 자신에게 어울리도록 잘 차려입은 시가 있는가 하면 화려한 치장으로 자신의 진짜 얼굴을 감춘 시도 있고 반대로 남의 것을 대강 빌려 입은 듯 부대끼고 어색한 시도 없지 않다. 또 오탁번의 시처럼 아예 아무것도 입지 않은 시도 있다. 그런데 알몸을 보이듯 자신을 가감 없이 드러낸 시를 읽은 후에야 비로소 옷은 본래의 제 얼굴이 아님을 알게 된다. "알몸으로 쓴 맨살의 시"(방민호)라는 시집 해설의 제목처럼 오탁번은 자신의 맨얼굴을 그대로 드러내는데, 바로 그러한 이유로 『시집보내다』는 시인이 바라보는 사람들의 이야기인 동시에 사람들의 눈에 비친 시인의 이야기라 할 수 있다.

수수한 일상에서 나오는 유쾌함은 오탁번 시의 특징이지만 이 시집에서 흥미로운 것은 유머러스한 상황 안에 스며 있는 타인의 시선이다. 일상의 순간들에서 드러나는 시인의 모습은 그 자신을 통해 성찰되는 자아가 아니라 타인의 시선에 포착된 대상이다. 가령, 시인은 텃밭에서 김을 매다가 어린이집 버스가 지나가는 것을 보고 손을 흔드는데, 아이 엄마들은 "정신 나간 늙은이 보듯 / 왼고개를 젓"고 "개꼴이 된" 시인은 "먼 하늘 보고 웃"어버린다(「개꼴」). 농부가 된 시인이 겪을 법한 일화 같지만 시인이 자기 자신을 "개꼴"이라고 표현한 것을 눈여겨보자. 시인은 버스 안에서 자신에게 손을 흔드는 어린이들만이 아니라 그 옆에 앉아 있던 아이 엄마들의 눈에 비친 자신을 발견한다. 타인의 시선으로 자신을 바라보는 것인데, 여기서 서정적 주체의 위치가 전도된다. 자신에 대한 응시를 인식하는 서정 주체는 세계를 대상으로 바라보는 자기회귀적 시선의 주체이기를 부인하고, 타인의 응시 속에서 낯선 자신을 포착한다. 버스에 앉아 있던 엄마들의 응시가 무엇을 말하는지 알 수는 없지만, 분명한 건 그것이 자기 자신이 생각하는 '나'가 아니란 점이다. 반갑고 천진한 자신의 모습이 뜻밖에 우스꽝스럽게 보일 수 있을 터임에도 그는 자신을 바라보는 타인의 응시를 흔쾌히 수용한다. "개꼴"이라는 우스갯말로 눙치고 있지만, 그는 다른 타인의 응시 안에서 낯설고 불확정적인 타인에 불과한 자기를 발견하는 경험을 우회적으로 보여주는 것이다.

타인의 눈에 비친 '나'는 일상의 곳곳에서 발견된다. 시인은 동창회에 갔다가 본래 3만 원인 동창회비를 10만 원 내고 "희떱게" 우쭐했다가 "원서헌에서 인터뷰하는 나를 / 얼마 전에 TV에서" 보고 고맙다고 말하는 친구의 말에 "술이 확 깨"(「동창회」)는 일도 경험한다. 타인의 응시 속에서 뜻밖의 모습으로 등장하는 '나'는 언제나 자기 자신임을 확신하는 '나'가 아니다. '나'라는 옷을 입은 얼굴은 희미해지고 지난날의 자신마저도 낯선 얼굴로 나타나기도 한다. "만년필 촉의 비유를 쓴 / 젊은 날의 내가 / 나 같지 않다"(「비백飛白」)라는 고백은 자신이 세계와 타인을 보는 자기동일성의 주체가 아니라 스스로 알지 못했던 타인의 얼굴을 한 존재일 수도 있다는 가능성마저 암시한다.

이제 타인의 응시 속에서 재현된 자신을 만나는 것은 어떻게 가능한가 물어보기로 하자. 내가 누군가에게 보여진다는 사실은 자아의 성찰이나 각성으로 이어지기도 하지만 궁극적으로는 나와 타인과의 관계를 재조정하는 일이다. 한 편의 시에 담긴 아름다운 광경을 통해 우리는 '나'를 응시하는 타인의 의미를 조금은 짐작해볼 수 있다.

> 나는 잠깐 망설이다가
> 그와 함께 한저녁을 먹었다
> 말없이 라면을 먹는 동안
> 그와 나는
> 상대방의 출판되지 않은 자서전을
> 점자처럼 짚어보고 있었을 것이다
> 그러다가는 한순간
> 남 몰래 눈물도 흘렸을 것이다
>
> 그는 긴 수염을 더듬이 삼아
> 손수레를 느릿느릿 끌고 갔다
> 나는 내 그림자를 끌고
> 어두운 오피스텔로 돌아왔다
>
> ―「그림자에게」 부분

이 시의 앞부분에는 화자가 청계천변을 걷다가 노숙하는 노인을 발견하는 장면이 나온다. 산책을 하던 '나'는 주변을 관망하며 보는 자의 위치에 있다. 그러나 후반부에서는 각자 쓸쓸하게 저녁을 먹어야 하는 처지였던 노년의 두 남성이 "편의점 앞 벤치에서" 조촐한 저녁을 함께 먹는다. 화자는 타인을 바라보는 위치에 있었지만, 그와 함께 라면을 먹게 되면서 둘은 평행한 시선으로 서로를 바라보고 "상대방의 출판되지 않은 자서전을 / 점자처럼 짚어보"는 상호적 관계를 받아들인다. 짧은 순간 둘 사이에는 서로에 대한 연민과 위로가 교차한다. 화자인 '나'와 타인은 각자 제자리로 돌아가지만, 이 이야기는 관계의 결말이 아니라 시작에 관한 것으로 해석하는 것이 타당할 것 같다. 타인은 나의 그림자처럼 또 다른 자신이라는 생각은 시인으로 하여금 더 많은 기억 속에서 타인을 발견하도록 만들기 때문이다.

시인이 발견하는 수많은 타인의 얼굴 가운데에는 시인이 일부러 숨기느라 화장실에 널어논 내의와 양말을 밖에다 널어주던 시인(「하일서정」)도 있고, 애써 외면한 부재중 전화의 주인공 "영철 형님의 만아들 오문이"(「부재중 전화」)도 있다. 동네 잔칫날 어린 조카에게 슬금슬금 빈대떡을 집어주던 진외당숙모(「빈대떡」) 그리고 절절히 기도하던 티베트 여인의 얼굴(「미인도」)도 있다. 슬픔, 그리움, 미안함, 안쓰러움 등 갖가지 표정을 한 얼굴들은 타인의 얼굴이지만 시인은 그들의 눈동자 안에서 자신의 얼굴을 발견한다. 타인의 눈에 비친 타인인 '나'는 "숨겨놓듯 걸어놓"은 속옷처럼 "내다 걸기 뭣"(「하일서정」)한 알몸인 듯 부끄럽지만 그런 타인들 때문에 비로소 '나'도 인간의 표정을 한 존재임을 알게 된다.

우리는 제각기 옷을 입고 살아가지만, 아무것도 입지 않은 맨얼굴을 보면 서로 비슷하기도 하고 또 누군가를 닮은 것 같기도 하다. "어느 옛 시인"은 "돌아가신 아버지 생각나면" "늙을수록 아버지와 꼭 닮아가는 / 백발의 형님을 보"았다고 한다. 그렇게 그리움을 달래다가 "형님마저 세상을 떠나자 / 형님이 그리워도 / 찾아갈 데 없는 시인"은 "냇물에 비치는 제 모습을 보았"(「얼굴」)다. 옛 시인이 냇물에서 본 것은 아버지와 형님의 얼굴 그리고 자신의 얼굴이 겹쳐지면서 나타나는 서로를 그리워하는 인간의 얼굴이었을 것이다.

> 형님마저 세상을 떠나자
> 형님이 그리워도
> 찾아갈 데 없는 시인은
> 동구 밖 냇가에 나가
> 냇물에 비치는 제 모습을 보았다
> 물결 잔잔할 때마다
> 형님의 얼굴이 떠올랐다
>
> —「얼굴」부분

한 권의 시집이 우리가 알지 못하는 인간의 얼굴로 가득한데, 이상하게도 그 얼굴들이 낯설지 않다. 우리는 서로 다른 얼굴을 하고 있지만 다른 얼굴을 그리워하는 인간으로 살아가기 때문일 것이다. 이 시집을 읽다 보면 자신의 얼굴이기도 한 타인의 얼굴을 바라보고 싶어진다. 그리운 타인의 얼굴이 앞에 없다면 시인처럼 물결 위에, 구름 위에, 꽃잎 위에 얼굴을 떠올려보아도 좋다. 그러다 보면 자신도 모르게 오래된 물건을 되찾은 것처럼 익숙하지만 설레고 반가운 표정이 떠오를 것이다. 인간의 얼굴은 그렇게 서서히 되돌아온다.

'시詩집' 보내고, '시媤집' 보내고

오탁번의 『시집보내다』

시집을 받고 봉투를 열어보니 시집 표지에 커다랗게 인쇄된 시집 제목이 '시집'이다. 누가 시집인 줄 모를까 하며 시집의 표지를 다시 넘기니 제대로의 시집 제목은 『시집보내다』이다. 그리고 같은 제목의 작품도 시집 속에는 들어 있었다. 동음이의어의 편pun으로 시집은 제목에서부터 아이러니를 창출하며 시인 특유의 해학을 유발시키고 있다. 우선 표제작 「시집보내다」를 본다.

새 시집을 내고 나면 / 시집 발송하기가 여간 힘든 게 아니다 / 속표지에 아무개 님 청람淸覽, 혜존惠存, 소납笑納 / 반듯하게 쓰고 서명을 한다 / 주소와 우편번호 일일이 찾아 쓰고 / 튼튼하게 테이프로 봉해서 / 길 건너 우체국까지 / 내 영혼을 안고 간다 / (……) // 십 몇 년 전 『벙어리장갑』을 냈을 때 / ─ 벙어리장갑 잘 받았어요 / 시집 잘 받았다는 메시지가 꽤 왔다 /

어? 내가 언제 / 벙어리장갑도 사줬나? / (……) // 몇 년 전『손님』을 냈을 때 / ― 손님 받았어요 / 시집 받은 이들이 / 더러더러 메시지를 보냈다 / 그럴 때면 내 머릿속에 / 야릇한 서사적 무대가 / 흐린 외등 불빛에 아련히 떠올랐다 / 서울역 앞 무허가 여인숙에서 / 빨간 나일론 양말에 월남치마 입고 / 맨허리 살짝 드러낸 아가씨가 / 팥죽숫빛 입술로 속삭이는 것 같았다 / 아가씨 몇 데리고 몸장사하는 / 포주가 된 듯 나는 빙긋 웃었다 // 지지난해 가을『우리 동네』를 내고 / 많은 시인들에게 시집을 발송했는데 / 시집 받았다는 메시지가 가뭄에 콩 나듯 왔다 / ― 우리 동네 받았어요 / 어? 내가 언제 우리 동네를 몽땅 사줬나? / (……) // 수백 권 넘게 시집을 발송하다 보면 / 보냈는지 안 보냈는지 통 헷갈려서 / 보낸 이에게 또 보내고 / 꼭 보내야 할 이에게는 안 보내기도 한다 / ― 손현숙 시집 보냈나? / 난감해진 내가 혼잣말로 중얼거리자 / 박수현 시인이 말참견을 한다 / ― 선생님이 정말 시집보냈어요? / 그럼 진짜 숨겨논 딸 맞네요 / (……) / 마침내 이 세상 모든 여류시인이 / 시집을 갔는지 안 갔는지 죄다 아리송해지는 / 깊은 가을 해거름 / 내 영혼마저 흐리게 이울고 있다

―「시집보내다」 부분

책을 내면 보낼 곳도 많다. 속표지에 상대방 이름을 쓰고 서명을 한 다음 봉투에 일일이 주소를 찾아 쓰고 우체국에 가서 발송하는 일은 꽤 번거로운 일이다. 많은 시집을 낸 시인도 이런 일은 다반사였으리라. 시인은 '십몇 년 전'에는『벙어리장갑』을, '몇 년 전'에는『손님』을, 그리고 '지지난해'에는『우리 동네』를 내고 위의 과정을 거쳐 시집을 보냈다. 받은 사람이 잘 받았다고 메시지를 보내온다. 바로 이

메시지에 대한 화자의 익살스런 반응이 시의 주된 내용이 된다.

벙어리장갑 잘 받았다는 메시지에는 자기가 언제 그걸 사서 보내주었나 하고 시치미를 떼지만 '털실로 짠 벙어리장갑'을 끼고 호호 입김을 불며 뛰어오는 아가씨를 연상하며 시인은 첫사랑에라도 빠진 것처럼 마음이 따스해진다. '손님 받았어요'라는 메시지엔 홍등가에서 팥색으로 입술을 칠한 아가씨가 자신에게 속삭이는 것을 연상하며 아예 자신을 "아가씨 몇 데리고 몸장사"하는 포주로 생각하고 빙긋이 웃는다. 각박한 세상에 이런 따뜻한 아가씨나 시인 같은 포주라면 좀 있어도 좋을 것 같다. '우리 동네 받았어요'라는 메시지를 받고는 내가 무슨 돈으로 몇만 평도 넘는 땅을 사줬을까라며 익살을 떨며 기획부동산 거간처럼 우쭐해지다가도 땅장사 졸부의 비애에 젖기도 한다.

수백 권 넘게 시집을 보내다 보면 누구에게 보냈는지 일일이 알 수가 없다. 보낸 이에게 또 보내는 일도 생기고 보내야 할 이에게는 안 보내는 경우도 생긴다. 이처럼 보냈는지 안 보냈는지 헷갈려 시인은 '손현숙 시집 보냈나?' 중얼거리게 되고 박수현 시인이 '선생님이 정말 시집보냈다면 손현숙은 진짜 숨겨놓은 딸'이 아니냐고 말대꾸를 한다. 바로 여기에서 '시詩집'은 '시媤집'으로 그 의미가 뒤집어진다. 뒤죽박죽이 된 시인은 여러 여류시인의 이름을 불러가며 시詩집을 보냈는지 중얼거리고 마침내 그들 모두가 시媤집을 갔는지 안 갔는지조차 아리송해진다.

위의 시는 일견 여러 시집 제목인 '명사'와 연속되는 '받았다'라는 '동사'를 결합시켜 새로운 의미망을 직조하고 그로 인한 재미와 웃음을 유발하고 있는 것처럼 보인다. 그러나 이 시에는 결코 흘려 지나치면 안 될 특별한 미학적 장치가 마련되어 있다. 특히 시집을 보내고 그에 대한 응답 메시지의 수효는 주목해볼 점이다.『벙어리장갑』을 냈을 때는 메시지가 '꽤' 많이 왔다.『손님』을 냈을 때는 '더러더러' 메시지가 온다. 그러나『우리 동네』를 냈을 때는 '많은' 시인들에게 보냈음에도 메시지는 '가물에 콩 나듯' 줄어든다.

이에 대한 화자의 반응도 비례하여 변화하고 있다.『벙어리장갑』때 화자는 "첫사랑에 빠진 듯" '환하게' 웃는다.『손님』때는 "포주가 된 듯" '빙긋' 웃고 만다. 그러나『우리 동네』때는 괜히 '우쭐'했다가 결국 "못난 졸부의 비애"에 빠지고 만다. 화자의 심사는 시의 마지막에서 처음 직접적으로 드러난다. 자신이 늦은 '가을 해거름'에 영혼마저 흐리게 이울고 있는 것 같다고. 웃음 속에 얼핏 비애가 스친다.

이 시에서 독자의 이해에 거치적거리는 구석은 하나도 없다. 시인은 점잖고 엄숙한 언어는 자신의 시에서 의도적으로 거리를 두려 하는 것 같다. 대신 그는 질박하고 걸쭉한 언어를 가까이한다. 그는 이런 시어들을 능숙하게 부림으로써 독자들이 '곰삭은' 젓갈과 같은 맛깔스러운 재미를 느낄 수 있게 만든다. 이 시에서 '맨허리 살짝 드러낸 월남치마 입은 아가씨'가 나온다. 이 아가씨는 '빨간 나일론 양말'까지 신고 있다. 세련된 모습은 아니다. 하지만 비록 싸구려 옷을 입었지만 그녀는 칙칙하거나 침침하지 않다. 오히려 생기를 띠고 독자들에게 흉허물 없이 다가선다. 그의 어법에는 언제나 각박하지 않은 해학이 묻어 있다.

그의 시에 나오는 대부분의 시적 화자는 본인 자신인 것 같다. 수많은 실명이 등장하고 벌어지는 상황 또한 그러하다. (따라서 비평가의 글에서도 '시인'과 '화자'는 혼용될 수밖에 없다.) 그런데 시인 또는 화자는 언제나 자신의 약점과 한계를 예의 질박한 언어를 통하여 폭로하듯 노정시킨다. 위의 시에서도 그는 '헷갈리고', '뒤죽박죽이 되고', '아리송해진다'고 자신의 인간적인 한계를 솔직히 토로하고 있다. "위스키 잔에 / 아가씨 젖꼭지 담갔다가 / 홀짝 단숨에 마시고는 / 팁으로 배춫잎 뿌린 적 있다"고 젊은 날의 치기를 고백하고(「봄날」), 중학교 때 입학금을 대신 내준 고향 선배의 부음을 받고 그동안 그 은공을 잊었던 자신을 "보신탕에도 못 낄 / 비루먹은 개새끼"가 아니었을까 자책한다(「부재중 전화」). 84세의 휴 해프너가 60년 연하의 아가씨와 약혼했다는 뉴스를 듣고 "김흥수 화백의 기록을 깨려고" "산수유와 가시오가피에 인진쑥까지 먹으면서" 기회를 노렸던 화자는 자신의 '굼뜬 동작'에 "죽도 밥도 안 된" 인생이 되었다고 자탄하기도 한다(「아뿔싸!」).

여기서도 시인이 '아가씨 젖꼭지', 만 원짜리 지폐의 속어인 '배춫잎', '비루먹은 개새끼', '죽도 밥도 안 된' 인생 같은 누항의 속어들을 종횡무진 견인하고 있음을 눈여겨볼 필요가 있다. 물론 이런 질박한 언어들은 그의 시 전편에 두루 삽입되며 뛰어난 서정과 해학의 독특한 어법으로 기능한다. 그러나 이런 언어들은 흥미와 웃음만을 유발하기 위해 사용되는 것은 아니다. 시인은 이런 언어들을 시적 대상에게는 따뜻한 연민을, 자신에게는 서늘한 성찰을 강하게 유도하는 기능으로 동시에 작동시킨다. 허리 드러낸 월남치마 입은 아가씨를 보는 그의 눈길에는 연민이 있다. 자신을 비루먹은 개새끼와 비교할 때는 회한과 반성의 한숨이 있다. 그의 '웃음' 속에는 인간을 향한 보이지 않는 '눈물' 역시 꼬깃꼬깃 담겨 있는 것이다.

> 풀비린내 물씬 나는 그의 시 이랑마다에 / 젖배 곯은 아이의 칭얼거림이 들린다 / 퉁퉁 불은 젖꼭지 한입 가득 물리고 / 목이 가늘어 더욱 추운 그의 중년을 / 다독다독 잠재우고 싶다
>
> ─「오래된 편지」 부분

위 인용 부분은 시인이 쓴 것이 아니다. 시인의 시에 대한 한 여성 시인의 '시평'을 다시 시인이 위 시에 인용한 것이다. 창작 과정이 자의식으로 노출되어 있으니 일종의 메타 시다. '젖배 곯은 아이의 칭얼거림'이 시인의 시에서 들린다는 말은 정곡을 찌른 것 같다. 이번 시집에도 아이는 "음마! 음마!" '젖'을 먹고, 송아지도 "음매! 음매!" '젖'을 먹는 「포유도哺乳圖」라는 작품이 나온다. 더구나 고속도로 휴게소 한쪽에 아기 '젖' 먹이는 '수유실'을 보면 쑥 들어가 '젖빛' 유리 안에 보이는 어머니한테 폭 안기고 싶다고 고백한다(「젖동냥」). 그는 천진하고 순수한 아이가 되고 싶은 것이다. 실제로 그의 많은 시편에는 아이 같은 발화가 많다. 예로 "눈길에 운전하느라 애를 먹겠지만 / 그거야 다음다음 일이다". 그는 눈 오는 게 "그냥 좋다"(「눈 오시는 날」). 눈 오는 것이 왜 좋은지 모른다. 알 것도 없다. "그냥 좋다". 이것이 바로 아이의 마음이 아니고 무엇인가. 그래서 앞의 여성 시인은 그에게 "젖꼭지 한입 가득 물리고" "다독다독 잠재우고 싶다"고 말하고 있는 것 같다.

아이가 보는 세상은 놀라움과 새로움의 연속이다. "맨살을 만지는 것 같은" 생생한 감각은 바로 이런 아이의 새로운 체험과 그것의 진솔한 발화에서 비롯된다. 시인의 발화법이 바로 그러하다. 싱싱한 생명력과 웃음으로 가득 찬 시편이, 예의 그 거침없이 자유로운 영혼의 발화를 통해 계속 쏟아질 것이고 그것은 생각만 해도 '눈 맞는 아이처럼' 신나는 일이다.

'동심童心'이면서 '취趣'의 시

오탁번 시집 『시집보내다』를 읽고

장인수

오탁번의 시는 '동심童心의 시'이며, '취趣의 시'에 해당한다.

일찍이 '동심童心'과 '취趣'는 명나라 말기의 학자인 이탁오와 원굉도가 주장한 바가 있다. 그들의 사상은 실학사상에도 지대한 영향을 주었고, 특히 연암 박지원의 사상적 원천이 되었다.

이탁오는 「잡설雜說」에서 "옷을 입고 밥을 먹는 일상의 일 자체가 바로 인륜이자 사물의 이치"라고 보았다. 인간의 윤리 도덕은 성인의 가르침이나 그 가르침을 담은 경서에 따른 것이 아니라, 밥 먹고 옷 입는 일상의 모든 것에 따른 것이라고 주장했다. 이탁오는 감정을 속이지 않는 진솔함이 있어야 문장이 하늘과 통하고 광채를 띤다고 했다. "남녀가 뒤섞여 앉아 술을 마시고 노래하는 분위기를 실감 나게 묘사할 수 있어야 그 문체가 마멸시킬 수 없는 정한 광채를 띤다."고 했다. "쉰 살 이전의 나는 한 마리 개에 지나지 않았다."며 똥개론을 주장한 이탁오. 앞 개가 짖는 것을 보고 따라 짖는 개로부터 벗어나 오롯이 자신의 순수 세계를 지향했다.

그리하여 이탁오는 「동심설童心設」을 주장했다. 동심은 거짓이 없는 순수한 진심을 뜻하였다. 사람은 누구나 동심을 지니지만, 보고 들으며 경험을 쌓아나가면서, 특히 책을 읽어 이치를 알아나가면서 동심을 상실하게 된다고 주장했다. 그는 유교 경서의 말도 동심의 말이 아니며, 시대를 불문한 진리가 될 수는 없다고 주장했다. 문학에 대해서도 그것이 동심의 발로라면 어떤 시대, 어떤 문장이라 해도 높은 가치를 지닐 수 있다고 보았다.

원굉도는 스승 이탁오의 영향을 받아 "시의 진수眞髓는 개성의 자유로운 발로이며 격조에 얽매여서는 안 된다."고 주장하였다. 원굉도가 쓴 『원중랑집袁中郎集』이라는 책이 있다. "만일 전할 만한 가치가 있는 것이 있다면 여염의 부인이나 어린아이들이 부르는 〈벽파옥擘破玉〉이나 〈타초간打草竿〉의 부류이다. 이것들은 지식도 없는 진인眞人이 지은 것이다. 따라서 진성眞聲이 많아서 한위漢魏를 효빈效顰하지 않고 성당盛唐을 학보學步하지 않고서 본성에 내맡겨 발하여 도리어 사람의 희로애락, 기호정욕에 통하니 이것은 즐길 만하다. 대개 감정이 지극한 말은 저절로 남을 감동시킬 수 있으니 이것이 곧 진시眞是로서 전할 만하다. 그런데 혹자는 오히려 너무 노골적임을 병통으로 여기는데 감정이 경우에 따라 변하며 글자가 쫓아가면서 감정이 생겨난다는 사실을 전혀 모른다. 하지만 제대로 표현되지 않을까 염려될 따름이지 무슨 노골적인 병통이 있겠는가."라는 글귀가 있다. 본성에 내맡겨 발하여 감정이 지극한 글을 쓰라는 말이다.

원굉도는 인간의 각종 취미를 중요시했는데, 심지어 "인간에게 취미가 없다면 목석과 같다."고까지 했다. 그래서 민간풍속이나 몽환, 귀신, 귀뚜라미 싸움, 거미 싸움, 산수유람 등을 중요한 문학의 소재로 활용했다. 당시 거대 담론에 치우쳤던 명나라의 문학 풍토를 미세 담론으로 돌려놓는 데 결정적인 역할을 한 인물이라고 할 수 있다.

원굉도는 '취趣'에 빠진 자라고 스스로를 평했다. "세상의 희유한 일은 모두 죽음으로써 얻을 수 있는 법이니, 도를 공부하는 것도 역시 그러하다. 한 번 죽을 각오를 하지 않으면 철저하게 맛볼 수 없는 것이다." 원굉도는 매사에 죽을 각오를 하고 글쓰기에 달려들었다.

그의 「서진정보회심집敍陳正甫會心集」에 '취趣'가 자세히 나온다. 취는 동심과 연결된다. "세간 사람들이 얻기 어려운 것이 취趣이다. 취란 산의 색, 물의 맛, 꽃의 빛, 여인의 자태와 같아서, 비록 말을 잘 하는 자라고 하더라도 한마디 말도 단언하지 못하며, 오로지 회심한 자만이 알 수 있다. 무릇 '취'를 자연스러움 속에서 얻은 것은 깊고, 학문에서 얻은 것은 옅다. 아직 어린아이일 때에는 '취'란 것이 있는 줄도 모르지만 어디를 가든 '취'가 아닌 것이 없다. 얼굴은 용모를 단정히 하지 않고 눈은 눈동자를 고정하여 두지 않으며 입으로는 옹알 거리면서 말을 하려고 하고 발은 껑충 뛰려고 하지 고정되어 있지 않을 때, 사람이 태어나 지극한 즐거움은 정말로 이 시기보다 더 뛰어넘는 것이 없다. 노자가 말한 '능히 영아嬰兒일 수 있는가'라고 한 것은 모두 이것을 가리킨 것이다."

이렇듯 이탁오와 원굉도 모두 동심으로 돌아가라고 주장하고 있다. 동심이 곧 취趣라고 주장하고 있다.

늘 신이 나서 어쩔 줄을 모르는 아이들의 마음! 무슨 재미있는 일이 없나 싶어 눈동자를 뱅글뱅글 돌리는 아이들의 마음! 세상에 대한 순순한 호기심! 무엇인가를 가장 잘 취하는 아이들! 모든 사물의 변화에 매 순간순간 자신을 풀어놓는 어린이의 자세! 모든 사물에 취하면서 사물의 변화와 더불어 놀고 싶어 하는 어린이의 자세! 어른들에게 무가치하고 무의미해 보이는 사물일지라도 아이들은 사물의 재료를 새로운 직관으로 빨아들이며 의미를 부여한다. 어른들에 의해 이미 사물에 부여된 의미를 수용하는 대신 대상물을 만져보고 창조적으로 사용함으로써 사물로부터 새로운 의미의 가능성을 드러내는 아이들의 시선! 그것이 취趣! 니체가 차라투스트라의 입을 빌려 낙타에서 사자로, 사자에서 어린아이로 회귀하는 초인상을 제시한 바와 일맥상통하는 면이 있다. 어린아이로의 회귀는 감각의 온전한 회복이며 대지를 축복하는 순순한 가치의 세계를 일컫는다.

고속도로 휴게소
한쪽에
앙증스레 서 있는
수유실 간판을 보면
나는 그냥
쏙 들어가고 싶다

젖빛유리 안에
아슴푸레 보이는

어머니한테

나는 그냥

폭 안기고 싶다

—「젖동냥」전문

뭐, 그냥! 쏙! 그런 거다. 이것저것 잴 것도 없다. 그냥! 쏙! 즉흥적
으로! 거리낌 없이. 아이처럼. 영아嬰兒의 세계로 단도직입. 직방이
다. 머뭇거림이 없다. 웃기다. 우습다. 재밌다. 천진난만하다. 순진무
구하다. 천진天眞은 '하늘의 참됨', 난만爛漫은 '거짓이 없고 꾸밈이
없다'는 뜻이다. 순진무구純眞無垢는 '마음과 몸이 아주 깨끗하여 조
금도 더러운 때가 없다'는 뜻이다.

진소천으로 소풍 가는
병아리빛 어린이집 버스를 보고
텃밭에서 김을 매다가
허리를 펴고 손을 흔든다
오종종한 아이들이
밀짚모자를 쓴 할아버지한테
고사리 손을 흔든다

옆자리의 아이 엄마들은
입을 삐쭉하며
정신 나간 늙은이 보듯

왼고개를 젓는다
허허, 참!
개꼴이 된 나는
먼 하늘 보고 웃는다

—「개꼴」전문

오탁번 시인은 아이가 되었다. 천진난만한 존재가 되었다. 유치원생이 되었다. 중학생 아이가 되었다. 고등학생 아이가 되었다. 대학원생 아이가 되었다. 대학교수 아이가 되었다. 늙은이 아이가 되었다. 촌로 아기가 되었다. 시인 아이가 되고, 아이 시인이 되었다. 매 순간 눈동자를 뱅글뱅글 돌리며 뭐 재미있는 일이 없나 두리번거린다. 고구마, 똥, 감자, 마늘밭, 우탄치, 우체통, 버스승강장 등등 사물의 변화와 더불어 놀고 싶어 한다. 아이처럼 사물의 재료를 새로운 직관으로 빨아들인다. 어른들 세계의 이념이나 굳어진 관념을 배제한다. 굳어진 개념을 벗어버린다. 호기심으로 가득 찬 아이의 감각으로 사물을 만난다. 때가 묻지 않아서 재미있다. 그것이 바로 '취趣'의 자세라고 볼 수 있다.

맑은 날 술래가 된 일흔 살 아이

오탁번의 시

최준

    오랫동안 고수해왔던 살이의 '방식'을 내려놓았을 때의 마음이 어떠할까. 세상을 향해 곧추세웠던 더듬이를 거두고, 옷깃을 여미는 대신에 아득해진 눈길로 '너머'를 응시하는 눈길은 무엇을 보고 있을까. 오탁번 시인의 신작 시집 『시집보내다』는 그동안 시인이 추구해온 재미와 순수 지향의 시작관을 고스란히 반영하고 있으면서도 내려놓은 자의 편안함과 여유를 노래한다.

    그리고 이 편안함과 여유에는 웃음과 해학이 있다. 복마전인 현대를 살아가는 우리에게 정작 필요한 웃음은 무덤 속 유물이 되어버렸다. 다가서서 들여다보면 다들 웃기는 삶인데 모두가 심각하다. 더 심각한 문제는 이런 삶보다 더 심각한 시다. 다달이 계절마다 발행되는 문예지들에 실려 있는 시들을 보면 그나마 견디며 살고 싶은 오기 서린 마음마저 사라져버린다. 시들 속에 희망도 없고 재미도 없고 추

억도 없다. 오직 살벌한 현재의 고통 어린 비명만 가득하다. 불행을
확인하는 불행만을 쓰고 떫게 맛볼 수 있을 따름이다.

　오탁번 시인의 시집 『시집보내다』는 쉽게 쓰인 시가 아니다. 오래
숙련되어 노련해진 장인만이 빚어낼 수 있는 삶의 무늬다. 얼룩을 무
늬로 바꿀 수 있는 넉넉한 저력을 한 짐 등지고 있어야 가능하다. 활
자화된 시는 이미 모두 과거일 수밖에 없는데, 시인은 과거를 현재로
옮겨다 놓는다. 추억을 보자기에 싸 들고 현재의 장터에다 펼쳐놓는
다. 여기에는 어떠한 의도나 모의도 없다. 그저 한 아이가, 한 사람이
살아온 이야기보따리일 뿐이다. 시를 읽으면 자신의 과거를 떠올리
며 과거로 되짚어가게 되지 않고 과거나 현재로 옮겨 와 오롯이 현재
가 된다. 이는 시인의 마음이 예나 지금이나 조금도 바뀌지 않았다는
반증이다. 세월과 살이가 만들어낸 주름살과는 전혀 상관이 없는 영
원한 동심의 아이가 있다. 그러니까 이 아이는 어른이면서도 아이다.
어른의 동심은 애어른의 아이와도 또 다르다. 세상을 살다 보면 진화
보다 지속이, 변화보다 고수가 한결 어렵다는 걸 알게 된다. 어른 속
의 아이는 퇴화가 아니라 간직이다. 살다 보면 이게 참 어렵다. 이렇
게 시 쓰기는 더 어렵다.

> 눈 오시는 날
> 밖을 가만히 내다본다
> 넉가래로 눈 치우느라 애를 먹겠지만
> 그거야 다음 일이다
> 그냥 좋다

눈을 맞는 소나무가 낙낙하다

대추나무는 오슬오슬 좀 춥다

대각선으로 날리던 눈발이

좀 전부터 허공에서부터 춤을 추듯

송이송이 회오리치며 쏟아진다

ㅅㅅㅅ, ㅎㅎㅎ, 소란스레 눈소리 들린다

메숲진 앞산 보이지 않는다

내내 함박꽃처럼 내리는 눈을

그냥 무심히 내다본다

눈길에 운전하느라 애를 먹겠지만

그거야 다음다음 일이다

그냥 좋다

눈 오시는 날

—「눈 오시는 날」 전문

    사설이 필요한가. "함박꽃처럼 내리는 눈을 / 그냥 무심히 내다"보고 있는 화자는 "넉가래로 눈 치우느라 애를 먹겠"고 "눈길에 운전하느라 애를 먹겠"다는 일반적이고 그래서 세속적인 걱정을 조금도 하지 않는다. 이건 어른들의 몫이다. 지금 "오시는" 눈이 "그냥 좋"은 게 바로 아이다. 여기에는 비현실이 없다. 눈을 치우고 눈길에 운전을 해야 하는 현실적인 어른의 걱정과 눈이 내리는 게 그냥 좋은 아이의 현실적인 심정이 함께 드러나 있다. 중요한 건 그냥 좋은 아이의 마음이 현실적인 어른의 걱정을 앞서고 있다는 점이다. 걱정으로 해결되는 현실은 기실 아무것도 없다. 몸과 마음이 움직여야만 해결 가능한 것들로 삶은 채워져 있다. 이게 엄연한 세상사인데도 우리가 잊고 살아가는 이 소중한 미덕을 시는 아주 천연스럽고 자연스럽게 끌어안고 있다. 아이를 내세워 현실을 눙치는 이 능청이 침잠해 가라앉은 현실의 마음을 한 옥타브쯤 들어 올린다.

기분이 그냥 좋다. 이 말 속에 시인의 시들이 모여 환하게 투명한 연못을 이루고 있다. 이 연못에는 고향이 있고 유년의 추억이 있고 추억을 함께한 동무들이 있고 첫사랑이 있고 엄동설한이 있고 마늘밭이 있다. 지하철이 가는 서울 풍경이 있고 약속이 있고 우주달력이 있고 티베트의 하늘에 뜬 초승달이 있다. 무엇보다도 아이를 손잡고 아이의 말을 들으려고 아이의 입술에서 귀를 떼지 않고 있는 시인이 있다. 연못에 고인 시간 속의 재미있는 이야기들에는 때로 강조나 계도를 목적으로 내세우지 않는 깨달음도 스며들어 있다. 이때에도 아이와 어른이 물론 함께한다.

우리는 너무 빨리 사랑을 하고
너무 빨리 이별을 하네
논꼬 보러 가는 늙은 농부처럼
미꾸리 잡아먹던 두루미가
문득 심심해져서
뉘엿뉘엿 날아가는 것처럼
사랑하고 이별할 수 있다면!
솔개가 병아리 채가는 것처럼

쏜살같이 빠르게는 말고

능구렁이가 호박넌출 속으로 숨듯

허수아비 어깨에 그림자 지듯

느려터지게는 말고 그냥 느리게

한평생이라야

구두끈 매는 것보다 더 금방인데

우리는 너무 빨리 이별을 하고

너무 빨리 사랑을 하네

이메일 메시지야

한 손가락으로 단숨에 지울 수 있지만

수많은 새벽과 노을녘은

눈썹처럼 점점 또렷해지는데

메뚜기 떼 호드득호드득 뛰는

고래실 고마운 논배미를

무심히 바라보는 것이

꾀 중에서는 제일인데 말이지

—「이별」전문

    살면서 "사랑"과 "이별"을 경험하지 않을 수 없다. 이건 말하자면 운명 같은 거다. 문학도 예술도 텔레비전 드라마도 이 소중한 재료가 빠지면 그냥 멀국이다. 아무도 수저를 대려 하지 않는다. 문제는 "우리는 너무 빨리 사랑을 하고 / 너무 빨리 이별을 하"는 게 문제인데 그러지 말았으면 한다고(그러면 안 된다는 게 아니다) 말하는 시인의 비유들은 그래도 어쩔 수 없는 거라고 말하고도 있는 듯하다. "늙은 농부", "두루미", "솔개", "능구렁이", "허수아비"의 비유는 "느려터지게는 말고 그냥 느리게" 사랑하고 이별했으면 하는 마음의 대리물들이다. "구두끈 매는 것보다 더 금방"인 "한평생"을 우리는 어떻게 어떤 마음으로 사랑하고 이별하며 보내는가. 시인이 말하는 그 마음이란 "메뚜기 떼 호드득호드득 뛰는 / 고래실 고마운 논배미를 / 무심히 바라보는" 마음이다.

"햇별 한 번 받지 못하고 / 칭얼칭얼 보채던 빨래가 / 자늑자늑 흔들리는 빨랫줄 위에서 / 빨주노초파남보 눈부신 햇살 마시며 / 깔깔깔 웃는 소리"를 품고 있는 시인의 시집 속 시들은 "그냥 좋다"와 "무심히"라는 두 개의 마음에 발을 담그고 있다. "그냥 좋다"는 아이이고 "무심히"는 어른일 테다. 그렇지만 이 둘은 떨어져서는 존재하지 못한다. 오탁번 시인과 오탁번 시인의 시를 서로 떼어낼 수 없는 것처럼.

외설과 성찰이라는 한 아이

오탁번의 신작시집 『시집보내다』

윤향기

『시집』이 도착했다. 속표지에 윤향기 선생이라고 간단하게 붓으로 쓴. 책상에 앉아 투박한 광목 색『시집보내다』를 몇 페이지 넘기다 봄날이란 돌부리에 넘어져 무릎이 깨졌다. 상처 난 아가씨에게 뒤늦게나마 약을 발라주는 시인을 보며 크아~ 이렇게 솔직할 수야 하면서 놀라고 있는데 하늘도 놀랐는지 갑자기 우르릉 콰앙 하면서 소낙비가 내린다. 비 개자 가뭄과 황사에 지쳐 있던 상추가 궁금해 시집을 덮어놓고 텃밭으로 발을 옮겼다. 언제 지나갔다는 듯 하늘은 청명하기 그지없다. 소나기가 지나간 수로를 따라 한참을 걸었다. 거짓말처럼 물속에는 구름이 내려와 놀고 있다. 개망초가 지천인 둑길을 지나 숲으로 들어서자 이름 모를 새들이 포롱포롱 포르릉 세레나데를 연주한다. 새의 노래를 따라 시선을 돌리던 나는 그 순간 숲 뒤쪽에 걸려 있는 쌍무지개를 보고 어린아이처럼 탄성을 질렀다.

몇 해 전 몽고에 갔을 때 수시로 비가 내리고 수시로 무지개가 떴다. 무지개를 볼 때마다 현지인들은 한국인을 '솔롱고스'라고 불렀다. 이유인즉 무지갯빛 색동저고리를 입는 나라이기 때문이란다. "하늘의 무지개를 바라보면 / 내 가슴이 뛴다 / 어린 시절도 그렇더니 / 어른 된 지금도 그래 / 이담에 늙어서도 그럴 거야 / 아니면 차라리 죽는 게 낫지 / 어린이는 어른의 아버지 / (……)" 19세기 영국의 낭만파 시인 윌리엄 워즈워스(1770~1850)는 무지개를 바라보며 자신의 어린 시절을 생각한다. 오탁번 시인 역시 본능과 통찰이라는 흔치 않은 경험을 몸소 행하며 독자들에게 어린아이로 퇴행하는 방식을 직접 보여준다. 과거로의 회귀라는 타임머신을 타면 토란잎 우산을 쓰고 고속도로 휴게소에 도착하는 어른의 아버지가 보인다.

고속도로 휴게소
한쪽에
앙증스레 서 있는
수유실 간판을 보면
나는 그냥
쏙 들어가고 싶다

젖빛유리 안에
아슴푸레 보이는
어머니한테

나는 그냥

폭 안기고 싶다

—「젖동냥」

라싸에서 (……) 샀다

크기가 뼘가웃 되는 램프에서는

야크 버터 촛불 타는 냄새가 났다

때에 절고 보잘것없는 램프는

한때는 유목의 추운 천막에서

해산하는 여인의 뺨을

따뜻하게 밝혔을 것이다

—「야크 램프 1」

　　사이버섹스를 실용화한 신세대의 섹스어필한 몸 이미지만이 최고의 가치가 되어가는 시대에 지속적으로 아날로그의 몸 이미지를 제시하며 서로의 모습을 조우하는 것은 매우 흥미로운 일이다. 이렇게 고백 형식으로 자신의 정체성을 심층적으로 표현할 때는 필히 용기, 천진스러움, 즐거움 등을 내포해야 한다. 그가 「젖동냥」에서 '젖빛유리 안에 / 아슴푸레 보이는 / 어머니'의 몸이나, 「야크 램프 1」 '유목의 추운 천막에서 / 해산하는 여인'의 몸은 시인을 낳고 서른셋에 과부가 된 어머니다. 교육은 못 받았지만 큰 어른으로서 그에겐 유일한 종교였던 어머니, 그러나 한때 순수하게 욕망이 복무했던 장소로서의 어머니라는 경유지를 거쳐 지극한 생명수의 성소로 다시 탄생하는 곳이다.

그 길목에는 "기차를 타고 고향으로 가는 옛날"의 아이가 있다. 그 아이는 시의 곡예를 빌려 외설과 성의를 번갈아 입으며 몸과 마음에 파탈fatal의 평안을 얻는다. 어린아이 때는 기어다니며 즐거워하고 책을 읽는 사람들은 책을 읽는 동안 자신을 잊어버린다. 하지만 젖배 곯은 아이는 엄마의 냄새나는 앞치마에, 발자국 소리에, 그림자에도 열광하고 웃고 울기를 반복한다. 긴장과 도취, 쾌락을 통해 재미를 추구하기 이전의 생물학적 본능인 것이다. 어머니의 숭고한 단어는 양분의 섭취와 번식, 자기보존이라는 영역을 넘어서는 영역에 자리한 삶의 허기를 채워주는 깨달음이다. 어머니의 얼굴에서 어머니의 목소리에서 생이 할퀸 모든 상처를 치유받고 회복되는 것을 본다. 사랑의 엑스터시를 만끽하는 다음 영혼을 보자.

— 내가 왜 좋아?
— 그냥!

이 세상에서
가장 아름다운 말이다

(……)

나도

이 말 한번 해봤으면!

─「그냥!」

천등산 박달재 사이

낮에도 부엉새가 우는 깊은 산골

(……)

굴뚝새빛 단발머리

주근깨 오소소한 소녀와

까까머리 코흘리개 소년은

퍼져나는 향냄새에 취해

영겁까지 약속하는

토끼풀 반지를 끼고

(……)

그 옛날의 사랑이

이제는 과거완료가 된

(……)

─ 너를 사랑한다

이 한마디 말

오작교 난간에 걸어둘까 한다

─「첫사랑」

누군가의 사랑 이야기를 엿듣는 일은 언제나 짜릿하다. 「첫사랑」에서 '굴뚝새빛 단발머리 / 주근깨 오소소한 소녀와 / 까까머리 코흘리개 소년은 / 퍼져나는 향냄새에 취해 / 영겁까지 약속하는 / 토끼풀 반지를 끼고' 온몸이 떨렸을 것이다. 가슴이 두근거려 아무것도 못했을 것이다. '첫사랑'이라는 말은 연분홍 같다가도 금세 슬퍼지는 단어이다. 별거 아닌 소소한 이야기지만 돌이켜보면 그 순간만큼 알싸한 것도 없는 것이 첫사랑이란 꽃자리로 남겨진 빈터이다. 이렇게 '첫사랑'이라는 말에 매료되는 것은 이 말 자체가 실패를 거느리고 있기 때문이다. 그러나 그 판타지는 영원히 힘이 세어 노인들의 눈에서 분홍 꽃을 발견하게 한다. '이제는 과거완료가 된 첫사랑'은 입술을 부딪치며 조심스럽게 되뇌어보는 것만으로도 시인의 가슴에 애잔한 파문을 일으키게 한다. 그 옛날 하지 못했던 '너를 사랑한다 / 이 한마디 말 / 오작교 난간에 걸어'놓고 그녀를 바라보는 시인은 '그냥 네가 좋아'라는 '그냥'에서 무의미가 함축된 의미를 건져 올린다. 시인뿐만 아니라 우리는 모두 누구의 첫사랑이었다. 절절한 첫사랑을 오마주한 영화로는 〈소나기〉, 〈러브레터〉, 〈건축학개론〉, 드라마로는 〈겨울연가〉가 생각난다.

젊은 날 술집에서
유두주 마시며 희떱게 논 적 있다
위스키 잔에
아가씨 젖꼭지 담갔다가
홀짝 단숨에 마시고는
립으로 배춧잎 뿌린 적 있다

독한 위스키에 취한

오디빛 젖꼭지의

도드라진 슬픔은 모른 채

내 젊음의 봄날이

깜박깜박 반짝이는 불빛에

만화방창 활짝 핀 적 있다

이순耳順 지나 종심從心이라

일락서산 끄트머리에서

콧속 유두종乳頭腫 수술을 받았다

이비인후과에 난생처음 가서

내시경 진찰을 받았는데

콧속에 딱 젖꼭지 모양으로 생겨먹은

혹이 있었다

수술받고 내내 코피를 쏟다가

문득 젊은 날 마신

유두주가 떠올랐다

그때 그 아가씨의 젖꼭지가

콧속으로 들어와서

숨을 막으며 벌주는 것일까

유두주 죗값 치르는

피 흐르는 봄날!

─「봄날」

1

(……)

2

오체투지五體投地 하는 티베트 사람들이

정녕 사람이라면

나는 한 마리 짐승이다

먹이를 쫓아 아무나 흘레붙는

몹쓸 짐승이다

더는 사람이 아니다

3

조캉사원 향로香爐 앞에 서서

두 손을 모은다

나는

사람이

아니다

—「나는, 아니다」

　에로티시즘적 영감과 감동만큼 인간을 인간답게 하는 것은 그 어디에도 없다. 「봄날」에서 '위스키 잔에 / 아가씨 젖꼭지 담갔다가 / 홀짝 단숨에 마시고는 / 팁으로 배춧잎 뿌린 / 유두주'는 남의 이야기가 아닌 시인 자신의 그림자이다. 「나는, 아니다」에 와서도 '나는

한 마리 짐승이다 / 먹이를 쫓아 아무나 흘레붙는 / 몹쓸 짐승이다 /
더는 사람이 아니다'라고 외친다. 능청스럽게 사회적 시선을 이토록
굴복시킨 작품은 드물다. 센티멘털이 바닥을 쳐서인지 쾌락을 받아
들였던 몸으로 사회적 시선을 상실한 양심 찾기인지는 모르겠다. 다
만 내면의 상처들을 원초적인 외설과 통찰로 도닥거리고 어루만지
며 불쾌한 감정이 표면으로 떠오르지 못하게 방어하는 대신 자기비
판 과정을 다시 자기 인정으로 설명한다. 어쩌면 시인의 『시집보내
다』 속 기록이란 '언놈이 밥 먹이고 가요'라던 진외당숙모의 말, '그
의 시를 읽으면 맨살을 만지는 것 같다 (……) 젖배 곯은 아이의 칭얼
거림이 들린다'라고 하던 많은 여인들과의 따뜻한 연대, 배고팠던
시인을 키운 애련분교의 바람 소리, 텃밭에 심은 채소들이 웅얼웅얼
들려주는 옛이야기다. 이렇게 외설과 성찰이라는 한 아이를 읽는 독
자들은 마음이 몇 cm씩 움직이는 신체적 증상에서 카타르시스를 느
낄 것이다. 오늘도 시인은 천연스럽게 삼억삼천의 신들을 친히 거느
리는 자신의 심장 소리에 귀를 기울이며 시를 살 것이다. 재기 넘치
게 통통 튀다 되똥되똥 반짝거리며.

이 계절의 시집

『시집보내다』

조정인

종심從心의 미학:

우리는 너무 빨리 사랑을 하고 / 너무 빨리 이별을 하네 / (······) / 미꾸리
잡아먹던 두루미가 / 문득 심심해져서 / 뉘엿뉘엿 날아가는 것처럼 / 사랑
하고 이별할 수 있다면! / (······) // 한평생이라야 / 구두끈 매는 것보다 더
금방인데 / (······)

—「이별」 부분

생의 순간순간이 지닌 아름다움이 스스로를 풀어 흘러든 종착지
로서『시집보내다』는 자리한다. 종심從心은 70세를 비유적으로 이른
것으로, 그즈음이면 마음이 하고자 하는 대로 따라도 크게 법도에
어긋남이 없다는 '자유로운 때'를 말한다. 종심의 세계는 '두루미가

뉘엿뉘엿 날아가는' 정도의 비가속의 세계, 견지의 세계이다. 또한 종심의 본질은 마음이 맨 나중에 이르러서야 닿을 수 있는 겸손의 자리인가 하면 마음의 첫자리인 천진의 자리에 닿아 있을 것이다. 겸손과 천진, 자유자재한 마음으로 삶을 바라보는 견지의 시선이 어우러져 빚은 시집. 오탁번 시인의 『시집보내다』를 넘기는 동안 입가에 미소가 번졌다. 해학으로 말하는 '피 흐르는' 성찰 앞에서는 찡해지기도 했다.

> 밭 가는 어미소 따라 / 강동강동 뛰는 송아지를 / ― 네미! 네미! / 할머니가 부르며 / 등에 업은 아기를 추스른다 / (……) // ― 저라! 저라! / ― 어뎌! 어뎌! / 소 모는 힘찬 소리에 / 왼쪽으로 오른쪽으로 내딛는 / 어미소 따라가며 / ― 음매! 음매! / 송아지가 젖 보채며 운다 / 배냇머리같이 보드라운 / 금빛 털이 함함하게 빛난다 // (……)
>
> ―「포유도哺乳圖」 부분

이 시는 종種과 종의 구분 없이 생명이 양육되는 숭고한 한때를 그리고 있다. 인간의 두개강頭蓋腔에는 포유류 2억 5천 년에 걸쳐 형성된 메아리가 지나고 있다고 한다. 인간의 아기나 짐승의 새끼나 다 젖먹을 시간이다. 중략 처리로 가려진 시행 속의 아기 엄마는 일하다 말고 네미! 부르는 소리에 "에미야. (와서 애 젖 먹여라)"하는 줄로만 알고 일을 멈추고 밭두둑으로 올라온다. 젖 보채는 송아지는 자주 어미소의 가랑이 속으로 머릴 드밀어 바쁜 일손에 가로거친다. 농부는 잠시 어미소에게 젖 먹일 짬을 주며 그늘 쪽으로 가 땀을 식힐 것이다.

풍경은 고요한 중에, 젖먹이들의 젖 빠는 소리, 목구멍으로 꼴깍꼴깍 젖 넘어가는 소리에 집중할 것이다. 사위는 그 미쁜 소리 쪽으로 달려와 귀를 열고 경건하게 멈춰 설 것이다. 숭고는 '종교보다 큰' 경건이다. 지상의 어떤 일이, 그 어떤 거대한 명분이 이보다 중하고 아름다울 수 있겠나. 시인의 시선은 마땅히 저러한 숭고의 순간에 꽂혀야 할 것이다. 현대사회는 숭고와 영성, 공동체적인 연대감을 잃어버린 시대다. 소비를 부추기는, 소비가 미덕인, 소비가 교리인 종교—자본주의의 마성에 세뇌되어 스스로 만성적 질병을 앓는 것조차 모르는 마비와 중독의 시대. 눈뜨면 출시되는 새 제품, 신개발품의 홍수에 휩쓸리는 모습이 현대를 사는 우리의 모습이다. 자본주의라는 거대 공룡이 드리운 그늘 아래, 생명은 왜곡되고 감정은 메말라 나와 나의 바운더리 바깥에는 냉소와 무관심으로 일관한다. 시인 사회에서조차 영성을 꺼내 들면 전근대적인 인간 취급을 당할까 봐 슬그머니 도로 집어넣어야 하는, 다 안다는 식의 표정을 짓는 조로早老한 시대. 파편화된 개인과 세기말적 분위기가 지배적인 흐름을 생각할 때, 생명이 생명에게 전이되고 감염돼 한 통通인, 공동체적인 장면을 담아낸 그의 포유도哺乳圖 한 장이 소중하게 다가온다.

젊은 날 술집에서 / 유두주乳頭酒 마시며 희떱게 논 적 있다 / 위스키 잔에 / 아가씨 젖꼭지 담갔다가 / 홀짝 단숨에 마시고는 / 팁으로 배춧잎 뿌린 적 있다 / 독한 위스키에 취한 / 오디빛 젖꼭지의 / 도드라진 슬픔은 모른 채 / 내 젊음의 봄날이 / 깜박깜박 반짝이는 불빛에 / 만화방창 활짝 핀 적 있다 // 이순 지나 종심從心이라 / 일락서산 끄트머리에서 / 콧속 유두종 수

술을 받았다 / 이비인후과에 난생처음 가서 / 내시경 진찰을 받았는데 / 콧속에 딱 젖꼭지 모양으로 생겨먹은 / 혹이 있었다 / 수술받고 내내 코피를 쏟다가 / 문득 젊은 날 마신 / 유두주가 떠올랐다 / 그때 그 아가씨의 젖꼭지가 / 콧속으로 들어와서 / 숨을 막으며 벌주는 것일까 / 유두주 죗값 치르는 / 피 흐르는 봄날!

—「봄날」전문

종심의 진정한 때는 회심回心의 때일 것이다. 화자는 '일락서산 끄트머리' 다 늦은 일몰의 나이에 이비인후과에서 코에 생긴 유두종 진찰을 받는 과정에서 내시경 화면에 비친 '콧속에 딱 젖꼭지 모양으로 생겨먹은 혹'을 발견하게 된다. 유두종이라는 병명이 '유두주乳頭酒'라는 쾌락의 이름을 불러와 치기로 얼룩진 저 젊음의 뒷길을 서성이게 한다. 젊은 나이 혈기방장이 배춧잎을 뿌리며 아가씨 젖꼭지를 담갔던 술을 마시며 '만화방창 희떱게 논 적' 있던 시간을 아프게 회상하게 한다. 그때 일행과 어우러져 와자하게 떠들며 마셨던, 그 '유두주'라는 게 정작은 젊은 처자의 도드라진 슬픔이었다. 시간과 공간을 거슬러 그때 그 일에 대한 회한이 한 처자의 슬픔에게 '오디빛 젖꼭지의 도드라진 슬픔'이라는 언어의 육체성을 부여한다. 이비인후과 진료실에 누워 가만히 속죄하는 봄날은 그래서 피를 흘린다.

예전에 쿠라Cura(관심, 걱정)는 강물을 건너 찰흙땅을 발견했었다. 생각에 잠겨 그녀는 그 한 덩이를 집어 들고 형태를 만들기 시작했다. 만들어낸 물건에 대해 곰곰이 생각하고 있노라니 유피테르[收穫]가 찾아왔다. 쿠라가 유피테르를 보고 형태를 얻은 그 한 덩이 진흙에 정신을 부어달라고 부탁했더니 유피테르는 기꺼이 그 소원을 들어주었다. 그런데 그 형상에 쿠라가 자기 이름을 붙여주려고 하자 유피테르는 그것을 말리고 자기 이름을 붙여줘야 하지 않느냐고 주장했다. 쿠라와 유피테르가 이름 문제로 승강이를 하고 있는 동안에 텔루스〔大地〕 또한 일어서더니 자기 육체의 한 부분을 그것에 제공한 것이니 자기 이름이야말로 그것에 붙여져야 할 것이라고 희망했다. 그들이 사투르누스〔時間〕에게 심판해줄 것을 바라자 그는 다음과 같은 그럴싸한 판결을 내렸다. 유피테르여, 그대는 정신을 넣어준 것인즉 이 형상이 죽을 때엔 그 정신을 받을 것이며, 텔루스여, 그대는 육체를 떼어준 것이니 그 육체를 받도록 하라. 하지만 쿠라는 이것을 애당초 만들어내었으니 그것이 살아 있는 동안만은 그것을 소유하도록 하라. 그러나 그 이름에 대해 너희가 서로 다투는 이상 그것은 분명 후무스(흙)로 만들어진 것인즉, 호모(인간)란 이름을 붙여줌이 옳을 것이다.[1]

위의 우화 속 호모(사람)의 출처인 후무스(흙)는 후밀리타스(라. 겸손)에서 유래한다고 한다. 마음이 맨 나중에 이르러서야 닿을 수 있는 겸손의 자리는 흙의 자리이다. 흙바닥에 다 내려놓는 종심의 자리이다. 일테면 인간 본연의 자리인 것이다. 타인의 슬픔으로 나의 쾌락을 삼던 지나간 날들이 종심에 이르러서야 환히 내다보인다. 마치도 내시경 화면에 비친 유두종처럼 선명하다. 그러므로 종심은 '피 흐르도록 아픈' 회한에 이르는 시간이다.

---

1 하이데거, 『존재와 시간』(동서문화사) 42절에 인용된 우화.

라싸에서 티베트 전통음식 맛보려고 / 식당에 갔을 때였다 / 관광객 눈요
깃감으로 전시해놓은 / 민속품 가운데 야크 램프가 하나 보였다 // 주인을
졸라서 그걸 샀다 / 크기가 뼘가웃 되는 램프에서는 / 야크 버터 촛불 타는
냄새가 났다 // 때에 절고 보잘것없는 램프는 / 한때는 유목遊牧의 추운 천
막에서 / 해산하는 여인의 뺨을 / 따뜻하게 밝혔을 것이다

—「야크 램프 1」 전문

「야크 램프 1」은 시집의 안쪽에서 고요하게 빛을 발한다. 다름 아
닌 시, 저의 아름다운 소임을 수줍게 이행하고 있는 시이다. 여행지
에서 구입한 '때에 전 남루한 야크 램프'를 통해 시인의 시선은 유목
민의 삶의 자리에 머문다. 생의 가장 숭고한 현장인 해산의 자리에 놓
여, 여인의 뺨을 어루만졌을 어룽거리는 불빛에 관한 상상은 생각 그
자체만으로도 기쁨으로 빛나게 한다. 인간의 삶 안으로 들어온 사물
들은 저마다 소임이 있다. 램프의 소임을 유추해간 시인의 시선을 따
라간 유목의 천막은 사물과 인간이 일체가 되는 공동체적인 공간이
다. 사람의 자리에 함께 머물러서야 비로소 사물은 진정한 아름다움
의 빛을 발한다. 그의 시편들에는 공동체가 있고 인간이 있고 그것을
바라보는 연민 또한 깊다.

이순을 지나 불러보는 아름다운 귀거래사

이승하

충북 제천이 고향인 오탁번 시인은 2003년, 향리인 제천시 백운면 애련리 19번지 백운초등학교 옛 애련분교 자리에 원서문학관의 문을 연다. 이때 시인의 나이 예순, 막 이순耳順이 되었을 때였다. 시인은 그해에 그간에 냈던 6권의 시집을 묶은 전집을 태학사를 통해 펴낸다. 이후 2006년 12월에 제7시집 『손님』을, 2010년 9월에 제8시집 『우리 동네』를 펴낸다. 이 글은 전집 발간 이후에 낸 두 시집에 대한 서평의 성격을 지닌다.

고향에 돌아와 산다는 것

정년퇴임을 앞둔 시인은 고향 인근에 백운초등학교(바로 이 학교를 나왔다)의 분교를 매입, 원서문학관이라는 이름을 붙여 새 둥지를 튼다. 도시의 번잡함과 휘황찬란함에서 멀리 떨어진 곳에서 귀를 씻고, 각종 모임을 멀리하며 심신의 안정을 도모하는 한편 책 읽고 시를 쓰기 위함이리라. 중국 위·진 시대 때 노장의 무위자연사상을 숭상한 일곱 벼슬아치가 벼슬을 버리고 산간에 은거하자 이들을 가리켜 후대 사람들이 죽림칠현이라 일컬었다. 그 후, 동진 시대 때의 도연명은 벼슬을 버리고 고향으로 돌아가서 자연과 더불어 사는 전원생활의 즐거움을 동경하는 사부辭賦를 지었으니, 그것이 바로 「歸去來辭」이다. 오탁번은 이전에 발표한 시에서도 고향과 고향 사람들에 관한 이야기를 간간이 했었지만 근년에 낸 두 권의 시집을 통해 더욱 자주, 귀거래사를 부른다. 어린 시절의 이야기, 고향 친구들과의 만남, 고향에 돌아와 사는 재미, 달라진 고향 모습 등을 시로 쓴다.

하루 걸러 어머니는 나를 업고
이웃 진외가 집으로 갔다
지나다가 그냥 들른 것처럼
어머니는 금세 도로 나오려고 했다
대문을 들어설 때부터 풍겨오는
맛있는 밥냄새를 맡고
내가 어머니의 등에서 울며 보채면
장지문을 열고 진외당숙모가 말했다
— 언놈이 밥 먹이고 가요

— 「밥냄새 1」 앞부분

이 시를 통해 알 수 있는 것은 시인 집안의 가난함과 진외가 당숙모의 후한 인심이다. 어머니는 어린 탁번이 배를 안 곯게 하려고 꾀를 낸다. 그냥 놀러 온 것처럼. 하지만 하필이면 식사 시간에 맞춰 이웃 진외가 집으로 가서는 금세 도로 나오려고 한다. 당숙모는 아이 밥을 먹이고 가라고 하고, 어느 날에는 아예 "밥때 되면 만날 온나"라고 말한다. "태어나서 젖을 못 먹고 / 밥조차 굶주리는 나의 유년"을 따뜻하게 해주었던 당숙모의 후덕한 마음이 우리를 감동시킨다. 당숙모가 북녘의 아들을 끝내 못 보고 "몇 해 전 아흔 여덟 살로 / 이승을 버린" 이야기가 「밥냄새 2」에서 펼쳐진다. 가난했던 그 시절에는 의지가지없는 일가 노인의 방문이 그렇게 기쁠 수가 없었다. "손님이 온 날 저녁이면 / 형과 누나는 보리밥을 먹었지만 / 손님과 나는 겸상으로 / 흰밥을 맛있게 먹었다"(「손님 2」)고 하니까 말이다. 유년기 회상 시편 중에서 명작이 있으니 「액막이 연」이다.

내내 썰매 타고 눈싸움만 하느라
색동 설빔은 그만 얼룩이 다 졌지만
정월 대보름 아침이 밝아오면
부럼을 깨물고 더위도 팔고
고드름 따먹으며 고샅길을 내달린다
저녁이 되어 보름달이 둥실 떠올라
온 동네는 백야白夜처럼 환해지고
돌담가 달집에 불을 놓으면
달집에 쌓인 생솔가지가 불타며

냄비 속 쥐이빨 옥수수 튀는 소리를 낸다

―「액막이 연」 제1연

　시인의 어린 시절 겨울나기는 이렇게 역동적이었다. 자연이 인간에게 베푸는 온갖 것들을 가리켜 '천혜'라고 하는데, 여기에 유년기의 천진성이 덧보태져 참으로 아름다운 풍속화가 한 폭 그려진다. 아이들은 방패연에 이름과 생일을 또박또박 적고는 "허릿대 대오리도 팽팽한 방패연에 / 하늘길 노자할 동전 한 닢과 / 누에고치를 매달아 불을 붙이고 / 얼레의 연줄 죄다 풀어서 / 액厄막이 액厄막이 외치며 연을 날린다". 시인은 「설날 아침의 화선지 한 장」에서도 "인터넷 바다에서 온갖 정보를 체크하고 / 바라보는 한강의 하늘"과 "무명 두루마기를 입은 단군 할아버지가 / 깜냥껏 그려보라고 건네준 / 흰 화선지 한 장"과 대비시켜 우리네 미풍양속이 불과 몇십 년 사이에 사라져버린 것을 안타까워한다. 어린 시절 고향에 대한 회상의 시편 중 인상적인 또 한 편의 시로 「기차」가 있다.

할머니가 부산하게 비설거지하고
외양간 하릅송아지도 젖을 보챌 때면
저녁연기가 아이들 복숭아뼈 적시며
섬돌 아래 고샅길로 낮게 퍼졌다
숙제 끝내고 토끼풀도 다 뜯어다주고
심심해서 사물사물해졌을 때
산 너머 기차 소리가 들려오면

몽당연필에 마분지 공책 들고
아이들은 앞산 등성이로 달려갔다

—「기차」 앞부분

이제는 어디에 가도 보기 어렵게 된, 서럽도록 아름다운 풍경이다. 우리나라는 1960년대까지만 하더라도 이와 같이 농경사회의 유습을 온전히 지니고 있었지만 70년대 산업화 시대를 맞아 이농현상이 심화되고 농촌도 새마을운동의 여파로 가옥 구조와 마을 풍경부터 달라져간다. 시인은 우리네 농촌의 목가적인 모습을 시로써 복원하면서 추억에 잠긴다. 제8시집 『우리 동네』는 제목부터가 고향 일대 풍경을 그리리라 마음먹고 쓴 것임을 짐작하게끔 한다. 물론 우리 동네의 옛날 모습과 지금 풍경을 다 그린다. 첫 번째 시를 보자.

배고픈 까치들이 감나무 가지에 앉아 까치밥을 쪼아 먹는다 이 빠진 종지들이 달그락대는 살강에서는 생쥐들이 주걱에 붙은 밥풀을 냠냠 먹는다 햇좁쌀 같은 햇살이 오종종히 비치는 조붓한 우리 집 아침 두레반

—「두레반」 후반 연

잣눈이 내린 겨울 아침, 시골집 풍경이 섬세하게 묘사된 작품이다. 이 세계에는 인간의 욕망과 사람 사이의 다툼이 없다. 가족 간, 인척 간, 이웃 간의 정에 기반한 공동체의식과 모든 생명체가 더불어 살아가면 좋겠다는 상생의 정신이 있을 뿐이다. 3대가 모여 차례를 지내고 음식을 나누는 추석 무렵의 광경은 「추석」에 잘 나타나 있다. 고향

에 내려가 지내다 보니 금석지감에 사로잡히기도 한다. 상전벽해까지는 아닐지라도 변한 것이 적지 않다.

> 지금이야 방죽을 잘 쌓아서 장마가 져도 끄떡없이 경운기도 다니고 트랙터도 다니지만 옛날 진소마을에는 장마철이면 마당까지 진소천 강물이 범람하곤 했다 물이 빠지면 호박꽃 속에서 모래무지가 꼼틀거리고 다슬기가 나팔꽃 줄기에 붙어 꼼지락거렸다 진흙탕이 돼버린 마당에는 버들치가 은사시 잎처럼 팔딱거렸다 강 건너 대덕산 그림자가 흙빛 강물 위로 일렁거렸다

—「낚시」제1연

예전에는 낚시 준비랄 게 별것이 아니었다. "굵은 명주실로 만든 낚시줄에 지렁이를 꿰어 강물에 던져놓고는 낚시줄 끝을 꼬추에다가 매어놓"으면 됐다. 고기가 물리면 명주실이 팽팽해져 "아야! 아야!" 소리를 지르게 되고, 그럼 돌화덕에 올라가는 물고기의 수가 늘어가는 것이었다. 그런데 세월이 흘러 그때의 불알친구들이 다시 모여 강가로 가서 가마솥을 건다. 똥개 한 마리를 잡고 소주 한 짝을 다 비운다. 강에서 잡은 물고기로 배를 채울 수 있던 시절이 가버렸으니, 얼마나 쓸쓸한 일인가. 천렵川獵을 아직도 하는 늙은 초등학교 동창생이 있기는 하나, 그것은 집중호우가 내린 어느 날의 '희한한' 일이었다. 시간의 힘은 상전도 벽해를 만들지만 홍안의 소년을 백발의 노인으로 만들고 처녀의 삼단 같은 검은 머리카락을 가문 날의 파뿌리로 만든다. 시인은 고향에 내려와 살면서 부음을 접하고 가슴을 쓸어내리는 일을 종종 겪는다. 동네에서 제일 바지런하고 조쌀한 '눈깜짝

이'한 씨가 정월 대보름날 윷놀이하다가 술잔을 비우고는 갑자기 쓰러져 숨진다(「눈부처」). 당뇨가 심하던 진외육촌형도, 풍을 맞은 큰형님도 숨을 거두고, "핸드폰 메시지가 뜨면 / 열에 다섯은 동창생 부음"이다(「마실」). 시인은 고희를 향해 걸음을 옮기면서 어쩔 수 없이 외로움을 느낀다. 원주중학교 동창 이준영은 전화할 때마다 "나, 원주 엉아야"라고 말한다고 한다. "엉아? 엉아? / 참 웃긴다 / 너희들 외로워서 그러지? / 나야말로 정말 외롭단다"(「엉아」)라고 60대의 시인은 외로움을 토로하기도 한다. 아무튼 시인의 귀거래사 시편은 도시의 황사와 매연, 소음과 광고의 홍수에서 벗어나 있어 우리의 마음을 청정하고 청량하게 해준다.

> 나는 신발을 벗고 맨발로 조심스레 뜰로 내려선다 겨울잠을 자는 잔디도 들꽃들도 나의 맨발 소리에 잠투정하듯 보득보득 소리를 낸다 겨울 하늘을 손짓하던 구절초 꽃대궁도 실크 머플러를 쓰고 고개를 살래살래 젖는다
>
> ─「숫눈」 부분

> 앞이 보이지 않을 정도로
> 함박눈이 퍼붓는 날
> 메두지기 지나 돌레미 다리 건너
> 쇠음달 길로 접어들면
> 渴筆로 그린 山水畵 속으로
> 그냥 쑥 들어서는 것 같다
>
> ─「山水畵」 앞부분

눈이 많이 내린 날 아침에 뜰에 내린 눈을 맨발로 밟아보는 일을 도시에서는 해보기가 그리 쉽지 않을 것이다. 「山水畵」를 보면 시인이 산수화 속으로 빨려 들어가 있는 느낌이 든다. 물아일체의 경지다. 자연은 그 자체가 인간에게 때로는 어머니 노릇을, 때로는 스승의 역할을 한다. 스스로〔自〕 그러한〔然〕 우리를 본받으라고 자연은 말해주건만 우리 인간은 자연에게서 무엇을 배우고자 하지 않는다. 그저 개발이며 건설이며 사업을 부르짖으며 훼손하고 파괴한다. 오탁번 시인은 표나게 생태환경 보호를 외치진 않지만 이런 시는 그 자체가 생태시나 생명시와 먼 거리에 있지 않다.

문학관 이름이기도 하고 택호이기도 한 '원서문학관'과 그 일대가 배경이 된 시도 종종 눈에 뜨인다. 『손님』의 「돌」·「파 웨스트 러브호텔」·「탑」·「수련」·「천등산」, 『우리 동네』의 「冬柏 1」·「봄편지」·「연못」·「붕어」·「동치미」 등도 소재와 주제적 측면에서 일종의 귀거래사라고 할 수 있을 것이다. 고향에 내려오면 마음이 푸근해지고 넉넉해지기도 하지만 "비료 값 농약 값 빼고 나면 말짱 헛농사"(「그렇지, 뭐」)라며 농촌의 실상에 대한 뼈아픈 성찰을 보여주기도 한다. 두 권 시집의 120편 시 가운데 옛 시인들의 귀거래사에 가장 근접한 시정신을 보여주는 것은 「杜絶」일 것이다.

穀雨 지난지도 한참 됐는데

새잎 하나 피우지 않고

우두커니 서 있는

벽오동이여 대추나무여

鶴이 날아오는

하늘 지새우고

천둥번개 요란한

벼락 맞을 날 기다리며

묵묵부답

春信 杜絶이다

　　　　　　　　　　　　　　　　　　　—「杜絶」 앞 연

'春來不似春'이란 중국 왕소군에 얽힌 고사가 있는데, 이 시가 바로 그 고사와 비슷한 경지가 아닌가 한다. 교통도 좋지 않고 소비의 편리함을 멀리한 그곳에서 시인은 답답함도 느낄 법하지만 "杜絶이 진짜 通信인 것을!" 하면서 고립을 오히려 달가워한다. 고향에 돌아와 사는 즐거움을 표현한 시로 「술나무」 같은 시도 있다. 산사나무의 열매를 따 술을 담그면서 "박달재 싱그러운 바람도 / 천등산 간질간질한 안개도 / 빨갛게 익는 산사열매 속으로 / 살며시 들어와 깊은 잠을 자는 / 오오 사랑스런 나의 술나무!"라 하니, 좋은 술이 빚어지기를 축원한다.

건강한 에로티시즘의 추구

두 권 시집을 읽다 보면 역시 오탁번 시인의 장기는 뛰어난 해학성과 거침없는 육담에 있다. 일찍이 「굴비」 같은 시에서 특유의 해학성을 보여주었던 시인은 『손님』에서도 이를 유감없이 발휘한다. 「폭설」
이나 「해피 버스데이」, 「누룽지」처럼 이미 널리 알려져 있는 우스갯
말을 정리한 것도 있지만 어떤 정황이나 사건을 재미있게 정리한 시
들이 더 많다. 초등학교 동창 김종명네 집에 놀러 갔다가 머리가 센
'안노인네'를 보고 동창의 어머니인 줄 알고 큰절을 하려다가 "임자!
술상 좀 봐!"란 소리에 큰 실수를 순간적으로 면한 일화를 갖고 쓴
「블랙홀」은 뭇 독자에게 웃음을 선사할 것이다. (절을 하는 것으로 이야기
를 설정했더라도 좋았을 것이다.)

　　사백 살 먹은 느티나무가
　　꽝꽝 뿌리내리는 소리 잘 들리는
　　우주의 적막 속에
　　아주까리꽃이
　　― 아주까리 아주까리
　　실고추처럼 속삭이네

　　아주 까?
　　정관수술해서
　　광속光速의 탄알은 없다마는
　　아주까리?

　　　　　　　　　　　　　　　　　　―「아주까리」전반부

　'아주까리'라는 꽃 이름을 교묘하게 변용하여 "아주 까?"라는 듣기

에 조금 민망한 말을 고안해낸 시인은 정관수술 → 북한 인권법 → 여의도 마당 → 먼 두만강 → 우주의 적막으로 시공을 확대해나가며 상상의 날개를 활짝 펼친다. 우리말의 음상音相을 재미있게 활용한 시로「안해」도 있다. 토박이말 사전에서 어원을 찾아보니 '아내'는 집안에 있는 해라서 '안해'라고 한단다. 화자는 어쩌다 젊은 시절이 떠올라 이불 속에서 슬쩍 건드리니 아내는 "안 해!"라고 하품 섞어 내뱉는다. 이처럼 외국어로 번역하는 것이 불가능한 시가 두 권 시집에 거의 절반을 차지한다. 송이버섯의 시적 비유를 "좆 까라!"고 하는 데 이르면 그만 낯을 붉히게 된다. 동치미와 '同寢이'가 발음이 비슷하여 한 편의 시가 탄생하고, "은행나무와 했어요?"라는 여성의 질문의 속뜻이 '시적 교감을 했느냐'는 것이어서 독자는 미소를 짓지 않을 수 없다. "여보, 카섹스가 뭐래유?" 하고 물어본 농사꾼 아내에게 "병신, 자동차 안에서 방아 찧는 것도 몰러?"라고 쏘아붙인 남편이 감자 캐러 가서 경운기 위에서 시범(?)을 보이자, 아내는 "아유, 아유, 나 죽네"라고 하면서 숨이 넘어간다. 이런 이야기는『고금소총』의 현대식 버전이라 할 수 있겠다. 시인은 여성에게 반하기도 잘한다. 아니, 남성은 어여쁜 여성 앞에서 묘한 감정을 느끼는 것이 당연한데, 이 땅의 시인들은 그런 감정을 잘 표현하지 않는다. 점잖음이 미덕인 우리 사회에서 시적 화자는(아니, 시인은) 그것을 감추지 않는다. 그런 점에서 참으로 인간적인 시인이라고 할까, 시인의 개구쟁이 기질에 미소를 짓지 않을 수 없다. 미국에서 온 처제를 데리고 경주 여행에 나섰다가 길가 노점에서 커피 파는 여성에게 반해 처제를 시켜 명함을 전하는 오탁번 시인이다.

2006년 3월 21일 오후 3시

조선시대 다식판 하나 사려고

앙성면 골동품 가게에 들렀는데

늙은 주인은 어디 가고

갓 스물 된 아가씨가 손님을 맞는다

볼우물이 고운 복숭아빛 뺨과

몽실몽실한 가슴을 보며

나는 숨이 멎는 듯했다

희고 미끈한 종아리는

왜무처럼 한입 베어먹고 싶었다

— 「絶世美人」 초반부

　　얼마나 이 아가씨의 아름다움에 감동을 받았으면 일시까지 기억하
고 있다. 같은 날 오후 4시 반에는 천등산 손두부집에 들렀는데 음식
점 젊은 아낙이 또한 여간 아름답지 않다. "짝짝이 가슴이 봉긋봉긋
한 / 주근깨도 예쁜 아낙의 얼굴을 보며 / 식사주문도 잊은 채 / 정신
이 횅하니 아득해짐"을 느낀다. 시인의 미인 예찬은 두 여성에게서
끝나지 않고 젊은 날의 아내가 이들보다 몇 곱절 예쁘다고는 하지만
(후환이 두려웠던 것일까?) 일시까지 기억하는 것은 마음이 크게 흔들렸
기 때문일 터, 절세미인 앞에서 남자는 어쩔 수 없는 것인가 보다. 이
런 시는 여성의 육체에 대해 정밀화를 그리듯이 그려내는 일본의 소
설가 다니자키 준이치로의 소설을 읽고 있는 느낌을 준다. 「名醫」에
서도 시인은 "廢鑛됐다고 우는 여자도 / 한번 보면 금방 안다 / 어느

細胞 건드리면 / 黃金이 쏟아지는지 / 다시 排卵이 되는지 / 훤히 다 안다"고 하면서 여성의 몸을 시적 대상으로 삼는다. 이런 경우 여성의 몸은 2세 생산을 가능케 한다는 점에서 생명의 원천이다.

> (……) 젖이 불어 탱탱한 며느리의 젖통을 물끄러미 바라보자 할아버지 눈에는 저승에 먼저 간 아내의 단호박 같은 얼굴이 다따가 떠오른다 한창 나이일 때 아내의 젖을 잠자리에서 한껏 어루만져주면 이튿날 아침 애비 젖 먹일 때면 펌프 물 나오듯 젖이 철철 나왔다 애비가 백중날 황소 한 마리 타 온 것도 다 젖심 때문이다
>
> ─「三代」부분

아기가 먹을 젖을 애비가 아침에 빼앗아 먹는데, 그 젖심으로 애비는 백중날 씨름대회에 나가 우승하여 황소 한 마리를 타 온다. 이런 시는 단순한 육담이 아니다. 건강한 에로티시즘을 추구하는 일련의 시편을 통해 시인은 종족 번식을 위한 인간의 생명의식을 예찬하고 있다. "밤 깊어 새끼들 다 잠들면 / 뒷물하고 살금살금 오는 아낙네의 / 탱글탱글한 멍게 속에다가 / 수세미외 딱 집어넣고는 싶었을 게다"(「擧風」) 같은 원초적 욕망에 대한 묘사 역시 건강한 에로티시즘을 추구하고자 하는 시인의 시의식의 산물이다. 박달재 마루 도토리묵을 파는 식당 앞에 있는 목조각 등신대의 크게 과장된 남근에 대한 이야기도 재미있다. 할머니들이 남근을 만져보느라 클랙슨을 아무리 울려도 관광버스 탈 생각을 하지 않는다.

흙내 나는 구들방에서나

초저녁 원두막에서나

오직 그것 하나 앞세우고

지어미의 허기진 뱃속에

아들딸 암팡지게 씨 뿌렸던

무뚝뚝한 할아버지가

이젠 더 그립다는 듯

관광버스가 빵빵 크락션을 울려도

귀 어두운 할머니들은

오딧빛 男根만 어루만지고 있다

—「男根」종반부

크게 과장되게 만들어놓은 남근은 힘, 생명력, 번식력 등을 상징한다. 또한 건강한 남성성을 상징하기도 한다. 시인이 갓 서른 살 되던 해 사주점을 보고 온 어머니가 "아범은 宮이 다른 데서 / 자식을 볼 八字란다"라고 말하자 자식은 히죽히죽 웃고 어머니는 "눈을 흘기면서도 / 내심으로 아주 싫지는 않은 눈치였"던 것은 무슨 이유에서일까. "아들은 하나지만 / 큰며느리 작은며느리 양쪽에 두고 / 돼지새끼처럼 올망졸망한 손자들 틈에서 / 활짝 웃는 어머니 얼굴이 / 삼삼하게 떠오르는 오늘"(「八字」)이다. 모자가 참…… 생각하면 기막힌 일이지만, 이런 것은 윤리의식보다는 생명의식을 윗길에 두었기 때문에 가능한 일이 아닐까. 시인의 유머 감각이 확연히 드러난 시로 「운수 좋은 날」이 있다.

노약자석엔 빈자리가 없어

그냥 자리에 앉았다

깨다 졸다 하며

을지로 3가까지 갔다

눈을 뜨고 보니

내 앞에 배꼽티를 입은

배젊은 아가씨가 서있었다

—「운수 좋은 날」 초반부

　이런 경험은 누구나 할 수 있다. 그렇지만 그 경험을 시로 쓰는 것은 쉽지 않은 일이다. 사회적 체면이란 것도 있고 시인으로서의 위상도 생각하지 않을 수 없다. 게다가 이 시를 쓸 무렵 시인은 대학교수였고 시인협회 회장이었을 것이다. 시인은 체면 같은 것을 조금도 개의치 않는다.

하트에 화살 꽂힌 피어싱을 한

꼭 옛이응 ㆁ 같은

도토리빛 배꼽이

내 코앞에서

메롱메롱 늙은 나를 놀리듯

멍게 새끼마냥 옴쭉거렸다

—「운수 좋은 날」 중반부

하트에 화살 꽂힌 피어싱을 한 아가씨의 도토리빛 배꼽이 멍게 새 끼마냥 옴쭉거렸다니 비유가 절묘하다. 눈앞에서 젊은 아가씨의 배꼽을 본 날이 시인에게는 '운수 좋은 날'이었다. 그날 전동차 안에서 화자는 문득 한창때의 자기 모습을 떠올린다. "그 옛날 길을 가다가 / 아가씨를 먼빛으로 보기만 해도 / 왼손을 바지 주머니에 넣어 / 들끓는 야수를 눌러야했던 / 내 청춘이 도렷이 떠올랐다"는 이야기를 아무렇지 않게 할 수 있는 시인의 용기가 서평자는 마냥 부럽다.

아름다운 우리말을 찾아서

우리가 오탁번 시인의 시집을 읽을 때는 연필을 들고 읽어야 한다. 순우리말과 사투리가 자주 나와 그 뜻을 찾아보아야 하기 때문이다. 표시해두지 않으면 낱말의 뜻을 모른 채 넘어가기 때문에 그 시를 제대로 읽었다고 할 수 없다. 그런 식으로 대충 읽는 것은 시인에 대한 예의가 아니다. 지금까지 예로 든 시 가운데 나온 언놈, 하릅송아지, 사물사물하다, 살강, 두레반, 다따가, 배젊다의 뜻을 말할 수 있는 독자가 몇이나 될까? 메두지기와 돌테미는 지명 같지만 쇠음달은 사전에도 안 나오니 뜻을 모르겠다. 이 글의 독자가 국어사전을 찾는 수고를 덜어드리기 위해 아래에 제시한다.

언놈: 손아래 사내아이를 귀엽게 부르는 말.
하릅송아지: 나이가 한 살이 된 송아지.

사물사물하다: 아리송한 것이 눈앞에 삼삼히 떠올라 아른거리다.

살강: 그릇을 얹어놓기 위해 시골집 부엌의 벽 중턱에 드린 선반.

두레반(두레상): 여러 사람이 둘러앉아 먹을 수 있게 만든 큰 상.

다따가: 별안간.

배젊다: 나이가 꽤 젊다.

이제부터는 오탁번 시인의 시 중에서 우리말을 잘 살려 쓴 몇 편의 시를 통해 두 권 시집의 또 다른 의의를 살펴보고자 한다. "맷손을 돌릴 때마다 / 빙빙 도는 그대 사랑따라 / 촉루가 되도록 살고지고 / 올콩 늦콩 다 넣고지고"(「맷돌」)의 '맷손'이나 '올콩', '늦콩'은 시의 문맥상 뜻이 짐작이 가는 낱말이지만 '볼가심'은 문맥상으로 해결이 안 되는 우리말이다.

볼가심할 것도 없는 긴 긴 겨울밤
도둑고양이에 놀라 굴뚝빛 굴뚝새가 운다

장독대 정화수가 얼음꽃 피는 새벽이면
생쥐가 잠든 아이의 발가락을 깨문다

밤나무 수펑 겨우살이도
함박눈을 솜이불인 양 덮고 겨울밤을 난다

—「인동忍冬」 전문

'볼가심하다'라는 말은 '아주 적은 음식으로 시장기를 면하다'라는 뜻으로 썼던 순우리말이다. 국어사전에도 나온다. 그런데 지금은 쓰지 않고 있다. 이 좋은 우리말이 사어가 되고 만 것이다. 오탁번은 순우리말을 시어로 즐겨 쓰는 이 땅의 많지 않은 시인 중 한 사람이다. 『임꺽정』을 쓴 홍명희, 『토지』를 쓴 박경리, 『객주』를 쓴 김주영, 『혼불』을 쓴 최명희, 『관촌수필』을 쓴 이문구, 『장길산』을 쓴 황석영 등은 우리 문학사에 민중어의 보물창고를 선사한 소중한 작가이다. 시인들 중에 누가 있는가? 제주도 사투리를 시어로 끌고 온 문충성 정도? 우리말을 잘 갈무리하여 다음 세대에 물려주는 것을 시인들 또한 의무라고 생각해야 할 터인데 그런 시인은 거의 없다. 그런 점에서 오탁번의 작업은 주목되어야 한다. 마지막 연에 나오는 '수펑'은 무슨 뜻일까? 평자가 갖고 있는 국어사전에는 안 나오는데, '수펑이'에서 '이'를 뺀 것이라고 추측을 해본다. 수펑이는 수펑아리나 수풀을 잘못 쓴 것이거나 충청도 사투리인 것 같다. '밤나무 수펑아리 겨우살이도'로 이해하면 대등한 사물이 되고 '밤나무 수풀 겨우살이'로 이해하면 점점 작아진다. 「할미꽃」에서 "밭갈이 하는 어미소 따라 / 엇송아지 한 마리가 / 강중강중 뛴다"는 표현도 재미있다. 엇송아지란 아직 덜 자란 송아지이므로 짧은 다리를 모으고 자꾸 힘 있게 솟구쳐 뛰는 모양을 가리키는 '강중강중'이라는 부사의 사용은 최상의 선택이었다.

여우붓 족제비붓 너구리붓 끝에서
이팝 조팝 며늘취 곰취도
흰 멥쌀 같은 미선나무 꽃도

혼자서들 홋홋하게 웃네

—「할아버지」마지막 연

이런 시는 중학교 교과서에 실려야 한다. 공자가『論語』「陽貨篇」
에서 한 말, "詩可以興可以觀可以群可以怨邇之事父遠之事君多識於
鳥獸草木木之名(시는 사람을 홍겹게 할 수 있고, 제대로 볼 수 있게 하고, 무리를
짓게 하고, 원망하게 할 수 있다. 가까이는 어버이를 섬기게 하고, 멀리는 임금을 섬기
게 할 수 있으며, 새·짐승·풀·나무의 이름을 많이 알게 한다.)"과 정확하게 부합
하니 말이다. '홋홋하게'는 '딸린 사람이 적어서 매우 홀가분하게'란
뜻이다. 박종화의『임진왜란』에 "장차 붉은 두 손과 홋홋한 자기 한
몸으로 이 거창한 난국을 이겨 내야만 하게 되었으니 진실로 앞일이
캄캄했다."라는 대목에서 볼 수 있었던 이 죽은 낱말을 시인은「할아
버지」란 시에서 부활시켰다.『우리 동네』에는 순우리말이 우후죽순
처럼 솟구치는데 몇 개만 예시한다. 이것들은 독자 여러분께서 국어
사전을 직접 찾아보고 확인하시길.

밭일하다 돌아온 아들이 호박밭에 내갈기는 오줌이 누리 떨어지듯 하는
어느 여름날

—「三代」에서

그러나 우리 동네에서는 다 안다 헐값에 팔았는지 유기농이라고 허풍 떨
어서 바가지 씌웠는지 갈쌍갈쌍한 눈빛을 보면 다 안다

—「그렇지, 뭐」에서

하느님이 / 새참 먹다가 / 사레라도 들렸는가 / 감투밥으로 핀 / 이팝꽃이 / 막 흩날린다

—「雪眉」에서

러브호텔에서 풀죽은 일본 놈이 나오며 호텔로 막 들어서는 뻣뻣한 조선 놈을 보고는 씨식잖게 웃는다 (……) 한 점도 못 되어 탄저병 걸린 듯 오그라질 줄은 땅띔도 못하는 빳빳한 고추들만 러브호텔 방마다 약 올라 야젓하다

—「고추잠자리」에서

바늘귀만한 시간도 바늘밥만한 사랑도 아끼는 이 사람한테 얼씬도 하지 마라!

—「呪文」에서

겨우내 / 앙당그리고 서 있는 / 冬柏나무는 / 1·4 후퇴 피란길에 / 찰가난한 어머니가 / 무명 포대기에 싸서 업고 가던 / 눈깔이 화등잔만 한 / 연약한 내 어린 몸 같았다

—「冬柏 2」에서

잠든 아내 / 슬쩍 건드려나 볼까 했는데 / 나 원 참, / 볼 일 보고 나니 / 금세 쪼그랑 막불겅이가 되네

—「遮日」에서

오요요 / 부르면 / 쪼르르 달려오다가 / 뒷다리 하나 들고 / 오줌 싸는 /

쌀강아지

—「봄나들이」에서

　따로따로따따로 / 옳지 옳지 / 정윤아 / 섬마섬마

—「섬마섬마」에서

　랭글랭글한 멍게가 삼삼한 걸 보면 / 자늑자늑 뒷물하는 소리 기다리며 / 내 영혼도 食慾이 났나 보다

—「擧風」에서

　봉양읍 블루힐 전원카페에서 / 하릅 강아지 발바리를 데려왔다 / (……) / 발바리는 / 앞발로 모가지를 긁다가는 / 꼭 개씹단추처럼 생긴 / 제 小門을 혀로 싹싹 핥는다

—「발바리」에서

　허형만 시인의 아내는 / 입가에 자란자란 미소를 흘렸다

—「弟嫂」에서

　눈에 뜨이는 대로 적어봤는데 이렇게 많다. 「冬柏 2」에는 "겨우겨우 숨을 이어가던 / 손님이 든 어린 나 같았다"라는 구절이 나오는데 여기서 '손님'은 다른 곳에서 집에 찾아온 손님이 아니라 '손님마마'의 준말이므로 천연두를 가리킨다. 이런 표현은 젊은 독자가 이해하기가 쉽지 않을 듯하다.

나볏이 줄지어 날아가는

이웃 형제처럼 수더분한 기러기 떼여

고구려 사람들의 鳥羽冠 깃털같이

못자리에서 쑥쑥 자라는 모를

마을 사람들이 두렛일로

한 모숨 한 모숨 모내기하듯

몇 천만리 아득한 북녘 하늘을

나울나울 정답게 날아가겠다

—「雁行」종반부

기러기 떼가 휴전선을 넘어 북녘땅으로 날아가는 장면을 묘사한 이 시는 나볏이·수더분한·두렛일·한 모숨·나울나울 같은 순우리말 쓰임도 눈부시지만 시 자체의 완성도가 아주 높다. 역사의식과 분단극복의 의지를 심어주기 위해서도 이 시는 고등학교 교과서에 실려, 이 땅의 청소년들이 모두 감상했으면 좋겠다.

마무리

두 권 시집에서 제법 많은 양을 차지하고 있는 것이 가족에 대한 애정을 표현한 시편이다. 특히 시집을 보낸 딸과 '두 돌 지난 손녀' 등 피붙이들에 대한 진솔한 사랑이 느껴지는 시편은 독자의 마음을 무한정 따뜻하게 한다. 우리는 흔히 아내 자랑, 자식 자랑, 손자 자랑을 하는 사람을 '팔불출'이라 부르며 놀리는데, 사실 그 자랑만큼 하는 사람도 듣는 사람도 기분 좋은 것이 없다. 이혼율도 높아지고 있지만, 우리 사회에서는 오늘날 가족 간에 인륜에 어긋나는 일이 얼마나 많이 일어나고 있는가. 이런 가족 파괴, 가정파탄의 시대에 「첫돌」· 「돌반지」· 「하버지」 같은 시를 읽으니 입가가 절로 올라간다. 시인은 손녀를 화자로 하여 「고비」· 「할아버지 냄새」· 「에헴」 같은 시를 쓰기도 한다. 손녀를 화자로 삼았지만, 동시 같지는 않다. 그런데 이런 시에 대한 해설은 원고 양이 넘쳤으니 생략, 독자의 몫으로 돌린다. 마지막으로 독자와 더불어 읽고 싶은 시는 「원고지」다.

> 시를 쓸 때는
> 쇠좆매로 영혼을 때리면서
> 숫눈처럼 흰
> 깨끗한 원고지에다
> 또박또박 쓰기로 한다
> 피를 토하듯
> 쓰기로 한다
>
> ─「원고지」 마지막 연

이 시를 통해 고백하는 것인데, 시인은 지금도 시를 쓸 때 원고지에 몽블랑 만년필 금빛 촉으로 쓴다고 한다. 컴퓨터 자판을 두드리면 빠르고 쉽기는 하지만 "시는 손놀림으로 / 재바르게 쓰는 게 아니다 / 내 영혼의 피를 찍어서 / 지우고 또 지우며 / 또박또박" 쓰는 것이라 한다. 시단에 나온 지 어언 40년이 넘었건만, 컴퓨터의 시대가 되었건만, 시인은 예나 지금이나 펜으로 글을 쓰고 있다는 것이다. 보다 분명한 이유가 위 인용한 부분에 나와 있다. '쇠좆매'란 예전에 황소의 생식기를 말려 형구刑具로 쓰던 매로, 죄인을 매질할 때에 썼다. 이런 매로 스스로 영혼을 때리면서 숫눈처럼 희고 깨끗한 원고지, 즉 눈이 와서 쌓인 상태 그대로의 깨끗한 눈 위에다 피를 토하듯이 시를 써야 한다는 각오를 고희를 앞둔 시인 오탁번은 다지고 있다. 나이를 좀 먹었다고 시인 스스로 대가연하는 경우가 많은 우리 시단에서 오 시인의 이런 자세는 우리 모두의 귀감이 되고도 남을 만하다. 지금까지 그래왔던 것처럼 앞으로도 우리말 사랑의 정신으로 고향 노래를 계속 불러주기를, 우리의 전통문화와 미풍양속에 대한 관심이 여전하기를 빌어본다. 그와 아울러, 술래가 되어 숨어 있는 여자 친구한테 다가가 '바둑머리'를 톡 때리며 놀리는 개구쟁이의 모습으로 우리 곁에 오래오래 있어주기를 기원한다.

> 저녁놀 반짝이는 장독대 사이로
> 나붓나붓 순이 머리카락이 보인다
> 까치걸음으로 몰래 다가가서
> 바둑머리를 톡 때리자
> 혀를 날름대며 나를 놀린다
> — 일부러 잡혀준 거야! 메롱!
>
> —「술래잡기」부분

순정한 언어에 비친 치열성의 미학

오탁번 시집 『알요강』을 읽고

이병초

누구나 쉽게 읽으라고 쓰는 게 시詩라는데 요즘은 꼭 그렇지도 않은 것 같다. 각종 문예지에 발표된 시들 중에는 어려운 시들이 꽤 많다. 문명적 색감을 짙게 드리운 자폐적 비문非文들이며 결핍과 소외와 외래어의 혼숙이다시피 한 시들은 삶의 질곡을 문 토막들조차 따로 놀기 일쑤였다. 이런 시편들이 내 편협한 독해력에 부담스러워질이유는 없다. 시의 행간에 백태처럼 낀 흐린 정서 또한 시쓰기의 모색이자 전략일 것이기 때문이다. 그런데도 입맛이 씁쓸했다. 우리말로쓴 시가 어렵더라는 자괴감 비슷한 감정은 불현듯 우리말과 정서가반지하 습기 찬 구석에 버려진 것은 아닐까 하는 상상으로 이어지곤했다.

이런 생각에 힘이 부치고 있을 때 오탁번의 시집 『알요강』을 만났다. 어디 한 군데 틀어짐 없이 반듯하고 소소한 삶의 결에 정답게 다가서되 부조리한 사회현실을 알랑똥땅 넘어가지 않는 시편들은 예스럽고 친근하면서도 맵다. 일상의 모습을 걸림새 없이 써 내려간 시의 어법이며 시 행간에 부싯깃처럼 반짝이는 유머 감각은 우리 몸에 간직된 해학의 유전자 지도를 그려주듯 자연스럽다. 시의 혈을 짚어내는 데 탁월한 오태환의 언술에 기대어 말하면 1967년 「순은純銀이 빛나는 이 아침에」가 당선된 이후 지금까지 일관되게 순우리말을 채집 발굴해서 시를 쓴, 매서운 염결의 정신을 만난 것이다.

> 참나무 소나무 뽕나무
> 나무마다 불땀도 냄새도 다 다르다
> 불땀은 단연 참나무!
> 냄새는 소나무!
> 이글대는 참나무 알불은
> 혀를 대보고 싶을 만큼 유혹적이다
> 소나무 뿌다구니 송진 타는 냄새는
> 술보다 독하다
>
> ―「난로」 부분

이 시는 오탁번 시의 근황을 보여준다. 붓에 먹을 묻히자마자 죽죽 써 내려간 듯한 이 시에는 침전된 자의식이나 겨울 정서의 깡마른 뒷갈피 이런 게 없다. 화자는 단지 난로에 불을 피우고 있기 때문이다. 장작개비 형상에 불땀이란 시어가 맞물려지듯 불이 붙고 드디어 불꽃이 이글거린다. 매우 자연스러운 현상이지만 오탁번의 시는 불길이 이글거리는 지점에서부터 일렁이기 시작한다. 흔하디흔한 일상을 다따가 일으켜 세우듯 "혀를 대보고 싶을 만큼 유혹적인" "알불"이라니. 뿌다구니에 박힌 채 타는 송진 냄새가 "술보다 독하다"니. 평범하기 그지없는 시상이 돌연 팽팽하게 긴장된다. 이글거리는 불길에 혀를 대보고 싶고 술보다 독한 송진 타는 냄새에 취하고 싶은 화자의 욕망은 죽음의 의식에 가깝다. 에로티즘은 죽음까지 파고드는 삶이라고 했던가. 에로티즘과 죽음의 의식은 자웅동체라고도 했던가. 혀를 대보고 싶을 만큼 유혹적인 불길, 술보다 독한 송진 타는 냄새는 목숨의 끝까지 가보고 싶은 화자의 욕망을 이글거리게 한다. 이것이 최근의 어떤 시들보다도 배젊은, 팔순을 목전에 둔 오탁번 그의 시 근황이다.

시집 『알요강』을 읽은 이들이 나에게 말하곤 했다. 오탁번 선생님의 시는 재미있어서 좋다고. 한 자연인의 늙음 또는 늙어감을 유머 감각으로 틔우는 솜씨에 반한 그들은 시인을 오탁번 어린이라고 명명하곤 했다. 나는 이런 말들을 반갑게 맞아들였다. 그의 시 「지팡이」에서 "숲을 메운 적막"에 숨소리를 죽였다거나 「그냥 가네」에서 "한줌 흙과 만나는 적막이 / 통곡보다 아프다"라는 절창을 꺼내지 않더라도, 유머 감각이 빼어난 그의 시를 통하여 마음 밖으로 휘어진 시간이 펴지기를 바랐던 것이다.

그러나 오탁번 시의 유머 감각은 그의 시 일면일 뿐이다. 거칠고 야박한 문명의 잣대와 저울로는 감내할 수 없는 유머 감각일지언정 그것을 오탁번 시의 고갱이로 접근할 수는 없다. 더구나 순우리말의 어법을 토대로 말의 맵시를 빛낸 시편들은 세간에서 거론되는 시의 융

복합적 가역반응이랄지 시공을 넘나드는 생태계의 순환 가능성이라는 비평 어구에 닿지 않는다. 서양의 버터 냄새에 중독된 천편일률적 현대성이 다가오기 전에 그의 시에는— 문명 세계는 물론 승속僧俗조차 떠난 듯 보이는 한국적 풍정이 먼저 보이기 때문이다.

간밤에 비 오고 바람 불어
새벽에 지팡이 짚고
밤 주우러 나간다
알밤은 다
한발 빠른 다람쥐 차지
나는 송이밤 몇 개

해가 뜨면
풀밭이 된 마당에서
메뚜기 여치 방아깨비 버마재비
제 세상 만난다
고추잠자리 떼
혼자 어지럽다

낮결 내내
보행기 미는 노인 한 둘
텅 빈 동네
벼 익는 논배미마다

지는 해

더디다

—「하루해」전문

　언뜻 읽기에 이 시는 한 폭의 동양화처럼 예스럽고 소박하다. 간밤
에 내린 비와 땅에 떨어진 송이밤, 해가 뜨면 풀밭이 된 마당에 메뚜
기 등속이 뛰고 고추잠자리 떼가 나는 풍경은 시골 어디에서나 만날
수 있다. 그런데도 이 시에 눈길이 오래 머문다. 단단해 보이는 내구
력 때문일까. 일상을 빼다 박은 듯한 시어들이 눈에 익은 행으로 배
열되고 정갈하게 연으로 나뉘었기 때문일까. 그럴 수 있겠다는 생각
이 든다. 하지만 그보다는 시의 행간에 비친 무욕의 시학을 만났기 때
문일 것이다. 만추에 다가서는 일상을 습자지에 대고 베꼈거나 화자
의 욕망을 시에 투사한 것이 아니라 인위성을 제거하고 원래의 모습
을 그대로 옮겨놓은 듯한 풍정. 여기엔 삶의 무력감도 욕됨도 구차한
변명도 멋부림도 없다. 스스로 그러하다는 자연自然처럼 삶의 등속이
너나들이로 어우러져 가을 풍정이 되었을 뿐이다. 더구나 이 풍정을
곡진하게 받아들이는 화자의 태도는 승속僧俗을 떠나버린 듯한 시의
울림을 여실히 보여준다. 문명과 거리를 둔 가을의 갈피를 순정하게
보여줌으로써 돈과 속도에 쫓기는 오늘이 우리에게 무엇인가를, 고
요히 성찰하도록 유도하는 것이다.

　오탁번 시의 울림은 여기에 그치지 않는다. 결코 특별하지 않고 잘
난 것도 없지만 그렇다고 기죽을 필요도 없는— 낮곁, 널비, 지날곁,
간동하다, 볼꼴 좋다, 보시기, 하동하동, 쥐코밥상, 물만밥, 멧갓, 건

들장마, 거망빛 등의 순우리말들이 조선인의 품성을 빼닮은 듯 점잖고 개구지고 살갑게 자리하고 있기 때문이다. 한국적 삶의 원형질을 간직했을 법한 이 말들은 부조리한 세계를 묵묵히 견디는 군상을 환기함과 동시에 새것의 강박에 시달리는 한국시의 오늘을 찬찬히 돌아보게 한다. 의미는 실종되고 이미지만 조악하게 남은 일부 시들의 병적 징후가 끼어들 틈이 없고 기발함과 독창성에 포장된 문명적 무례함이나 낯선 일탈이 없다.

눈이 밝은 독자는 여기서 언어를 공교히 다루는 시인의 치열성을 본다. 자본과 권력의 잉여물처럼 남은 차가운 거래 풍토를 모르쇠하고 붓을 벼려 죽간에 한 자씩 뜻을 새기듯 우리말의 알짜를 발굴해서 시의 피를 돌게 했을 그의 치열성은 시에 대한 매운 염결성과 상통한다. 시의 완성도를 높이기 위해 몇 번이고 국어사전을 펴보며 혼을 쥐어짜듯 시어를 고치고 다듬었을 오탁번 시인의 치열성은 시의 갱신을 절실하게 고민해보기는커녕 대중적 성감대에 초점을 맞춘 불감증의 시들을 부끄럽게 한다. 물화된 세상을 견디게 하는 시의 동력은 대중적 흡인력이나 단 1초도 손해 보고 싶지 않은 소수 지식인의 당착적 언술에 있는 게 아니라 불행한 역사의 진실을 육화시킨 언어에서 비롯되기 때문이다. 오탁번 시인이 우리말에 치열성을 갖는 이유가 여기에 있다.

─ 국민들께 심려를 끼쳐드려서

　　죄송합니다

　비리를 저지른 정치인들이

검찰에 출두하면서

곧잘 하는 말이다

국민들이

마음으로 근심한다고?

별 미친놈 다 보겠네

에라, 송이버섯 깔 놈들아!

—「송이버섯」 전문

　부조리한 사회현실을 대할 때 화자의 목소리는 격렬해진다. 시어
의 음성적 자질까지 고려하면서 시를 썼다는 평가가 무색해질 정도
다. 정치인들의 허세와 국민을 무시하는 태도에 "에라, 송이버섯 깔
놈들아!"라고 질타하는 것이 끝이 아니다. 「신년사」에서 갑오경장甲
午更張을 갑오왜란甲午倭亂으로 아관파천俄館播遷을 아관망명俄館亡
命으로 고쳐 불러야 한다는 황태연의 말에 동의하면서, 명성황후明成
皇后를 민비閔妃라 하고 조선朝鮮을 이조李朝라고 하는 놈들의 "혀를
잘라야 한다"고 일갈한다. 친일사학자 이병도를 일본의 고정간첩으
로 대구 고검에 고소한(『조선일보』, 1972.3.1) 영남의 한 의로운 선비를
시에 부각시킨다. 이 지점에서 우리는 오탁번 시의 역사의식을 만난
다. 친일파 후손, 군부독재자, 재벌— 이들 권속에 제 잇속의 끈을 댄
기득권 세력의 참회가 없는 한 일반인의 삶과 한국시는 개별적 현대
성을 가질 수 없다는 점을 되게 앓고 있는 것이다.
　시의 위의威儀를 견고하게 세우듯 순우리말을 간종그레 내보이는
오탁번의 시. 소소한 일상에 닿는 지저깨비며 막불겅이, 종종이를 야

젓하게 껴안고 자신의 인생이 표리부동했다고 눈비음하지 않는 겸손의 시학은 그의 시가 노량으로 건들거리는 노객老客의 한담이 아니라는 것을 말해준다. 기계문명의 잔광에조차 간섭받음 없이 문명에 토막 난 시간까지를 넉넉히 품고도 남음이 있는 것 같다. 우리는 안다. 한국시가 4차 산업의 강박에 시달릴지라도 오탁번의 시는 언어의 질감과 온도에 순응하는 우리말을 채집 발굴하여 시를 써냄과 동시에 뼈저리게 반성을 요구하는 역사의 질곡도 예리하게 파고들 것임을. 이숭원 교수가 그의 시 「잘코사니!」를 해설하면서 "아파트 중앙난방의 얼빠진 안이함을 일시에 잘라내는 늙은 협객의 날렵한 도법이다." 라고 언급한 내용은 이 점을 튼실하게 뒷받침한다.

자기 응시의 순정하고 오연한 형식

오탁번 시인론

오태환

선생은 1966년 『동아일보』에 동화 「철이와 아버지」가, 1967년 『중앙일보』에 시 「순은純銀이 빛나는 이 아침에」가, 1969년 『대한일보』에 단편 「처형處刑의 땅」이 당선되면서 등단한다. 이후 반세기 나마 걸쳐 이어온 문학적 행보가 동화와 시와 소설 세 장르로 물꼬를 튼다. 1987년 소년소설의 형식으로 간행된 『달맞이꽃 피는 마을』(정음사) 이후 동화를 냈다거나 동화집을 상재했다는 이야기는 들어본 적이 없다. 그러니까 선생의 생애는 대부분 시와 소설에 투신해온 셈이다.

연보를 보면, 선생은 1969년 『현대문학』에 단편 「선」을 게재한 것을 필두로, 『월간문학』·『문학사상』·『월간중앙』·『한국문학』『세대』 등 각 문예지에 적지 않은 부피의 소설을 발표한다. 1960년대에 2편, 1970년대에 「굴뚝과 천장」 등 35편, 1980년대에 「사금」 등 20편, 그리고 1993년에는 「섬」 1편을 발표한다. 국가부도 직전까지 치달았던

IMF 사태로 사회 전반이 한창 뒤숭숭했던 1998년, 선생이 시 전문 계간지『시안』을 창간하기까지 모두 58편의 중·단편을 선뵌 것을 알 수 있다. 그 뒤로 2000년『문학사상』에「1억 년 전의 새 발자국」을, 2007년『현대문학』에「포유도」를, 2010년 같은 잡지에「반품」을 게 재한다.

여기에서 확인할 수 있는 것이, 선생의 소설은 20대와 30대에 집 중적으로 생산되고 있다는 사실이다. 그때까지 57편이 발표되고, 만 40이 되던 해에 1편 그 뒤 현재까지 3편이 보일 뿐이다. 젊은 시절 절 대량의 시간이 소설 쓰기에 소비되고 있으며, 그 시간은 40대를 전후 해서 눈에 띄게 격감하고 있다. 그리고 그것은 지금까지 대부분 시에 바쳐지고 있다. 선생은 만 55세에 시 전문지『시안』을 창간한다. 그 리고 1991년『생각나지 않는 꿈』(미학사)부터 2019년『알요강』(현대시 학사)에 이르기까지 8권의 시집을 출간한다. 28년 동안 시집이 3~4년 주기로 활발하게 간행된 데 비해 소설집은 한 권도 나오지 않는다. 선 생은 1974년『처형의 땅』(일지사)부터 1988년『겨울의 꿈은 날 줄 모 른다』(문학사상사)까지, 14년 동안 2년에 한 권꼴로 7권의 소설집을 간 행한 바 있다.

선생의 문학적 등고선은 연령대에 따라 시와 소설의 창작 흐름이 분명하면서, 가파른 표고 차를 드러낸다. 이를 중년이 되면서 소설에 대한 관심이 줄어들고, 시에 대한 관심이 갑자기 커졌기 때문으로 이 해한다면 너무 소박하고 기계적인 판단이다. 선생이 간혹 하셨던 '소 설은 노동'이라는 말씀은 해답의 실마리를 제공한다. 이 말씀을 직업 해서 풀이하면, '나이 듦에 따라 소설 쓰기가 힘에 부쳐서 시 쓰기로 옮겼다'라는 절박하면서 명쾌한 결론을 얻을 수 있다. 앞에서 말한 시와 소설에 대한 관심의 농도 차나 변화는 이유가 될 수 없다. 그것은 심리적인 데에 있지 않고 육체적인 데에 있다.

선생의 '소설은 노동'이라는 명제는 소설에서 시 쓰기로 옮겨 탄 까닭이라는 설명보다는 선생의 문학을 바라보는 자세를 반영하는 지점에서 더 큰 의미를 지닌다. 일반적으로 소설이 시에 견주어 훨씬 많은 글자 수로 구성되므로 노동으로 인식했다고 이해하는 방식은 단견이다. 소설을 쓰는 이에게 글자 수는 당위적으로 이겨내야 할 숙명이지, 마치 병역 기피를 획책하듯이 힘에 겨워 회피를 고민하게 만드는 노동이 아니기 때문이다. 시와 소설의 세례를 동시에 받은 선생에게 소설의 문장 하나하나는 시 쓰기에 못지않은 공력과 시간이 소모되었던 듯하다. 시의 문장은 의미를 실어 나르는 도구적 성격 이상의 뜻을 품는다. 명사나 동사 따위는 말할 것도 없고, 조사나 어미의 선택 하나하나가 의미의 디테일한 명암을 좌우할 뿐 아니라, 정서와 감각을 미세조절하면서 미학적 효과를 예인한다. 선생의 소설 속 문장의 통사구조는 서사를 전달하는 역할에 복무하는 것 이상의, 시의 언어가 노리는 미학적 효과까지 기대하는 듯하다. 선생이 소설을 쓰면서 노동이라는 낱말을 떠올리고, 힘에 부치는 고통을 느끼는 모습은 이런 시각에서 일정 부분 필연적이라 할 법하다.

이는 언어의 세공細工과 심미성을 지향하는 선생의 문학관을 지시한다. 이러한 문학관은 응당 천품과 관련되며, 거기에 육체를 입힌 것은 선생이 청년기에 사숙私淑한 지용이다. 지용의 시를 통해 한국 시에서는 처음으로 현대적 징후를 탐험할 수 있다. 그의 언어적 전략이 언어의 해방과 언어의 발견을 도모한다면, 그의 언어적 전술은 언어의 섬세한 공정工程에 의존한다. 지용이 문학 외적인 이유로 한국문학사의 미아로 잊혀져 있을 때, 선생은 본격적 연구를 통해 그를 문학사의 양달로 인도한다. 선생의 석사논문 「지용시 연구」는 1976년 간행된 논문집 『현대문학산고』(고려대 출판부)에 실려 있다. 이는 정치와 이념이 문학을 재단하고 압박하는 부조리한 시대에, 지용을 학술논문으로 접근한 최초의 사례다. 박사논문 「한국현대시사의 대위적 구조」는 지용을 한국시사의 주요 변수로 자리매김하면서 그 의미를 추적한다. 지용과의 만남은 선생의 문학을 정의하는 데 논리적 전제로 기능한다. 선생의 술회(「비백飛白에 대하여」)에도 당신의 문학적 스승으로 미당 이외에 지용을 꼽은 바 있다.

선생의 오랜 친구인 박의상 시인은 선생의 문학을 이야기할 때, 소설은 시처럼 쓰고 시는 소설처럼 쓴다고 잘라 말한 적이 있다. 소설에서는 시의 섬세한 분위기가 풍기고, 시에서는 소설적 캐릭터와 플롯이 간취된다는 뜻이겠다. 선생도 "나는 소설을 시 쓰듯 했던 것이다.", "소설과 시의 차이는 거의 차이가 없는 정도의 차이뿐이라고 생각한다. 나는 어떤 때 시적 상상력에서 출발하여 쓰고 나면 소설이 되고 어떤 것은 그 반대도 된다."(이상 「시와 소설은 동심원」)고 고백한다.

따지고 보면 시와 소설의 구별은 근대에 와서 이루어진다. 과거에는 소설을 서사시로 일컬었으며 시의 한 장르로 이해했다. 삶과 세계의 의미 있는 긴장을 문자로 전달한다는 점에서 시와 소설은 내포와 외연을 공유할 수 있다. 문학적 창작의 수법은 시이든 소설이든 고정될 수 없다는 말이 틀리지 않다면, 시적인 소설, 소설적인 시는 현실적으로 얼마든지 가능하다.

머리칼에 달라붙는 가랑비를 한 손으로
뜯어내면서 탁번이는 여자의 젖가슴 속으로
다른 한 손을 쑥 넣었다
감자꽃 내음이 났다.
한 여름 담배닢 내음도 났다.
헛간에서 썩고 건조실에 매달려 죽을 날을 생각하며
탁번이는 드디어 울었다.
가랑비처럼 그렇게 그렇게 울었다.

— 오탁번, 「가랑비」 전문

선생의 두 번째 시집 『너무 많은 가운데 하나』(청하)에 실려 있는
「가랑비」라는 작품이다. 앞의 3행은 선생의 소설 「세우細雨」의 마지
막 문장을 거의 그대로 인용한다. 소설은 "나는 얼굴에 달라붙는 가
랑비를 뜯어내면서 다른 한 손을 여자의 젖가슴 속으로 쑥 넣었다."
로 끝을 맺는다. '얼굴'이 '머리칼'로 '나는'이 '탁번이는'으로 바뀌고
있다. 그리고 뒤의 5행은 시로 옮겨 적으면서 추가된 내용이다.
이 시의 미학적 특징은 우선 "뜯어내면서"에서 찾을 수 있다. 화자
는 자신의 "머리칼"을 적시는 가랑비를 손으로 털어내거나 훔쳐내
는 동작을 '뜯어내다'라는 어휘를 이용해서 형용한다. '뜯어내다'는
'기왓장을 뜯어내다'처럼 전체에서 부분부분 떼어내는 행위를 표현
하거나, '대자보를 뜯어내다'처럼 접착된 것을 통째로 떼어내는 행

위를 표현한다. 가랑비 같은 미세한 물의 입자를 떼어낼 때 쓰는 낱말이 아니라는 점에서 은유라 할 수 있다. 이러한 은유적 수법은 통상적인 소설의 기교보다 시의 기교에 가깝다. 소설의 비유는 대개 대상의 외형에 최대한 가까이 묘사하려는 박진감을 위해 봉사하나, 시의 비유는 그 이외의 모든 언어적 효과를 위해 동원된다. 따라서 원관념과 보조관념 사이의 거리는 일반적으로 소설에서보다 시에서 훨씬 멀 수 있다.

"뜯어내면서"의 과감한 사용은 시와 소설의 통상적 기법 차를 아예 무시하거나 뛰어넘으려는 선생의 문학관을 반영한다. "뜯어내면서"라는 은유는 '털어내면서'나 '훔쳐내면서' 같은 직설화법에 비해 외려 현장감은 떨어진다. 현장감의 희생을 불구하고 "뜯어내면서"를 선택한 것은 다른 효과를 노리기 위해서다. 이 은유는 가랑비의 수분 입자를 손으로 뜯어낼 수 있는, 즉 거미줄이나 그에 근사한 물상으로 바꿔 표현하면서 이루어진다.

"머리칼"에 자꾸만 거미줄처럼 간지럽고 끈적끈적하고 집요하게 달라붙는 가랑비는 캐릭터의 답답하고 불편한 심리와 절망적인 정황을 적극적으로 환기한다. 소설 속 화자는 사관학교 교관 신분이다. 모든 일과들이 하나같이 매끄럽게 풀리는 법이 없는 어느 날, 화자는 숙모의 부고를 받는다. 소설은 자신을 어머니처럼 키워주었고, 6·25 전란 중에는 그의 식구를 위해 헌신했던 숙모의 부고를 담당 병사의 어처구니없는 실수로 뒤늦게 받은 화자가, 장례의 끝물이라도 참석하려 교통편이 지난한 장례지까지 부랴부랴 찾아가는 여정을 담는다. 그가 천신만고 끝에 얻어 탄 시골 트럭은 결국 목적지를 지나쳐

"갈 곳도 까닭도 없는" 가랑비가 날리는 어둠 속으로 하염없이 내달린다. 여기에서 소설의 "얼굴"을 "머리칼"로 굳이 고쳐 쓴 이유는 추적하기 쉽지 않다. 단순히 거미줄처럼 달라붙은 가랑비의 피부감각을 통해 화자의 심리와 정황을 대신하려 한다면, "머리칼"보다는 "얼굴"이 더 생생하고 섬세한 효과를 볼 수 있지 싶다.

화자가 "여자의 젖가슴 속으로 다른 한 손을 쑥 넣"는 장면은 소설의 서사적 핵심이다. 징하게 운이 없는 화자가 벽지인 장례지까지 분투하며 향하는 불편하고 절망적인 에피소드에서 그쳤다면, 소설은 읽는 눈맛을 적잖이 잃을 수밖에 없다. 화자는 시외버스부터 동석했던 모르는 여자와, 지역 경찰의 배려로 간신히 얻어 탄 트럭 짐칸에 우연히 동승한다. 그는 숙모에 대한 쓸쓸한 애도와, 그녀의 장례에 참석조차 못한 채 알 수 없는 어둠 속으로 내달리는 처지의 절망감이 교차한다. 거미줄처럼 달라붙는 가랑비를 맞으며, 정복을 한 그는 불현듯 낯선 여자의 젖가슴에 "쑥" 손을 집어넣는다. 이 단 하나의 문장은 소설 전체에 팽팽한 미학적 장력을 선사한다. 죽음에 대한 인식과 성애적 풍경을 교직하는 장면은 여러 문학작품(예술작품)에서 자주 나타나는 화소話素다. 그럼에도 불구하고 진부하지 않은 것은 그 둘이 삶과 세계를 구성하는 원형적 요소인 동시에, 삶과 세계를 가늠하는 근원적 수단이라는 점 때문이다.

에로티즘과 죽음의식을 자웅동체와 같은 것으로 보는 시각은 낯설지 않다. 조르주 바타이유Georges Bataille도 『에로티즘 Erotism』의 서문에서 에로티즘을 죽음까지 파고드는 삶이라 정의한다. 죽음은 금기의 본질적인 이유이고, 에로티즘은 금기 위반의 적나라한 주체라는 점에서 둘은 다른 의미층 위에 놓인 것처럼 보인다. 그러나 금기의 아슬아슬한 긴장을 사이에 두고 양 끝을 차지한, 죽음의 물질화 과정인 부패와 에로티즘의 내적 경험인 오르가즘은 혼돈과 어둠의 극지極地를 형성한다는 점에서 닮아 있다. 에로티즘의 외적 경험인 생명의 탄생은 모성의 죽음을 전제로 한다. 생명은 그 죽음과 부패를 잔인하리만큼 체계적이고 잔인하리만큼 이성적으로 갈취하며 연장된다. 이 둘은 서로 배타적인 위상을 지니는 듯이 보이지만, 더 큰 시야로 보면 서로 대체불가능한 입장에 있다는 점 때문에 한 공간의 질서 안에 포섭될 수 있다.

— 오태환, 「삶의 에로티즘과 죽음연습」

화자가 여자의 젖가슴에 손을 집어넣는 행위의 안팎이 지니는 의미를 핍진감 있게 요약하는 것이 부사어 "쑥"이다. 그저 범상한 일상적 화법에 불과할 "쑥"의 선택은 이 지점에서 빛을 발한다. 첫소리 'ㅆ'은 마찰음 'ㅅ'의 된 발음이고, 가운뎃소리 'ㅜ'는 묵직한 음성모음이다. 끝소리 'ㄱ'은 혀뿌리로 여린입천장을 급하게 닫으면서 내는 폐쇄파열음이다. 거세고 무겁게 미끄러지면서 시작했다가, 서랍을 닫듯 갑자기 끝을 맺는 단음의 소리맵시는 화자의 동작이 어떠한 고려나 망설임 없이, 자신도 모르는 결에 급작스럽게 행해졌음을 뜻한다. 자신은 물론이고 타자인 여자에게도 마찬가지다. 주변의 모든 시간이 완전히 정지해버린 듯하다. 가랑비가 흩날리는 어둠 속에서 미지의 공간으로 질주하는 그 상황은, 마치 오래전에 말라버린 우물 속의 어둠을 무심히 들여다보았을 때 들렸음 직한 이상한 공명음을 떠올린다. 그들은 자신들이 직접 참여한 상황을 수천만 광년 떨어진 우주의 한구석에서 벌어진 에피소드를 우연히 구경하듯이 스쳐 지나갈 뿐이다. 행동의 이유나 목적, 행동의 결과가 일으킬지 모를 윤리적·사회적 문제 따위는 그저 거추장스럽기만 하다. 그러므로 소설의 서사가 "쑥"이라는 낱말이 그러한 것처럼, 그 순간에 서랍을 닫듯 갑자기 종료되는 것도 필연적일 수밖에 없다.

　시의 나머지 5행은 부연敷衍 이상의 뜻을 지니지 않는다. 소설과 달리 사건의 정보와 에피소드의 배후를 나열하여 제공하기 어려운 문제 때문에 덧댄 듯하다. 숙모의 죽음과 숙모에 대한 애도는 "헛간에서 썩고 건조실에 매달려 죽"는 화자의 환상과 그러한 자신의 운명을 예감하는 비애로 치환된다. 특히 "감자꽃 내음"과 "한여름 담뱃잎 내음"은 화자의 행위에 부수된 여자의 정체성을 지시한 것이라면 사족으로 읽힐 여지가 있다.

　이 작품에서 눈여겨볼 대목은 소설에서 1인칭 '나'로 등장하는 화자가 3인칭 '탁번이'로 바뀌는 부분이다. 선생은 소설에서는 1인칭 '나 — 김 대위'로 분장한 데 반해, 시에서는 3인칭 '탁번이'로 분장을 완전히 걷어낸 채 등장한다. 시인이 1인칭 화자라는 탈을 벗어던지고, 문면에 실명을 밝힌 채 날것 그대로 등장하는 광경은 따로 본 적이 없는 것 같다. 이 소설이 실린 소설집『저녁연기』(정음사)와 이 시가 실린 시집『너무 많은 가운데 하나』(청하)는 공히 1985년에 발간된다. 그 무렵까지 소설에 더 많은 시간과 노력을 할애했던 선생은 시「가랑비」에서 실명 화자로 등장한다. 이는 의도 여부와 무관하게 '시인 오탁번'을 다시 세상에 선언하는 형식이 된다. 더불어 시와 소설을 섭

렵하면서, 언제든지 시를 소설로 쓸 수 있고 소설을 시로 쓸 수 있다는, 또는 자신의 소설 한 구절은 시 한 편으로 다시 태어날 만큼 언어의 웅숭깊은 밀도를 품는다는 자존의 오연한 표지일 수도 있다.

해가 지는 것도 모른 채 들에서 뛰어놀다가, 터무니없이 기다랗게 쓰러져 있는 나의 그림자에 놀라 고개를 들면 보이던 어머니의 손짓 같은 연기, 마을의 높지 않은 굴뚝에서 피어올라 하늘로 멀리멀리 올라가지 않고 대추나무 살구나무 높이까지만 퍼져 오르다가는, 저녁때도 모르는 나를 찾아 사방으로 흩어지면서 논두럭 밭두럭을 넘어와서, 어머니의 근심을 전해주던 바로 그 저녁연기였다

— 오탁번, 「저녁연기」 전문

모두 하나의 문장으로 짜여진 이 시는 소설 「저녁연기」의 한 장면을 그대로 옮겨놓는다. 차이가 있다면, 쉼표의 위치가 "퍼져 오르다가는" 뒤에서 "넘어와서" 뒤로 옮겨진다는 점이다.

소설은 군청 공무원인 화자가 형의 갑작스런 호출을 받고 고향인 평장골로 향하는 지점에서 출발한다. 고향을 굳게 지키며 마을 이장과 농협 이사를 떠맡은 형은 선대의 문헌집 제작과 아버지 묘비 건립을 의론하려 들지만, 정작 화자는 그러한 모습에 불편함과 적의를 느낄 따름이다. 그의 관심은 온통 고향 가는 길에 만난 어린 시절 소꿉친구 현주와 고향마을 초입에서 바라본 저녁연기에 쏠려 있다.

소설은 사라져가는 것들, 사라질 수밖에 없는 것들에 대한 향수로 채워진다. 도시 생활에 지치고 망가진 현주는 아무도 알려 하지 않는

이유로, 어쩌면 매춘을 결심했기 때문에 고향에서 사라지려 한다. 저녁연기는 새마을운동에 따른, 땔나무 걱정 없는 연탄아궁이의 보급으로 마을에서 영영 사라질 수밖에 없는 처지에 있다. 화자에게 이 둘은 의도했든 그렇지 않든 애초에 있던 자리로부터 소외되고 있다는 점에서 매한가지다. "너도 그래.", 현주가 화자에게 집으로 돌아가며 마지막으로 던진 말이다. 화자는 고향의 유지이면서 가문의 수호자임을 자처하는 형에게 미묘한 반감을 느끼고 있다. 양반 끄트머리였던 가문을 다시 일으키는 사업도, 가문의 충직한 일원으로 형에게 복속되는 것도 그에게는 마뜩지 않다. 이로부터 도피를 꿈꾸는 화자 역시 현주나 저녁연기와 진배없다. 화자 역시 사라져가는 것들, 사라질 수밖에 없는 것들의 일부였던 것이다. 그러나 현주도 버젓이 알고 있는 이 사실을 화자는 인정하지 않는다. 그래서 "너도 그래."를 듣는 순간마저 그는 사춘기 때의 유치한 자신으로 돌아가는 상상에 빠질 뿐이다. 일종의 시치미떼기 수법이다.

　화자가 사라져가는 것들, 사라질 수밖에 없는 것들에서 느끼는 그리움은 "평화로운 허기증"에서 발원한다. 소설의 "평화로운 허기증"은 많은 부분 현주와 겪는 에피소드와 관련된다. 그것의 실체는, 의식 이전의 차원이겠지만 태아기 때 자궁 속 모래집물〔羊水〕의 기억으로부터 시작된다. 그것은 유아기 때 어머니 젖가슴의 따뜻하고 부드러운 감촉으로 이어진다. 거기에서 허기를 느끼는 까닭은 다시 그때로 돌아갈 수 없다는 무의식적 자각에서 비롯한다. 화자는 중1 때 마을 뒷산에서 곤충채집을 하다가 현주와 조우한다. 자꾸만 가슴께로 시선을 보내는 화자를 의식한 현주는 "내 젖 만져보고 싶어서 그러지?"하며, 그의 손을 자신의 젖가슴까지 끌어당긴다. 이 장면은 단순히 화자가 겪는 사춘기 무렵의 아득한 성적 긴장과 흥분의 화소로만 소용되지 않는다. "단감만 한" 그녀의 젖가슴을 만지는, 그의 의식 이면에는 어머니의 모래집물과 젖가슴을 그리워하는 "평화로운 허기증"이 도사린다. 그러므로 화자가 저녁연기와 현주를 사라져가거나 사라질 수밖에 없는 이유로 동일시하는 것은 어디까지나 의식 표층의 문제다. 그가 의식하든지 그렇지 않든지, 그녀는 자신의 "평화로운 허기증"을 위로한다는 점에서 저녁연기와 더 많이 닮아 있다. 이는 매우 짧고 우연스런 만남임에도 불구하고 화자가 현주에 집착하는 가장 큰 이유로 작용한다.

시의 저녁연기는 소설과 마찬가지로 "평화로운 허기증"을 배면에 깔고 있다. 소설에서는 그것이 현주와 얽힌 에피소드로 채워진 데 비해, 시에서는 어머니와 관련된 기억으로 형상화된다. 시의 내용은 끼니때가 되어 저녁까지 놀고 있는 화자를 부르는 어머니와, 마을을 낮게 감싸며 도는 저녁연기를 비유관계 속에 묘사한다. 두 모습이 거의 동시에 보일 수 있다는 점에서 어느 쪽이 원관념이든, 어느 쪽이 보조관념이든 문제가 될 듯하지 않다. 시에서는 어머니가 보조관념으로 저녁연기가 원관념으로 적시되어 있다. 그런데 다 읽은 후 고개를 돌리고 나면 정말 그런가, 다시 톺아 읽게 되곤 하는 이상한 경험을 하게 된다. 그러고 보면, 원관념과 보조관념이 모호해서 구별이 잘 안될 때, 시의 의도가 오히려 제대로 살지 싶은 터무니없는 생각이 들기도 한다.

시에서 눈에 띄는 낱말이 "근심"이다. 끼니때에 맞춰, 쌀을 안치고 땔나무를 때어 저녁을 지은 어머니가, 시간 가는 줄 모르고 놀고 있는 아이를 부를 때의 보통 심리에는 약간 엇나가 있는 듯싶다. '근심'은 '일이 해결이 안 되어 마음을 줄이거나 우울해함'의 뜻이고, 유사어인 '걱정'은 '일이 혹시 잘못될까 속을 태우거나 우울해함'의 뜻이다. 끼니때 아이를 부르는 어머니의 일반적 심리라면, 아이가 배고플지도 모른다는 조바심에 가까울 것이다. 그렇다면 시의 형편에 맞는 어머니의 심리는 '근심'보다는 '걱정'이 적절할 듯하다. 어쩌면 무시해도 좋을 미세한 차이겠지만, 그럼에도 불구하고 선생이 "근심"을 선택한 것은 낱말 자체의 매력 때문일지 모른다. 소리맵시의 흡인력, 나는 '근심'에서 삶은 달걀의 흰자위처럼 밝고 부드러우면서 은근히 알심이 굳은 어떤 이미지를 떠올린다. 여기에 뜻을 입혀 생각하면 사전적 의미 이상의 절실함이 배어나는 것 같다. 나 혼자만의 생뚱맞은 상상이다. 이유를 명확히 간추릴 수는 없지만, "근심"의 선택은 자칫 평면적인 풍경으로 그칠 이 작품에 여운을 주면서, 시 전체가 지니는 의미의 폭을 확장하는 효과를 볼 수 있다.

선생의 최근 시집은 지난해 열 번째로 발간된 『알요강』(현대시학사)이다. 약력을 유심히 본 이들은 알아차리겠지만, 생몰연대 부분이 "(1943~?)"로 적혀 있다. 살아 있는 사람이라면 빈칸으로 처리해야 할 부분을 떡하니 '?'가 차지하고 있다. 생몰연대의 '?'는 죽은 시기가 불명확하거나, 죽었는지 살았는지 확정할 수 없을 때 붙이는 수단이다. 70대 후반의 선생이, 뒷짐 지고 잔뜩 점잔을 뺄 연배에, 더구나 당신의 목숨을 기화로 대놓고 장난을 치신 셈이다. 시집의 「시인의 말」 "― 오탁번 새 시집 『알요강』이 나온대. ― 아직 안 죽었나? ― 죽긴, 요즘도 매일 소주 한 병 깐대. — 정말?"도 그와 매한가지다. 초등학생의 개구진 장난 같은 모습이 치기 어리게 비치지 않는 것은, 서리 내릴 녘 무맛같이 슴슴하면서 깊은 여유를 지닌 선생의 문학적 의취意趣 때문이다.

풍물시장 좌판에 놓인
작은 놋요강 하나가
흐린 눈을 사로잡는다
명아주 지팡이 짚은
할아버지는
그놈을 넝큼 산다
기저귀만 떼면
손자를 도맡아 키워준다고
흰소리 하도 했으니
미리 알요강 하나 마련한다

내년 이맘때나
손자가 기저귀를 떼겠지만
문갑 위에 모셔 놓은
배꼽뚜껑도 예쁜
알요강에서는
벌써 향긋한 지린내가 난다
손자 오줌 누는 소리도

아주 잘 들리는

동지섣달

긴긴밤

— 오탁번, 「알요강」 전문

손자에 대한 살갑고 애틋한 마음씨가 깨끗하고 오롯하게 담긴 작품이다. 이런 시를 미주알고주알 따지면서 읽는 건 성가시기만 할뿐더러 예의도 아니다. 기름보일러 훨씬 이전, 구들방 냉기 서린 윗목에 놓인 요강을 향해 무릎걸음으로 다가가, 엉거주춤 무릎 꿇고 오줌을 눠본 세대라면 알 것이다. 더구나 한밤중이라면 찌르르릉! 찌르르릉! 오줌 소리는 더 맑고 더 선명하고 더 크게 방 안을 울렸다. 시에서는 기저귀를 갓 뗀 어린아이가 작고 반질반질 빛나는 놋요강에 오줌 누는 소리다. 청아한 소리가 솜털 보송보송 난 귓불을 냉큼 깨물고 싶을 만큼 예쁠 법하다.

선생의 이즈막 시들은 한결같이 힘을 쏙 빼고 있어서, 애초에 힘이란 게 있었는지조차 모르겠다. 애써 뭘 선언하거나, 애써 뭘 정립하거나, 애써 심오한 척, 뭘 포장하려는 속내가 아예 잡히지 않는다. 세간에 번다한 무슨 이론이니 유행이니 하는 것들이 무색하다. 차라리 문학이라 정의하는 것들 자체가 무의미해 보이기도 한다. 힘이 빠졌다고 해서 정서와 감각의 장력이 느슨해지거나 언어의 모서리가 닳지도 않았다. 노자가 말했다는 대교약졸大巧若拙의 함의와 또 다르다. 약졸若拙하지 않다는 뜻이다.

선생에 관한 '시인론'을 청탁받고 궁리한 것이 소설과의 교점을 탐색하는 수법이었다. 고교 때부터 내 습작은 누구에게도 보여준 적이 없었다. 대학 때 처음 만난 선생은 데뷔 전 내 습작을 보고 격려를 해주신 유일한 분이었다. 선생과의 삿된 이야기는 이미 여기저기 써서 중복될 게 뻔했다. 시의 의미나 기법, 언어의 특징에 대한 접근도 그렇고 그래서, 흔한 세평에서 그다지 벗어날 성부르지 않았다. 선생은 젊은 시절의 많은 부분을 소설에 투여하였다. 선생은 소설을 쓸 때도 시인이었고, 시를 쓸 때도 시인이었다. 시와 소설은 매사를 구분하고 분석하려는 본능의, 소위 근대적 방법론으로 포장된 속스러운 고정관념만 벗어나면 어차피 한 몸과 다르지 않다. 소설을 이야기하면서 시를 이야기하는 방향은 선생의 시에 다가서려는 유의미한 골목이 되지 싶었다. 이참에 다시 읽은 선생의 소설은 단편문학의 교과서라 할 만하다. 특히 「저녁연기」와 「사금」이 그러하다. 서사와 인물의 심리와 대화, 그리고 배경이 정치精緻하게 삼투되면서 쾌적한 속도로 전개되는 구성법은 인상적이다.

선생은 재작년 겨울 '오탁번 소설'로 명명된 6권짜리 소설전집(태학사)을, 지난해 봄 열 번째 시집 『알요강』을, 올 4월 그간 발표한 산문을 모은 『두루마리』(태학사)를 출간한다. 나는 이를 데뷔 반세기를 넘은 시인의 자기 응시의 더없이 아득하고 위태롭고 눈물겨운 형식으로 읽는다. 오탁번이라는 텍스트는 한국문학사에 앞으로도 너른 소매를 드리울 것이다. 선생은 지금도 제천 어디쯤, 용인 어디쯤, 아니면 서울 인사동 어디쯤에 몰래 숨어서 '이건 몰랐지?!' 하며, 그걸 매[鷹]의 눈으로 지켜볼 것 같다.

이창수

이진모

엄창섭

이정현

헛똑똑이의 모국어 사랑 │ 이창수
바람처럼 자유로운 따뜻한 감성의 시인
　─창조적 역동성과 맑은 영혼의 소유자 오탁번 │ 엄창섭 / 정리: 이진모
'원서헌'에서 오탁번 시인을 만나다 │ 이정현

4부

시인과의 대화

헛똑똑이의 모국어 사랑

이창수

이창수 오탁번 선생님, 그동안 건강하셨습니까?『시안』사무실이
강남에 있을 때에는 자주 뵈었는데 사무실이 충무로에서 다시 왕십
리로 옮기는 동안 선생님을 예전처럼 뵙기가 어려워졌습니다. 하
지만 아직도 저에게는 서초동 뱅뱅사거리 중국집에서 자장면에 고
춧가루를 뿌려가며 이과두주와 함께 드시던 선생님의 천진한 모습
이 어제 일처럼 생생하기만 합니다.

오탁번 이창수 시인은 그제나 이제나 늘 소년 같습니다.『시와사람』
에서 귀한 지면을 내어 나를 찾아왔으니, 우선 고마운 마음입니다.
시잡지 내는 일이 점점 어려워지고 또 복잡다단해지는데『시와사
람』이 통권 57호를 낸다는 사실은 보통 일이 아닙니다. 문학사적
사건이란 말이라고 생각합니다. 서울도 아닌 호남 광주에서 대단

한 일이고 이 대단한 일을 저지르고 있는 사람들 또한 아주 특별난 사람들이란 걸 난 진즉부터 알고 있었습니다. 『시안』을 13년째 내고 있는 마당에 동병상련의 감정을 느끼고 있습니다. 서로 도와가면서 선의의 경쟁을 했으면 좋겠습니다. 좋은 이웃이 있어야 나도 흥한다는 사회발전 동력의 모델도 있잖습니까.

그때 즐겨 마시던 이과두주가 생각납니다. 요즘은 소주 두 병 정도 마시지요. 예전처럼 안주 없이 술을 마시지 않고, 이젠 안주도 챙겨 먹어서 그런지 다들 얼굴 좋아졌다고 말합니다. 허지만 얼굴만 좋아지면 뭘 합니까. 노을도 지고 땅거미도 진 마당인데. 평균수명까지나 살려나 모르겠어요.

이창수 『시와사람』을 선의의 경쟁자로 인정해주셔서 우선 감사의 말씀을 드립니다. 『시와사람』이 광주에 그 기반을 두고 있는 탓에 한국문단의 보편성과 광주라는 특수성 사이에서 고민할 수밖에 없는 부분이 없을 수 없지요. 술을 싫어하는 시인을 보지 못했는데 선생님은 오래 사시면서 후학들에게나 문단의 후배들에게 예전처럼 술자리에서 허물없이 어울렸으면 하는 게 제 개인적인 바람입니다.

오탁번 허허허.

이창수 지난 2008년 8월 말 고려대학교에서 정년퇴임을 하시고, '한국시인협회' 회장으로 재임하시면서 우리 한국 시단을 위해 어떤 일들을 하셨는지요?

오탁번 제가 36대 회장을 했습니다. 지난 3월로 임기가 끝났지요. 처음 회장이 되었을 때 참 막막하더군요. 한국시인협회 회장은 평의원들의 추천에 의해서 총회 인준을 받는 거니까, 이른바 간접선출 방식인데. 그러니까 누가 하겠다고 나서는 자리도 아니고 또 미리 안 하겠다고 손사래 치는 자리도 아닙니다. 그러니까 저는 어느 날 갑자기 회장이 된 겁니다. 2년 동안 열심히 일했지요. 특히 2009년에 펼친 국보사랑 시운동은 의의도 있었고 호응도 좋아서 지금도 보람을 느끼고 있어요. 시인들이 모국어에 대한 깊은 사랑과 관심, 그리고 자기 나라 국보에 대한 시적 열정을 형상화하는 일은 누가 시켜서가 아니라 시인이 시인으로 태어날 때부터 태생적으로, 즉 한 민족의 집단무의식 속에서 발아하는 민족신화의 원형질적인 숙명이라고 생각합니다. 숭례문이 화마에 무너지는 걸 보고, 비통해하지 않은 사람은 없었을 겁니다.

이창수 지난 2년 동안 '한국시인협회'를 이끌면서 느꼈던 보람과 아울러 우리 시문학이 발전하려면 어떤 일들이 선행되어야 하는지에 대해서 느낀 점이 있다면 듣고 싶습니다.

오탁번 우리나라에는 참 좋은 시인들이 많이 있다고 생각합니다. 심성이 곧고 맑고, 그리고 절대고독의 상황에서도 타협하지 않는 정신이 있는 거지요. 선비정신이랄까 초탈의 자세랄까, 그런 게 있는 것 같아요. 시인협회장을 하면서 이름은 좀 덜 알려졌지만 작품을 대하면서 이런 시인을 발견했을 때 참으로 기뻤어요. 널리 알려진 시인이지만 이건 뭐 시인이 아니라 정상배 같은 낌새가 있는 걸 보았을 때는 참 곤혹스러웠지요. 소위 현대의 흥청망청하는 물량 중심의 시단 분위기를 싹 도외시하고 오직 나만의 시세계를 위하여 매진해나가는 자세가 필요하겠지요. 시인도 아니면서 시인의 탈을 쓰고 시단의 단물을 빨아먹는 사람이 많으면 그 문화공간은 황폐화하는 겁니다. 보이지 않게 시단의 영성을 갉아먹는 사람들 있잖아요? 그런 사람들일수록 시단의 온갖 행사에 뻔질나게 나다니고 패거리 조직과 서로 거래를 하는 것 다 알잖아? 몰라? 그것도 몰라? 이창수 시인, 바보 아냐?

이창수 하하하하.

이창수 이제 본격적으로 선생님께서 걸어오신 문학의 발자취를 더 들어볼까 합니다. 문단 등단 과정에 대해 듣고 싶습니다.

오탁번 아하. '명예'가 '멍에'가 돼버렸다는 패러다임을 보고 싶단 말이지요?

1966년, 1967년, 1969년. 뭐 이런 암호 같은 숫자에서 문학인으로서의 내 숙명이 비롯된 거지요. 글쎄, 남들은 신춘문예 당선 한 번도 못하는데, 나 혼자 세 번이나, 그것도 동화, 시, 소설 이렇게 장르를 달리하면서 당선이 됐으니 제 주변에서 오죽했겠습니까. 60년대에는 매체가 오직 신문뿐이었어요. 신년 벽두에 서울의 주요 일간지에 사진과 함께 이름이 나왔으니 말이지요. 전국 각지에서 팬레터가 오고 축하 술 마시느라고 1월 한 달이 다 지나가고. 아주 대단한, 드날리는, 가문과 모교와 고향을 빛내는 명예였지요. 그런데 왜 '멍에'가 됐냐면 그 후 작품 발표를 하면 오탁번이의 소설과 시가 형편없다고 말하는 사람은 없었어요. 하지만 사람들은 특히 평론가들은 다 이러는 겁니다. "아 오탁번이 재주 있으니까." 치지도외랄까 기피랄까 뭐 그런 것 아닐까. 옛날 자기들의 기를 죽이고 혼자서 떡을 세 개나 '처먹은' 놈한테 또 떡 하나를 더 주고 싶지 않은 거겠지요.

코피 흘려가면서 밤새워 쓴 작품이 자꾸 이렇게 홀대를 받는 느낌이 올 때 참 괴로웠지요. 나는 그냥 창작만 잘해서 대학교수 된 사람이 아니잖아요. 나는 대학원에서 정식으로 공부를 한, 논문도 척척 써내는 유명 대학의 말발 있는 대학교수이니, 평론가들이 볼 때 얼마나 배가 아팠을까요.

40대 후반이 되면서 소설을 쉬고 시로 돌아왔어요. 젊은 날의 명예가 나를 옥죄는 멍에가 된 것을, 그러한 운명을 겸손하게 받아들이고 살아가고 있습니다. 저의 이러한 생애의 궤적은 슬프면서도 아주 기쁜 일이지요. 무슨 말인지 모를 겁니다. 나만 한 고통과 소외를 경험해보지 않은 이창수 시인 같은, 젊고 팽팽한 눈으로야 볼 수가 없겠지요.

이창수 선생님처럼 여러 장르에서 재주를 발휘해본 적도 없고 문단의 뜨거운 눈길에 노출된 적도 없는 제가 그런 기쁨과 슬픔을 이해할 수는 없겠지요. 그렇지만 선생님의 타고난 재주는 부럽습니다.

선생님께서는『아침의 豫言』에서부터 최근『손님』에 이르기까지 7권의 시집과『處刑의 땅』을 비롯한 8권의 소설집 외에도 다수의 시론집과 연구서가 있습니다. 이렇게 많은 작품집과 연구물을 얻기까지 상당한 노력이 필요했을 것 같은데 주로 어떤 방법으로 창작에 임하셨는지요?

오탁번 작품을 쓰는 동기와 방법은 그때그때 다 다르지요. 어떤 대상을 보았을 때 그것을 작품화하는 경로와 방식이 그냥 떠올라요. 서정적이냐 서사적이냐 분석적이냐에 따라 시도 되고 소설도 되고 논문도 되지요. 이렇게 말하면 내가 꼭 요술쟁이 같이 들리겠지만 그게 사실입니다. 이 삼자가 한 작품 속에서 상호 작용하면서 교류하기도 하고. 왜 내 시에는 서사적인 요소도 다분하잖아요. 서사 없는 서정이 어디 있으며 또 서정 없는 서사가 어디 있느냐고? 〈서동요〉를 봐요. 그때는 물론 시다 소설이다 구별이 없었지요. 〈서동요〉는 그 안에 시와 서사의 핵심이 다 들어차 있는 문학의 아키타이프입니다. 또 사랑하는 여자를 소유하려는 아주 치밀한, 하지만 이루어지지 않으면 목숨도 위태로워지는 아주 위험천만한 모험이 있습니다.

이창수 그렇다면 소설가로서의 삶과 시인으로서의 삶 그리고 대학교수로서의 삶 사이에서의 갈등은 없었는지요. 한사람이 성격이 다른 장르를 오가면서 그 수준을 유지하기가 쉽지가 않다는 걸 알기에 드리는 말씀입니다.

오탁번 전업작가로 나서보지 못한 게 한동안 후회도 됐는데 지금 생
각하면 아마 그랬다면 오늘 여기까지 살아오지도 못했을 것 같아
요. 대학에서 정년까지 젊은이들과 재미있게 놀고 요즘도 부지런
히 글을 읽고 쓰고 있으니까요.

이창수 선생님께서는 우리말의 아름다움에 대해 남다른 노력을 기
울이시는 시인으로 정평이 나 있습니다. 선생님께서 발굴하신 시
어로 얻은 작품들로는 어떤 것들이 있을까요?

오탁번 저는 시 한 편을 쓸 때 국어사전을 30번은 찾아보는 게 요즘
의 습관이 되었어요. 「밥냄새」, 「안항雁行」 같은 시를 찬찬히 읽어
봐요. 요즘 젊은 시인들은 작품을 너무 대강대강 쓰는 게 아닌가는
생각이 듭니다.

이창수 선생님 연배의 시인들 중에서도 유독 선생님께서는 우리 민
족의 원형이랄까 모국어에 천착하시는 걸 보아온 터라 이런 질문을
드리는 겁니다.

오탁번 시인은 오직 '작품으로 말한다'라는 명제에 기대어 말한다
면, 이렇게 답변하고 싶네. 내 작품 「백두산 천지」!

이창수 선생님의 시들은 대부분 해맑고 명징한 느낌을 줍니다. 또
선생님의 시들을 보면 그다지 어렵지도 현학적이지도 않습니다.

그리고 지나친 비약이나 과장된 포즈가 보이지 않으면서도 굉장히 재밌습니다. 제가 무어라 표현할 수는 없지만 편안하게 읽히는 장점이 있습니다.

오탁번 편안하게 읽힌다니 기분이 좋군. 불편하게 읽힌다면 얼마나 송구스럽겠냐 말이야. 내 시가 재미가 있다고? 그것 참, 재미없는 것보다야 낫지만, 그냥 단순한 재미가 아니었으면 하는 소망입니다. 다만 재미 뒤에 언뜻 느껴지는 어떤 울림, 삶의 기쁨과 슬픔이 찰나적으로 마주치며 튕겨나는 어떤 영혼의 불빛 같은 것이 있기를 바라는 겁니다.

이창수 저의 경우에는 선생님의 시들 중에서 해학적인 시들이 좋습니다. 초기의 시 「純銀이 빛나는 이 아침에」도 좋지만 근래의 작품들에 더 눈이 갑니다. 가령 「굴비」라는 시나 「폭설」이라는 시가 그렇습니다.

오탁번 오늘 엔진오일 넣으려고 카센터에 갔더니 직원이 날 보고 혹시 시인이냐고 묻는 겁니다. 왜 「폭설」이 지난번 폭설 퍼부을 때 인터넷을 다 도배를 했잖아. 우스워서 배꼽을 잡았다는 거예요. 그의 말을 듣고 순간적으로 나는 내가 코미디언이 됐나 보다 하고 절망을 했어요. 그런데 그가 마지막에 한 말이 나를 살려줬어요. 코끝이 찡해지던데요. 우리 카센터에 오실 때마다 잘 모시겠습니다. 아 오늘 나는 카센터에서 진정한 내 시의 독자를 만난 거라는 생각을 했습니다.

이창수   하하하.「굴비」라는 시를 저의 경우에는 이렇게 읽었습니다.
굴비라는 단어를 뒤집으면 비굴이라고 읽잖습니까.「굴비」를 그대
로 읽으면 매우 해학적인데 뒤집어서 읽으면 상황 앞에서 비굴해지
는 인간들의 나약한 모습으로 읽었습니다. 이런 제 독법이 선생님
의 의도와 다른 것은 아닌지요?

오탁번 「굴비」는 뒤집어도 굴비입니다. 자꾸 문학 외적인 잣대를 들
이대지 말고 느낀 그대로 읽으면 좋겠어요.「굴비」를 만일, 빈궁한
계층(계집과 사내)이 자본(굴비장수)의 착취에 걸려드는 상황, 또는 그
자본 앞에서 작은 것(굴비 또는 노임)을 얻기 위하여 큰 것(정조 또는 인
간의 존엄)을 버리는 비굴한 타협으로 읽는다면 그건 문학자라기보
다는 사학자나 사회학자의 독법이 아닐까요. 떠돌이 굴비장수도
무슨 대단한 자본가가 아니라 아주 가난한 행상이잖아요. 그들 사
이에 본능적으로 교류하는 어떤 묘한 힘과 생명의 패러다임이 너
울져 있는, 자연 속에서 인간도 자연의 일부가 되는 신비한 모국어
의 숨결을 이창수 시인도 다 눈치채고 있잖아요? "앞으로는 절대
하지 마!" "앞으로는 안 했어요" 이 얼마나 눈물겨운 우리 모국어
의 시적 변용인가 하고 말하고 싶습니다.

이창수   인간이 살아가면서 나타날 수밖에 없는 감정인 喜怒哀樂 중
에서 선생님의 시편에는 怒가 보이지 않습니다. 선생님의 소설을

다 읽어보지는 않았지만 젊은 시절의 선생님 소설에도 怒는 없었던 걸로 기억됩니다. 살아가면서 슬프고 노여운 일들이 없을 수는 없겠지만 유독 선생님의 작품에 분노가 보이질 않는 이유가 궁금합니다.

오탁번 이런 또 나에게 멍에를 씌우는군요. 내 소설「처형의 땅」, 「굴뚝과 천장」, 「우화의 집」, 「혼례」를 읽어봐요. 또 시도 처음부터 자세히 읽어보세요. 분노가 들끓고 있어요. 내가 신춘문예도 되고 갓 서른도 안 돼서 대학교수가 되어 평생 잘 먹고살았으니까 아마 부잣집 아들같이만 느껴질 겁니다. 저는 아버지 얼굴도 몰라요. 저는 고등학교 시절부터 고학을 한 사람입니다. 이런 제 현실에 왜 분노가 없겠어요.

이창수 너무 딱딱한 질문만 던지는 것 같아 조금 쉬어가는 의미로 선생님의 가족관계가 궁금합니다. 그리고 부인인 김은자 선생님 역시 우리 시단을 대표하는 여류시인이신데 두 분이서 만나 결혼하게 된 과정을 듣고 싶습니다.

오탁번 다 알면서 뭘 물어요? 아내인 김은자 시인은 운명적으로 만난 거지요. 그런데 요즘 건강이 안 좋아요. 또 아직 교수 노릇을 하니까 아침밥 챙겨주는 일도 없고. 아내한테 언젠가 말했어요. 당신 아무래도 불량품인 것 같으니까 반품을 해야겠다고. 40년 동안 잘 써먹고 웬 반품이냐고 하더군요. 그래서 잘 생각해보니까 장인 장모 다 돌아가셨으니 반품할 데가 없는 거예요. 이렇게 운명이거니

하면서 사는 겁니다.

이창수 고려대학교에서 30년을 근무하신 걸로 알고 있습니다. 학생
들과의 재미있는 에피소드가 있으면 소개해주십시오.

오탁번 다 이야기하려면 1년도 더 걸릴 겁니다. 아무튼 내 생애의 전
부를 바쳤다고 해도 과언이 아니지요. 에피소드도 무궁무진하고.
다 술안줏감이지요.

이창수 사실 선생님의 입을 통해서도 다른 잡지를 통해서도 이런저
런 에피소드를 알고 있습니다만『시와사람』의 독자들을 위해 드리
는 질문이었습니다. 선생님께서는 계간 시지『시안』을 창간하여
10년 이상을 운영하고 계십니다. IMF 이후 전국이 환란의 고통에
서 신음하고 있을 무렵 잡지를 간행하여 그 어려운 시기를 건너고
있습니다. 13년째『시안』을 운영하고 계시는데 특별한 사명감이
있다면 말씀해주세요.

오탁번 그냥 이번 봄호 통권 47호『시안』을 보면 그 안에 내 대답이
있어요. 시안은 시를 시이게 하는 한 글자, 시를 알아보는 안목이라
는 뜻이지요. 예전에 말한 대로 제 눈이 흐려지면『시안』은 그날로
문 닫을 겁니다. 정말입니다. 눈이 흐려진 정도가 아니라 아예 눈이
깜깜 멀었는데도 그걸 모르고 시잡지를 계속 낸다면 나는 만고역
적이 되는 겁니다.

이창수 고려대학교에서 정년퇴임하시기 전부터 고향인 제천에 '원
서헌'을 세운 것으로 알고 있습니다. 구체적으로 '원서헌'은 어떤
곳인가요?

오탁번 원서문학관은 내가 졸업한 초등학교의 분교였어요. 낙향을
한 겁니다. 교실 세 칸 그리고 사택과 숙직실, 정원…… 텃밭도 있
고. 봄이 되면 원서문학관에서 나는 그냥 농사꾼이 돼야 해요. 원서
는 멀 遠 서녘 西의 '원서'입니다. 내 고향이 제천시 백운면인데 백
운면의 조선시대 지명이 원서지요. 제천읍에서 서쪽으로 멀리 있
는 면이라는 뜻입니다. 옛 지명을 되살린 것이지만 한편으로는 내
소망도 곁들여 있는 이름이지요. 서쪽은 소멸이면서 또한 생성의
최초이거든요. 또 불교에서 말하는 서쪽은 언제나 정토이니까. 친
구들은 내 호를 아예 '원서'로 하라고도 합니다. 정말 그렇게 해볼
까요?

이창수 '원서헌'을 가꾸시려면 굉장히 부지런해야만 하겠는데 이제
는 선생님께서도 연세가 있으신데 농사가 힘들지는 않으신가요?
제천과 서울을 오가면서 여러 가지 일을 하시는 선생님의 왕성한
에너지는 젊은 저로서도 부럽기는 하지만 건강이 염려되어 드리는
말입니다.

선생님께서 근간에 펴낸 『헛똑똑이의 시 읽기』라는 책을 읽다가 들
었던 생각인데 현재 우리 시단에서 나타나는 우려의 목소리를 느
낄 수 있었습니다. 인기에 영합하려는 일부 시인들의 문제도 있겠

지만, 평론가들에 대해서도 쓴소리를 아끼지 않는 걸로 알고 있습니다.

오탁번 요즘 시들을 읽어보면 대부분 누가 먼저 많이 모국어를 망치느냐 시합을 하는 것 같아요. 시의 본질이나 시인의 품격을 누가 먼저 아예 망치느냐 하는 시합 말이에요. 참 무서운 일입니다. 그럴 때는 입산하고 싶은 생각이 문뜩 들 때도 있어요.

이창수 시와 소설의 경계를 넘나들면서 평생 문학에 이바지한 선생님께서 문학에 임하는 후학들의 자세에 대해 한마디 해주세요. 왜 이런 질문을 드리는가 하면 언젠가 선생님께서 저에게 이런 말씀을 하셨지요. 마흔이 넘을 때까지는 일주일에 6일만 잤다고. 잠을 자지 않는 하루는 소설을 쓰든 술을 마시든 간에 남들처럼 일주일에 7일을 자지는 않았다는 그 말씀이 지금도 제 귀에 못 박혀 있습니다.

오탁번 이창수 시인께 했던 말들은 모두 사실입니다. 아버지 밑에서 유복하게 자라서 공부한 사람들과 나란히 서려면 하루는 잠을 자지 않고 뭔가를 쓰고 뭔가를 생각해야만 한다는 결심을 했던 거지요. 그 시절은 참 괴로웠지요.

이창수 선생님께서는 힘들고 어려운 한국현대사를 지혜롭게 넘어오신 걸로 알고 있습니다. 한국동란을 겪으면서 고학으로 대학을 졸업하시고 소설과 시를 겸업하시면서도 문학의 길을 오롯하게 걸어오셨습니다. 늘 건강하시고 새로운 시의 진경을 후학들에게 보여 주셨으면 합니다.

『시와사람』 애독자들에게는 오늘의 대담이 전해주는 파장이 매우 컸으면 하는 바람입니다. 외로운 문청 시절에도 詩眼을 밝히시던 선생님의 자세를 오늘의 젊은 시인들이 눈여겨보았으면 합니다.

오탁번 그래요. 이창수 시인도 좋은 시 더 많이 쓰고 귀엽고 재미있는 허풍도 더 잘 떨고, 그리고 뭣보다도 말이야, 예쁜 아가씨 홀려 내어 얼른 장가를 가야지요. 아기도 쑥쑥 많이 낳고 말이야. 지금처럼 세계 1위의 저출산이 지속되고 미혼 남녀가 증가하게 되면 2100년에는 우리나라 인구가 반 토막이 나고 2500년에는 아예 우리 민족이 소멸된다는 연구보고가 있었잖아. 장가 안 가면 이창수 시인은 민족반역자입니다!

이창수 하하하하, 선생님도 참!

—『시와사람』 57호(2010.여름)

바람처럼 자유로운 따뜻한 감성의 시인

창조적 역동성과 맑은 영혼의 소유자 오탁번

엄창섭

정리: 이진모

　이 시대의 충직한 독자들에게 그 실체가 어설프거나 전혀 낯설지 않은 오탁번吳鐸藩 시인은 1943년 충북 제천에서 태어나, 꿈 많은 청소년 시절 강원도와 연을 맺은 뒤, 고려대 영문학과를 졸업하고 대학원에서 국문학을 전공하였다. 뒷날에 모교인 고려대학교에서 30년 남짓 교수로 재임하면서, 한국 현대시문학의 정신기후 조성에 눈물겹도록 초지일관하였다. 오랜 날 진정한 극소수의 창조자로서 맑은 영혼과 따뜻한 감성의 소유자인 그는 1969년『대한일보』신춘문예에 소설「처형處刑의 땅」이 당선된 후로 작품 활동을 다채롭게 펼쳐가면서 낭만적 순수 가치의 온전한 실천궁행을 통하여 불확실하고 고통스러운 현실 세계를 때로는 부정하거나 혹여 거기서 좌절하는 인물들의 삶을 그려가는 정신작업에 존경스럽게도 끊임없이 몰두하고 있다.

특히 비열한 이기주의로 치닫고 있는 지식·정보화시대에 문화의 지역구심주의를 맞아 조상의 뼈가 묻혀 있는 향리에 몸담으며, 자연의 이법에 거슬림이 없이 문화 풍토 조성에 앞서고 있는 바람처럼 자유롭고 따뜻한 감성의 소유자인 오탁번 시인과의 조우遭遇는 새로운 생명으로 봄을 열어가는 한 날의 기쁨이며, 피곤한 우리의 삶에 감미로움을 통해 다이돌핀을 생성케 하는 신선한 감동임에 틀림이 없을 것이다.

○ ○ ○

엄창섭 먼저 근간에 향리에 몸담으시면서 선비정신을 꽃피우고 계신데, '원서문학관' 설립 취지와 운영의 보람에 대해 말씀해주시면 감사하겠습니다.

오탁번 '원서문학관'은 저의 고향인 충북 제천시 백운면 애련리에 있었던 백운초등학교 애련분교를 인수하여 만든 문학관입니다. 이름이 문학관이긴 하지만 요즘 많이 개설되는 문학관하고는 근본적으로 다른 문학관이라고 하겠네요. '원서遠西'는 즉 먼 서녘을 뜻하는 말인데, 바로 백운면의 조선시대 지명입니다. 왜 면面 이름을 붙일 때 동면, 서면, 남면이라고 흔히 하지 않습니까. 제천읍에서 가장 서쪽에 있는 면이라고 해서 '원서면'이라고 한 것이겠지요. '먼 서녘'이라고 하면 어딘지 불교의 서방정토도 생각나고…… 뭐, 그런 의미에서 붙인 이름입니다. '원서'라는 뜻이 참 그윽하고 가득합니다. 바로 내가 백운초등학교 졸업생이에요. 그러니까 나의 모교의 한 귀퉁이를 삶의 터전으로 삼아서 낙향을 한 것입니다. 문학을 좋아하는 사람들이 찾아와서 창작 워크숍도 열고 또 일 년에 한두 번씩 시의 축제도 엽니다. 정년퇴임을 한 지가 5년이 되었어요. 요즘은 원서문학관에서 주로 생활합니다. 서울에 볼일 보러 갈 때 말고는 늘 여기서 생활합니다. 그냥 느적느적, 스적스적 아주 느리게 천천히 살아가는 방법을 익히고 있습니다. 느림보가 되려고 합니다. 자연의 일부가 되는 것이지요.

엄창섭 1966년『동아일보』를 비롯해 신춘문예 3관왕이라는 화려한 경력으로 대학 강단에 섰을 때의 소회所懷도 들려주시기 바랍니다.

오탁번 신춘문예에 세 장르가 당선됐다는 것이 젊은 날에는 꽤 대단한 명예인 줄 알았지요. 1967년『중앙일보』신춘문예에 시「순은이 빛나는 이 아침에」가 당선되었을 때 아주 대단했지요. 또 다음다음 해인 1969년에『대한일보』에 소설「처형의 땅」이 당선되자,『주간한국』에서「신춘문예 3종 3연패」라는 타이틀을 달아서 톱기사로 크게 다룬 적이 있어요. 전국적으로 유명세를 탄 셈인데, 그게 다 지금 와서 생각해보면, 하나의 멍에가 된 것 같아요. 명예와 멍에, 참 기막힌 것이지요. 제가 코피 흘려가면서 쓴 시나 소설을 대부분의 평론가들은 "오 아무개는 재주가 있으니까……." 그냥 이런 식으로 치지도외하는 거예요. 나는 젊은 날에 일찍 대학 전임도 되었으니 그냥 시기의 대상이 됐는지도 몰라요. 오 아무개는 혼자서 떡을 많이 먹고 있으니까 다들 배 아픈 거예요. 나는 글 쓰느라고 맨날 코피 흘리고 구내염에 아침밥 굶으면서 사는데 말이죠.

엄창섭 재학생들에게 '중간, 기말고사' 때에, 바람처럼 자유로운 영혼의 소유자이신 까닭에 "시험 준비는 하지 않는 것이 답이라." 하신 언어의 뉘앙스에 대해서도 한 말씀 들려주시기 바랍니다.

오탁번 나는 영문과를 나와서 대학원은 국문과를 다녔는데, 당시의 대부분의 문학 강의가 문학하고는 거리가 먼 무슨 서지학 같은 것이었지요. 자유로운 문학적 영혼을 지닌 학생들이 딱 질식할 정도로 황폐화되었던 것 같습니다. 그래서 나는 대학교수가 되었을 때 강의실을 아주 자유로운 방식으로 운영했습니다. 창작론 강의실에서는 학생들에게 담배도 마음 놓고 피우라고 했어요. 시험을 치를 때 "중앙도서관 앞에 은행나무는 몇 그루가 있는가?"라는 문제를 내기도 했지요. 메타포나 이미지에 대한 이론적인 문제는 곧잘 답을 하는 학생들이 이런 문제에는 영 갈팡질팡이에요. 그러면 내가 한마디 하는 겁니다. 문학이 우주와 사물을 관찰하고 그것을 문학적 자아로 변용시키는 것인데, 너희들은 눈을 감고 다니느냐. 은행나무 밑에서 고향을 생각하든가 애인을 생각하든가 하는 일에는 관심이 없는 놈들이 무슨 문학을 한다고 껍적대느냐고요. 나는 29세 때부터 육군사관학교, 수도여자사범대학, 고려대에서 35년 동안 교수를 했어요. 고려대에서만 만 30년 동안 봉직했어요. 휴강도 많이 하고 종강은 "전국에서 1등으로 하는" 불량 교수였는데도 학생들은 내가 명강의를 한 교수인 줄로 생각을 하는 모양이에요. 아마도 학생들의 자유로운 영혼을 일깨워준 것을 아주 대단한 미덕으로 착각하는 모양입니다. 영화 〈죽은 시인의 사회〉에 나오는 주연 배우가 나를 닮았다는 얘기를 학생들에게 들은 적도 있어요. 하긴 강의실에서 교재를 찢어서 종이비행기를 접어 날리게도 했거든요. 방학 숙제로 잠자리와 매미를 잡아 오라고 한 적도 있으니까요. 초등학교가 아니라, 대학교에서! 그것도 고려대학교에서 그런 짓을 했으니 지금 생각하면 나는 교수이긴 해도 해골바가지 같은 체제의 권위나 관습에 저항하고 싶은 반골 기질이 있었나 봅니다. 지금도 그때의 제자들을 만나면 옛이야기하면서 즐겁게 술을 마십니다.

엄창섭 2008년 4월부터 2년간 한국시인협회의 회장이라는 중책을 역임하셨는데, 가장 기억에 남은 에피소드랄까? 일화를 소개해주시면 감사하겠습니다.

오탁번 그해 2월쯤 시인협회장을 역임한 원로시인께서 저한테 전화를 하셨어요. "혹시 오 교수가 이번에 시협 회장으로 추천되어도 안 하겠다는 말은 하지 말게."라고요. 나는 한참을 생각했지요. 50대가 될 때까지는 대학교수를 하면서 시보다는 소설을 더 많이 발표했어요. 그러니까 시인협회에도 명색만 회원이지 아무런 기여나 봉사도 안 한 사람이었지요. 시인협회 회장 선출은 회장을 역임한 평의원들이 차기 회장을 추천하여 총회에서 인준을 받는 방식이어서 누가 회장을 하고 싶다고 해도 무슨 운동을 할 수 있는 것도 아니지요. 그러니까 추천을 받을지 어떨지도 모르는 사람이, 안 하겠다 또는 꼭 하겠다 하는 것도 말이 안 되는 것 아닙니까. 그래서 가만히 있었더니 뜻밖에 제가 36대 회장이 된 거예요.

2년 동안 시인협회 회장을 하면서 가장 보람을 느낀 일은 '국보사랑 시운동'이라고 하겠습니다. 숭례문이 화마에 쓰러지는 걸 보고, 아, 시인들이 국보에 대한 사랑을 시로 써서 널리 보급하는 일이 시급하겠다는 생각이 들어서 만해사상실천선양회, 한국마사회, 문화예술위원회 등 여러 기관의 지원을 받아서 '국보사랑 시운동'을 펼쳤습니다. 시인들이 국보 한 점을 맡아서 쓴 신작시 작품을 가지고 서울, 경주, 공주 박물관에서 시낭송회를 했고 그 작품을 방짜징에 육필로 새겨서 전시회를 했습니다. 160점의 국보에 대한 신작시를 묶어서 국보사랑시집 『불멸이여 순결한 가슴이여』를 발간하였습니다. 이 시집이 널리 보급되었으면 좋겠습니다. 그리고 2년 동안 한국시인협회 회장으로서 심신을 바쳐 일했습니다. 내 평생 그렇게 긍지를 지니고 공적인 일을 열심히 한 적이 없습니다.

엄창섭 교수님의 많은 시편 중에서도 가장 대표시랄까? 백미에 해당하는 시 제목을 지적해주시고, 시적 동기에 대해서도 한 말씀 들려주시면 감사하겠습니다.

오탁번 1997년 '정지용문학상'을 받은 시 「白頭山 天池」에 대한 이야기를 하겠습니다. 우선 시를 인용합니다.

1

하늘과 땅 사이가 너무 가까워 장백소나무 종비나무 자작나무 우거진 원시림 헤치고 백두산 천지에 오르는 순례의 한나절에 내 발길 내딛을 자리는 아예 없다 사스레나무도 바람에 넘어져 흰 살결이 시리고 자잘한 산꽃들이 하늘 가까이 기어가다 가까스로 뿌리내린다 속손톱만한 하양 물매화 나비 날개인 듯 바람결에 날아가는 노랑 애기금매화 새색시의 연지빛 곤지처럼 수줍게 피어있는 두메자운이 나의 눈망울 따라 야린 볼 붉히며 눈썹 날린다 무리를 지어 하늘 위로 고사리 손길 흔드는 산미나리아재비 구름국화 산매 발톱도 이제 더 가까이 갈 수 없는 백두산 산마루를 나홀로 이마에 받들면서 드센 바람 속으로 죄지은 듯 숨죽이며 발걸음 옮긴다

2

솟구쳐 오른 백두산 멧부리들이 온뉘 동안 감싸안은 드넓은 천지가 눈앞에 나타나는 눈깜박할 사이 그 자리에서 나는 그냥 숨이 막힌다 하늘로 날아오르려는 백두산 그리메가 하늘보다 더 푸른 천지에 넉넉한 깃을 드리우고 메꽃은 우레소리 지나간 여름 한나절 아득한 옛 하늘이 내려와 머문 천지 앞에서 내 작은 몸뚱이는 한꺼번에 자취도 없다 내 어린 볼기에 푸른 손자국 남겨 첫 울음 울게 한 어머니의 어머니 쑥냄새 마늘냄새 삼베적삼 서늘한 손길로 손님이 든 내 뜨거운 이마 짚어주던 할머니의 할머니가 백두산 천지 앞에 무릎 꿇은 나를 하늘눈 뜨고 바라본다 백두산 멧부리가 누리의 첫 새벽 할아버지의 흰 나룻처럼 어렵고 두렵다

3

하늘과 땅 사이는 애초부터 없었다는 듯 천지가 그대로 하늘이 되고 구름
결이 되어 백두산 산허리마다 까마득하게 푸른하늘 구름바다 거느린다 화
산암 돌가루가 하늘 아래로 자꾸만 부스러져 내리는 백두산 천지의 낭떠러
지 위에서 나도 자잘한 꽃잎이 되어 아스라한 하늘 속으로 흩어져 날아간다
아기집에서 갓 태어난 아기처럼 혼자 울지도 젖을 빨지도 못한다 온가람 즈
믄 뫼 비롯하는 백두산 그 하늘에 올라 마침내 바로 서지도 못하고 젖배 곯
아 젖니도 제때 나지 못할 내 운명이 새삼 두려워 백두산 흰 멧부리 우러르
며 얼음빛 푸른 천지 앞에 숨결도 잊은 채 무릎 꿇는다

―「백두산 천지」 전문

「백두산 천지」는 1994년 『동서문학』 겨울호에 처음 발표된 작품입
니다. 그해 여름 제4시집 『겨울강』을 내고 중국 여행을 다녀오게
되었어요. 한국시인협회에서 중국 조선족 시인들과 어울려 한민족
문학의 뿌리와 전망에 관한 세미나를 연길에서 열게 되었어요. 그
때 나도 발제를 하게 되었는데 워낙 오래전이라 이젠 제목도 내용
도 생각나지 않네요. 세미나가 끝나고 우리는 대망의 백두산 순례
길에 나서게 되었습니다. 우리 일행은 이탄, 유안진, 신달자, 이가
림, 오세영, 신협, 임영조, 안정옥 시인 등 30여 명쯤 되었지요. 나
는 그때까지도 시인보다는 오히려 소설가 쪽에 더 가까운 문인이
었습니다.

젊을 때부터 시를 버린 적은 없지만, 같잖은 아귀다툼 벌이는 시단
의 꼬락서니가 영 마음에 들지 않았기 때문이었지요. 내가 볼 때는

시도 아닌 것을 시랍시고 써대면서 시단의 온갖 꿀물을 빨아먹는 행태들이 아니꼬웠어요. 그러나 나는 누가 뭐래도 엄연한 시인이요, 시학 교수였지요. 이런 갈등 속에서 시집 『겨울강』을 내게 되었던 것입니다. 그런데 뜻밖에도 이 시집이 '동서문학상' 시 부문 수상작으로 선정되었다는 소식을 중국 여행길에서 듣게 되었습니다. 시는 『현대시』 동인지에나 드문드문 발표하던 때였으므로 나를 온전한 시인으로 봐주는 경우도 있다는 사실에 고무되었습니다. 마침 소설이 너무 힘들어서 좀 쉬려는 중이기도 했었습니다.

처음 오르는 백두산은 과연 숨이 멎을 만큼 장관이었습니다. 나보다 먼저 백두산에 오른 시인들의 시를 읽은 적이 많지만, 백두산 천지를 보는 순간 나는 나만이 볼 수 있는 백두산의 진짜 모습을 꾸밈없이 형상화하고 싶은 욕망이 샘솟았어요. 웬만한 절경을 보아도 좀처럼 기행시나 풍경시를 쓰지 않던 나에게 왜 그런 원색적인 욕망이 생겼는지 나도 좀 당황스러웠습니다. 단군신화, 배달민족, 나의 어머니 등으로 이어지는 시적 상상력이 거미줄처럼 내 영혼을 휩싸는 것이었습니다. 『동서문학』 겨울호에 수상자 특집으로 신작시를 몇 편 써야 했기 때문에 나는 중국 여행에서 돌아와 「백두산 천지」를 쓰느라고 온 정성을 기울였습니다. 아니, '밤을 지새웠다'라고 말해야 더 정확할 것입니다. 이 시를 쓸 때의 고심했던 뒷이야기를 몇 년 뒤, 백두산에 다시 갔다 온 후 어느 글에선가 나는 이렇게 털어놓은 적이 있습니다.

— 백두산 천지를 다녀와서 나는 혼신의 힘을 기울여 시 한 편을 쓴 일이 있는데, 부끄러워서 차마 입을 열 수는 없으나, 그 시를 쓸 때

내 마음속에는 먼 후일을 기약하는 간절한 희구가 있었다. 국어사전과 고어사전을 수십 번 들춰보고 백두산에 자생하는 식물의 도감을 찾아서 야생화 이름과 나무 이름을 샅샅이 조사하고 새벽에 홀로 깨어 스스로 암송하며 운율을 다듬으면서, 신이 지핀 듯 지우고 쓰고 또 지우고 한숨 쉬면서 쓴 작품이다.

먼 후일을 기약하는 간절한 희구? 지금 털어놓자면, 이다음 통일이 되고 나서 국어 교과서를 편찬하는 일이 있을 때 기필코 바로 나의 「백두산 천지」가 그 첫 페이지를 장식하리라는 확신에 기인한 희구였습니다. 북의 시인 조기천의 「백두산」이나 남의 시인들이 중구난방으로 쓴 '백두산' 시편들과는 비교되는 것조차 용납되지 않는 「백두산 천지」라고 나는 확신하곤 했습니다. 좀 웃기는 일이기는 하지만 정말 그랬습니다. 그런 희구의 한 가닥 징후로서 이 시가 뒤늦게 1997년 정지용문학상 수상작으로 선정되었는지도 모릅니다. 「백두산 천지」는 시인으로서의 나의 생애에도 무시무시한 전환점을 만들어준 작품입니다. 우리말의 아름다운 숨결이 배어 있지 않은 시는 시가 아니라는 나만의 선언을 실천하게 만들어준 작품이었습니다. 시집 『겨울강』 이후에 낸 시집 『1미터의 사랑』, 『벙어리 장갑』, 『손님』, 『우리 동네』는 우리말의 숨과 결이 녹아 있는 '밤을 지새운' 나의 자화상이 고스란히 담겨 있다고 할 수 있습니다. 지금도 「백두산 천지」를 읽어보면서 이상한 느낌에 사로잡힐 때가 많습니다. 내가 쓴 것이 아니라 보이지 않는 절대자가 부르는 대로 받아쓴 작품 같습니다. 내 시세계의 전체 무게는 사실상 이 한 편으로 족하다는 평화로운 마음이 생길 때마다 나는 조용히 혼자서 웃습니다.

나는 시집 『우리 동네』(시안, 2010)의 '머리말'을 다음과 같이 짧게 썼습니다.

내가 사는 愛蓮里의 三絶은 제비, 수달, 반딧불이이다. 나는 이제 제비 똥, 수달똥, 반딧불이똥이나 돼야겠다.

자연을 수사적으로 발견하고 묘사한다는 건방진 생각을 접고 나는 고향의 모습을 보이는 대로 그냥 '받아 적는' 자세로 시를 쓰고 있 습니다. 흔히 말하는 사물의 시적 변용이란 용어도 나의 이번 시 집 앞에서는 속절없는 말이 됩니다. 내 고향의 자연 그것 자체가 완벽한 시적 구조였습니다. 제비가 날아와서 집을 짓고 강에는 수 달이 살고 밤하늘에 반딧불이가 반딧반딧 사랑의 등을 깜박이는 청정한 동네는 그대로 우리 모국어가 살아서 숨 쉬는 하나의 '시 적 구조'인 것입니다. 우리 모국어의 살가운 숨결을 시어로 발굴 하는 데 주력하고 있습니다. 겉으로야 우리말처럼 보이지만, 속을 들여다보면 외래어에 찌들어 반신불수가 된 말을 손쉽게 시어로 채용하는 것은 시인의 직무유기라고 생각했기 때문에 사전을 수 도 없이 뒤적이며 우리의 토착어를 살려내는 데 혼신의 힘을 기울 이고 있습니다.

나는 시를 쓸 때 우리말 사전을 수도 없이 찾아봅니다. 이게 나쁜 버릇이라고 해도 나는 그만둘 생각이 전혀 없습니다. 정말로 왜 그 런지 나이 들수록 우리말을 갓 배우는 아기처럼 덜떨어진 시인이 돼버린 셈입니다. 시를 쓴 지 반세기가 됐는데도 이렇게 시 쓸 때마다 서툴게 고치고, 고치면서 새로운 말을 찾아 몇 날 며칠을 암흑 속에서 헤매고 있습니다.

  잣눈이 내린 겨울 아침. 쌀을 안치려고 부엌에 들어간 어머니는 불을 지피기 전에 꼭 부지깽이로 아궁이 이맛돌을 톡톡 때린다 그러면 다스운 아궁이 속에서 단잠을 잔 생쥐들이 쪼르르 달려 나와 살강 위로 달아난다

  배고픈 까치들이 감나무 가지에 앉아 까치밥을 쪼아 먹는다 이 빠진 종지들이 달그락대는 살강에서는 생쥐들이 주걱에 붙은 밥풀을 냠냠 먹는다 햇좁쌀 같은 햇살이 오종종히 비치는 조붓한 우리 집 아침 두레반

—「두레반」(시집『우리 동네』, 시안, 2010)

'잣눈'은 한 자가 되도록 많이 온 눈을 뜻합니다. 45년 전 나의 등단 작품인「純銀이 빛나는 이 아침에」도 한겨울의 설경雪景을 노래한 것인데 원래 내 작품의 무의식적인 근저에는 눈 내리는 겨울 풍경이 잠재해 있는지도 모릅니다. '숫눈'이라는 말도 있습니다. 아무도 밟지 않은 눈을 숫눈이라고 부르는데 남자를 경험하지 않은 순결한 여자를 숫처녀라고 하듯 눈에도 범접 못할 절대 순수가 있는 것입니다.

  겨우내 / 앙당그리고 서 있는 / 冬柏나무는 / 1·4 후퇴 피란길에 / 찰가난한 어머니가 / 무명 포대기에 싸서 업고 가던 / 눈깔이 화등잔만 한 / 연약한 내 어린 몸 같았다

영하 20도까지 내려가는 / 천등산 박달재의 강추위 속에서 / 小雪 大雪 小寒 大寒 / 사나운 눈보라에 마주서서 / 호젓이 겨울을 견디는 / 안쓰러운 冬柏나무는 / 피란 갔던 尙州 땅에서 / 어머니 품에 안겨 / 겨우겨우 숨을 이어가던 / 손님이 든 어린 나 같았다

소소리바람 아직 차가운 / 立春날 아침, / 일어나자마자 冬柏나무 보러 나갔다가 / 나는 입이 딱 벌어졌다 / 눈에 띌락말락 좁쌀만 하던 / 冬柏나무 꽃망울이 / 어느새 강낭콩만큼 자라서 / 길둥근 冬柏잎 사이로 / 거망빛 볼을 반짝 쳐들고 있다 / 목숨 부지한 冬柏나무여 / 호되고 하전한 生涯를 견디는 것이 / 이토록 찬란하다

— 「冬柏 2」(시집 『우리 동네』, 시안, 2010)

"길둥근 冬柏잎 사이로 / 거망빛 볼을 반짝 쳐들고 있다"(「冬柏 2」)에 나오는 '길둥근'은 갸름하고 동글다는 뜻이고 '거망빛'은 짙은 적갈색을 뜻합니다. 이 땅의 넘쳐날 듯 많은 시인과 독자는 꼭 시에 나타난 언어의 뜻과 결을 조심스럽게 따라가면서 '시'를 읽어야 합니다. 그러지 않고 대충 주제나 파악하고서 시를 이해했다고 하는 것은 야만에 지나지 않습니다. '독자'의 대부분이 이른바 '시인'이라는 이 희한한 한국 시단의 현실에서는 더욱 그렇습니다. 독자가 모두 시인이라는 어마어마한 문화현상은 정말 기상천외이므로 더욱 그렇지요. 그윽하고 감칠맛 나는 토종土種 우리말이 사전 속에서 무기징역을 살고 있는 것은 참 눈물겨운 일입니다.

엄창섭 1998년에 계간 시 전문지인『시안』을 창간하셨는데, 다시 한 번 창간 취지와 근간에 간행되는 순수문학지가 경계해야 할 큰 가르침 주시면 겸허히 받들겠습니다.

오탁번 1998년 가을에 계간시지『시안』을 창간하였습니다. 벌써 16년, 이번 가을이면 창간 15주년이 됩니다. 요즘 시잡지가 많이 나오고 있습니다. 다 저 나름대로의 명분과 특징이 있겠지만, 요즘 같아서는 개인의 힘으로 시잡지를 낸다는 일의 불가능성을 뼈저리게 느끼고 있습니다. 물론 15년 동안『시안』은 세 가지 원칙을 지켜 왔습니다. 공정한 신인상 제도, 원고료 지급, 편 가르기 불식……그러나 현실은 매호 1천만 원에 가까운 출간 비용을 감당할 수 없게 만들고 있습니다. 그래서『시안』은 작년 봄호부터 쪽수를 대폭 줄이고 과감하게 세로쓰기 조판을 단행하였습니다. 일종의 역발상적인 혁신 편집에 대하여 독자들이 적극 호응하고 있습니다. 정기 구독자도 많이 늘어서 큰 힘이 되고 있습니다.

요즘 저는 이냥저냥 살아가고 있습니다. 하고 싶은 대로 해도 법을 안 어기게 되는 나이가 되었습니다. 내 고향의 온갖 사물을 벗하면서 겸손하게 숨을 이어가고 있습니다. 중고교를 강원도 원주에서 다녔으므로 여기 제천에서는 지금도 내가 강원도 사람인 줄 알기도 합니다. 언젠가 들은 이야기입니다. 강원도에서는 무슨 좋은 일이 있어서 사람을 추릴 때, 오 아무개 이름이 나오면, 아, 그는 충북 사람이라고 한다지요. 무슨 좋은 일이 있어서 사람을 추릴 때면 충북에서도 마찬가지랍니다. 아, 그는 강원도 사람이라니까요! 좋다마다! 나는 어디 사람도 아니랍니다. 꿀물 빨아먹는 곳에는 결코 얼쩡대지 않는 백두산 천지의 아들입니다. '원서헌의 반딧불이'입니다. 봄날 찾아오는 제비입니다. 개울에 사는 수염이 긴 수달입니다.

○○○

'창조적 역동성과 맑은 영혼의 소유자로 감성적 시인'인 오탁번 교수와의 진지한 대담 중에 다소 가슴이 저려온 사실은, 아직도 우리 사회는 편 가르기에 너무 익숙하다는 사실이었다. 마치 민족 시인으로 이 땅의 민주화를 위해 대학 강단을 의분으로 떨쳐버리고, 정치평론의 지평을 몸소 열어 보인 초허超虛 김동명을 일부 정객들은 '문단 밖의 낭인浪人'으로, 또 일부 문객들은 '카인의 말예末裔'로 평가 절하하며 수치감을 안겨주었으나, "심령이 가난한 자는 천국이 저희 것임이니라."를 좌우명으로 삼으며, 평생 자신의 자긍심을 상실하지 않았듯, 바로 그같이 강한 지조와 자존감을 지닌 오탁번 시인이야말로 우리 시대의 예언자적 존재임은 물론, 문화의 지역 구심주의를 몸소 실천궁행하는 존경받아 마땅한 이 시대의 '극소수의 창조자'임에 틀림이 없다.

—『아시아문예』 28호(2013.봄)

'원서헌'에서 오탁번 시인을 만나다

이정현

번개 인터뷰였다. 4월 초에 만나기로 한 예정일보다 조금 앞당겨진 3월 25일 나는 제천행 KTX를 탔다. 봄비는 금요일이라, 4호차 11B 통로석도 감사했다. 그래도 창밖 봄을 포기할 수는 없었다. 나도 모르게 눈길이 자꾸 밖으로 향하는데, 어느 사이 원주를 지나 제천에 닿았다.

나는 청량리에서 기차를 기다리며 시인에게 전화를 넣었다. "교수님, 뭐 사 갈까요?" "그냥 와요." "그래도요?" "그럼 양념불고기 하나 사 오든지." 갑자기 내 발끝이 가벼워졌다. 3층 L마트 끄트머리에 진열된 포장육을 사 들고 제천역에 내리니, 언제부터 서 있었을까! 저만치 시인이 보였다.

할아버지 산소 가는 길
밤나무 밑에는

알밤도 송이밤도

소도록이 떨어져 있다

밤송이를 까면

밤 하나하나에도

다 앉음앉음이 있어

쭉정밤 회오리밤 쌍둥밤

생애의 모습 저마다 또렷하다

한가위 보름달을

손전등 삼아

하느님도

내 생애의 껍질을 까고 있다

―「밤」 전문

원서현

　주차장에 세워놓은 차의 시동을 켜고 서둘러 제천역을 빠져나갔다.
내게 보여줄 게 있다며 미끄러지듯 봄 길을 헤치고 도착한 곳은 제천
의림지 '시비 공원'. 그곳엔 벌써 노란 산수유가 저 혼자 꽃망울을 터
뜨리고 있었다. 차를 세우고 '시비 공원' 입구를 지나 조금 위쪽에서
시인이 "여기 있네!" 한다. 「밤」이다. "밤나무 밑에는 / 알밤도 송이밤

도 / 소도록이 떨어져 있다"는데 알밤을 깎아놓은 듯 윤이 나는 돌에, 시인의 시어가 소도록 있다. 「밤」보다 시인이 더 하얗게 웃는다. 찰칵! 나는 놓칠세라 스마트폰에 그 웃음을 넣었다. 한 입 통째로 물면 딱! 소리와 함께 똘똘한 소년이 에헴! 헛기침하며 나올 것 같다.

제천시 백운면 애련리 198번지에는 '원서헌'이 있다. 모교인 '백운초등학교'의 애련분교가 폐교된 후 시인은 그곳에 문학관을 꾸몄다. 훗날 정년퇴임 후 이곳을 생의 종착점으로 삼고자 했다. "살면서 나는 별별 희한한 경험을 다 해요. 봄이 되어 정원 꽃밭을 돌아보면서 나는 정말로 새싹들의 소리를 듣고, 목련나무를 볼 때도 어린 아기의 옹알이 같은 소리를 들어요."라고 할 만큼 자연 오케스트라의 장이 바로 이곳 '원서헌'이다.

인터뷰를 위해 우선 내가 사 온 양념불고기를 볶고, 술잔 두 개와 김치를 놓았다. 휘리릭! '술의 연주'가 시작되었다.

어느 날 그냥 찾아온 손 하나이

내 이름이 본명이냐 뜬금없이 물어

방울 탁鐸! 울타리 번藩!

또박또박 글자 풀이를 해주었다

엄한 선비였던 할아버지가

내가 태어나기도 전에

손자 한 놈 더 있다고

내 이름 지어놓고 돌아가셨는데

1943년 한여름 초저녁에

정말 내가 태어났다고

서른 살에 4남1녀 막내로
날 낳으신 어머니는
영양실조로 젖이 말라
하루걸러 동냥젖으로
눈물로 간을 한 미음으로
막내를 살리려고
하늘에 빌고 또 빌었다
세 살 때는
아버지가 세상을 떠났으니
어머니 홀로 어찌 견디셨을까
우주 한가운데 버려진 나는
애총에나 던져질 목숨이었다

그런데, 명줄 안 끊기고
예까지 용히 왔다
그날 뜨악한 손이 가고 나자
괜히 마음이 싱숭생숭해져서
자전에서 내 이름 다시 찾아보았다
앗! 이게 뭐야?
방울 탁, 울타리 번 말고
어마한 뜻이 더 있다

독毒을 바른 창槍, 탁!

휘장揮帳이 있는 수레, 번!

깜작 놀라 틀니 빠질 뻔했다

독 바른 창을 잡고

휘장을 친 수레를 탄다?

나는 곰곰 생각에 잠겨

혼잣말을 했다

─ 탁뻐나

　니 가는 곧 어드메뇨?

─「이름」 전문

퍼즐

　시인은 충북 제천에서 4남 1녀의 막내로 태어났다. "아버지가 세상을 떠났으니 / 어머니 홀로 어찌 견디셨을까"처럼 시인이 세 살 때 생의 퍼즐 한 조각이 떨어졌다. 가난으로 영양실조에 걸린 어머니의 젖 대신 "눈물로 간을 한 미음으로" 살았다. 아마도 '이름'난 시인 되라고 누군가 '아버지'라는 한 조각을 퍼즐에서 빼지 않았을까. 그 가난 속에서 사전 찾아가며 공부하는 시인을 '기특하다!' 해줬을 하늘나라의 할아버지. 그 분이 지어준 이름 그대로 오탁번은 대한민국 시인이고, 소설가이다.

　대학 시절이었다. 시인은 재미 삼아 미아리 점쟁이에게 사주를 본

적이 있는데 "이 사주는 어릴 때 명줄이 끊어진 팔자야!"라는 말을 들었다. "그런데, 명줄 안 끊기고 / 예까지 용히 왔다" 이제 여든 나이에 출간하는 제11시집 『비백飛白』이 시인의 명줄을 잇고 있다. 시들로 채워진 퍼즐이 보름달이다. 환하다. 굳이 동자승이 어머니의 팔뚝을 꼭 깨문 시인의 태몽 때문만은 아닐 것이다.

설날 차례 지내고
음복 한 잔 하면
보고 싶은 어머니 얼굴
내 볼 물들이며 떠오른다

설날 아침
막내 손 시릴까 봐
아득한 저승의 숨결로
벙어리장갑을 뜨고 계신

나의 어머니

— 「설날」 전문

유일신

시인은 어머니교를 믿는다. 물론 아버지 없이 홀로 키워준 모성에 대한 고마움이 컸지만, 무엇보다 어머니는 "나의 상상력과 몽상의 원천이에요."라고 한다. "극도의 가난 속에서도 어머니는 밤이면 필사본 심청전 같은 걸 읽으시더라고. 그런 어머니를 바라보며 자란 과정 자체가 나의 문학 공부였던 셈이지."라고 쓴 것처럼, 시인에게 있어 어머니는 문학이자 종교이다. 큰 바위산 얼굴을 보듯 한 번도 흔들린 적 없는 믿음의 길……. 기도 시간은 따로 없다. 그렇지만 효험은 탁월하다. "어머니! 이거 어떡해요?" 기도하면 "무얼 망설이느냐, 네 뜻대로 해라!" 어머니의 응답이다.

백운초등학교 2학년 때다. 어느 날 시인을 앉혀놓고 "이 학교를 세울 때 지관이 여기에 학교를 세우면 여기서 공부한 사람 중에 큰 인물이 난다고 했다는데 그게 바로 너야."라고 한 어머니 말씀 가슴에 받았다. 그런 믿음 때문이었을까. 시인은 백운초등학교부터 원주고등학교까지 학창 시절 12년 동안 내리 반장이었다. 이후 고려대학교에 들어가 박사학위를 받고, 시인의 나이 만 서른다섯 살이던 1978년 가을, 드디어 모교인 고려대 사범대학 조교수가 되었다. 그리고 이듬해 봄, 어머니는 조용히 하늘나라로 갔다. 지금도 설날 아침이면 "아득한 저승의 숨결로 / 벙어리장갑을 뜨고 계신" 어·머·니! 부를 때마다 늘 하시는 말씀 "탁뻐나, 너 하고 싶은 대로 해라!"

개다리소반의
개다리처럼
낙낙한 걸음으로
오시게나

낙목한천

아득한 서역 길을

진신사리

받들고

낭모칸천 낭모칸천

목 쉰 목탁

두드리며

오시게나

—「낭모칸천」 전문

국어사전

시인은 1967년 『중앙일보』 신춘문예에 시로 등단한 이후 1973년에서 2022년 지금까지 총 열한 권의 시집, 세 권의 시선집을 출간하였다. 그중 1994년 『1미터의 사랑』 시집의 머리말에서 "소년 시절부터 나를 흔들어 깨우던 시혼을 애타게 부르며, 어린 아기가 엄마 품에서 옹알이하며 첫 모음을 배우듯 두렵고도 설레는 마음으로 시를 썼다."고 했다. 특히 시인의 국어사전 사랑은 각별하다. "나를 시인으로 만든 내 운명과도 같은 시혼은, 바로 내 책상 위의 국어사전과 야생화와 빙하기와 천체물리학과 고고인류학을 다룬 책의 쪽마다에 있고"란 글에서처럼 그동안 시인의 눈에 발탁된 시어들은 셀 수조차 없다.

내가 하루에 쓰는 말은 몇 단어일까. 세어보지는 않았지만, 외출하지 않는 평상시의 말은 "일어나." "밥 먹어." "잘 갔다 와." 몇 문장 안 된다. 부부 사이도 이심전심으로 말이 점점 없어지니 쓰는 말만 쓴다. 하지만 문학은 다르다. "우리가 평소 사용하는 단어 외에 사전에서 좋은 우리말을 살려내는 게 글 쓰는 사람의 의미가 아닌가 생각해요."라고 말하는 시인. 나는 부끄러워 차마 '사전에서 우리말 찾기가 번거로워 인터넷으로 검색해요.'라는 말을 숨겼다.

오랜만에 국어사전을 꺼냈다. '낭모칸천'은 '낙목한천落木寒天'의 표준발음이다. 사전적 의미는 '나뭇잎이 다 떨어진 추운 겨울날'이다. 시인은 말한다. "나의 시를 쉽게, 재미있게 읽는 이도 있겠지만, 나는 시를 쓸 때 엄청 공을 들이는 편이에요."라고. "낭모칸천 낭모칸천 / 목 쉰 목탁 / 두드리며 / 오시게나" 탁번이의 방울 탁鐸처럼 목탁을 두드리며 오는 시인의 겨울은 이제 춥지 않을 것 같다. 물론 쓸쓸하지도 않을 것이다. 이젠 마늘 심고 캐는 '앉음앉음'이 드높은 눈 밝은 이다.

1

하늘과 땅 사이가 너무 가까워 장백소나무 종비나무 자작나무 우거진 원시림 헤치고 백두산 천지에 오르는 순례의 한나절에 내 발길 내딛을 자리는 아예 없다 사스레나무도 바람에 넘어져 흰 살결이 시리고 자잘한 산꽃들이 하늘 가까이 기어가다 가까스로 뿌리내린다 속손톱만한 하양 물매화 나비 날개인 듯 바람결에 날아가는 노랑 애기금매화 새색시의 연지빛 곤지처럼 수줍게 피어있는 두메자운이 나의 눈망울 따라 야린 볼 붉히며 눈썹 날린다 무리를 지어 하늘 위로 고사리 손길 흔드는 산미나리아재비 구름국화 산매 발톱도 이제 더 가까이 갈 수 없는 백두산 산마루를 나홀로 이마에 받들면서 드센 바람 속으로 죄지은 듯 숨죽이며 발걸음 옮긴다

2

솟구쳐 오른 백두산 멧부리들이 온뉘 동안 감싸안은 드넓은 천지가 눈앞에 나타나는 눈깜박할 사이 그 자리에서 나는 그냥 숨이 막힌다 하늘로 날아오르려는 백두산 그리메가 하늘보다 더 푸른 천지에 넉넉한 깃을 드리우고 메꽃은 우레소리 지나간 여름 한나절 아득한 옛 하늘이 내려와 머문 천지 앞에서 내 작은 몸뚱이는 한꺼번에 자취도 없다 내 어린 볼기에 푸른 손자국 남겨 첫 울음 울게 한 어머니의 어머니 쑥냄새 마늘냄새 삼베적삼 서늘한 손길로 손님이 든 내 뜨거운 이마 짚어주던 할머니의 할머니가 백두산 천지 앞에 무릎 꿇은 나를 하늘눈 뜨고 바라본다 백두산 멧부리가 누리의 첫 새벽 할아버지의 흰 나룻처럼 어렵고 두렵다

3

하늘과 땅 사이는 애초부터 없었다는 듯 천지가 그대로 하늘이 되고 구름결이 되어 백두산 산허리마다 까마득하게 푸른하늘 구름바다 거느린다 화산암 돌가루가 하늘 아래로 자꾸만 부스러져 내리는 백두산 천지의 낭떠러지 위에서 나도 자질한 꽃잎이 되어 아스라한 하늘 속으로 흩어져 날아간다 아기집에서 갓 태어난 아기처럼 혼자 울지도 젖을 빨지도 못한다 온가람 즈믄 뫼 비롯하는 백두산 그 하늘에 올라 마침내 바로 서지도 못하고 젖배 곯아 젖니도 제때 나지 못할 내 운명이 새삼 두려워 백두산 흰 멧부리 우러르

며 얼음빛 푸른 천지 앞에 숨결도 잊은 채 무릎 꿇는다

―「백두산 천지」 전문

상상

신춘문예 3종 3연패! 1966년에 동화, 1967년 시, 1969년 소설이
당선되어 천재 소리를 들었지만, 시인은 그것이 멍에였다고 한다. 밤
이 하얘지도록 소설을 쓰고, 시를 쓰는데 그 '노동'이 '재주'로 둔갑
하는 묘妙한 소리를 듣기도 했다. 요즘 소설을 안 쓴 지 몇십 년이 흘
렀는데 그 이유에 대해 "소설은 노동보다 더한 하늘이 내린 형벌이에
요."란다. 그만큼 어깨도 아프고 육체적으로 힘들어 소설을 계속 쓰
다가는 죽을 거 같아, 시인은 다시 시로 돌아왔다. 시는 시원하다 했
다. 마치 일하다가 마시는 냉수 한 사발보다 더……!

시인은 1997년 시「백두산 천지」로 정지용문학상을 받았다. 총 3연
으로 된 긴 산문시인데 먼먼 훗날 시인의 '대표시'가「백두산 천지」일
거라 말하는 시인은 "죽기 전에 이 나라에 남길 시를 쓰고 싶었어요.
언젠가 통일이 되면, 이 시가 교과서 1페이지에 실릴 상상을 해요."
한다. 나도 덩달아서 신이 나 다시 한번「백두산 천지」를 읽어보았다.
미래의 어느 날 백두산 천지에 오탁번 시비를 세운다. 한국 사람뿐 아
니라 미국, 러시아, 중국, 일본 사람들이 시비를 향해 큰절 올리는 장
면을 상상한다고 한다. 그 상상만으로도 통일이 어서 올 것만 같다.

바깥평장골에서

박달재 고개턱까지는

긴 구렁과 짧은 구렁을 지나

한참을 더 올라가야 했다

박달재는

봄엔 진달래가 활짝 피고

여름엔 산딸기가 익어

동네 잔칫날

아이들에게 부치기 집어주던

할머니처럼 품이 컸다

박달재 고갯길을 오르려면

오르로 모정리를 끼고

외로 멀리

소리개 무너미골이 보였다

샘물이 퐁퐁 솟는 앞산 가까이

봉우리가 봉곳봉곳한

동그마한 붕알산에서

배고픈 아이들은

봄엔 진달래꽃 따먹고

여름엔 산딸기 따먹느라

입술은 다 버슨분홍이었다

셋째형이 나무하러 간 날이면
나는 학교에서 돌아와
토끼풀을 다 뜯고 나서
작은 지게 지고 박달재를 올라갔다
형의 나뭇짐을 덜어서 지고
집으로 오는 길이 힘겨웠지만
가쁜 숨 쉬며 한 걸음씩 내딛는
나는 착한 막내였다
천등산 너머로 지는 해가
내 이마에 비쳤다

긴 구렁 짧은 구렁 여기저기
뻐꾸기가 게으르게 울고
낮잠 깬 부엉이가 날아올랐다
산비알 너덜겅으로
업구렁이가 미끄러지며 숨었다
우리 집 지붕에서 피어오르는
저녁연기가 보이면
나는 이냥 침이 고여
지게 진 발걸음이
자꾸자꾸 되똥거렸다

—「박달재」 전문

굴절

나의 웃음을 컵에 넣고 툭 치면 눈물로 보인다. 왜일까. 정오의 햇살 때문은 아닐 것이다. 웃음은 '마음의 긴장이 갑자기 무너지고 즐거움, 여유, 대상을 비판할 수 있는 심리적 거리가 생길 때 나온다.' 했는데 언제부터일까. 나는 많이 웃는다. 어느 시인이 내게 "슬픔이 많은가 봐요?" 했을 때 "네." 바로 답할 때도 웃었다. 이미 바람 햇살에 슬픔이 꼬득꼬득 말라가는 걸 느끼기 때문이다.

시인은 웃지 않으면서 웃긴다. 유머의 고수다. 어느 교수는 "오탁번의 익살은 삶의 틈새를 진솔하고 자유롭게 오가는 시원시원한 행보에서 시작한다."고 평했고, 또 어떤 이는 "오 시인은 순수 우리말을 빼어난 시로 조탁하고 당대의 삶에 해학과 풍자, 유머를 가미해 우리 문단을 풍성하게 한 분"이라 했다. 잘 알려진 「폭설」, 「굴비」를 읽으면 나는 '하하하' 웃고, 「해피 버스데이」, 「연애」는 '호호' 웃는다. "내가 원래 장난기가 많은 사람이에요. 가난했지만 어린 시절부터 장난기가 많았어요. 시란 것이 이념이나 사상을 담기에는 한계가 있잖아요. 서동요나 헌화가를 봐요. 다 '놀이'하면서 시예요. 우리나라 사람들이 아주 슬프게 탄식하는 소리는 웃음소리와 닮아 있어요. '허허!'를 생각해봐요." 일찌감치 웃음을 깨우친 시인은 "봉우리가 봉곳봉곳한 / 동그마한 붕알산에서 / 배고픈 아이들은 / 봄엔 진달래꽃 따먹고 / 여름엔 산딸기 따먹느라 / 입술은 다 버슨분홍이었다 / (……) / 우리 집 지붕에서 피어오르는 / 저녁연기가 보이면 / 나는 이냥 침이 고여 / 지게 진 발걸음이 / 자꾸자꾸 되똥거렸다"처럼 시인이 지

게 지고 붕알산에서 내려오는 모습이 그림 같다. 집 마당으로 들어서
자마자 지게를 내던지고 "엄마 밥!" 소리쳤을 거 같은 시인. "허공에
다 밥을 짓는 것처럼, 말도 안 되는 꿈"이 시적으로 휘어져 오늘날 오
탁번 아니 멋진 탁뻐니가 되었다. 〈울고 넘는 박달재〉 노래를 계속 틀
어준다는 그 식당이 갑자기 가고 싶다.

요즘 나는 산사춘만 마신다
이별하면 안 될 사람과
이별하고 돌아오면서
포장마차에서 눈물 감추고 마시던
소주와 맥주는 아예 손 끊었다
싸고 쓴 소주는
너무 간단하게 몸 주고 돌아서는 여자처럼
뒤끝이 없어서 좋지만
여운 없는 인생이 어디 있을까
맥주잔 부딪치며 나눈 추억은
담날 아침 설사로 말짱 도루묵이 된다
찰랑이는 산사춘 술잔에서는
회장저고리에 다홍치마 입고
사붓사붓 걸어오는 여자의
蓮步 소리가 들리는 듯하다

—「술나무」중에서

소백산맥

술 인터뷰는 처음이었다. 흔히 소주, 백세주, 산사춘, 맥주를 일컬어 '소백산맥'이라 불린다는데, 시인은 산사춘을 모셔 와 기울였다. 나는 "회장저고리에 다홍치마 입고" 있지 않아서인지, 속으로 '이제 건강을 생각하시는구나.' 안도했을 뿐이다.

나는 술자리에서 소주 세 잔은 비운다. 그러니 산사춘 정도는 가볍다고 생각했는데 아침부터 목이 이상했다.

시에서 낯설기처럼 술을 낯설게 마시기! 일단 내 잔에 맹물을 따르고 소주처럼 마셨다. 시인의 눈빛이 곱지 않았지만, 의외로 산사춘과 물(소주 같은) 잔의 부딪침이 경쾌했다. "술이 좋으세요?"라는 뻔한 물음에 "아마 내가 술을 안 마셨으면 정신이 분열되어 정신병원에 들락날락했을 거예요." 한다. 나는 놀라 얼른 한 잔 따라드렸다. 사실 술이 체질적으로 받지 않는데 그냥 마시다 보니, 어느 순간 몸이 두 손 들었다고 했다. 이제 최적화된(?) 몸으로 소주에서 산사춘으로 승격시켜 시처럼 마신다. "나팔꽃이 꽃을 오므렸다가 시간이 되면 다시 벌어지듯이, 우리가 평소에 꽃잎을 닫고 살잖아요. 예의 바르고 인사 잘하고. 하지만 술을 마시면 그게 벌어져요. 물결이 없는데 바람이 확 쳐서 세숫대야에 물 받아놓으면 잔잔하지만, 탁! 치면 물결이 흔들리는 것처럼 그런 현상이 일어나요. 세숫대야에 물이 흔들릴 때 사람 얼굴을 보면 눈썹도 떨어지고 얼굴이 일그러지는데 그게 사물의 진짜일지 몰라요." 술에 익은 듯 시인의 언어가 내 눈에 보랏빛 나팔꽃처럼 벌어졌다. 덧붙여 반듯하게 사는 것은 예술이 아니라며, 행복

한 사람은 그냥 행복하게 살면 된다고 했다. 나 대신 맞아 맞아 맞장
구치는 산사나무 열매! 산사춘이 자꾸 비어간다.

에필로그

　최근 KBS TV의 KBS와 한국문학평론가협회가 공동으로 선정한
'우리시대의 소설 50'에 오탁번 시인이 1979년에 쓴 소설 「아버지와
치악산」이 소개되었다. "세 살 때 아버지를 여읜 작가는 기억 속에 없
는 아버지를 상상하면서 이 작품을 썼다."고 하는데 '원서헌'이 나오
니 반가웠다. 아니 시인의 얼굴이 나오니 더 반가웠다. 그뿐이 아니
다. 최근 TV조선 〈고맙습니다 이어령〉 편에 시인이 나와 이어령 교
수를 회고했다. "사람들은 미워합니다, 마음속으로는. 하지만 그 미
움이 나쁜 미움이 아니고 내가 도달하지 못하는 데 가 있으니까." 그
리고 이어지는 시인의 말······.
　"지난 1월 초, 이어령 선생에 대해 시를 하나 썼어요. 쓰고 나니 기
분이 묘해서 이 선생에게 메일로 시를 보냈어요." 다음 날 이어령 선
생님이 답신을 보내왔다고 한다.

　　나는 지금 이어령을 보고 있다
　　허블 망원경도 못 찾은 별을
　　나는 지금 보고 있다
　　나는 그 별을

'아! 이어령'이라고 명명한다

(……)

별 '아! 이어령'은

광막한 어둠을 뚫고 달려와서

우리 태양계가 탄생하는 순간

수금지화목토 사이에서

푸른 별 지구가 태어나는

찰나의 찰나에

우리와 해후한다

1초의 10억분의 1

나노nano 초 1! 2! 3!의 속도로

불멸의 별이 된다

—「별 '아! 이어령'」

답신

백아와 종자기라더니 내 글을 이해하고 함께 호흡할 수 있는 유일한 사람.

(……)

투병 중 절망 속에서 별의 노래를 들으니 이제 죽어도 될 것 같다는 생각이 들어요.

오만한 오탁번이기에 타협 모르는 시인 소설가이기에 남들이 두려운 사람으로 알고 있는데 나에게는 햇볕처럼 따뜻하다. 온도계가 다르구나.

고마워요. 마지막 동행자가 되어 주어서 외롭지 않아요.

(……)

― 이어령.

나는 게을러 시인이 알려준 본방을 못 보고, 인터넷 다시 보기로 방송을 보았다. 죄송한 마음에 시인이 나오는 부분만 동영상을 찍어 묶어서 보내드렸다.

시인은 요즘 아침에 일어나면 거울을 보면서 인사를 한다고 한다. "할아버지, 안녕?" 생각만 해도 웃음이 나지만 시인은 장난이 아니다. 아침 문안이다. 시인이 오탁번 할아버지에게 하는 인사다. 그리고 "내 몸에는, 아니, 영혼에는, 조손祖孫이 공존하고 있는 것이다. 앞으로 나를 길가에서 보는 사람은, '어, 저기 애와 노인이 한 몸으로 걸어가네'라고 손가락질하기 바란다."고 했다.

1943년생인 시인은 여든이라는 부호에, 시업 55년의 느낌표(!)와 '원서문학관'에서 20년째 쉼표(,)를 누리고 있다.

80살 뒤에 0을 지우면 8살이 된다. 이제 80 노인과 8살 어린아이가 "한 몸으로 걸어가"는 모습을 보고 싶다면 '원서헌'으로 오시라. 그곳에 술 마시고, 잠자리 잡다 놀라 "누구세요?" 물으면 동시에 "오탁번!" "탁뻐니"라고 답할 시인이 있다. 눈 밝은 이 있다.

―『문학과창작』 174호(2022.여름)

오탁번 吳鐸藩 연보

1943년   충청북도 제천군 백운면 평동리 169번지 출생.

1951년   백운초등학교 입학.

1957년   원주중학교 입학.

1960년   원주고등학교 입학.

1962년   시 학원문학상(시「걸어가는 사람」).

1964년   고려대학교 영문학과 입학.

1966년   『동아일보』신춘문예 동화「철이와 아버지」당선.

1967년   『중앙일보』신춘문예 시「순은이 빛나는 이 아침에」당선.
          『고대신문』문화상 예술 부문 수상. 고려대학교「응원의 노래」작사.

1969년   『대한일보』신춘문예 소설「처형의 땅」당선.
          고려대학교 대학원 국문학과 입학.

1971년   논문「지용시의 제재와 환경」(문학석사).
          육군사관학교 교수부 국어과 교관. 육군 중위.

1973년   육군사관학교 교수부 전임강사. 육군 대위.
          첫 시집『아침의 예언』(조광).

1974년   전역. 수도여자사범대학 국문과 전임강사.
          첫 창작집『처형의 땅』(일지사).

1976년   수도여자사범대학 조교수.
          평론집『현대문학산고』(고려대 출판부).

1977년   창작집『내가 만난 여신』(물결).

1978년   고려대학교 국어교육과 조교수.
          창작집『새와 십자가』(고려원).

1981년   고려대학교 부교수.
          창작집『절망과 기교』(예성).

1983년   고려대학교 교수.

논문「한국현대시사의 대위적 구조」(문학박사).

하버드대학교 한국학연구소 방문학자(국비파견).

1985년　제2시집『너무 많은 가운데 하나』(청하).

창작집『저녁연기』(정음사).

1987년　한국문학작가상(소설「우화의 땅」).

소년소설『달맞이꽃 피는 마을』(정음사).

창작집『혼례』(고려원).

1988년　논문집『한국현대시사의 대위적 구조』(고려대 민족문화연구소).

창작집『겨울의 꿈은 날 줄 모른다』(문학사상).

1990년　평론집『현대시의 이해』(청하).

1991년　제3시집『생각나지 않는 꿈』(미학사).

산문집『시인과 개똥참외』(작가정신).

1992년　문학선『순은의 아침』(나남).

1993년　고려대학교 사범대학장.

1994년　제4시집『겨울강』(세계사). 동서문학상.

1996년　고려대학교 교우회관 준공기 지음.

1997년　정지용문학상(시「백두산 천지」).

1998년　계간시지『시안』창간. 편집인.

평론집(개정판)『현대시의 이해』(나남).

평론집『오탁번 시화』(나남).

1999년　제5시집『1미터의 사랑』(시와시학사).

2002년　제6시집『벙어리장갑』(문학사상사).

2003년　『오탁번 시전집』(태학사).

오세영·김현자 외『시적 상상력과 언어─오탁번 시읽기』(태학사).

한국시인협회상(시집『벙어리장갑』).

2004년　충청북도 제천시 백운면 애련분교에 '원서문학관' 개설.

2006년　제7시집『손님』(황금알).

2008년　한국시인협회 회장.

평론집『헛똑똑이의 시 읽기』(고려대 출판부).

고려대학교 교수 정년퇴임. 명예교수.

2009년   활판 시선집『사랑하고 싶은 날』(시월).

국보사랑시집(공저)『불멸이여 순결한 가슴이여』(홍영사).

2010년   제8시집『우리 동네』(시안).

김삿갓문학상(시집『우리 동네』).

은관문화훈장.

한국시인협회 평의원.

2011년   기행시집(공저)『티베트의 초승달』(시안).

고산문학상.

2012년   육필시선집『밥냄새』(지식을만드는지식).

2013년   시선집『눈 내리는 마을』(시인생각).

2014년   제9시집『시집보내다』(문학수첩).

2015년   기행시집(공저)『밍글라바 미얀마』(시로여는세상).

산문집『작가수업―병아리시인』(다산북스).

2018년   『굴뚝과 천장』오탁번 소설 1(태학사).

『맘마와 지지』오탁번 소설 2(태학사).

『아버지와 치악산』오탁번 소설 3(태학사).

『달맞이꽃』오탁번 소설 4(태학사).

『혼례』오탁번 소설 5(태학사).

『포유도』오탁번 소설 6(태학사).

2019년   제10시집『알요강』(현대시학).

기행시집(공저)『나자르 본주』(시로여는세상).

목월문학상(시집『알요강』).

2020년   산문집『두루마리』(태학사).

공초문학상(시「하루해」).

유심작품상 특별상.

대한민국예술원 회원.

2022년   제11시집『비백』(문학세계사).

2023년   2월 14일 별세.

오탁번

위 왼쪽부터

제7시집 『손님』(황금알, 2006)

제8시집 『우리 동네』(시안, 2010)

제9시집 『시집보내다』(문학수첩, 2014)

제10시집 『알요강』(현대시학, 2019)

제11시집 『비백』(문학세계사, 2022)

위 왼쪽부터

평론집 『헛똑똑이의 시 읽기』(고려대 출판부, 2008)

시선집 『눈 내리는 마을』(시인생각, 2013)

산문집 『두루마리』(태학사, 2020)

위   계간시지 『시안』 현판

아래   『시안』 창간호(1998년 가을)와 최종호(2013년 가을)

수상자 시인 오 탁 번

목월문학상

시인 오 탁 번

한국 시문학의 위상을 크게 높여준
귀 시인의 시집 「알요강」이 제12회
목월문학상 수상작으로 선정되어
본 상패와 상금을 드립니다.

2019년 12월 6일

동리목월문학상공동대표
경 주 시 장
경 주 시 의 회 의 장
(사)한국문인협회 이사장
한국수력원자력(사) 사장
(사)동리목월기념사업회장

위   2019년, 목월문학상 상패
아래   2010년, 은관문화훈장 훈장증 ｜ 2020년, 유심작품상 상패

위   2011년, 해남 고산문학상 시상식
아래   2019년, 목월문학상 시상식에서 가족과 함께

위   2005년, 백두산 천지 앞에서
아래   1994년, 백두산 천지 앞에서 문인들과 함께

위   2011년, 티베트 조캉사원 앞에서

아래   2016년, 미얀마에서 절기시회 회원들과 함께

        앞줄: 정재분, 박수현, 허형만, 박분필

        뒷줄: 최영규, 김지헌, 안차애, 강영은, 한영숙, 이서화, 이영식

위　　2009년, 만해축전 중 '국보사랑 시운동'

아래　2009년, '국보사랑 시운동'을 펼치면서 방짜징에 새긴 육필 시

　　　오른쪽은 오탁번의 「천마도장니」, 왼쪽은 김은자의 「삼국유사」

위   2008년, 원서헌 시비 제막식에서 부인 김은자와 함께
아래   원서헌 시축제
        둘째 줄: 오세영, 허형만, 김남조, 이유경, 오탁번

위   나태주, 이가림, 이근배, 김용직, 오탁번, 허형만
아래   2009년, 한국시인협회 가을 세미나에서 이건청, 허영자와 함께

위   2022년, 『비백』 출간 및 팔순 기념 모임에서 고려대 국어교육과 제자들과 함께
          위 왼쪽부터 김종태, 이영광, 고형진, 이혜원, 김행숙
아래   2022년, 수요회 모임
          왼쪽부터 오세영, 조창환, 이건청, 오탁번, 김양동(서예가)

위   2022년, TV조선 〈고맙습니다 이어령〉에서
아래   2021년, 유튜브 〈시인만세〉에서 이정현과 함께

여든에 말술이니
飛白의 귀글이
희끗희끗 우놋다

一讀 二好色 三飲酒거늘
一, 二는 어드매 있느뇨

— 玉溪 이근유철, 오탁번(1943~?)

[飛白]
콩을 심으며 논깔 가는
노인의 머리 위로
뱅노 두어 마리
하늘 자락 시치며 날아간다

깐깐오월
모내는 날
일쏜 노은 노인의 발꺼름
호지타다

위   2022년, 『비백』출판기념회 현수막
아래   2011년, 원서헌 연못에서 낚시하는 시인

원서헌 어머니 조상 옆에서

외손녀와 함께

편집 후기

'내가 소멸한 뒤엔 꼭 나를 빼다 박은 책 한 권쯤 나오겠지.'(산문집 『두루마리』 마지막 장)라고 하신 그 말씀처럼 『좋은 시는 다 우스개다 ― 오탁번 시읽기 2』가 세상 밖으로 나온다.

2023년 1월 6일이었다. 정리할 것이 있다며 제천으로 올 수 있느냐는 전화를 받고 나는 1월 7일 아침 일찍 제천에 도착했다. 갑작스럽게 쇠약해진 시인은 당신의 몸보다는 시를 더 걱정하는 듯 보였다. "내가 정리할 것이 있어."라고 하시며 스테이플러로 묶어놓은 책자를 내게 건네셨다. 시인이 2003년에 출간한 『시적 상상력과 언어 ― 오탁번 시읽기』 이후 2004년부터 2022년까지 발표된 작품론, 시인론, 해설 등이 그것이었다. 나는 건강은 어떠신지 차마 여쭙지 못했다. 대신 필자들의 연락처를 알아내 직접 원고를 받을 것이며, 사진은 어떻게 넣고, 목차와 함께 글자 포인트까지 일일이 점검해주는 시인의 의중을 파악하는 데 집중했다.

시인은 무엇으로 사는가. 눈앞에 보이는 죽음조차 건너뛰게 하는 힘! 그런 시인의 눈빛 앞에 나의 부족함을 말하기조차 죄송스러워 "네!"라고만 했다.

3월 17일 유족인 시인의 딸 가혜 씨를 만난 후 다음 날 18일부터 원고 수합에 들어갔다. 시인이 이미 정리한 자료를 바탕으로 하였기에 어려움보다는 보람이 컸다. 이미 오래전에 발표한 글이라 파일을 찾을 수 없었던 몇 편의 글은 워드로 직접 쳤는데, 이번 작업을 통해 '너무도 많은 가운데, 너무도 다른' 시인만의 독창성을 알게 된 귀중한 시간이었다.

2021년 봄 〈시인만세〉(유튜브)를 통해 만나 뵙고, 『문학과창작』(2022년 여름호)에 실린 인터뷰를 진행하면서 간간이 시인의 일을 도와드렸다. 아마도 그 연유로 이번 일을 내게 맡기지 않았는가 생각된다.

시간이 흐를수록 시인이 모셔온 언어가 얼마나 순정한지……! 그의 시적 상상력과 언어가 펼치는 무지개가 얼마나 아름다운지 여러 평론가의 시안詩眼을 통해 알게 될 것이다.

끝으로 갑작스러운 연락에도 불구하고 기꺼이 협조해주신 여러 선생님께 진심으로 감사드리며, 이 책이 나올 수 있도록 도와주신 유족인 김은자 교수님과 두 자녀분께 깊은 감사의 인사를 드린다.

2023년 12월

이정현

필자 소개 (가나다순)

고형진

고려대학교 국어교육과 및 동 대학원 국어국문학과를 졸업하였다. 김달진 문학상을 수상했으며, 현재 고려대학교 국어교육과 교수로 재직 중이다. 저서로 『박용래 평전』, 『백석시를 읽는다는 것』, 『정본 백석 시집』 등이 있다.

박슬기

2009년 『서울신문』 신춘문예로 등단하였다. 현재 서강대학교 국어국문학과 교수로 재직 중이다. 저서로 『리듬의 이론』, 비평집 『누보 바로크』 등이 있다.

방민호

1965년 충남 예산에서 태어났다. 현재 서울대학교 국어국문학과 교수로 재직 중이다. 저서로 『이광수 문학의 심층적 독해』, 『한국비평에 다시 묻는다』 등이 있다.

송기한

1991년 계간 『시와시학』으로 등단하였다. 현재 대전대학교 국문과 교수로 재직 중이다. 저서로 『서정시학의 원리』, 『한국 현대 현실주의 시인 연구』 등이 있다.

엄창섭

가톨릭관동대학교 국어교육과 명예교수이며, 김동명학회 회장을 맡고 있다.

오태환

1984년 『조선일보』·『한국일보』 신춘문예로 등단하였다. 시집 『복사꽃, 천지간의 우수리』, 『바다 내 언어들의 희망 또는 그 고통스러운 조건』 등, 시론집 『경계의 시 읽기』, 『그곳에 가지 않았다: 시의 아포리아와 시 읽기의 반성』 등이 있다.

유성호

연세대학교 국문과 및 동 대학원을 졸업하였다. 대산문학상 등을 받았으며, 현재 한양대학교 국문과 교수 및 인문대학장으로 재직 중이다. 저서로 『서정의 건축술』, 『단정한 기억』 등이 있다.

윤향기

문학박사, 시인, 여행작가이며, 시인협회 회원, 『열린시학』 고문, 『문학에스프리』 편집인으로 활동하고 있다. 저서로 시집 『북극여행자』, 수필집 『태도가 뮤지컬이 될 때』, 학술서 『에로티시즘 詩 심리학에 말 걸다』 등이 있다.

이동재

강화 교동도에서 태어나, 고려대학교 국어교육학과 및 동 대학원 국문과를 졸업하였다. 시집 『이런 젠장 이런 것도 시가 되네』 등 다수의 저서가 있다.

이병초

전주에서 태어났다. 1998년 문예 계간지 『시안詩眼』에 「황방산의 달」이 당선되었다. 시집 『밤비』, 『살구꽃 피고』, 『까치독사』, 시비평집 『우연히 마주친 한 편의 시』 등이 있다.

이숭원

1955년 서울에서 태어나, 1986년 『한국문학』으로 등단하였다. 김달진문학상, 김환태평론상, 현대불교문학상, 한국가톨릭문학상 등을 받았으며, 현재 서울여자대학교 명예교수이다. 저서로 『백석 시, 백 편』, 『영랑을 만나다』, 『미당과의 만남』, 『김종삼의 시를 찾아서』, 『목월과의 만남』, 『매혹의 아이콘』 등이 있다.

이승하

1984년 『중앙일보』 신춘문예에 시가, 1989년 『경향신문』 신춘문예에 소설이 당선되었다. 계간『시안』편집위원, 시안시회 회장을 역임하였으며, 현재 중앙대학교 문예창작학과 교수로 재직 중이다. 시집『예수·폭력』, 소설집『길 위에서의 죽음』, 문학평론집『욕망의 이데아』등이 있다.

이영광

1998년『문예중앙』으로 등단하였다. 시집『그늘과 사귀다』,『나무는 간다』,『끝없는 사람』등이 있다.

이정현

시인. 강원도 횡성에서 태어나, 동국대학교 대학원 선학과를 졸업하였다.『문학과창작』편집장을 역임하였고,『월간문학』편집위원을 맡고 있다. 시집『살아가는 즐거움』,『춤명상』,『풀다』, 시선집『라캉의 여자』, 평론집『60년대 시인 깊이 읽기』등이 있다.

이진모

가톨릭관동대학교 교양대학 교수이며, 계간『아시아문예』편집주간을 맡고 있다.

이창수

1970년 전남 보성에서 태어나, 2000년『시안』신인상으로 등단하였다. 광주대학교 문예창작과를 졸업하고 동 대학원에서 석사학위를 받았으며, 중앙대학교 문예창작학과 박사과정을 수료하였다. 시집『물오리 사냥』,『귓속에서 운다』,『횡천』등이 있다.

장은영

1975년 서울에서 태어나, 2014년『세계일보』신춘문예 평론으로 등단하였다. 현재 조선대학교 자유전공학부 교수로 재직 중이다. 평론집『슬픔의 연대와 비평의 몫』이 있다.

장인수

교사, 시인. 고려대학교 국어교육과를 졸업하고, 2003년『시인세계』로 등단하였다. 시집『유리창』, 『천방지축 똥꼬발랄』등이 있다.

조정인

1998년『창작과비평』으로 등단하였다. 평사리문학대상, 지리산문학상, 문학동네동시문학대상, 구지가문학상을 받았다. 시집『사과 얼마예요』, 『장미의 내용』, 동시집『웨하스를 먹는 시간』, 『새가 되고 싶은 양파』등이 있다.

진순애

문학박사, 문학평론가, 동화작가. 성균관대학교 창의적 글쓰기 교수를 역임하였다. 저서로『한국 현대시와 모더니티』, 『전쟁과 인문학』, 평론집『비평의 시선』, 『문학의 법고와 창신』, 동화『꼬리 없는 고양이』, 『천재고양이』등이 있다.

최준

강원도 정선에서 태어났다. 1984년『월간문학』신인상, 1990년『문학사상』으로 등단하였고, 1995년『중앙일보』신춘문예에 시조가 당선되었다. 시집『뿔란부안라뚜 해안의 고양이』등이 있다.

한용국

2003년『문학사상』으로 등단하였다. 시집『그의 구름에는 하늘이 가득 차 있다』가 있다.

호병탁

시인, 문학평론가. 충남 부여에서 태어났다. 시집『칠산주막』, 평론집『나비의 궤적』, 『일어서는 돌』, 『양파에서 고구마까지』등이 있다.